KB111939

공　간　을

채　우　다

공 간 을
채 우 다

초판 1쇄 인쇄일 2017년 07월 25일
초판 1쇄 발행일 2017년 07월 28일

지은이 | 이지윤
펴낸이 | 김기선

편집장 | 김은지
편집부 | 임종성, 박지은, 김지현, 김아름
디자인 | 한주희

펴낸곳 | 와이엠북스(YMBOOKS)
출판등록 | 2012년 7월 17일 (제382-2012-000021호)
주소 | 서울시 도봉구 노해로 379, 802호(창동, 대성빌딩)
전화 | 02)906-7768 / **팩스** | 02)906-7769
E-mail | ymbooks@nate.com

ISBN 979-11-322-4222-2 03810

값 9,500원

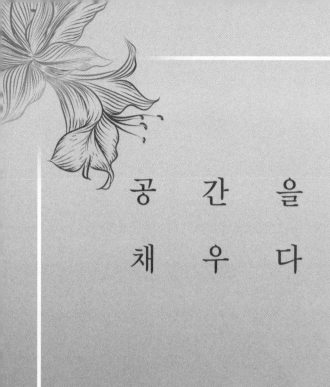

공간을
채우다

YMBOOKS ROMANCE STORY

이지윤 장편소설

BOOKS

목 차

프롤로그

"으응, 하앙……. 조금 더 세게."

야릇한 신음 소리를 내뱉으며 더 세게 해달라 애원하는 희수의 달뜬 얼굴에 자극을 받았는지, 재준이 그녀의 한쪽 다리를 들어 그의 어깨에 걸고 미친 듯이 허리를 흔들었다.

"하앗! 좋아……. 으응. 아항."

느끼는 그대로 솔직하게 교성을 내지르며 재준의 밑에서 허리를 비트는 희수의 색정적인 모습에 재준은 그대로 사정할 것 같아 잠시 움직임을 멈추고 희수의 몸을 뒤집었다.

희수의 등을 바라보며 어깨부터 허리, 엉덩이까지 내려오는 아름다운 곡선을 따라 재준의 손이 욕망을 담아 훑고 내려왔다.

재준이 엎드린 희수의 다리를 자신의 다리로 조금 더 벌리게 했다. 한 손으로 희수의 둔부를, 다른 손으로 자신의 분신을 잡은 재준이 귀두만 조금 희수의 속살에 넣었다.

"으응……. 흑, 빨리."

몸이 달아오른 희수가 팔로 몸을 지탱하며 고개를 돌려 재준을 향해 '빨리'라고 말했지만, 재준은 움직이지 않았다.

"재준, 씨……. 빨리……."

다시 한 번 재촉해도 움직이지 않던 재준이 몸을 밀착하고 낮은 소리로 말했다.

"오늘 자고 가요. 그러면 해줄게."

희수가 괴롭다는 듯이 허리를 비틀다 엉덩이를 뒤로 빼고 손으로 재준의 몸을 당기며 재준의 분신을 느끼려고 했다. 그러자, 재준이 허리를 뒤로 빼며 다시 한 번 말했다.

"오늘 자고 가. 대답해요."

"아……. 으응."

애가 타는 듯, 이상한 신음 소리를 내는 희수가 자신이 원하는 대답을 했다고 생각했는지 재준이 '퍽' 소리를 내며 희수의 속살에 힘차게 자신의 분신을 넣었다.

"하훗! 하앙……. 너무 좋아요."

희수는 재준이 주는 쾌감에 취해 고개를 흔들며 좋다는 말을 내뱉고 있었다. 너무 좋아서 미칠 것 같은 기분이 드는 것은 그도 마찬가지였다. 재준의 남성이 드나들 때마다 꽉 조여주는 희수의 탄력적인 속살이 재준의 머리를 하얗게 만들고 있었다.

"아항, 악……. 흑, 아, 재, 준 씨, 아훗!"

가쁜 숨을 쉬듯이 내뱉는 소리가 귀를 자극하며 재준의 움직임을 더 빨라지게 했다.

자신도 모르게 커지는 교성에 희수가 손으로 입을 막았다. 재준이 그런 희수의 엉덩이를 찰싹 소리 나게 때리며 신음을 억누르고 말했다.

"소리, 질러."

"으흣! 아핫, 응."

자극을 받은 희수의 속살에서 진득한 애액이 흐르고 재준의 분신을 꽉 조이며 빨아들이자, 퍽퍽퍽 소리를 내며 마지막 허릿짓을 하던 재준이 더 이상 참지 못하고 사정을 했다.

희수가 격한 쾌감에 몸을 부들부들 떨며 앞으로 쓰러지자, 희수에게서 떨어지기 싫은 재준은 희수 등 뒤로 몸을 붙였다.

어느 정도 진정이 된 재준이 희수의 속살에서 자신의 분신을 뺐다. 묵직함이 느껴지는 콘돔을 빼서 쓰레기통에 던져놓고, 다시 희수의 뒤로 가서 그녀의 몸을 꽉 껴안았다.

만족스러운 정사 후에 나른해진 재준은 이대로 희수를 안고 잠들어버리고 싶었다.

오늘 희수가 내 집에서, 내 옆에서 잠들었으면 좋겠다.

방금 샤워를 마친 희수가 욕실 문을 열자, 탕 안의 온도가 높았는지 밖으로 수증기가 새어 나왔다. 마치 희뿌연 연기와 함께 희수가 나타난 것 같아 보여 재준이 슬며시 입꼬리를 올렸다.

재준은 나른한 미소를 지으며 침대에 누워 있다 희수가 옷을 입는 것을 보고 못마땅하다는 표정으로 일어났다. 그리고 블라우스의 단추를 잠그는 희수의 손을 붙잡고 말했다.

"오늘은 자고 가기로 했잖아요."

"우리 집이 편해요."

재준이 조금의 망설임도 없이 대답하는 희수의 손을 꽉 잡았다. 희수가 그의 손을 떨궈내고 딱딱하게 말했다.

"그리고, 내일 일찍 일어나야 돼요."

"그럼 내가 아침에 깨워줄게요."

"그러시지 않아도 됩니다. 전 집에서 자는 것이 편해요. 옷도 갈아입어야 하고요."

"그럼, 내가 내일 아침 일찍 깨워서 집까지 데려다줄게요."

희수가 재준을 쳐다보며 말했다.

"재준 씨도 혼자 있는 게 편하지 않아요?"

재준은 차분히 말하는 희수를 보며 무슨 말을 어떻게 해야 할지 몰라 입술을 한번 깨물었다. 자신의 감정을 숨김없이 보이면 희수가 또 달아나버릴지 몰라 넘쳐 오르는 감정을 숨겨야 했다.

1년 전, '나랑 동맹을 맺는 것은 어때요?'라는 희수의 말로 시작한 관계였다.

희수는 결혼의 압박에서 벗어나기 위해서, 재준은 질척거리는 감정이 없는 깔끔한 관계를 위해서 맺은 동맹이었다.

서로 정기적으로 만나서 섹스하고, 서로의 일이나 사회생활에는 관여하지 않는다. 그리고 서로의 부모 앞에서 연인인 척 연기하는 관계. 서로의 필요에 의해 이루어진 완벽한 동맹관계였다.

그리고 희수는 재준에게 아무 감정도 없는 것인지 뜨겁게 몸을 나눈 날에도 재준의 옆에서 잠에 드는 적이 없었다. 서로의 부모님 앞에서는 먼저 손을 잡기도 하지만, 둘만 있을 때 희수가 재준에게 먼저 손을 내민 적은 없다.

하지만, 재준은? 사사건건 간섭하고 자신을 구속하려는 여자들에게 질려 편한 섹스를 나누고자 시작한 희수와의 관계를 처음으로 되돌리고 싶을 만큼 그녀에게 빠져 있었다.

이렇게 뜨겁게 몸을 나눈 날엔 자신의 옆에서 잠든 그녀의 얼굴을 바라보고 싶었다. 희수가 연기가 아니라 진심으로 예쁘게 미소 지으며 재준의 손을 잡아주기를 바랐다. 밖에서 같이 영화도 보고 싶었고, 식사를 하며 서로에 대해 이야기하고 싶기도 했다.

늘 할 일이 끝나면 미련 없다는 듯이 돌아가는 희수의 모습을 보면 재준의 심장이 서늘해졌다. 희수는 재준에게 그 어떤 것도 바라지 않는다. 희수는 그녀의 공간에 재준이 들어오기를 바라지 않는다. 희수의 공간은 철저히 희수만의 것이다.

재준이 천천히 머리를 쓸어 올리며 말했다.

"그럼 기다려요. 집까지 태워줄게요."

"그럴 필요 없어요. 차 가지고 왔어요. 여기로 다시 오는 것이 더 번거로울 거예요."

자신의 집에 도착했을 때와 같은 완벽한 모습으로 현관문을 나서는 희수를 붙잡고 싶었다. 하지만, 재준은 올렸던 손을 힘없이 내리고, 희수에 대한 감정을 억누르며 그녀의 뒷모습을 쳐다보았다.

재준은 희수가 나가자, 천천히 일어나 방으로 들어갔다. 방금 전까지 뜨겁게 달아올랐던 방의 온도가 한없이 차가워지는 느낌이었다.

방에 딸려 있는 욕실에 들어가니, 희수가 사용했던 흔적도 수증기와 함께 사라져버렸다. 샤워기 밖에 조금 튄 물을 보다가 아기용 세정제에 시선을 주었다.

민감한 피부 때문에 쓴다는 아기용 세정제는 재준의 집에 있는 유일한 희수의 물건이었다. 재준은 다시 머리를 쓸어 올리며 부엌으로 나가 잔을 꺼내 위스키를 조금 따랐다.

단숨에 잔을 들이켠 재준이 희수가 나간 현관문을 쳐다보며 생각했다. 희수를 기다려줘야 하는데, 마음이 점점 더 조급해진다. 하지만 기다린다 해서 희수가 정말 자신의 마음을 받아들여줄 것인지는 자신이 없었다.

재준은 희수의 공간에 들어가고 싶었다. 몇 개월 남지 않은 이 동맹 관계를 깨고 변화시키고 싶었다.

그런데, 그 방법을 도저히 모르겠다.

1. 만남

1년 전, 인적이 드문 어느 작은 카페.

"이제 그만하자."

차갑게 이별을 고하는 재준에게 서현이 울다가 악에 받쳐 소리를 질렀다.

"함재준, 이 나쁜 새끼야! 너랑 똑같은 여자 만나서 가슴에 피눈물 한번 흘려보라고!"

"그러게. 나도 나랑 비슷한 여자 만나고 싶네. 쿨한 여자 말이야. 너처럼 전화 도청하며 사사건건 간섭하는 여자가 아니라."

서현이 울면서 소리쳤다.

"오빠 때문이야. 오빠가 조금이라도 나를 좋아한다고 생각했으면 이렇게까지 안 했다고."

재준이 피식 웃으며 말했다.

"처음부터 말한 것 같은데, 난 내 공간에 누가 들어오는 건 싫다고."

서현이 입을 악물고 소리쳤다.

"좋아하는데, 사랑하는데 어떻게 간섭을 안 해? 어떻게 네 공간 내 공간이 따로 있냐고? 이 이기적이고 지독히 개인적인 새끼야!"

"네 말대로, 난 지독히 개인적인 새끼라서 말이야. 네가 도청한 걸 용서할 수 없어."

서현이 두 손을 쥐고 바들바들 떨다가 말했다.

"나쁜 새끼. 너랑 이제 끝이야."

"우리 사이가 이렇게 안 좋게 끝나서 유감이다."

사람들이 잘 다니지 않는 시간의 구석진 카페였지만, 두 사람을 알아보는 사람들이 있는 것 같아 재준은 서둘러 일어나려고 했다. 그러자 서현이 먼저 일어나며 말했다.

"내가 먼저 일어나. 내가 오빠 차는 거야. 오빠같이 이기적인 인간은 내가 먼저 차는 거야. 알았지?"

다시 자리에 앉는 재준의 비틀어진 입매가 말했다.

"그런 걸로 하자. 먼저 가."

"함재준, 다음에는 너랑 똑같은 여자 만나라."

서현의 말에 재준의 한쪽 입꼬리가 올라갔다. 뒤돌아 나가는 서현의 뒷모습을 보며, 재준은 생각했다. 다음에는 정말, 자신과 똑같은 생각을 가진 사람을 만났으면 좋겠다고…….

어차피 재준은 사랑을 믿지 않는다. 필요에 의해서 만나고 헤어지는 사람들 사이에 사랑이 존재할 수가 없잖아? 존재하더라도 그건 저에게 일어날 수 없는 일이었다.

그러니, 적당히 서로의 욕구를 채우고 서로를 구속하지 않는 그런 쿨한 여자를 만났으면 좋겠다.

김포공항, 얼굴이 안 보이도록 완전 무장을 하고 들어선 재준의 휴대폰이 울렸다. 소속사 사장인 상헌이었다.

-너 어디야?

"제주도 별장 가려고."

-너, 백서현이랑 헤어졌냐?

"응."

-왜 말을 안 해? 지금 그쪽 소속사 사장이 만나자던데? 화난 목소리였어. 네가 뭐 잘못했냐?

"잘못은 그쪽에서 했지."

얼음이 떨어질 정도로 차갑게 대꾸하는 재준의 말에 상헌이 물었다.

-그게 뭔 말이야?

"서현이가 내 휴대폰 도청했어."

-뭐라고?

상헌의 어이가 없다는 듯한 목소리가 귓가에 들리자 재준이 덤덤하게 말했다.

"그래서 이별 통보했고."

-근데 그쪽 소속사 사장이 네가 서현이를 울렸다고 말하는 건 뭐야?

"몰라. 나더러 나쁜 새끼라던데?"

조소가 어린 재준의 말투를 알아챈 상헌의 긴 한숨소리가 수화기를 통해 들렸다.

-일단 좋게 헤어진 건 아니니까 언플 잘 해야겠다.

"알아서 해. 저쪽에서 이상하게 나오면 도청한 증거 있다고 말해."

-도청당하는 동안, 책잡힌 건 없지?

재준이 상헌의 말에 덤덤하게 대답했다.

"형도 알잖아. 내 단순한 생활."

-그래. 그렇지. 그나저나 헤어지는데 이 난리라니…….

"……."

-한 일주일 정도는 스케줄 없으니까 푹 쉬다 와라. 그리고 제주도에서 올라오면 바로 회사로 오고.

"알았어."

종료 버튼을 누르면서 재준은 가볍게 한숨을 쉬었다.

재준이 너무 좋다고, 사랑한다고, 사귀고 싶다고 말한 건 서현이 먼저였다. 싫다는 재준을 일로 엮고, 우연을 가장한 만남을 여러 번 시도한 서현이었다. 그런 서현의 저돌적인 감정이 나쁘지 않아 어느 날 '예스'라는 대답을 주었다. 처음부터 선을 긋고 시작하긴 했지만 사랑을 믿지 않는 재준이라도 사실은 조금 기대했던 것이다. 어쩌면 서현이 사랑을 가르쳐줄지도 모른다고…….

그러나 그 기대는 보기 좋게 깨져버렸다. 언제부터 그 기대가 깨졌을까? 서현이 일부러 재준과의 열애설을 보도했을 때부터? 재준의 사생활을 예능에 나가 말하기 시작하면서부터? 재준의 이름을 팔아 협찬을 받고 초대장을 받았을 때부터? 아니면, 재준의 생활에 간섭하기 시작하면서부터? 확실한 건, 이번에도 사랑은 아니었다. 여전히 재준에게 사랑은 존재하지 않는다.

제주도로 가는 비행기 안, 모자를 꾹 눌러쓴 재준에게 승무원이 다가와 공손하게 말했다.

"죄송합니다만, 본인 자리로 돌아가 주시겠습니까?"

재준은 복도 쪽 좌석을 배정받았지만, 습관처럼 창가에 앉아 있었다. 승무원의 말을 듣고 주위를 둘러보니 좌석이 꽉 차 있었다. 제주도행 비즈니스석이 만석인 경우는 없었는데, 하는 생각을 잠시 하며 복도 쪽으로 자리를 옮겼다.

자리에서 일어나자 스튜어디스가 재준을 알아보고 눈을 크게 뜨고 말을 더듬으며 그의 이름을 불렀다.

"재, 재준. 함재준."

재준이 서늘한 눈빛으로 아는 척하지 말라고 말했다. 다행히 자신의 본분을 잊지 않았는지 승무원이 표정을 갈무리하며 뒤에 서 있던 다른 손님에게 자리를 안내했다.

"이쪽입니다."

검은색 바지 정장을 입은 여자가 와서 자리에 앉았다. 고개를 숙인 재준의 눈에 하얀 운동화가 들어왔다. '정장에 흰 운동화라……' 재준의 시선이 옆자리에 앉은 여자의 다리 선을 따라 올라갔다. 여자는 편해 보이는 흰색 면티를 입고 슬림한 재킷과 바지를 입었다. 합격! 안 어울릴 것 같은 아이템을 잘 소화해냈다.

여자의 얼굴이 궁금해서 고개를 들었다. 머리를 자연스럽게 올려 묶은 여자와 시선이 마주쳤다. 여자의 단아한 이마와 자연스럽게 내려오는 콧대의 곡선이 마음에 들었다.

여자의 눈에 당황이 묻어났다. 재준은 그녀가 자신을 알아봤다고 생각했다. 두 사람의 시선이 허공에서 만나 한동안 움직이지 않았다.

재준은 여자의 입에서 곧 '함재준 씨……. 맞죠? 팬이에요'라는 말이 나오기를 기다렸다. 하지만 여자는 재준을 살피듯이 쳐다보더니 유난히 붉은 입술을 살짝 비틀고 웃을 뿐이었다. 그러고는 시선을 돌렸다. 묘하게 기분 나쁘고 차가운 웃음이라고 생각하며 재준도 고개를 돌렸다.

사람들은 등급 나누기를 좋아한다. 재준은 사람들이 나눈 등급으로 보면 특A급 영화배우였다. 군대에 있던 2년을 제하고 매년 출연하는 영화마다 속된 말로 대박을 친다고 하는 톱스타!

하지만 미국에서 살았던 재준은 자신이 영화 쪽에서 일을 할 거라 생각해본 적은 없었다. 열네 살 이후, 미국에서 교육을 받은 재준은 한국어를 잊지 않기 위해 책을 읽고, 글을 썼다. 미국 명문대에 입학했지만, 부모님의 권유로 다시 한국으로 돌아와 S대 경영학과를 들어갔다. 경영학과는 어쩔 수 없는 부모님의 뜻이었지만, 재준은 부전공으로 국문과를 선택했고 본격적으로 시나리오를 쓰기 시작했다.

대학교 3학년 때, 우연찮게 시나리오 공모전에서 수상을 하면서 영화계에 발을 들여놓게 되었다. 하지만 어딜 가나 눈에 띄는 외모와 분위기가 감독의 눈을 끌어, 자신이 쓴 시나리오의 조연을 맡아 독립영화 배우로 데뷔를 하게 됐다. 독립영화치고는 상업영화 못지않게 성공한 그의 데뷔작은 지금도 추석이 되면 TV에서 방송을 하고는 한다.

그 후로, 재준은 승승장구했다. 그는 시나리오를 보는 눈과 트렌드를 읽는 현명함을 가지고 있었고 신들렸다고 평해지는 연기력과 화면을 장악하는 카리스마까지 더해져 오늘날 특A급 영화배우가 되었다.

그런 그를 옆에 두고 기분 나쁜 웃음을 흘리던 여자는 의자에 머리를 박고 잠을 자고 있었다. 스스로 연예인병에 걸렸다고 생각한 적은 없지만, 항상 자신을 알아보는 사람들 때문에 귀찮은 일을 많이 겪은 재준이었기에 자신을 알아보고도 차가운 눈으로 쳐다보다 잠들어버린 이 여자가 한편으로 신기했다. 안티인가?

비행기가 이륙하고 정상 고도에 오르자 음료수를 서빙하겠다는 기내방송이 나왔다. 여자가 눈을 뜨고 일어나서 가방에서 서류를 꺼내 읽으면서 빈 공간에 쉴 없이 메모를 했다.

무슨 서류일까 궁금했지만 훔쳐보지는 않았다. 재준 스스로가 사생활을 침해하는 것을 굉장히 싫어하기 때문이었다. 하지만 여자가 하는 행동이 계속 눈에 들어와 그녀를 정신없이 쳐다보았다. 재준에게는 낯설 정도의 관심이었다.

내릴 때가 되자, 여자는 서류를 가방에 넣고 스카프를 꺼내서 목에 두르고 파우치를 열더니 입술에 틴트를 발랐다. 화장을 한 거 같지는 않았는데, 피부가 희고 결이 좋아 틴트를 바른 것만으로 화장을 한 것처럼 보였다.

"저기……. 사인 좀……."

재준을 알아본 건너편 승객이 다가와 조심스레 종이와 펜을 건넸다. 재준에게 여자의 시선이 와서 닿는 것이 느껴졌다. 자신이 어떤 사람인지 보여주고 싶다는 생각이 이유 없이 들었다.

재준이 평소보다 훨씬 다정한 말투로 사인을 부탁한 승객에게 물었다.

"이름이 뭐예요?"

"미진……. 박미진입니다."

종이에 '미진'이라고 쓰고 사인을 했다.

"정말 팬이에요. 출연하신 영화는 다 봤어요. 하나같이 다 좋았어요."

"아, 네. 감사합니다."

"혼자 여행하세요?"

"네. 개인적으로 제주도에 가는 거라 혼자 왔어요."

두 사람의 대화가 들렸는지 앞 좌석에 있던 사람도 뒤를 돌아보고 놀란 표정으로 다가와 사인을 청했다. 점점 사람들이 몰려들기 시작했다. 승무원이 곧 착륙한다며 자리로 돌아가 달라고 부탁하자 줄을 섰던 사람들이 자리로 돌아갔다.

재준은 힐끔 옆 좌석을 봤다. 여자가 다시 의자에 머리를 기대고 눈을 감고 있었다. 이쪽을 보고 있다 생각했는데, 아니었나 보다. 어쩐지 실망스러운 기분이 들어 다시 모자를 깊게 눌러쓰고 재준도 의자에 기대 눈을 감았다.

비행기가 공항에 도착하고 안전벨트 표시등이 꺼지자 모두들 일어났다. 여자는 재준에게 눈길도 주지 않고 자리에 계속 앉아 있었다. 복도 쪽에 앉았던 재준이 어쩔 수 없이 먼저 일어나서 나갔다.

이상하게 여자에게 계속 눈길이 갔지만, 먼저 말을 거는 성격이 아니었기에 그대로 비행기를 나왔다. 정장에 흰 운동화를 신은, 묘하게 비웃는 듯한 입꼬리와 차가운 눈의 그 여자를 머릿속에서 지웠다. 그녀는 그렇게 잊었을지도 모르겠다. 재준이 우연처럼, 아니 운명처럼 그녀를 다시 만나지 않았다면…….

재준의 제주도 별장, 재준은 계속해서 문을 두드리는 소리에 부스스 일어났다. 백 여사인가? 문을 여니 예상대로 살집 좋은 백 여사가 재준에게 다가오며 말했다.

"도령, 정신 차리고 아침 먹어."

"조금만 더 자고요."

백 여사는 재준의 말을 듣지 않고, 그의 엉덩이를 툭툭 쳐 화장실로 들여보내고 문을 닫으며 말했다.

"대충 씻고 내려와. 도령."

서른이 넘은 재준을 아직도 도령이라 부르는 백 여사 때문에 재준이 피식 웃었다. 재준이 어렸을 때, 외할머니는 재준을 도령이라 불렀었다. 그때부터 제주도 별장에서 외할머니를 모시던 백 여사도 자연스레 재준을 도령이라 불렀다.

할머니가 돌아가시고, 재준이 별장을 물려받았지만 재준은 별장의 그 무엇 하나도 바꾸지 않았다. 한때는 살았고, 서울에 있을 때는 방학마다 내려왔던 추억의 장소. 나를 사랑하던 할머니의 정겨운 미소가 있는 이곳을 바꾸고 싶지 않았다.

대충 씻고 내려가니 백 여사가 풍성한 아침상을 차려놓고 기다리고 있었다.

"도령, 안 본 사이에 살이 빠졌어. 많이 먹어."

"이번에 화보 좀 찍는다고 살 좀 뺐어요."

"뭐든 쉬운 일은 없는 거야. 어여, 많이 먹어."

백 여사가 구수하게 말하며 빨리 먹으라고 숟가락을 손에 쥐여 줬다. 백 여사는 먹는 것만 봐도 배부르다는 듯이 재준을 지켜보다 가 재준이 밥을 다 먹자 물을 건네주면서 말했다.

"도령 어머니한테 연락 왔었어. 제주도에 오셨다네. 도령더러 같이 점심 먹을 거라고 전해달래."

"저 없다고 하죠."

"이미 알고 전화하셨어. 점심에 안 오면 직접 별장으로 오시겠 다는데, 어쩌나……."

"신경 쓰지 마세요."

백 여사가 고개를 끄덕이며 물었다.

"저녁은 별장에서 먹을 거야?"

"네."

백 여사가 재준이 저녁을 먹는다는 소리가 좋았는지 입을 함지 박만 하게 벌리며 말했다.

"만두 하려면 지금부터 준비해야겠네."

백 여사는 할머니가 살아생전에 그랬듯이 재준이 오면 항상 황 해도식 만두를 만들었다. 속도 직접 만들고 피도 직접 만들어서 시 간이 많이 걸리는 음식이지만, 오랜만에 솜씨를 발휘할 생각에 흥 얼거리며 앞치마를 두르고 소매를 걷었다.

재준은 신나 보이는 백 여사의 뒷모습을 보다가 거실로 나와 소 파에 앉아서 TV를 켰다. 소파 위에 던져놓았던 폰이 울렸다.

김 비서라는 것을 확인하고 짧게 한숨을 쉬고 전화를 받았다.

-김 비서입니다.

"네."

-제주도에 오셨다고 들었습니다.

"네."

-부사장님이 오늘 점심 식사 괜찮으신지 여쭤보십니다.

"……간다고 전해주세요."

최대한 감정을 숨기며 덤덤히 말했지만, 오랫동안 재준의 어머니를 수행한 김 비서가 재준의 목소리에 짜증이 섞인 것을 모를 리가 없었다.

-한 가지 더 말씀드릴 게 있습니다.

"네."

-지금 제주도에서 한국 경제학회가 열리고 있어서 함 교수님도 와 계십니다. 그래서 오늘 점심은 함 교수님과 함께할 겁니다.

재준의 얼굴이 굳어졌다. 사람들 눈엔 보기 좋지만, 정작 당사자들은 불편한 점심 식사 자리가 될 것이다.

-알았다고 하셨으니, 그리 알고 준비하겠습니다. 12시까지 H 호텔 라운지로 오십시오.

김 비서가 재준의 답을 기다리지 않고 서둘러 전화를 끊었다. 김 비서의 태도에서 아들과 점심을 같이 먹겠다는 어머니의 의지가 느껴져 재준은 쓴웃음을 지으며 휴대폰을 내려놓았다.

소파에 머리를 기대니 거실 장식장에 놓인 할머니와 초등학교 시절 재준의 사진이 보였다. 재준을 더없이 사랑해주던 할머니가 살아 계셨을 때, 그때가 그리웠다.

H 호텔에 들어서자, 김 비서가 기다리고 있다가 재준에게 절도

있게 인사를 했다. 재준도 같이 고개를 숙이고 김 비서가 안내하는 호텔 식당으로 들어섰다. 작은 룸에 재준의 어머니인 정 부사장과 아버지인 함 교수가 앉아 있었다. 재준은 그 맞은편에 자리를 잡고 앉았다.

"왔니? 내 전화는 안 받더니 김 비서 전화는 받더구나."

정 부사장이 미소 지으며 뼈가 있는 말을 했고, 함 교수가 이어서 말했다.

"오랜만이다."

재준이 함 교수의 말에 짧게 '네'라고 대답했다. 함 교수가 눈살을 찌푸리며 말했다.

"언제쯤 그 딴따라 짓을 끝낼 거냐?"

재준은 대답하지 않았다.

"그리고, 네가 사귄다는 그 격 떨어지는 여자는 뭐냐? 입에 올리기도 싫구나."

재준이 조용히 대답했다.

"헤어졌습니다."

함 교수가 헛기침을 한 번 하더니 말했다.

"잘했다."

그들의 대화를 듣던 정 부사장이 눈을 빛내며 말했다.

"그럼 더 잘됐네. 오늘 너한테 누구 소개해주려고 부른 거니까."

정 부사장의 말에 재준의 눈썹이 꿈틀거렸다.

"마침, 저기 오네."

함 교수가 손을 흔들자, 여자가 들어섰다. 어제와 같은 복장의 여자. 머리는 틀어 올리고 입술에 틴트만 바른, 검은 정장에 흰 운동화를 신은 여자. 제주도로 오는 비행기에서 본 그 여자였다.

재준이 잠시 홀린 듯이 여자를 쳐다보았다.

"이 교수, 이쪽에 앉지."

"안녕하세요?"

여자는 가볍지도 무겁지도 않은 톤으로 함 교수와 정 부사장을 향해 먼저 인사하고 재준에게도 고개를 숙이며 인사를 했다.

"이쪽은 우리 아들. 함재준이라고, 알죠?"

정 부사장이 재준을 소개했다.

"네, 압니다. 출연하신 영화 잘 봤습니다."

이 여자는 어제부터 선 자리가 있을 거라는 것을 알고 있었을까? 갑자기 이 상황이 우스워 재준의 입매가 비틀어졌다.

"이쪽은 이희수라고, 이번에 L 여대에 젊은 나이에 임용된 경제학과 교수란다. 두 사람 한번 소개해주고 싶었는데, 마침 학회 때문에 이 교수가 제주도에 왔어."

함 교수가 말을 마치자, 정 부사장이 이어서 말했다.

"부담 갖지 말고 서로 이야기나 한번 해봐요."

희수가 차분하게 대답했다.

"네, 알겠습니다."

재준이 여자를 힐끗 쳐다보았다. 높고 날카로운 콧대가 어쩐지 차가운 인상을 풍겼다.

"여보, 우리 나갈까요?"

정 부사장이 사이좋은 척, 함 교수의 팔에 팔짱을 끼며 말했다.

"그래요. 이 교수는 나중에 보도록 하지."

"네. 알겠습니다."

희수가 대답을 하며 자리에서 일어났다. 희수의 인사를 받으며 정 부사장이 나가다가 말했다.

"음식은 이미 시켜놨으니 편하게 먹어요. 입맛에 맞았으면 좋겠네요."

"네, 감사합니다."

군더더기 없이 대답만 하는 희수를 쳐다보다 재준이 물었다.

"어제, 나 봤죠? 비행기에서."

"네, 봤습니다."

희수는 놀라거나 얼굴을 붉히지도 않았다.

"왜 아는 척 안 했어요?"

희수가 고개를 갸우뚱하다가 물었다.

"아는 척해야 했나요? 저는 함재준 씨를 알지만, 함재준 씨는 저를 모르는데."

희수의 대답에 재준이 피식 웃으며 물었다.

"오늘 우리가 선 볼 거라는 거 알고 있었어요?"

"어제 비행기에서 보고 어느 정도 예상은 했어요."

똑똑, 하는 노크 소리가 들리고 애피타이저가 나왔다. 와인을 마시겠냐는 직원의 질문에 희수가 대답했다.

"아뇨."

재준은 바로 아니라고 말하는 희수의 대답이 마음에 들지 않아 직원에게 주문한 음식이 뭔지 물어본 후, 음식에 맞춰 와인을 시켰다. 와인이 나온 후, 재준이 희수에게 와인을 권했다.

"안 됩니다. 3시에 발표가 있어서요."

재준이 고개를 끄덕이자, 직원이 재준에게만 와인을 따라주고 나갔다.

"3시에 발표가 있다면 이야기도 길게 못하겠군요."

"네."

"그럼 다음으로 미루지 그랬어요."

"피할 수 없다면 차라리 지금처럼 한 시간만 할애하면 되는 때가 낫겠다고 생각했습니다."

희수의 대답에 재준이 헛웃음을 지었다. 희수는 재준과 만날 수밖에 없다면 그 시간을 최소화하고 싶었다고 말하는 중이었다.

그렇게 말해놓고, 애피타이저로 나온 수프를 먹기 시작했다. 조용히 먹으면서 재준에게 아무런 질문도 하지 않았다. 재준은 혼자와인을 마시며 희수가 먹는 것을 지켜보다가 물었다.

"내가 싫었으면 처음부터 싫다고 하지 그랬어요?"

희수가 빵을 뜯으면서 아무렇지도 않게 말했다.

"싫다고 해서 피할 수 있는 것도 아니었습니다. 오히려 재준 씨가 거절해줄 거라 생각했어요. 여자친구 있잖아요."

"아……."

재준이 뭔가를 깨달았다는 듯이 '아' 소리를 길게 내었다.

"헤어졌어요."

"네?"

"백서현과는 헤어졌어요. 결별 기사도 좀 있으면 나갈 거예요."

"……그렇군요."

희수는 빵을 다 먹고 고개를 끄덕이며 성의 없이 대답하다 시간을 확인했다. 그러고는 직원을 부르는 벨을 누르려다 재준이 수프에 손도 안 댄 것을 보고 손을 내렸다.

"메인 시키고 싶으면 시켜요. 난 아침을 많이 먹어서 그리 배가 고프지 않네요."

재준의 말이 끝나자 희수가 고개를 끄덕이며 벨을 누르고 메인을 내달라고 말했다.

"죄송합니다. 그렇게 시간이 많지 않아서요. 그리고 이렇게 어색한 침묵보다는 차라리 밥을 먹는 게 낫지 않을까요?"

재준은 희수를 가만히 바라보았다.

자신을 앞에 두고 무신경한 희수의 태도가 묘하게 거슬렸다.

"나는 차라리 희수 씨랑 이야기하고 싶어요. 밥 먹기보다는."

희수가 재준의 말에 눈을 한번 깜빡거리고 대답했다.

"아……. 그렇군요. 그럼 말씀하세요."

"함 교수님과는 어떻게 알았어요?"

희수는 아버지를 굳이 '함 교수'라 칭하는 재준이 이상하다 생각하며 질문에 대답했다.

"제 박사논문 수퍼바이저와 같이 페이퍼를 낸 적이 있으세요. 그래서 몇 번 뵀어요. 미국에서."

"아버지는 자신에게 유리한 인간관계만 맺죠. 희수 씨는 미국에서 잘나갔나 봐요?"

희수는 단답형이 아닌 재준의 말을 이해하려고 머릿속에서 그의 말을 몇 번 더 생각하다가 대답했다.

"제 지도교수님이 유명한 분이시고, 그분과 같이 쓴 논문이 유명한 학회지에 실렸어요. 그 후로 그분과 일하면서 저도 덩달아 유명해졌고요. 그게 잘나간 건지는 저도 잘 모르겠어요. 운이 좋았다고 생각해요."

희수는 재준이 질문한 의도에 맞는 답을 했는지 헷갈렸다. 재준이 흠, 소리를 내곤 와인을 한 모금 마시며 희수를 지그시 쳐다보았다.

희수는 이 자리가 불편해지기 시작했다. 그냥 밥만 먹고 한 시간 때우면 될 거라고 생각했는데 이 남자가 쓸데없고 대답하기 힘든 질문을 하기 시작한 것이다. 희수에게는 이런 관심이 어렵고 힘들었다.

"미국에는 언제 갔어요?"

이번에는 그나마 대답하기 쉬운 질문이었다.

"처음에 초등학교를 거기서 나오고, 중고등학교 시절은 한국에서 보냈어요. 그리고 다시 대학교를 미국으로 갔어요."

"희수 씨는 내가 한국에 있을 때 미국에 있었군요. 그리고 내가 미국으로 갔을 때 한국에 오고. 겹쳤던 기간이 있을까요?"

희수는 '재준 씨는 언제 미국에 있었어요?' 하고 물으려다가 그냥 입을 다물었다. 이야기가 길어지는 것이 싫었다. 마침 메인이 나와 재준을 의식하지 않고 먹었다. 유명 호텔 스테이크라 그런지 맛있었다. 고기를 넘기고 '스테이크에는 와인인데……'라고 생각하며 재준의 잔에 담긴 레드 와인을 보고 침을 삼켰다.

재준을 앞에 두고, 와인을 보면서 침을 삼키는 여자라……. 재준이 피식 웃더니 입을 열었다.

"우리 저녁 같이 먹을까요? 그때는 술도 같이?"

의외의 말을 들은 듯이 희수가 재준을 동그랗게 뜬 눈으로 쳐다보았다.

"왜요?"

'왜요?'라고 묻는 희수의 표정이 귀엽다고 생각했다. 무표정할 때는 차갑게 보이는데 이런 표정도 지을 수 있는 여자구나 라는 생각을 하며 희수에게 눈을 떼지 않고 대답했다.

"난 그쪽이 마음에 들었거든요."

희수의 표정이 한순간 굳어졌다. 그래도 재준은 여유롭게 희수를 관찰했다.

"저는 그쪽이 마음에 들지 않는데……."

재준이 한참 만에 들려온 대답에 소리 내서 웃었다.

이 여자, 조금 특이하다.

굳은 표정으로 재준의 웃음소리를 듣던 희수는 갑자기 걸려온 전화벨 소리에 표정을 굳히고 전화를 받았다.

"네, 어머니. 네……. 알겠습니다."

희수는 어머니와 통화를 끝내고 물을 마셨다. 그리고 물컵을 내려놓으며 재준에게 엉뚱한 제안을 했다.

"……내가 마음에 들면 나랑 동맹을 맺는 것은 어때요?"

2. 동맹

희수의 예상치도 못한 제안에 재준이 천천히 와인 잔을 들며 앞에 앉은 그녀의 표정을 살폈다. 굳어 있던 희수의 표정이 도전적으로 변해 있었다. 재준이 잔을 내려놓고 물었다.

"희수 씨 말이 무슨 뜻인지 모르겠네요. 설명해봐요."

희수가 시간을 한번 확인하고 속사포처럼 말했다.

"전 재준 씨가 아니더라도 다른 사람과 선을 보기는 해야 될 것 같아요. 하지만 전 결혼 생각도 없고, 남자를 만날 생각은 더더욱 없고요. 만약 재준 씨도 비슷한 처지면 서로의 집에 사귀고 있다고 적당히 말하고 도와주는 거죠. 어때요?"

재준이 희수의 말에 또다시 소리 내서 웃었다. 이건 몇 년 전에 읽어본 시나리오의 한 장면 같지 않은가?

희수는 재차 시간을 확인하며 말했다.

"지금 대답하라고는 안 할게요. 전화번호 주시면 제가 일주일 뒤에 연락드리겠습니다."

희수는 웃고 있는 그의 얼굴을 쳐다보았다. '연예인은 정말 아무나 하는 것이 아니구나' 하고 혼자 생각하며 귓가에 울리는 그의 낮은 웃음소리를 즐겼다.

하지만 곧 괜히 이야기를 꺼냈다고 후회하기 시작했다. 재준의 낮은 웃음소리가 멈추지 않았기 때문이었다.

몇 분 뒤, 재준이 한 대답은 희수가 예상한 것과 달랐다.

"나쁘지 않은 생각이네요."

"……네?"

"오늘 저녁 같이 먹죠. 휴대폰 주세요. 내 전화번호 찍어놓을게요."

재준이 전화번호를 찍고 자신에게도 전화를 걸어 번호를 남겼다. 그리고 폰을 희수에게 건네주며 물었다.

"언제부터 시간 낼 수 있어요?"

"오늘…… 요?"

"네."

"저녁 7시부터는……."

"그럼 7시 반에 호텔 후문에 차 세워놓고 있을게요. 나와요."

희수는 얼떨떨한 표정으로 재준을 쳐다보기만 했다. 재준이 피식 웃으며 희수를 향해 말했다.

"바쁜 거 아니었어요? 계속 시간 확인하더니."

"네, 좀……."

"그럼 가봐도 좋아요. 저녁에 봐요."

재준이 말하자, 희수가 일어나서 재준을 내려다보았다. 어쩐지 재준에게 휘둘리는 기분이 들어 차가운 표정으로 '나중에 뵐게요' 하며 문을 열고 나갔다.

재준은 뒤돌아 나가는 희수의 뒷모습을 지켜보았다.

동맹. 어떻게 보면 정말 괜찮은 생각이었다. 서로에게 필요해서 하는 계약이니 마음을 다칠 일도 없고, 실망할 일도 없다. 사랑을 기대하지 않아도 되고, 적당히 만나고 적당히 이용하면 된다.

재준이 남아 있는 잔을 비우고 밖으로 나오자, 김 비서가 기다리고 있었다.

"어머니가 김 비서님 보내셨나 봐요?"

"정확히는 함 교수님이 보내셨습니다."

"이희수 교수, 아버님이 누구시죠?"

"몇 년 전에 함 교수님 혈관수술을 직접 집도하신 이철환 교수님이십니다. 그리고, 지금은 H 병원 병원장이십니다."

재준이 고개를 끄덕이며 물었다.

"어머님은요?"

"생모는 어렸을 때 돌아가셨다고 들었습니다. 지금 이 병원장님 사모님은 이희수 교수 계모입니다."

그래서 어머니 전화를 그렇게 받은 것인가? 재준이 생각에 빠진 듯하자 김 비서가 물었다.

"이 교수님과 어떻게 됐는지 물어봐도 되겠습니까?"

"한 번 더 만나기로 했어요. 그렇게 전해주세요."

"알겠습니다."

김 비서의 인사를 받으며, 재준은 별장으로 돌아왔다. 오자마자 재준은 희수의 이름을 검색해보았다. 한국에 들어온 지 얼마 되지 않았는지 한글로 찾는 것보다 영어로 희수를 찾는 게, 검색 결과가 훨씬 많았다. 신중히 그녀의 연구 실적과 페이퍼를 읽어보았다.

희수가 함 교수와 같이 쓴 논문이 눈에 띄었다. 유명 학회지에 실렸고, 제법 인용이 많이 된 걸로 보였다. 아버지가 왜 희수를 선택했는지 이유를 알 것 같아 검색 창을 닫고 눈을 감았다.

희수가 말한 동맹이라는 것이 잘 이루어지기만 한다면, 한동안 편해질 거라는 생각이 들었다. 희수가 먼저 제안한 것이니 죄책감을 느낄 필요도 없다. 재준은 조용히 미소 지으며 희수에게 제안할 사항들을 머릿속으로 정리했다.

희수가 진동으로 계속 울리던 휴대폰을 굳은 표정으로 노려보았다. 사실 일부러 전화를 받지 않았다. 동생인 희연에게 온 전화를 받고 기분이 좋았던 적이 없었기 때문이었다. 하지만 옷을 갈아입기 위해 호텔 방에 들르기까지 끈질기게 울리는 휴대폰을 쳐다보다 결국 통화 버튼을 눌렀다.

-야! 왜 이렇게 전화를 안 받아?

"바빴어."

-바쁘다는 사람이 선 볼 시간은 있었냐?

역시, 희수가 선 본 걸 희연이 알고 전화한 것이다. 어머니가 아셨으니 당연한 것일지도…….

-왜? 대답 안 해? 재준 오빠랑 오늘 선 봤다면서?

"어쩌다 보니."

-내가 절대 안 된다고 했지? 내가 나갈 거라고 했잖아. 아버지도

함 교수님한테 다시 한번 말해본다고 했다고!

희연은 귀가 따갑도록 소리치고 있었다. 익숙한 일인지 희수는 수화기를 멀리 떼어놓았다가 다시 가까이에 대고 말했다.

"우연히 함재준 씨가 제주도에 와서 일이 그렇게 됐어."

대충 대답을 하고 다시 수화기를 귀에서 떼어놓았다. 멀리 떼어놓아도 희연의 찢어질 것 같은 고함 소리가 들렸다.

-아버지가 처음 함 교수님한테 소개한 건 나였다고. 너 말고 나! 그건 내 자리였다고.

"그런데, 함 교수님이 선택한 건 나였지."

희수가 차갑게 대꾸하자 '야!' 하고 소리치는 소리가 들렸다.

"언니한테 계속 '야'라고 하는 건 듣기 좋지 않네."

-너 진짜 재수 없어.

"언니 바쁘다. 이만 전화 끊을게."

희수는 '야! 전화 끊지 마!'라는 말을 마지막으로 들으며 전화를 끊었다. 이 무슨 코미디 같은 상황인지 모르겠다는 생각을 하며 희수는 옷을 갈아입고 방을 나섰다.

시계가 정확히 7시 30분을 가리키자, 후문에 서 있던 희수 앞에 차가 한 대 와서 섰다. 차의 창문이 열리고 재준이 말했다.

"타요."

희수가 차를 타고 안전벨트를 매자 재준이 말했다.

"희수 씨는 시간 약속 정확한 걸 좋아할 것 같아서 정확히 맞춰 왔어요."

재준의 부드러운 음성이 희수의 귓가에 울렸지만, 희수는 '감사합니다'라고 대꾸하고 딴생각에 빠져들었다.

희수의 동생, 희연이 재준을 만나고 싶어 한 건 단순히 재준이 영화배우라서가 아니었다. 재준이 단순한 영화배우였다면 그가 유명하더라도, 돈을 많이 벌더라도, 학벌이 좋더라도, 얼굴이 잘생겼더라도 희연이 그렇게 목숨 걸고 재준과 선을 보려고 하지 않았을 것이다.

재준은 한국 재계 순위 10위 안에 드는 화장품, 건강, 생활용품으로 유명한 R사 대표, 정석근 회장의 외손자였다. 가끔 이니셜로 영화배우 A 씨가 재벌 3세라는 것이 소위 말하는 찌라시를 통해 알려지고는 했지만, 재준은 그것을 인정한 적이 없었고 공식적으로 언론에서 발표한 적도 없었다.

몇 년 전, 희수의 아버지가 함 교수님의 혈관 수술을 집도하면서 어머니와 희연이 우연찮게 재준이 그의 아들이라는 것을 알게 되었다. 함 교수도 재준이 그의 아들이라는 것과 정 회장의 손자라는 것을 굳이 숨기지 않았다.

이것이 기회라고 생각한 어머니가 재준에게 희연을 소개해주려 했었다. 하지만 함 교수는 당시 대학생이던 희연이 너무 어리다며 퇴짜를 놓았었다. 그것이 완곡한 거절의 뜻이라는 것을 모르는 게 딱하기도 했지만, 희수는 그걸 굳이 희연에게 말해서 분란을 만들고 싶지는 않았다.

어쨌든, 희수에게 지금 재준은 굉장히 매력적인 파트너였다. 재준과 사귄다고 말하면 아버지는 재준을 꽉 잡으라 당부할 것이고, 어머니는 질투 때문에 재준과 결혼하라는 소리를 못 할 것이다. 그러면 희수는 재준과 동맹을 맺는 동안은 결혼의 압박이나 선의 압박에서 완전히 벗어날 수 있을 것이다.

이런 생각을 하다가 희수는 힐끔 운전하는 재준을 쳐다보았다. 희연이 몹시 가지고 싶어 하는 남자, 함재준이 내 옆에 있었다. 그렇다고 우월감이 느껴지거나 그런 것은 아니었다. 그저 조금 씁쓸할 뿐.

"무슨 생각을 그렇게 해요?"

재준이 물었다.

"재준 씨에 대해서 생각하고 있었어요."

"나에 대해? 어떤 생각요?"

"진짜로 동맹을 맺어야 하나, 아니면 여기서 그만둘까…… 하는 생각요."

"먼저 제안한 것은 희수 씨였어요."

"알아요. 편할 거라 생각했어요. 재준 씨랑 사귄다고 하면 아버지도 어머니도 일단 지켜볼 것 같았거든요. 근데……."

"근데?"

재준이 궁금하다는 듯이 다음 말을 기다렸다. 하지만 희수는 '동생이 나를 귀찮게 할 것 같아서요'라는 말을 하지 않았다. 재준과는 어찌 될지 모르니 긁어 부스럼을 만들 필요는 없겠다는 생각이 들었다.

"그냥, 불편한 것도 있겠다 싶어서……."

"내가 연예인이라 그런가? 불편할 것 같아요?"

희수의 생각을 모르는 재준의 당연한 질문이었다.

"그게 불편한 건 아니에요. 오히려 재준 씨가 연예인이라 더 조심할 것 같아서, 그게 마음에 들었어요."

"그런가? 보통은 반대가 아닌가요? 연예인이랑 사귀면 밖에 나가지도 못하고 언론에 노출도 될 거고……."

"재준 씨랑 저는 연애하는 게 아니니까, 더 잘된 거 아닌가요? 일부러 보여주기식 데이트 같은 거 안 하고, 가족들한테만 가끔 얼굴 보여주고……. 서로 적당히 도와주고, 적당히 처신하면 편할 것 같아서요."

"그렇군요. 우리는 연애하는 게 아니니까."

희수의 입에서 나온 말이 마음에 들어 재준이 싱긋 웃었다. 재준이 즐거운 듯이 말을 이었다.

"앞으로의 우리 관계, 굉장히 기대되네요."

백 여사가 호기심 어린 눈으로 희수를 살펴보며 상을 치웠다. 식탁에 희수가 앉아 있고 재준이 잠시 화장실을 다녀올 때, 백 여사가 재준의 뒤를 따라가며 말했다.

"별일이네. 도령이 별장에 여자를 데리고 오고."

"여자 아니고, 파트너라고 해야 될까요? 동맹 맺을 파트너."

"그게 뭔 말이래? 어쨌든 잘 먹어서 보기 좋더라. 여자는 자고로 먹을 때 복스러워야 돼."

백 여사가 중얼거리는 말을 들으며 재준이 희수 쪽을 한번 쳐다보았다. 재준의 앞이라고 내숭을 떨지 않고 맛있다는 말을 반복하며 백 여사의 만두를 재준만큼 먹었다. 어쩐지 웃음이 삐져나오는 걸 희수와 눈이 마주쳐서 꿀꺽 삼켰다.

"과일 어디로 가져다줄까?"

"서재로 가져다주세요."

백 여사가 고개를 끄덕이는 걸 보면서 재준이 희수를 서재로 안내했다. 서재에 놓인 소파에 앉자 희수가 가방에서 A4용지를 꺼내 들었다.

"우리의 동맹 계약에 대해 생각한 걸 간단히 적어왔어요."

재준은 깔끔하면서도 귀여운 글씨로 가득 찬 A4용지를 보며 희수의 맞은편에 앉았다.

"설명해봐요."

"우리가 동맹을 맺는 목적은 서로의 부모님을 속여서 결혼이나 선을 보는 것으로부터 자유로워지는 것이라고 생각했어요. 맞나요?"

"……일단 그렇다고 하죠."

"재준 씨 부모님은 잘 모르겠지만, 제 쪽은 정기적으로 만나줘야 믿어주실 것 같아요. 그래서 한 달에 두 번 정도는 만나야 될 거예요. 너무 뜸하면 다시 선 보라고 할 거예요. 두 분 다 저를 빨리 결혼시키고 싶어 하시거든요."

재준은 이 드라마 같은 상황이 재밌어서 웃음이 나왔지만, 희수의 진지한 표정을 보고 입술을 꽉 깨물며 말했다.

"한 달에 두 번 갖고 되겠어요? 제 쪽은 일주일에 한 번은 만나야 믿어주실 것 같은데……. 난 여자친구가 있으면 일주일에 한 번 이상은 만납니다."

희수가 고개를 끄덕이면서 대꾸했다.

"그럼, 일주일에 한 번 만나는 걸로 하죠."

"좋아요."

희수가 들고 온 A4용지 빈칸에 메모를 하면서 말했다.

"필요하면 서로의 가족을 만나야 할 수도 있어요. 괜찮겠어요?"

"괜찮아요."

"그리고, 동맹 기간 동안은 다른 남자나 여자는 만나지 않기로 하죠. 만약 좋아하는 사람이 생기면 서로에게 말하고 동맹 관계를 깨버리면 되니까요. 어때요?"

"그러죠."

"재준 씨가 연예인이라는 특수신분인 걸 감안해서 몇 가지 추가 했어요."

"말해봐요."

"부모님만 속이면 되니까, 기사 같은 것은 나가지 않게 조심해 주세요. 기자들이 일반인인 저에겐 관심 없겠지만, 그래도 조심해 주시면 좋겠습니다."

"그러죠."

희수가 다음 장을 넘기며 재준에게 몇 가지 당부를 하거나, 의 견을 물어왔다. 재준은 한참을 희수의 말에 대답했다. 희수가 빼곡 한 글씨로 채운 종이를 덮으며 말했다.

"동맹이라는 것은 서로의 목적을 위해 동일하게 행동하기로 맹 세하며 맺는 약속이라는 걸 잊지 마세요. 잘만 하면 재준 씨나 저 나 앞으로 조금 편해질 거예요."

재준이 소파에 몸을 기대고 있다가 희수 쪽으로 몸을 기울이며 말했다.

"근데, 가장 중요한 게 빠졌네요."

"뭐가 빠졌나요?"

"섹스."

"네?"

"가장 기본적이고 중요한 섹스가 빠졌다고요."

희수의 입이 벌어지는 것을 보며 재준의 두 눈이 보기 좋게 휘 었다.

"설마 나더러 희수 씨 만나는 동안 섹스에 한해서만 다른 여자를 만나라고 하는 건 아니죠? 그럼 이 동맹이 무슨 의미가 있어요?"

"그, 그건……."

이성적으로 재준에게 동맹관계에 대해 설명하던 희수는 사라지고 당황함에 얼어버린 희수가 재준을 바라보고 있었다.

재준이 짚어주기 전까지 섹스는 희수의 고려 사항이 아니었던 것이다. 재준은 다리를 꼬고 소파에 다시 기대며 말했다.

"그럼 희수 씨는 일주일에 한 번 만나서 뭐 하려고 했어요?"

희수가 말을 더듬으며 대답했다.

"그, 그냥 가, 같은 공간에서 각자의 일을 하는 걸로……."

"난 조금 다르게 생각했어요. 부모님을 속이는 것도 중요하지만, 전 필요할 때 만나서 서로 욕구를 해소하면서 서로의 생활에는 간섭하지 않는, 그런 여자가 필요해요. 제가 원하는 동맹 파트너는 그런 사람이에요."

거만하게 들리기까지 하는 재준의 말에 희수의 눈이 빠르게 깜빡거렸다. 반면 재준은 느긋한 표정으로 희수에게 말했다.

"희수 씨는 섹스가 필요 없다면 우리의 동맹은 없던 걸로 하면 되니까, 싫으면 싫다고 말해요."

"하…… 하."

희수의 입에서 어색한 웃음소리가 나왔다. 재준은 희수에게 대답을 재촉하지 않았다. 희수에게 생각할 시간을 주려는 듯이 천천히 책상으로 걸어가 서랍을 열고 담배를 찾아 입에 물었다.

"담배, 피워도 될까요?"

"네? 네."

희수가 얼떨결에 대답하자 재준이 담배에 불을 붙이고 앞머리를 쓸어 올렸다. 희수가 그런 재준을 바라보다 입을 열었다.

"생각할…… 시간이 필요해요."

아무렇지 않게 재준이 대답했다.

"그래요, 그럼."

"재준 씨가 이 관계에서 원하는 게 있으면 지금 말해주세요. 솔직하게……."

재준이 담배를 입에 문 채 입매를 비틀고 웃었다.

"솔직하게?"

"네. 참고하려 합니다."

재준이 쿡쿡 낮게 웃으며 담배를 재떨이에 비볐다.

"솔직하게라……. 내가 여자들한테 질렸다고 솔직하게 말할까요?"

"질려요?"

재준이 고개를 한번 끄덕이고 희수가 앉아 있는 소파로 걸어오며 말했다.

"내가 사귄 여자들, 전부 똑같았어요. 처음에는 옆에만 있게 해달라고 애원해서 시작하죠. 그런데 시간이 지나면 하나같이 내 일거수일투족을 감시하고 간섭하려고 하거든. 오늘 누구 만나냐? 오늘은 왜 전화 안 했냐? 왜 내 문자를 씹냐? 이번 작품은 걔랑 하지 마라. 찌라시에 나오는 연예인이 너냐? 등등……. 난 구속당하는 거 딱 질색인데 말이죠."

"……"

"그러다가 내가 자신을 사랑하지 않는다고 울거나 화내면서 떠나가는 것도 똑같아. 처음부터 선을 긋고 시작하는 나만 천하의 나쁜 놈이죠."

말하는 내용은 전혀 부드럽지 않은데, 그는 희수를 향해 더없이 부드러운 눈웃음을 날렸다.

"난 희수 씨가 제안한 동맹이 굉장히 마음에 들어요. 서로의 필요에 의한 동맹이라면 앞으로 감정 상할 일은 없지 않겠어요? 서로한테 기대하는 게 없을 테니 나를 구속하는 일도 없을 거고, 그리고 헤어질 때도 깔끔하겠죠."

재준은 동맹을 통해 자신이 어떻게 해도 감정 상하지 않을, 자신을 구속하지 않을 여자를 찾는다는 것을 희수는 깨달았다. 재준에게 부모님을 속이는 것은 오히려 부차적인 것이라는 생각이 들었다.

희수가 입술을 깨물었다.

갑자기 선을 보게 되고, 즉흥적으로 동맹을 제안했다. 재준이 예상치 못하게 동의를 하고. 이 모든 것이 갑작스레 일어난 일이라 깊게 생각하지 못해 재준에게 말려들었다.

일단 재준이 짚어주기 전까지 섹스는 고려하지 못했고, 그가 원하는 것이 무엇인지도 확실하게 알아보지 않은 것이 실수였다. 희수는 재준과 관계를 맺으면서까지 동맹을 맺을 이유가 있을까를 천천히 생각해보기로 했다. 동맹은 두 사람의 필요에 의해 이루어져야 하는 것이니까, 내가 싫으면 싫은 것이다.

"우리의 목적은…… 다르군요."

"하지만 잘만 하면 서로에게 이득이죠."

차가운 표정으로 돌아온 희수를 보며 재준은 피식 웃었다.

"오늘은 이만 가볼게요."

희수가 미련이 없다는 듯이 일어나자 재준도 같이 일어나며 말했다.

"호텔까지 태워다줄게요."

희수가 잠시 고민하다가 그의 제안에 고개를 끄덕이고 고맙다 말했다. 집을 나오면서 호기심 어린 눈으로 저를 쳐다보는 백 여사에게 저녁 잘 먹었다는 인사를 했다.

재준이 호텔 앞에 차를 세우고 먼저 내려 보조석 문을 열어주며 말했다.

"난 희수 씨랑 그 동맹이라는 거……. 꼭 하고 싶네요."

차에서 내린 희수가 몸을 일으키자 재준이 바로 코앞에 있었다. 희수는 한꺼번에 몰려오는 생각들이 머릿속에서 마구 엉키는 기분이 들었다. 재준이 희수의 엉킨 생각들을 읽었는지 미소 지으며 말했다.

"천천히 생각해요. 급할 건 없으니까."

"그럼, 이만 갈게요."

재준은 재빨리 몸을 돌리는 희수의 손을 잡고 돌려세웠다.

"다음에는 꼭 술 한잔 같이 해요."

부드럽게 웃는 재준의 눈을 피하며 손을 쳐낸 희수는 몸을 돌려 호텔 후문으로 사라졌다. 재준이 그런 희수의 뒷모습을 보며 피식 웃었다.

재밌었다. 표정이 없을 때는 도도하고 차가워 보이지만, 당황하면 얼굴에 무슨 생각을 하는지 다 드러나는 희수가 재밌었다.

머리를 식히기 위해 갔던 제주도 여행. 그 여행에서 서울로 돌아온 이후, 재준은 혹시 희수에게 연락이 오지 않을까 계속해서 휴대폰을 확인하는 자신을 발견할 수 있었다.

　제주도에서 돌아온 주말, 희수는 라디오를 틀어놓고 책상에 앉아 스타워즈에 나오는 비행선, 밀레니엄 팔콘을 조립하기 시작했다. 머리를 비우고 싶을 때, 희수는 이렇게 뭔가를 조립하고는 했다. 조립에만 몰두하다 보면 어느 순간 아무 소리도 들리지 않고 아무 생각이 없어진다.

　세 시간이 지나자 꽤 멋진 비행선이 완성되었다. 희수는 완성된 밀레니엄 팔콘을 손으로 조심스레 들어 장식장에 올려놓았다. 완전히 머리를 비워내는 작업은 끝났다. 이제는 생각을 할 시간이었다.

　모든 일은 복잡해 보이지만, 생각의 가지들을 하나씩 쳐내가면 한 가지로 단순화되기 마련이다. 희수는 복잡하게 보이는 재준과의 관계에 대해 처음부터 다시 생각하기 시작했다.

　제주도에서 함 교수의 적극적인 권유로 재준과 맞선을 보았다. 처음에는 점심만 해결하고 나오려고 했다. 하지만 은근히 희수를 무시하는 어머니의 전화를 받고 충동적으로 재준에게 동맹을 제안했다. 재준의 조건이면 아버지도 어머니도 희수를 내버려 둘 것 같았기 때문이다. 하지만 재준이 원하는 것은 희수와 다르게 잠자리를 하면서 재준의 생활에 간섭하지 않을 사람이었다.

　소위 말하는 섹스 파트너인가? 희수는 이 부분에서 길게 한숨을 쉬며 피곤한 듯 눈가를 만지작거렸다.

　단순화시켜서 생각하면 희수는 재준과 일주일에 한 번 만나는 조건으로 아버지와 어머니로부터 자유를 얻을 수 있다. 그렇다면 과연, 재준과의 잠자리가 결혼의 압박과 교환할 만큼 가치가 있는 것인가?

희수는 남자 경험이 없었던 것도 아니었고, 성적인 욕구도 있었다. 하지만, 그 욕구 때문에 좋아하지도 않는 사람과 관계를 한다? 그 함재준과?

함재준도 이상하다는 생각이 들었다. 어떻게 좋아하지도 않는 사람과 관계가 가능한 것일까? 서로 좋아하지도 않는 두 사람이 서로의 욕구에만 충실하며 관계를 가질 수 있는 것인가?

말도 안 된다고 생각하며 머리를 강하게 흔들었다. 희수는 다시 머리가 복잡해지는 것 같아 부엌에 가서 커피를 내리기 시작했다. 커피가 다 되기도 전에, 희수의 휴대폰이 울리기 시작했다. 희수가 걸려온 전화의 이름을 확인하고 통화 버튼을 눌렀다.

"네, 아버지."

-주말에는 본가에 오라고 몇 번을 말해야 하는 거냐?

"저녁에 가려고 했습니다."

-지금 오너라.

대답도 하기 전에 전화가 끊겼다. 희수가 허탈한 웃음을 지으며 전화기를 내려놓았다.

아버지께는 재준과 선을 봤지만, 어떻게 될지 모르겠다고 말씀드렸다. 그러니 오늘 아버지는 분명 또 다른 사람을 찾아서 앞에 들이밀 것이다.

여자 나이 서른셋이면 이미 결혼하기에 늦었다고 생각하는 아버지는 희수를 소위 말하는 선 시장에 내놓았다. 희수의 조건이 그리 나쁜 것은 아닌지 많으면 일주일에 한 번, 적어도 이 주에 한 번은 선을 봐야 했다. 희수가 싫다고 말해도 소용없었다. 애초에 희수의 말은 듣지 않는 사람이었으니까…….

희수는 머리를 올려 묶고 옷을 입고 주차장으로 내려갔다. 본가로 가는 동안, 다시 생각을 돌려 재준과의 만남을 단순화시켜보았다.

일주일에 한 번의 만남과 못 견디게 싫어하는 결혼 압박으로부터의 해방! 두 개를 손에 놓고 저울질해보았다. 본가가 가까워오자, 숨이 막혀왔다. 희수의 추가 재준과의 만남 쪽으로 기울기 시작했다.

희수가 초인종을 누르고 육중한 대문이 열렸다. 정원을 가로질러 현관문을 열고 들어서자 자신을 쏘아보는 희연이 있었고, 속마음을 감추고 겉으로는 웃는 어머니가 있었고, 희수를 못마땅한 표정으로 내려다보며 혀를 차는 아버지가 있었다.

"쯧쯧, 못난 것! 그렇게 좋은 자리를 놓치다니……. 함 배우와의 선은 다른 선이랑 달랐단 말이다!"

신발을 벗기 전부터 들리는 아버지의 목소리에 희수의 추는 재준 쪽으로 좀 더 기울어졌다.

"어머, 이 이는 희수 보자마자 그러면 어떡해요? 희수야, 빨리 들어와. 네가 좋아하는 해물탕 했어."

희수는 해물탕을 좋아하지 않았다. 그걸 좋아하는 것은 희연이었다. 희수가 무표정한 얼굴로 그들을 따라 부엌으로 들어갔다.

식탁에 앉자마자 다시 아버지의 목소리가 들렸다.

"다음 주 토요일 저녁 시간 비워놓도록 해. 우리 병원에서 일하는 이 선생과 만날 거야. 마지막 기회다."

아버지의 말에 희연이 깐족거리며 말했다.

"언니가 저번에 만났던 김 실장님 조카 있잖아. 변호사라던……. 그분이 언니 나이 많다고 싫다고 했대. 자기도 서른다섯이나 먹었으면서. 웃기지 않아?"

내가 만났던 사람 중에 변호사가 있었나? 한국에 돌아오고 나서 너무 많은 사람을 만났는지, 기억이 나지 않았다.

못마땅한 표정으로 희수를 쳐다보며 아버지가 말했다.

"여자 나이 서른셋과 남자 나이 서른다섯이 같아? 희수 네가 교수면 뭐하냐. 만나는 남자마다 너 싫다고 하는데."

희연이 킥킥대며 희수를 쳐다보면서 말했다.

"내가 그럴 줄 알았어."

희수가 눈살을 찌푸리며 희연을 쳐다보았다.

"내가 우리 병원 사람까지 소개해주고 싶지는 않지만 이 선생이 네 사진 보고 먼저 소개해달라고 한 거니까 이번에 나가서 잘해."

"내가 병원에 아빠 보러 갔다가 이 선생님 한번 본 적이 있는데 말이야……."

희연이 말을 시작했다가 희수 옆에 찰싹 달라붙어서 귓속말을 하듯이 작게 속삭였다.

"병원 사람들 말로는 이 선생, 사실은 나를 좋아한다네……. 그래도 잘해봐."

"희연, 똑바로 앉아라. 자세가 그게 뭐냐? 희수는 내 말 명심하고. 토요일 잊지 마라."

어머니가 해물탕을 그릇에 담으며 말했다.

"이제 그만하고 식사하세요. 희수야, 해물 넉넉하게 넣었으니 많이 먹어라."

자애로운 표정으로 말하는 어머니를 한번 보고, 앞에 놓인 해물탕을 내려다보았다. 희수가 싫어하는 대게가 그릇에 담겨 있었다.

"빨리 수저 들어라. 어머니가 너 때문에 아침부터 고생했다."

아버지의 말에 희수가 숟가락을 들었다. 갑자기 가슴속에서 뭔가 울컥하고 올라오면서 머릿속을 휘젓던 희수의 고민이 사라졌다.

희수의 추는 재준 쪽으로 완전히 기울어졌다.

모자를 깊게 눌러쓴 재준은 희수가 알려준 카페에 발을 들여놓았다. 멀리서도 검은색 정장을 입은 희수의 모습이 한눈에 들어왔다. 오늘도 운동화를 신었을까? 재준은 고개를 숙이고 있는 희수 앞에 서서 테이블을 톡톡 두드렸다. 희수가 고개를 들고 재준을 바라보며 말했다.

"갑자기 만나자고 해서 미안해요."

"괜찮아요. 연락 기다리고 있었어요."

말을 하면서 희수의 신발을 확인했다. 하얀색 운동화를 신고 있었다. 정장을 입고 있지만, 편한 것을 좋아하는 희수의 성격이 엿보였다. 안 어울릴 것 같은데, 희수가 입고 있으면 두 가지가 동떨어져 있다고 생각되지 않았다. 희수의 운동화에 시선을 고정하며 자리에 앉자 희수가 말했다.

"만나서 말하는 게 좋을 것 같아서 연락했어요."

재준이 대답하기도 전에 앞에 종이 한 장이 놓였다.

"보고 어떻게 생각하는지 말해주세요."

희수는 재준의 반응이 궁금했지만 재준이 모자를 깊게 눌러쓰고 있어서 그의 표정이 보이지 않았다. 그의 어깨가 조금 들썩거리기 시작했다. 곧 낮은 웃음소리가 들렸다.

"어때요? 지킬 수 있겠어요?"

희수가 떨리는 목소리로 묻자, 재준이 못 참겠다는 듯이 배를 잡고 큰 소리로 웃기 시작했다.

희수는 멍하니 재준의 얼굴을 쳐다보았다. 왜 저렇게 웃는 걸까? 웃기는 내용은 하나도 없고, 진지한 내용뿐인데…….

"희수 씨!"

"네."

긴장한 목소리로 희수가 대답했다.

"다 마음에 들어요. 희수 씨가 제안하는 거…….. 다 마음에 들어요."

"정말요?"

"네."

"병원에 가서 성병검사 해줄 수 있어요?"

"그럼요. 곧 종합검진 받을 때도 되었으니 한꺼번에 받아서 보여드리죠."

"관계 시 항상 콘돔 사용할 수 있어요?"

재준이 쿡 소리를 내더니 대답했다.

"그러죠."

"제가 생리를 할 때는 안 돼요."

"알겠어요."

"내가 원하지 않는 변태적인 행동은 안 돼요."

"알았어요."

대답하는 재준의 목소리에 계속해서 웃음이 묻어났다. 희수는 재준이 시원하게 모든 것을 동의하자 오히려 이상한 기분이 들었다. 하지만 아무렇지도 않은 척 재준에게 말했다.

"거기 적힌 것처럼 저도 검사받아서 보여드릴게요. 서로에 대한 예의라고 생각해요."

재준이 희수의 말에 다시 배를 잡고 웃기 시작했다. 재준이 계속해서 웃자 기분이 나빠진 희수가 물었다.

"뭐가 그렇게 웃겨요?"

"웃긴 게 아니라…… 그냥 특이하고, 하하, 귀여워서 웃었어요."

재준의 대답에 희수가 멍한 표정으로 재준을 쳐다보았다. 귀여워서? 도대체 어느 부분이 귀엽다는 것일까? 희수는 재준이 상황을 모면하기 위해 하는 말로 알아듣고 고개를 끄덕이며 정말 궁금한 걸 물어보았다.

"재준 씨는…… 가능해요?"

"뭐가요?"

"절 좋아하지도 않으면서…… 저랑 할 수 있어요?"

"누가 그래요? 내가 희수 씨 안 좋아한다고?"

희수의 두 눈이 커졌다. 재준이 희수의 표정을 보고 재밌다는 미소를 지으며 말했다.

"말한 거 같은데……. 나 희수 씨한테 관심 있다고."

"……."

"희수 씨, 제 스타일이에요."

재준이 탁자 위에 올려있는 희수의 손을 부드럽게 감쌌다. 잡힌 손이 간질거리면서, 희수의 등도 같이 간질거리는 느낌이 들었다.

"그러니까, 희수 씨도 나랑 할 만큼은 좋아해보도록 해요. 나 나쁘지 않잖아?"

굉장히 자신만만한 재준의 말투에 희수가 손을 휙 소리 나게 빼며 말했다.

"싫어질 수도 있어요."

"뭐가요?"

"하고 나면…… 싫어질 수도 있어요. 그런 경험이…… 있었어요."

재준이 그녀의 말에 다시 웃었다. 한참을 웃다가 다시 희수의 손을 잡았다. 손을 빼려는 희수의 손에 깍지를 끼었다.

"싫어지면 동맹 바로 깨면 되죠."

맞는 말이었다. 서로의 편의를 위한 관계인데, 싫으면 바로 깨면 된다. 감정이 전혀 필요하지 않은 관계였다.

"그렇군요. 바로 깨면…… 되는군요."

재준이 깍지를 낀 손에 힘을 주며 말했다.

"그래요. 그러니까 우리 서로 좋아하도록 해요. 딱 잠자리를 같이할 만큼만."

재준의 말에 희수의 생각이 정리되는 느낌이었다. 딱 그만큼이면 되는 것이다. 잠자리를 할 만큼만 서로 좋아하면 되는 것이다.

"하지만 그 이상 좋아하면 안 된다는 뜻이군요. 좋아한다는 말로 서로를 구속하면 안 되니까."

"맞아요. 역시 희수 씨는 이야기가 통할 것 같았어요."

희수가 고개를 끄덕였다. 모든 일은 복잡해 보여도 가지를 쳐내면 단순해졌다.

"알았어요. 딱 그만큼만. 앞으로 잘 부탁해요."

희수가 깍지 낀 손을 악수하는 손으로 바꾸어 놓았다. 재준이 그녀의 손을 힘주어 잡으며 미소 지었다. 역시 재밌었다.

3. 그어진 선

희수는 자료를 찾으려다 우연히 포털 사이트 검색어 1위에 올라온 재준과 서현의 결별 기사를 읽게 되었다. 좋은 동료로 남기로 했다는 머리말과 재준의 사진이 보였다. 갑자기 그의 나이가 궁금해져 재준의 프로필을 읽었다.

사실 재준이 몇 살인지도 정확히 모르고 있었다. 재준이 준 여유로운 느낌을 생각하면 자신보다 연상일 것 같았는데, 실제 나이는 희수와 동갑이었다. 그가 출연한 영화들을 검색하고 있을 때, 그에게서 문자가 왔다.

[검사 결과 나왔어요. 사진 찍어서 보내요.]

이렇게 빨리? 다음 주나 돼야 결과가 나올 줄 알았다. 한국은 무엇이든 빠르다는 생각을 하면서 사진을 확대해서 훑어보았다. 재준한테 다시 문자가 왔다.

[원하면 원본 보내줄게요.]

희수가 성병 검사를 요구했을 때, 배를 잡고 웃던 그의 얼굴이 생각났다. 나를 보호하기 위한 정말 중요한 문제인데, 뭐가 그렇게 웃겼을까? 희수가 미간을 찌푸리며 '그렇게까지 할 필요는 없다. 곧 내 검사 결과도 보내겠다'는 답을 보냈다.

[그럼, 이번 주 토요일에 만나는 걸로 하죠.]

이렇게 일찍? 만난다는 것이 무슨 뜻인지 아는 희수의 미간이 더 찌푸려졌다. 남자들은 밝힌다더니……. 여자가 없으면 못 사는 건가?

번갯불에 콩 볶아 먹는다는 속담이 이럴 때 필요한 거라는 생각을 하며 휴대폰을 한참 들여다보았다.

더 이상 고민을 하지 않기로 했는데, 하루에도 몇 번씩 마음이 바뀌었다. 희수에게 섹스란 그리 좋은 기억이 아니었다. 머릿속이 복잡해지는 것 같아서 다시 생각을 단순화시키기 시작했다.

싫은 것이 두 가지가 있다. 그 두 가지 중 어느 것이 더 싫으냐고 물으면……. 희수를 덜떨어진 자식 취급하면서 깔아뭉개는 아버지가 권하는 선 자리가 더 싫었다.

희수는 복잡한 머리를 단순하게 만든 후 답을 했다.

[토요일 좋아요. 연락 주세요.]

재준에게서 바로 알겠다는 답이 왔다.

희수는 토요일에 잡혀 있는 선 자리를 떠올리며 아버지께 전화했다. 수화기 건너 아버지가 '왜'라고 묻는 목소리가 들렸다.

"알려드려야 될 것 같아서요."

-뭐냐?

"토요일에 선을 못 볼 것 같아요. 함재준 씨와 한 번 더 만나보기로 했어요."

아버지가 다른 말을 하기 전에 재빨리 재준과 만나기로 했다고 말을 했다.

-끝난 줄 알았더니.

"……."

-알겠다. 이번에는 잘해봐라.

한결 누그러진 목소리가 수화기 건너편에서 들렸다.

예상한 대로 재준의 배경은 아버지를 한동안 잠재울 것이다. 희수의 입매가 비틀어졌다. 이러니저러니 핑계를 대봐도, 결국 나도 함재준을 이용하려고 하는 것이다. 좋아하지도 않으면서…….

토요일 오후, 어느 호텔방 침대에서 희수는 완전히 얼어버린 상태로 재준을 올려다보고 있었다. 재준이 이끄는 대로 따라와서 침대까지 올라와놓고는, 막상 자신을 내려다보는 재준을 보니 온몸이 뻣뻣해지는 느낌이 들었다.

재준이 희수의 턱을 들어 부드럽게 입을 맞췄다.

"희수 씨, 긴장 풀어요. 우리 나쁜 짓 하는 거 아니잖아."

재준이 말을 하고 다시 부드럽게 입을 맞춰왔다. 희수의 앙다물었던 입술을 부드럽게 열고 혀를 밀어 넣었다. 희수의 몸처럼 굳어버린 혀를 깊게 빨아 당겼다.

"으응……."

농밀하게 들어오는 재준의 혀 때문에 희수의 입에서 가느다란 신음 소리가 났다. 재준이 희수의 옷을 한 꺼풀씩 벗겼다. 그리고 희수의 등 쪽으로 손을 밀어 넣었다. 열기 가득한 그의 손이 희수의 브래지어에 닿았다. 능숙하게 후크를 풀었다.

"예쁘네."

하얀 희수의 젖무덤을 손에 쥔 그가 말했다. 희수의 얼굴에 피가 몰려서 열이 났다. 재준이 희수를 다리 사이에 끼우고 앉아 셔츠를 벗고 바지를 벗었다. 그 모습을 차마 보지 못하고 고개를 돌리자, 재준이 그런 희수를 보고 입꼬리를 올렸다.

재준의 혀가 희수의 목덜미를 핥았다. 희수의 몸이 움찔하는 것이 느껴졌다. 남자를 잘 모르는 몸이었다. 사실 재준은 알고 있었다. 희수가 성병 검사를 요구했을 때부터, 콘돔 사용을 계약서처럼 종이에 적어 와서 내밀었을 때부터 희수가 경험이 별로 없다는 것을 눈치챈 것이다.

경험 많은 것처럼, 이성적인 것처럼 포장해도 그녀가 요구한 것은 초보가 웹서핑을 해서 찾아낸 내용들이었다. 지금도 희수는 겁먹은 것처럼 재준과 눈을 마주치지 못하고 고개를 돌리고 있었다.

재준이 희수의 가슴을 끈적하게 빨았다. 희수가 상기된 얼굴로 고개를 돌린 채, 손가락을 입에 물고 신음 소리를 참고 있었다. 재준이 희수의 손가락을 치우고 자신의 엄지를 희수의 입에 넣었다.

"빨아봐요."

희수의 눈이 순간 커다래졌다가 곧 입을 오므리고 재준의 엄지를 빨았다. 영…… 어설펐다. 웃음이 삐져나올 것 같아 재준이 엄지를 빼고 희수의 목뒤로 손을 넣고 몸을 숙여 그녀에게 깊게 키스했다. 끈적한 타액이 섞이고, 희수가 숨이 가빠져 숨을 못 쉴 때까지 그녀의 입 속을 탐했다. 희수의 눈동자가 조금씩 풀리기 시작했다.

"오늘은 부드럽게 할 테니까…… 걱정 말아요."

그제야 희수가 재준을 바라보고 고개를 끄덕였다.

재준이 희수의 몸을 타고 내려가 납작한 배에 키스를 하고 혀로 클리토리스를 자극하기 시작했다. 희수가 놀랐는지 몸을 일으키려 했지만 두 손으로 그녀의 다리를 꽉 눌렀다.

희수가 어깨를 들썩이며 재준의 머리를 밀어냈다. 희수가 생각했던 관계에는 이런 애무나 전희가 포함되어 있지 않았다. 재준이 그만두기를 바라며 희수가 끊기는 목소리로 말했다.

"아……. 그만, 거기는……."

온몸이 간질거리고 야릇한 느낌이 전신을 휘감았다.

"으……. 아항……."

입에서 나는 이상한 신음 소리를 참으려 애썼다. 희수는 재준이 주는 쾌락이 낯설고 어색해 재준을 다시 밀어냈다.

"차라리…… 그냥, 그냥 넣어요."

"원하면."

그가 몸을 일으키고 엄지로 입을 훔치며 씩 하고 웃었다. 앞머리가 그의 한쪽 눈을 가리고 있었지만, 희수를 잡아먹을 것 같은 눈동자가 너무 적나라해서 희수는 잠시 숨을 멈췄다.

재준이 콘돔을 입으로 뜯어 그의 것에 씌웠다. 저건 언제 저렇게 커졌지? 희수는 재준의 것을 확인하고 다른 의미로 숨을 멈출 수밖에 없었다. 갑자기 두려움이 희수를 덮쳐왔다.

재준이 콘돔을 넣어둔 곳에서 젤을 꺼내 발랐다.

"그, 그건 뭐예요?"

재준이 희수의 놀란 눈을 보고 피식 웃었다. 젤을 처음 보는 것처럼 말하고 있었다.

"처음 봐요?"

"……네."

"희수 씨 안 아프게 해주는 거니까. 걱정 말아요."

재준이 귀엽다는 듯이 젤이 묻지 않은 손으로 희수의 볼을 톡톡 치고 다시 희수의 위로 몸을 겹쳐왔다. 그리고 젤을 희수의 속살에도 살짝 발랐다. 차가운 느낌에 희수의 미간이 조금 찌푸려졌다. 이제 진짜 하는 건가? 어쩐지 온몸이 다시 떨려왔다.

"긴장 풀어요."

재준이 그녀의 귓가에 속삭이며 그녀의 다리를 벌렸다. 그리고 천천히 귀두를 들이밀었다. 그가 주는 자극에 허리가 비틀어졌다.

"힘 빼요. 하아. 너무, 조여."

재준이 상기된 얼굴로 신음을 내뱉으며 말했다. 애초에 저렇게 큰 게 들어간다는 것이 말이 되지 않았다. 게다가 힘을 어떻게 빼야 되는지도 모르는데……. 희수는 그저 재준의 팔뚝을 꽉 잡고 이상한 신음 소리를 냈다.

"으윽……. 하앙."

재준은 말 그대로 능숙했다. 희수가 아프지 않게 조심스레 들어와서는, 희수가 느끼는 부분을 정확하게 알고 능숙하게 그녀를 리드했다. 몇 번이나 긴장하지 말라고, 걱정하지 말라고 희수에게 말했다. 희수가 몸을 떨면 귀엽다는 듯이 머리를 쓰다듬어주었다. 그 부드러운 목소리와 움직임에 희수의 몸에 긴장이 풀리고, 쾌락이 덮쳤다.

"하응……. 아앙, 아, 흑."

희수는 어느덧 재준이 움직일 때마다 움찔거리는 자신의 몸을 느꼈다. 몸이 느끼니, 신음 소리가 절로 났다. 하기 싫었던 일이 좋아지는 순간이었다.

재준의 CF 촬영장, 수많은 조명과 반사판이 재준을 둘러싸고 있었다. 재준은 아웃도어 웨어를 입고, 힘차게 뛰어오르는 장면을 찍고 있었다.

"컷!"

감독의 컷 소리가 들리고, 메이크업 아티스트가 와서 재준의 화장을 고쳐주었다.

"재준 씨, 방금 표정 진짜 좋았어요. 기분 좋은 일 있나 봐요."

감독이 재준의 어깨를 치며 말하자, 앞에서 화장을 고치던 킴이 비꼬듯이 말했다.

"얼마 전에 결별 기사 난 사람 같지 않네요."

재준이 킴을 쳐다보며 입매를 비틀었다. 킴이 서현과 친했다는 것이 기억이 났다.

"그냥, 재밌는 일이 있어서 그래요."

재준은 사실 희수를 생각하고 있었다. 관계가 끝난 후, 담백하게 먼저 호텔을 나간 희수였다. 덕분에 재준은 편하게 호텔을 나올 수 있었다.

킴이 뭔가 불만인지 재준의 얼굴에 파우더를 바르며 말했다.

"누구는 매일 우는데, 재준 씨는…… 웃는군요."

"……"

재준이 말없이 일어났다. 희수를 떠올리며 좋아진 기분을 망치고 싶지 않았다. 킴이 일어나는 재준의 옷을 끌어당기며 물었다.

"서현이한테 할 말 없어요?"

재준은 짜증이 났지만, 킴이 원하는 대답을 해주었다.

"미안하다고 전해줘요."

킴이 손을 놓자 재준이 옷매무새를 가다듬고 카메라 앞에 섰다. 다시 희수를 생각했다. 희수와는 이런 감정 소모를 안 해도 되는 것이 마음에 들었다. 질척거리는 감정의 소비가 없는 만남. 재준은 언제 다시 희수를 만날까 생각하며 감독의 큐 사인을 기다렸다.

그날, 재준은 감독이 원하는 모습을 완벽하게 보여주었다.

갑자기 울리는 벨소리에 희수가 인터폰을 들여다보았다. 희수의 유일한 친구 미정의 얼굴이 화면에 가득 차 있었다. 희수가 문을 열자, 미정이 꽤 무거워 보이는 가방을 냉장고 옆에 내려놓고 냉장고 문을 열었다. 가지고 온 반찬을 차곡차곡 냉장고에 넣는 미정을 보면서 희수가 물었다.

"커피 내릴까?"

미정이 긍정의 표시로 고개를 까닥거리자 희수가 커피를 내렸다. 미정이 희수의 뒤통수에 대고 말했다.

"새로 한 김치랑 네가 좋아하는 장조림 넉넉하게 해왔어. 반찬으로 먹고."

미정은 희수가 뭘 좋아하는지 정확하게 알고 있었다. 희수가 고맙다고 말하고 커피 잔을 건넸다. 미정이 잔을 받아 들고 희수의 집을 검사하듯이 훑어보며 말했다.

"여전하네. 스타워즈 덕후."

희수가 대답 대신 그냥 웃었다. 벽에 걸린 스타워즈 포스터, 거실을 돌아다니는 BB8과 R2D2 리모트 컨트롤, 장식장에 고이 모셔둔 수많은 레고 스타워즈 컬렉션과 피규어들.

미정이 희수의 방문을 열고 인사를 하는 것처럼 손을 들었다.

"오랜만이다. 츄바카."

희수의 침대 머리맡에 사람 크기만 한 털북숭이 츄바카 피규어가 서 있었다. 침대 사이드 테이블의 램프는 다스 베이더 마스크이니, 할 말은 다했다.

희수가 따라 들어와서 미정에게 자랑하듯이 말했다.

"이번에 48인치 캡틴 파스마 피규어 샀어."

미정이 침대 발끝에 세워진 이상한 마스크를 쓴 피규어를 보고 머리를 흔들었다.

"네 남자 취향은 털북숭인지 알았더니 마스크맨으로 바꿨냐?"

미정의 말에 희수가 잘못된 걸 고쳐주는 듯이 말했다.

"캡틴 파스마는 여자야."

"점점…… 에휴……."

미정이 포기했다는 듯이 희수의 등을 툭툭 치고 방을 나와 거실 소파에 앉았다. 거실 테이블을 다 덮은 레고 피스들을 보면서 말했다.

"지금 너 조립하는 거, 도대체 몇 피스냐?

"7000피스. 한정판. 어렵게 구했어."

미정이 한숨을 쉬며 물었다.

"희수야, 고민이 뭐야? 나한테 말해."

"고민은…… 무슨."

"아주 큰 고민이 있네. 7000 피스를 맞춰야 할 만큼의 고민."

미정은 중고등학교를 같이 나온 동창이자, 희수가 유일하게 마음을 털어놓는 친구이다. 미정의 질문에 희수가 대답을 못하고 우물쭈물하자 미정이 묻는다.

"아버지나 어머니 때문에 그래?"

"아니, 사실…… 요즘은 본가에 안 가도 돼. 선도 안 봐도 돼서…… 편해졌어."

"그런데, 뭐가 문제야?"

걱정스럽다는 듯이 쳐다보는 미정의 눈을 바라보다 희수는 머리를 쓸어 올렸다. 그리고 천천히 입을 열었다.

"아버지가 좋아하는 조건을 가진 남자와 동맹을 맺었어. 그냥…… 서로의 부모님한테 사귀는 걸로 하고 속이는 거지."

희수는 그 남자가 재준이라는 것은 빼고, 사실대로 말했다.

미정의 눈이 커지고, 입이 벌어졌다. 희수의 말이 끝나자 미정이 팔짱을 끼고 한참을 조용히 앉아 있다 말했다.

"차라리 잘된 거 아냐?"

"뭐가?"

"서로 원하는 걸 얻었네. 그 사람은 섹스, 너는 자유. 네가 고민할 필요가 없을 것 같은데?"

그렇게 단순화해도 되는 걸까? 사실 그렇게 단순화되기를 바라며 생각의 가지들을 치고 있지만…….

"심지어 그 사람이랑 하는 거 나쁘지 않다며? 그러면 더 잘됐네. 게다가 언제든 쿨하게 끝낼 수 있는 관계라면 뭐가 문제야? 다 큰 성인들이."

"근데…… 내가…… 조금 죄책감을 느끼는 것 같아."

미정이 희수의 말에 어이없다는 듯이 웃었다.

"죄책감?"

"응……. 난 그 사람 좋아하지도 않는데, 이렇게 같이 잠자리해도 되는 걸까? 섹스는 좋아하는 사람과 하는 거…… 아닌가?"

"꼭 그렇지는 않아. 가장 좋은 건, 사랑하는 사람과 하는 거지만 많은 사람들이 즐기기 위해서도 해. 자신을 책임질 수 있는 성인이라면 즐기기 위해서 하는 게 꼭 나쁜 건 아니야."

미정이 고개를 끄덕이는 희수를 꼭 안았다. 희수를 모르는 사람들은 그녀가 무뚝뚝하고 차갑다고 생각한다. 하지만 그건 그녀가 자신을 감추기 위해 가시를 세우고 다녀서 그렇게 보이는 것이다. 가시 안에 감춰진 희수는 어리숙하고 순수하다.

희수가 말한 동맹이 걱정되는 것은 사실이지만, 이미 희수가 결정한 것이라면 조금 두고 봐도 괜찮지 않을까 생각한 미정이 장난스레 말했다.

"너도 이제 몸의 즐거움을 알 때가 됐어."

갑자기 미정이 희수의 머리에서 뭔가를 꺼내는 흉내를 냈다.

"이거 잘 봐. 이건 네 머릿속에 저장된 섹스에 대한 정의야."

"……."

"사랑하는 사람하고만 해야 된다는 그 정의를, 네 몸을 지킬 수 있으면 즐겨도 되는 것으로 바꾸는 거지."

말을 마친 미정이 그걸 다시 희수의 머리에 넣는 시늉을 냈다. 희수가 어이없는 미정의 행동에 웃었다. 하지만, 마음이 조금 편해졌다.

그래. 단순하게 생각하기로 하자.

희수의 표정이 한결 편해 보이자 미정이 말했다.

"이제 주말에 본가에 안 가도 되면, 다음 달 동창회 한번 나와."

"동창회?"

"3반 아이들, 가끔 모이거든. 재밌어. 애들이 너 궁금해하기도 하고."

"본가에 안 가도 바빠. 일도 해야 하고, 조립도 해야 해서……."

"그래도 한 번은 나와."

"생각해보고."

그 뒤로 미정과 희수는 소소한 잡담을 하며 시간을 보냈다. 미정이 돌아가고, 희수는 재준에게서 문자가 온 것을 발견했다.

[이번 주에도 토요일에 볼까요?]

이번에는 별 고민 없이 대답했다.

[알겠습니다.]

답을 보내고 다시 레고 테이블 위에 앉았다. 지금부터는 즐기면서 조립할 수 있을 것 같았다.

재준은 운동 후 편한 운동복에 모자를 깊게 눌러쓰고 집으로 돌아왔다. 띠릭 소리를 내고 문이 열리자 불 켜진 거실에서 누군가 나왔다. 짧은 드레스를 입고 가슴을 반쯤 드러낸, 노골적으로 재준을 유혹하겠다는 복장을 한 서현이었다.

"오빠, 이제 왔어?"

서현을 본 순간 재준의 얼굴이 굳었다.

"어떻게 들어왔어?"

"비밀번호 안 바꿨더라."

귀찮아서, 아니 사실 바꿀 필요를 못 느껴서 바꾸지 않았는데 서현이 이렇게 찾아올 줄은 몰랐다.

"오빠가 킴 언니한테 미안하다고 전해달라고 했다며? 오빠도 나한테 미안한 게 있으면 우리 서로 미안한 건 다 떨치고 다시 시작하면 안 될까?"

CF 촬영장에서 킴을 만나서 했던 말이 떠올라 재준이 가볍게 한숨을 쉬고, 목에 매달려오는 서현을 떼어내며 말했다.

"그냥 한 말이었어. 네가 오해했다면, 그건 미안해. 하지만, 우린 정말 끝났어."

"오빠, 혹시 여자 생겼어?"

"……."

"누가 오빠를 호텔에서 봤다던데, 여자가 생겼구나……."

재준은 치밀어 오르는 짜증을 억누르며 서현을 응시했다. 누군가가 나를 호텔에서 보고, 그걸 서현에게 말했다? 기자인가?

자신은 안중에도 없다는 듯이 다른 생각에 잠긴 재준에게 서현이 화를 냈다.

"오빠, 진짜 나쁜 남자야. 알아? 사랑도 모르는 이기적인 인간. 이번 여자는 얼마나 오래가나 보자. 다른 사람은 안중에도 없는 너한테 질려서 금방 떠나갈 거야!"

서현이 재준의 가슴을 팡팡 소리 나게 몇 대 때렸다. 재준은 말 없이 맞고 있었다. 경험상 이럴 때는 무슨 말을 해도 상대의 귀에 안 들린다. 이성적인 행동을 한다면 그게 더 재수가 없게 느껴진다는 것을 알고 있었다. 재준은 서현이 제풀에 지치기를 바라며 서현의 주먹을 그대로 맞았다.

분하다는 듯이 계속해서 주먹질을 하던 서현이 반응이 없는 재준에게 지쳤는지 씩씩거리다 코트와 가방을 챙겨 현관문을 나서며 말했다.

"나쁜 새끼, 죽어버려."

서현이 나가고, 재준이 담배가 있는 거실 테이블로 가서 담배를 들어 불을 붙였다.

예고없이 찾아와서 화를 내고 저주를 퍼붓고 사라진 서현 때문에 짜증이 치밀어 올랐다. 이런 감정의 질척거림이 지겨웠다. 여자들은 애초에 내가 줄 수 없는 사랑을 요구하고, 그 요구를 들어주지 않으면 이렇게 난리를 치고 떠났다. 무슨 공식이라도 있는 것일까?

재준의 눈앞에 무심한 눈동자를 가진 희수의 모습이 떠올랐다. 사람들에게 무관심한 희수는 재준과 비슷한 눈동자를 가졌다. 그 눈동자를 마주하는 상상을 하는 것만으로 짜증이 조금 가라앉았다.

빨리 토요일이 되었으면 좋겠다.

나른한 토요일 오후였다. 재준은 샤워를 한 뒤 타월로 온몸을 감싸고 나온 희수의 등 뒤로 다가가 섰다.

"희수 씨랑 상의할 일이 있어요."

자신의 어깨로 다가오는 재준의 손을 자연스레 쳐내며 희수가 물었다.

"상의할 일요?"

"제가 호텔을 들락거리는 것을 목격한 사람이 있나 봐요. 위장 잘 했다고 생각했는데 말이죠."

"……."

"기자들에게 걸릴까 봐 걱정되네요. 나는 상관없지만, 희수 씨가 곤란해질 것 같아요."

"네. 곤란해요."

열락의 시간 내내 보여준 들뜬 표정의 희수는 어디론가 사라지고, 차가운 얼굴로 대답하는 희수가 있었다.

감정이 담기지 않은 듯한 차가운 눈동자는 재준에게 자신이 그어놓은 선 안에 들어오지 말라고 말하고 있었다. 재준이 거울을 보면 볼 수 있는 눈동자였다. 재준도 다른 사람들이 자신이 그어놓은 선 안으로 들어오는 것을 용납하지 않았다.

재준의 공간에 들어오지 못해 안달이 났던 여자들과는 다른 희수를 보니, 재준은 자신이 들어갈 수 있는 공간이 어디까지인지 실험해 보고 싶어졌다.

그래서 재준은 원래의 계획을 희수에게 말하지 않기로 하고, 아무렇지 않게 희수의 의견을 물었다.

"우리 어떡할까요? 우리 집은 기자들도 팬들도 다 알고 있어서 호텔이랑 다를 것이 없어요. 희수 씨 집이라면 괜찮을 것 같은데……."

희수가 심각한 표정을 지으며 침대에 걸터앉았다. 그 표정에 재준의 입꼬리가 올라갔다.

차갑고 무심해 보여도 희수 역시 다른 여자들처럼 재준이 틈을 보이면 기회라는 듯이 그에게 그녀의 공간을 허락하겠지. 하지만 귀에 들리는 단호한 희수의 목소리는 재준의 예상과 다른 것이었다.

"우리 집은 안 돼요. 전 제 공간에 아무나 들이지 않아요."

"아. 무. 나. 들이지 않는다……."

재준이 충격을 받은 듯 말끝을 흐렸다.

"미안해요. 서로 불편하면 동맹을 깨도록 하죠."

돌리지도 포장하지도 않은 희수의 말에 재준이 실소를 '허' 하고 터트렸다. 희수가 그어진 선을 넘을지 안 넘을지 실험해보려고 했는데, 오히려 재준이 한 방 맞은 기분이 들었다.

거짓을 말하지 않는 희수의 말간 눈은 불편하면 이 동맹은 언제든지 깰 수 있는 것이라 말하고 있었다. 희수는 그녀의 공간에 재준을 들일 생각이 전혀 없어보였다.

"하하…… 희수 씨, 대단해요. 진짜 꼼짝을 못하겠네요."

"……."

"사실 이사하려고 했어요."

"무리하지 않으셔도 됩니다. 당분간 안 만나도 상관없어요."

"나는 상관있어요. 되도록 빨리 이사 가도록 하죠. 다음 주 토요일에는 이사한 집에서 봐요."

재준이 침대에 걸터앉은 희수 앞으로 다가와 희수의 타월을 벗겨냈다. 희수가 놀란 얼굴로 재준을 바라보며 물었다.

"또…… 하게요?"

"네."

재준이 희수의 어깨를 아프도록 물며 대답했다. 희수의 입에서 엷은 신음 소리가 났다. 재준은 그녀의 목덜미에 입술을 대고 깊게 빨아들여 그의 흔적을 남겼다.

희수에게 재준이 '아무나'라는 사실에 이상하게 심술이 났다.

희수와 헤어진 재준은 안경을 끼고 모자를 깊게 눌러쓴 채로 차에 올라탔다. 시동을 걸기 전에 주소록에서 황 실장을 찾아서 통화 버튼을 눌렀다.

"황 실장님. 저예요."

-재준 군이군요. 오랜만입니다. 무슨 일 있습니까?

"한남동 빌라. 열쇠가 필요해요."

-왜 필요한지 여쭤봐도 될까요?

"이사하려고요. 집은 비어 있겠죠?"

-집주인을 기다리며 비어 있지요.

"그럼, 청소할 사람 좀 구해주세요. 되도록 빨리."

-한남동 빌라에는 언제라도 들어갈 수 있게 관리해놓았습니다만.

예상치 못한 황 실장의 말에 재준이 잠시 멈칫했다. 황 실장의 말이 계속해서 수화기를 통해 들렸다.

-재준 군의 재산을 관리하는 것이 제 업무 중의 하나입니다. 한남동 빌라도 재준 군 재산의 일부이니 계속 관리하고 있었습니다. 그리고 혹시 모르실까 봐 알려드립니다. 제 월급의 일부는 재준 군의 통장에서 나옵니다.

한남동 빌라는 할머니의 유산 일부였다. 할머니가 서울에 오면 머물던 한남동 빌라, 그리고 대부분의 시간을 보내던 제주도 별장 말고는 재준도 자신이 상속받은 재산의 규모를 자세히는 알지 못했다.

할머니가 보유하고 있던 주식과 부동산의 대부분을 재준에게 상속했다는 것 정도는 알고 있었다. 상속세를 한꺼번에 낼 수 없어 3년에 걸쳐 냈고, 상속세를 내기 위해 물려받은 부동산의 반 이상을 팔았다고 들었다.

외할머니의 유언장이 공개되었을 때, 낭패라는 듯한 표정을 짓던 친인척들의 표정이 잠시 머릿속에 스쳐 지나갔다.

재준이 입에서 비소가 새어 나오는 것을 참고 말했다.

"그렇군요."

-열쇠는 언제 가져다드릴까요?

"내일 저녁에 제가 찾으러 가죠. 어디에 계신지 연락 주세요."

-그렇게 알고 준비하고 있겠습니다.

통화를 끝내고, 차에 시동을 걸었다.

희수와 동맹을 맺은 지 두 달째, 그동안 호텔에서 희수를 만났었다. 다음 주부터 재준은 그녀를 이사 간 집에서 만날 것이다. 여자를 만나기 위해 이사를 갈 만큼 희수와의 동맹이 만족스러운 것뿐이라고 생각하며 재준은 핸들을 돌렸다.

H 종합 병원에 근무하는 정훈이 충수돌기절제 수술(맹장 수술)을 한 아이의 차트를 손에 들고 아이의 질문에 대답하고 있었다.

"샘, 왜 하늘은 파래요?"

"빛의 산란 때문이란다. 태양에서 나오는 빛이 공기 분자에 의해 여기저기 부딪혀 사방으로 흩어지는데, 그 과정에서 다른 빛은 다 공기 중에 흡수되고 파란빛의 광선만 우리 눈에 들어오거든. 그래서 하늘이 파랗게 보여."

정훈은 아이가 귀여워 아이의 머리를 쓰다듬으며 대답해주었다.

"그럼 바닷물은 왜 파래요?"

"비슷한 원리야. 태양 광선이 물에 부딪히면 다른 빛은 다 흡수해버리고 파란빛만 물에 부딪혀서 산란되거든."

"샘, 샘이 한 말 그대로 좀 적어주시면 안 돼요?"

옆에서 아이를 보고 있던 아이의 엄마가 아이를 말리면서 말했다.

"얘는 왜 선생님한테 숙제를 하라고 해."

정훈이 웃으며 물었다.

"숙제였어?"

"네."

"숙제는 혼자 해야지."

"근데, 선생님."

"왜?

"샘, 계속 톡 와요."

아이의 말에 가운 주머니에서 휴대폰을 꺼내 읽었다. 사희수가 동창회에 나타났다고 동창 녀석들이 난리가 났다. 톡을 끝까지 읽지도 않고, 아이의 머리를 쓰다듬으며 말했다.

"샘, 지금 가야겠다."

"어디 가요?"

"동창회! 첫사랑 만나러."

허둥대는 정훈을 이상한 눈으로 쳐다보는 아이를 뒤로하고, 그는 대타를 뛰어줄 녀석을 찾았다. 억지로 동기를 대타로 세우고 서둘러 동창들이 모인 장소로 차를 몰았다.

사희수는 고등학교 때 희수의 별명이었다. 수학 시간에 수학 선생님이 가르쳐준 답이 틀리자, 희수가 조용히 손을 들고 선생님께 말했다.

'선생님. 답은 4입니다.'

'4인 것 같은데요?'라고 추측하면서 물어보는 것도 아니고 정확하게 '4입니다'라고 말하던 희수의 영상이 정훈의 머릿속에서 다시 재생되었다. 그때, 선생님이 희수가 틀린 거라 말하자, 희수가 다시 조용히 말했다.

'정답은 4입니다. 답답하네요, 정말.'

전혀 답답해 보이지 않는 표정으로 대답한 희수는 교실을 순식간에 얼음으로 만들어버렸다. 화가 난 선생님이 문제를 다시 풀고, 정답이 4가 맞았다는 것을 알려주기까지 희수가 만들어낸 불편함이 정훈의 뇌리에 깊이 박혀 있었다.

그 이후로 희수의 별명은 사희수가 되었고, 1학년 3반 아이들의 유행어는 '답답하네요, 정말'이 되었다.

특이한 사차원의 그녀, 이희수. 만나려고 노력할 때마다 멀어지던 희수가 동창회에 나타났다.

정훈은 평소에 하지 않던 발레파킹을 하고 동창 녀석들이 있는 룸으로 들어갔다. 왁자지껄한 분위기 속에서 희수가 한눈에 보였다. 그리 많이 변하지 않은 모습으로 희수가 앉아 있었다.

"야! 정훈이 왔다."

"못 온다더니."

"내가 사희수 왔다고 톡 보냈거든."

킥킥거리며 웃는 소리가 들려도 정훈의 눈은 희수에게 고정돼 있었다.

"저 새끼, 진짜 여태까지 희수 때문에 동창회 나왔나보다."

"어쨌든 다 모였네. 우리 학교 수학 귀신들."

"한잔해야지."

고맙게도 톡을 보내준 태환이 정훈을 희수의 옆에 앉혀주었다. 그리고 술을 한잔 따라주면서 외쳤다.

"이렇게 많이 모인 거 오랜만이네. 파도 타!"

흥겨운 소리가 들리고, 모두가 차례대로 원샷을 했다. 희수도 눈치를 보더니 자신의 차례가 되자 잔을 들어 다 비워버렸다. 그 모습을 보느라 정훈은 자신의 타이밍을 놓쳤다. 아이들의 핀잔 소리가 들리고 정훈의 앞에 벌주가 쌓였다. 그래도 기분이 좋았다. 만나려고 노력해도 만나지지 않던 그 사희수가, 내 옆에 앉아 있었다.

시간이 지나고, 몇 남지 않은 동창들이 맥줏집에서 간단한 안주만 시켜놓고 맥주를 마시고 있었다. 희수는 미정과 같이 미정의 약혼자 준혁이 오기를 기다리고 있었다. 누군가가 희수에게 물었다.

"난 네가 수학을 좋아해서 이과로 갔을 줄 알았는데 나중에 보니까 문과더라고."

정훈이라는 친구였다. 희수의 기억에도 남아 있는 정훈은 희수 못지않게 수학을 좋아하던 친구였다. 쉬는 시간마다 같이 수학문제를 풀곤 해서 희수와 정훈의 별명이 수학 귀신이었던 기억이 났다.

"어! 나도 그거 궁금했었어. 희수 수학 귀신 아니었나? 게다가 사희수 국어 진짜 못했는데…… 어떻게 문과를 갔지?"

다른 친구가 정훈의 말에 고개를 끄덕이며 물었다.

희수도 자신이 이과 체질인 줄 알고 이과를 지원했지만 나중에 어머니가 담임과 상담 후에 희수를 문과로 바꾼 것을 알았다. 지금도 어머니가 왜 그랬는지 이유는 정확히 알지 못했다. 그저 어머니는 희수가 아버지처럼 의사가 되는 것을 굉장히 경계했다는 것이 기억이 났다.

"수학 귀신들, 정훈이랑 희수 별명이었지. 기억난다. 그리고 너희들 그거 기억나? 국어 선생님이 희수랑 정훈이 때문에 완전 고

생한 거?"

정훈이 다른 친구의 말에 머리를 끄덕이다 대답했다.

"진짜 뭔 말인지 알아야 문제를 풀지. 지금도 언어영역 문제 보면 신물 나와."

희수도 같은 마음이었다. 국어 문제는 답이 하나인 수학과 달리 답이 여러 개인 것 같았다. 특히, 지문이 나오고 그 지문의 숨겨진 뜻을 찾으라고 하면 희수는 가끔 패닉 상태가 되곤 했다. 아무리 지문을 읽어도 무슨 뜻인지 모르는 경우도 있었다.

이름이 기억 안 나는 친구가 말했다.

"국어 선생님이 너희들 이해시키려고 하다가 나중에 포기하고 그냥 외우라고 했지. 지금 생각하니 너무 웃긴다. 하하. 그런 사희수가 문과로 갔어."

사정을 아는 미정이 친구들을 타박하듯이 말했다.

"희수 문과에서 숫자 제일 많이 쓰는 경제학과 교수거든. 문과든 이과든 좋아하는 거 하면 됐지. 우리가 그때 뭘 알고 문과, 이과 지원했냐?"

"그렇긴 하지."

정훈은 대답을 하며 희수의 표정을 살폈다. 즐거워 보이지도 않고 그렇다고 딱히 지겨워 보이지도 않는 무심한 표정. 얼핏 보면 차갑게 보였다.

"어, 준혁 오빠한테 전화 왔다. 너희들, 다 내 결혼식에서 보자. 출석체크 한다."

미정이 친구들에게 손을 흔들며 희수를 잡아끌었다.

"희수야, 가자."

희수가 일어나자 정훈도 슬며시 일어나 그들을 따라나섰다.

미정의 약혼자, 준혁은 차를 세워놓고 미정을 기다리고 있었다. 준혁이 미정이를 보조석에 앉히고 말했다.

"타요. 미정이가 희수 씨 집까지 태워줘야 된다네요."

"아녜요. 그냥 갈게요."

"미정이한테 혼나요."

"그럼 지하철역까지만 부탁드려요."

정훈이 그 틈을 노려 넉살 좋게 말했다.

"저도 지하철역까지 부탁드립니다."

정훈이 먼저 뒷좌석에 앉고 희수가 그 옆에 앉아 운전하는 준혁에게 말했다.

"해주신 반찬 맛있게 먹었어요."

미정이 보조석에서 용수철이 튀듯 몸을 일으키고 물었다.

"알고 있었어? 준혁 오빠가 만든 거?"

희수가 웃으면서 말했다.

"네가 만들면 그렇게 맛있지 않았겠지."

미정이가 준혁의 팔을 치며 말했다.

"나랑 비교되니까, 내가 맛없게 만들라고 했지."

준혁은 유명 호텔 셰프였다. 그런 그에게 맛없게 만들라고 주문하다니……. 그런 미정이 웃겨서 희수가 소리 내서 웃었다. 정훈의 시선이 웃고 있는 희수에게서 떨어지지 않았다.

"희수 씨, 그거 알아요? 미정이가 희수 씨 집 갔다 와서 꿈꿨어요."

"네?"

"우리 신혼집으로 스타워즈 피규어가 배달되는 꿈을 꿨대요. 사람 크기만 한 캡틴 파스마요."

"태몽이군요. 여자아이 태몽."

정훈은 잠시 헷갈렸다. 희수가 농담을 하는 것인가? 준혁과 미정이 웃는 것을 보니 농담이었나 보다. 희수도 편한 표정으로 웃고 있었다. 정훈은 희수가 그들과 말하고 웃는 것을 신기하다는 듯이 쳐다보았다. 그녀는 편한 사람들과 있으면 차가운 표정이 없어지는 것 같다. 눈매가 곱게 접히니 도도해 보이던 눈이 선해 보였다. 정훈이 홀린 듯 희수만 쳐다보았다.

준혁이 희수와 정훈을 지하철역에 내려주자마자 희수가 말했다.

"잘 가."

희수가 찬바람이 부는 표정으로 인사를 하더니, 택시를 잡으려는 듯 손을 들었다. 정훈은 희수와 지하철을 타고 도란도란 이야기하는 상상을 하며 희수를 따라왔었다. 정훈이 급한 마음에 희수의 어깨를 잡고 물었다.

"지하철 타는 거 아냐?"

"아냐."

희수가 정훈의 손을 떼어내며 짧게 대답하고 손을 들어 택시를 잡아탔다. 뭐라고 말 붙이기도 전에 택시를 타고 가버리는 희수의 뒷모습을 멍하니 바라보다 정훈은 전봇대에 머리를 쿵쿵 박기 시작했다.

바보가 따로 없다. 한마디도 못하고 그냥 바라보기만 하다 보냈다. 할 수 있는 말이 많았는데……. '어디 사냐?', '영화라도 같이 볼래?', '집에 데려다줄게'라고 말할 수 있었잖아……. 병신, 등신, 쪼다…….

정훈은 자학을 하다 택시를 잡았다.

"어디로 모실까요?"

정훈이 한숨 섞인 목소리로 동창들과 만났던 술집 이름을 댔다. 주차해놓은 차를 찾으러 가야 했다. 정훈은 자신이 너무 한심해 택시 창문에 머리를 콩콩 박았다. 다행히 미정의 결혼식에서 희수를 다시 볼 수 있을 거라 생각하며 주먹을 불끈 쥐었다.

재준이 기와로 지어진 한식당 앞의 돌계단을 올려다보았다. 황 실장이 재준이 오는 것을 보고 있었는지 계단을 내려왔다.

재준이 갓난아기일 때부터 할아버지와 할머니 곁에 있었다던 황 실장의 얼굴에 세월의 흔적이 느껴졌다.

"재준 군! 어서 와요. 회장님이 기다리십니다."

재준의 얼굴이 살짝 일그러졌다.

"할아버지한테 보고했나 보죠?"

황 실장이 얼굴에 미소를 지으면서 대답했다.

"제 월급의 대부분은 회장님의 통장에서 나오기 때문에 보고를 안 할 수가 없었습니다."

말은 항상 청산유수인 황 실장 아저씨였다. 재준이 어쩔 수 없다는 듯이 계단을 올랐다. 할아버지를 안 본 지 한참 된 것 같긴 했다.

별채에 따로 마련된 방의 문이 열리고 풍채 좋은 정 회장이 보였다.

"내가 네 얼굴은 광고로만 보는 것 같다. 네 할미 죽고는 어찌 그리 발걸음을 안 해?"

"할머니 돌아가시고는 보기 싫은 얼굴뿐이라서요."

한복을 곱게 차려입은 직원이 들어와 정 회장과 재준에게 물수건을 건넸다. 정 회장이 쯧쯧 소리를 내면서 손을 닦았다. 직원이 나가자 정 회장이 심드렁하게 물었다.

"얼마 전에 우리 회사 광고제의 거절했다면서?"

"네. 별로 엮이고 싶지 않아서요."

재준도 마찬가지로 심드렁하게 대답했다.

"오해하지 말아라. 네가 내 외손주인지 모르는 사람들이 연락한 거니까."

"알아요."

"네가 꽤 유명해서 말이다. 언젠가 사람들도 너와 나의 관계를 알지 않겠냐? 네 이미지가 곧 회사 이미지가 될 수도 있으니 각별히 주의하고."

재준이 피식 웃으며 말했다.

"아버지 입만 단속하시면 별로 알려지지 않을 것 같은데요? 저는 실수로라도 회사 이름 입에 안 올리니까."

정 회장이 고개를 끄덕였다. 함 교수가 가끔 자랑처럼 입을 놀리는 것이 화근이었다. 정말, 한번 불러다 입단속을 시켜야겠다 생각하면서 재준의 밥그릇에 전을 올려놓았다.

"왜 이러세요? 적응 안 되게?"

"손 안 닿을까 봐 올려놨다. 안 되냐?"

"제가 알아서 먹을게요. 할아버지나 많이 드세요."

"살이 많이 빠졌어."

"얼마 전에 화보도 찍었고, 이번에 맡은 역이 샤프한 검사 역이라 체중관리 하고 있어요."

"쯧쯧, 그러게 왜 하지 말라는 배우는 하고 난리냐?"

"좋아서요."

간단하게 대답하고 재준이 전을 집어먹었다. 집안의 누구도 재준이 배우가 되는 것에 찬성하지 않았다. 사실 정 회장은 재준의 커리어 초반엔 좋은 배역이 들어오는 것을 막기도 했다. 재준도 알고 있는 눈치지만 한 번도 정 회장에게 불만을 토로하지는 않았다. 정 회장의 방해에도 결국 재준은 대한민국, 아니 아시아가 알아주는 스타가 되기는 했지만.

정 회장은 그런 재준을 뿌듯하게, 한편으로 아쉽게 바라보았다. 정 회장의 자식들도, 손주들도 모두 정 회장의 눈치를 보면서 정 회장이 원하는 삶을 살고 있다. 하지만 딱 그만큼만 하는 것이 불만이었다. 새로운 것을 개척하려 하지도, 모험을 하려고도 하지 않는다.

"그런데 갑자기 왜 이사를 가려고 해?"

"지금 집은 많이 알려져서요. 기자나 팬이 찾아오지 않는 곳이 필요해요."

"새로 생긴 여자 때문에? 그 교수라던?"

재준이 밥을 먹다 정 회장을 힐끗 쳐다보고 대답했다.

"잊고 있었네요. 할아버지가 제 사생활을 꿰고 있는 사생팬인 거."

재준의 뼈 있는 말에도 정 회장이 짐짓 그 말을 못 들은 척하며 말했다.

"그나마 네가 만난 여자들 중에는 제일 괜찮다만, 결혼까지는 안 된다."

"걱정 마세요. 전 결혼 같은 건 안 하니까."

"내 말은 그 교수라는 여자랑 결혼까지는 안 된다는 거야. 괜찮은 사람 나타나면 결혼해야지."

정 회장의 말에 재준이 숟가락을 내려놓고 피식 웃었다.

"할아버지!"

"왜 그러나?"

"저 할아버지 닮아서 여자 진짜 좋아해요. 그래서 결혼은 못해요. 할아버지가 할머니 속을 얼마나 문드러지게 했는지 다 기억하고 있거든요."

"그때는 다 그랬어."

"지금은 시대가 다르니까, 결혼은 더더욱 안 되죠. 생각해보니유전인가 봐요. 할아버지, 어머니, 그리고 나. 한 사람한테는 만족못하는 게……."

정 회장이 잠시 재준을 노려보았다. 재준이 일부러 정 회장의약점을 꾹꾹 쑤시고 있다는 것을 알고 있었다.

"네가 결혼 생각이 없어도 그 여자가 너를 붙잡을 수도 있지. 알아보니, 네가 내 손자라는 것을 알고 그 여자 아버지가 함 교수한테 부탁한 거라는데……."

"희수는 오히려 결혼 이야기 나오면 도망갈 여자예요."

"그래도 사람 일은 모르는 거다. 여자가 작정하고 달려들어 덜컥 임신이라도 하면 남자는 어쩔 수 없는 거다."

항상 콘돔을 확인하고 시작하는 희수를 생각하며 재준이 소리내서 웃었다.

"하하. 오늘 들은 말 중에 제일 웃기네요. 희수는 그럴 사람아니에요."

재준은 한번 떠올린 희수 생각을 멈출 수가 없었다. 몇 주 전, 희수는 '동갑인데, 말 놓을까요?'라고 물어본 재준이 무안할 정도로 그 제안을 딱 잘라 거절했다. 그렇게 뜨겁게 몸을 섞어도, 서로의 은밀한 부위를 드나드는 친밀한 사이라도 희수에게 재준은 그저 동맹을 맺은 남자 그 이상도 그 이하도 아니다.

조금 짜증이 나서 미간이 찌푸려졌다. 정 회장은 자신이 재준를 불편하게 했다고 생각했는지 덧붙여 말했다.

"결혼 이야기는 안 하마. 그냥 밥 먹어라."

"네."

"허, 참……. 내가 누구 눈치를 다 본다."

"제 눈치는 보셔야죠. 저 회사 대주주예요. 앞으로도 계속 제 눈치는 보세요. 경영권 방어하고 싶으면."

정 회장이 크게 웃으며 숟가락을 다시 들었다.

식사가 끝난 뒤, 황 실장이 재준에게 열쇠를 건네주고 그를 배웅하고 정 회장이 있는 방으로 들어왔다. 입가심으로 차를 마시는 정 회장의 기분이 좋아 보였다.

"좋은 시간 보내셨습니까?"

"고놈 참, 내 말은 하나도 안 듣는 게……."

"그래서 좋아하시는 거 아니셨습니까?"

"그렇기는 하지. 그나저나 이사는 언제 한다던가?"

"내일 바로 옷가지만 들고 들어가겠답니다. 지금 사는 서초동 집은 공식적인 재준 군 집으로 놔두겠답니다. 기자들도 팬들도 다 그 집을 재준 군 집으로 아는 것이 편하답니다."

"좋은 생각이군. 그리고, 물어봤나? 주식 어떻게 할 건지?"

"그대로 두겠답니다. 할아버지 뜻을 따르지 말라고 할머니가 남겨주신 거라, 회장님께 팔 수 없다는군요."

정 회장이 또다시 폭소를 터뜨렸다. 내 뜻은 하나도 따르지 않는 녀석인데, 녀석을 보고 있으면 유쾌했다.

희수는 온몸이 노곤하고 녹진거려 일어나지 못하고 침대에 누워 있었다. 재준이 새집으로 이사하고 나서 같이 있는 시간이 점점 길어지는 기분이다.

행위를 할 때는 쾌락에 취해 괜찮다고 치더라도 안 하는 시간은 어색할 거라 생각했지만 의외로 대화가 많지 않아도 그와 함께 있는 것은 그리 어색하지 않았다.

재준이 샤워를 마치고 아랫도리만 큰 타월로 가린 채 나왔다. 요즘 새로 들어가는 영화 때문에 몸 관리를 한다더니 식스팩이 보이는 그의 몸이 보기 좋았다. 희수는 자신이 멍하니 재준의 몸을 감상하고 있었다는 것을 깨닫고 얼굴을 붉히며 고개를 돌렸다.

"다음 주는 금요일에 만나도 될까요?"

"왜요? 토요일 무슨 일 있어요?"

"토요일은 쇼핑을 좀 하려고 해요."

"쇼핑?"

"친구 결혼식이 있는데, 마땅히 입고 갈 옷이 없어서요."

생각해보니 희수는 항상 슬림한 핏의 검은 정장만 입었다. 일이 있으면 재킷 안에 블라우스를 입고, 편하게 입어도 되는 날은 편한 면티를 입었다.

"쇼핑하는 데 그렇게 시간이 많이 필요해요?"

"그런 건 아니지만, 월요일 세미나 준비 때문에 서너 시간을 빼기가 힘들어요. 재준 씨가 토요일밖에 시간이 안 된다면 한 시간 정도는 빼볼게요."

재준이 희수에게 다가왔다. 아직 이불 속에 있는 희수의 위에 올라타며 재준이 말했다.

"금요일 오후에 보죠. 한 시간 가지고는 안 되겠어요."

희수는 엷게 떨리는 신음 소리로 대답을 대신했다.

재준은 영화 시사회에 입고 갈 옷의 핏을 맞춰보기 위해 숍에 들렀었다. 처음에는 그저 피팅만 하려고 했다. 그런데 여성 의류도 파는 숍이었기에 옷을 둘러보다 희수의 말이 생각나서 평소 친하게 지내는 조 실장을 불렀다.

"결혼식에 입고 갈 여자 옷 추천해줘."

"여자 옷? 여자 옷을 사려고?"

"응."

"사이즈를 알아야 하는데……. 알고 있어?"

"정확히는 몰라."

"그럼 대충 몸무게나 키 정도라도 말해봐. 피부톤이나 평소 스타일을 알면 더 좋고."

재준이 잠시 생각하더니 입을 열었다.

"165센티미터에 50킬로그램 정도 되는 것 같아. 내가 안으면 내 품에 쏙 들어와. 피부가 좋고 흰 편인데, 민감한 피부인지 쉽게 붉어지는 것 같아. 트러블 없는 재질로 추천해주면 좋겠다."

조 실장이 입가에 미소를 잔잔히 띠고 말하는 재준을 신기한 눈으로 쳐다보았다. 재준은 조 실장의 표정을 못 봤는지 계속해서 말했다.

"참, 그리고 이목구비가 뚜렷해서 화장 안 하고 옷만 잘 입어도 스타일리쉬해 보일 거야. 머리는 긴 편인데 항상 묶고 다녀. 가끔 머리를 풀면 굉장히…… 섹시해."

"누구야?"

"뭐?"

"누군데 우리 재준이 혼을 쏙 빼놨냐?"

"그런 거 아냐."

조 실장의 말이 어이없다는 듯이 재준이 피식 웃었다.

"내가 너 연예인 시작할 때부터 봤는데, 네가 여자 옷 사는 거 처음 보거든."

"잔소리 말고 그냥 추천해."

조 실장이 화려한 원피스를 들고 오자 재준이 고개를 저으며 말했다.

"화려한 스타일 싫어해. 평소에 검은색 정장만 입는 사람이야. 이런 꽃무늬 사다주면 안 입을 거야. 심플하면서 시크한 스타일로 들고 와봐."

조 실장은 옷을 내려놓지도 못하고 다시 가지고 갔다가 무난하지만 고급스러워 보이는 검은색 원피스를 들고 왔다. 재준이 고개를 끄덕이며 말했다.

"이 원피스에 어울리는 재킷이랑 구두, 가방도 필요해. 참, 스타킹도 필요하겠다. 바지만 입어서 그런 것도 없을 거야."

조 실장이 보기엔 푹 빠진 게 맞는데, 아니라고 하는 재준 때문에 혼자 큭큭 소리를 내며 웃었다. 그리고 재준이 주문한 물품을 숍을 돌아다니며 찾았다. 혼자 지하에서부터 3층까지 오르락내리락하며 완벽한 세트를 만들어서 재준 앞에 펼쳐놓았다. 재준이 만족스럽다는 듯이 고개를 끄덕이더니 말했다.

"다 싸줘. 일시불."

카드를 내밀며 재준은 묘하게 뛰는 자신의 심장을 느꼈다. 재준이 누군가를 위해 선물을 사주고 싶다고 생각한 것은 처음이었다. 심지어 희수가 싫어할 것을 알고 있는데, 그녀에게 선물을 안기고 싶었다.

그에게 선을 그어놓고 다가오지 말라고 온몸으로 말하는 희수였는데, 그녀만 보면 가슴이 뜨거워지고, 한없이 잘해주고 싶었다. 그 이유를 정확히 짚어낼 수 없었지만, 희수의 무심한 눈동자가 자신의 무심하고 냉정한 모습들과 닮아 있어서 그런 것이라고 막연하게 추측했다.

쇼핑백에 담긴 옷들을 바라보며, 재준은 희수가 이 옷을 입고 있는 상상을 했다. 입가에 미소를 머금은 재준은 금요일이 기다려졌다.

"야, 이희수! 문 열어. 안 열어? 너 집에 있는 거 다 알거든."

희연이 희수 집 현관문을 쾅쾅 두드렸다. 비록 한 층에 두 집밖에 없는 아파트이지만 옆집에 희연의 목소리가 다 들릴 텐데, 지치지도 않고 문을 두드렸다. 벌써 30분째였다.

인터폰이 갑자기 울려 받아보니 경비원이 옆집이 좀 조용히 해달라고 부탁했다는 말을 전했다. 희수가 거의 완성되어 가는 임페리얼 스타 디스트로이어를 내려다보며 한숨을 쉬고 현관문으로 걸어가 문을 열어주었다.

희연이 씩씩거리며 희수를 밀치고 들어왔다.

"항상 그랬어. 내가 원하는 것이 있으면, 네가 다 뺏어 갔어."

"무슨 말이야?"

"너, 함재준이랑 만난다며!"

꽥 하고 소리치는 희연 때문에 귀가 아팠다.

"그렇게 됐어."

"너, 일부러 그런 거지? 내가 함재준 만나고 싶어서 네가 일부러 꼬리친 거지?"

"억지 부리지 마. 그런 거 아냐."

"재준 오빠랑 잘 안 됐다고 아빠한테 말했잖아. 그런데, 어떻게 다시 만나냐고?"

희수는 입에서 저절로 나오는 한숨을 삼키고 말했다.

"그때는 생각할 시간이 필요해서 그렇게 말했어."

"어떻게 재준 오빠를 만나는 데 생각할 시간이 필요해? 넌 나 엿 먹으라고 일부러 그런 거야."

"그런 거 아니래도."

"항상 그랬어. 넌 내 앞을 항상 가로막았어. 아버지도 나를 예뻐하다가도 너한테 신경 쓰고, 몸 약한 엄마는 너 신경 쓰느라 병이 나버려, 피아노도 바이올린도 발레도 네가 먼저 시작하고, 그래서 날 너랑 비교하게 만들고. 미국 고모 집으로 유학도 너만 가고. 모든 혜택은 다 네가 받았잖아. 나한테 한 개쯤은 양보하지 그랬어."

억지도 이런 억지가 있을까? 오히려 희연을 낳고 몸이 아프다며 날 미국 고모 집에 보낸 것은 어머니였다. 일곱 살이었다. 모르는 사람 손에 끌려 비행기를 타며 미국으로 날 보내지 말아달라고 울던 희수는 겨우 일곱 살이었다.

게다가 희연보다 여섯 살이 많아 피아노, 바이올린, 발레를 먼저 시작한 것뿐이었다. 하지만 조금이라도 소질이 보이면 적당히 배우라며 레슨을 끊은 것도 어머니였다.

자격지심으로 똘똘 뭉친 희연에게 무슨 말을 해야 될지 몰라 희수는 침묵을 지켰다. 희연이 화가 나는지 완성이 얼마 남지 않은 임페이얼 스타 디스트로이어에 다가가더니 섬뜩한 미소를 지었다.

"재준 오빠는 네가 이렇게 집구석에 처박혀 레고 조각이나 맞추는 히키코모리(은둔형 외톨이)라는 거 알고 있어?"

"……."

"모르지? 모르겠지. 너도 생각이 있으면 그런 말은 안 했겠지."

"하지 마!"

희수가 다급히 막으려고 했을 때는 이미 늦었다. 희연이 씩 웃더니 발로 디스트로이어를 찼다. 오른쪽 날개 부분이 완전히 부서졌다.

"야! 이희연!"

희연은 얼굴이 파래져서 자신을 부르는 희수를 보고 속이 조금 풀렸다. 희수가 스타워즈 레고들을 얼마나 애지중지하는지 잘 알고 있다. 완성 직전의 크기나 모양을 봐서는 월급의 반 이상은 여기다 부었을지도 모른다. 아마 내가 가고 나면 눈물을 뚝뚝 흘리겠지. 유치한 복수인 걸 알고 있지만 이렇게라도 하지 않으면 속병이 날 것 같았다.

희연은 절망적인 표정의 희수를 보면서 웃었다. 그리고 갑자기 생각났다는 듯이 말했다.

"참, 나 아빠가 보내서 왔어. 재준 오빠를 집에 초대하래. 너랑 만난 지 3개월이 넘었는데, 밥이라도 한 끼 같이 먹어야겠다네. 적당한 날 골라 아빠한테 말해."

희수는 얄밉게 웃고 사라지는 희연을 보며 땅에 털썩 주저앉아 부서진 날개를 망연자실 쳐다보았다.

임페리얼 스타 디스트로이어, 7천 피스가 넘어서 조립하는 데 60시간이 걸린다. 하루 종일 작업할 수 있다면 더 빨리 조립하겠지만, 희수는 하루에 한 시간을 내기가 힘들었다. 바쁠 때는 아예 조립을 못 한 날도 있어서 지금까지 한 것도 거의 석 달이 걸린 작업이었다.

너무 속상해서 눈물이 났다. 희연이 퍼부었던 말도 기억이 나지 않을 만큼 속이 상했다. 두둑 하고 떨어지는 굵은 눈물을 닦고, 흩어진 레고 조각들을 조심스레 모았다. 그리고 다시는 제 공간에 그 누구도 들이지 않기로 했다. 희수의 공간을 지킬 사람은 오직 희수밖에 없었다.

[지금 출발합니다. 교통 상황으로 보아 5시 35분 도착합니다.]

재준이 러닝머신에서 뛰다가 희수의 문자를 받았다. 항상 그렇듯 예의 바르고 정확한 문자였다. 속도를 천천히 줄이고 러닝머신에서 내려와 숨을 골랐다. 금방 벗을 옷이지만 샤워를 하고 드레스 룸으로 가서 제법 신중하게 옷을 골라 입었다. 그리고 옷걸이에 걸어놓은 희수의 옷을 보며 턱을 한번 문질렀다.

분명 그냥은 안 받을 텐데, 선물 받았다고 할까? 아니면 협찬을 받았다고 할까? 아는 디자이너가 강매시켰다고 할까?

온갖 생각을 하다가 거실에서 가위를 찾아서 들고 왔다. 조심스레 원피스 안감 몇 군데를 잘랐다. 재킷도 안감을 자르고 가방을 집어 들었다. 안쪽으로 접히는 부분을 지익 소리 나게 그었다. 겉으로 보기엔 표시가 나지 않겠지만, 하자가 있는 제품이 되었다. 그것들을 대충 탁자 위에 걸쳐놓았다.

구두가 담긴 상자를 열고 어디에 상처를 낼까 고민하다가, 문득 신발을 선물하면 연인이 도망간다는 속설이 생각이 났다. 멈칫하며 가위질을 망설이는 자신의 손을 내려다보았다.

내가 이런 미신 따위를 믿다니……. 피식하고 웃음이 났다.

다시 가위를 들어 구두 뒤축에 상처를 내려다 내려놓았다. 한번 생각난 그 속설은 재준의 머리에 남아 구두를 고이 상자에 넣도록 만들었다. 희수와의 이런 만족스러운 관계가 어그러지는 것은 상상하기도 싫었다.

정확히 5시 35분, 집의 초인종소리가 울렸다. 예의 검은색 정장에 흰 운동화, 오늘은 미팅이라도 있었는지 안에 흰 블라우스를 입었다.

"희수 씨 신발은 항상 운동화네요."

"네."

되돌아오는 간략한 대답. '편해서 신어요', '운동화가 좋아요' 등등의 덧붙이는 말이 없었다. 재준이 예상했다는 듯이 피식 웃었다.

"내 코디가 실수해서 여자 구두를 사 왔는데, 가져갈래요?"

"네?"

재준이 희수를 사방에 거울이 있는 드레스룸으로 데리고 가 구두 상자를 내밀었다.

"발 사이즈 맞으면 선물로 줄게요."

희수가 차가운 표정으로 재준을 올려다보며 말했다.

"싫습니다."

재준이 화가 난 듯 구두 상자를 발로 툭 쳐서 옷장 안으로 밀어 넣었다.

"싫으면 말아요. 오늘 내 코디 실수 때문에 좀 짜증이 나서 한번 물어본 거니까."

"……"

재준이 앞머리를 짜증스러운 듯이 쓸어 올리며 말했다.

"여자 옷을 받아왔어요. 원피스랑 재킷, 가방은 하자가 있는 제품이라 그쪽에서도 돈은 안 받을 테니 버리든지 알아서 하라고 해서 상관이 없는데, 구두랑 스타킹은 코디 실수로 내가 돈을 다 물게 생겼네요."

희수가 아무렇게나 던져진 검은색 원피스와 재킷을 보았다.

"멀쩡해 보이네요."

재준이 자연스럽게 원피스를 집어 들며 말했다.

"그러게. 진짜 멀쩡해 보이는데?"

그러더니 뭔가를 발견하고 고개를 끄덕이다 다시 아무렇지도 않게 원피스를 던져놓으며 말했다.

"안감이 다 잘려 있네요. 이런 건 상품 가치가 없나 보죠."

희수가 다가와 재킷을 들어보았다. 심플한 베이지색의 재킷은 검은색 원피스 위에 입으면 잘 어울릴 것 같았다. 재킷도 안감이 잘려 나가 있었다. 그래서 버리려고 한 것일까? 옆에 놓인 가방을 들어보았다. 어깨에 멜 수도 있고 손으로도 들 수 있는 핸드백은 새것처럼 보였다. 혹시나 해서 안을 열어보니 안쪽에 길게 흠집이 나 있었다.

생각에 잠긴 희수의 표정을 힐끗힐끗 살피며 재준이 아쉽다는 듯 말했다.

"아깝네요. 다 새것 같은데, 조금 흠집 났다고 버리다니……."

재준이 재킷과 가방을 희수 손에서 뺏어 들고 다시 탁자 위에 아무렇게 던져놓았다. 그러다 갑자기 생각난 듯 물었다.

"참, 희수 씨 옷 필요하다고 한 거 같은데? 맞나? 희수 씨 필요하면 가져갈래요?"

"……."

"필요 없구나. 그럼 그냥 버릴게요."

"자, 잠시만요. 한번 입어볼게요."

재준이 의아하다는 표정으로 물었다.

"왜요? 필요하면 그냥 가져가고 아니면 말아요. 입을 필요까지 있어요?"

"사이즈를 확인하고 싶어요. 사이즈가 맞지 않는다면 가져가도 소용없으니까요. 사이즈가 맞는다면 제가 가져갈게요. 그리고 구두와 스타킹을 제가 사면 재준 씨가 손해 보는 일은 없겠네요."

재준이 크게 관심이 없다는 듯이 대답했다.

"그래요, 그럼. 한번 입어봐요."

재준이 희수가 옷을 갈아입을 수 있도록 잠시 드레스룸을 나왔다. 희수를 등지고 나오면서 얼굴에 떠오르는 미소를 굳이 숨기지 않았다. 재준의 계획대로 희수에게 옷과 가방을 선물로 안겼다. 하지만, 구두는 아무래도 선물하기가 싫었다.

희수는 옷을 갈아입고 거울에 비친 자신의 모습을 확인했다. 심플한 원피스는 튀지 않고 무난하다. 그러면서도 고급스럽다. 허리까지 오는 재킷은 원피스와 세트인 것처럼 보였다. 핸드백까지 들어보니 결혼식에 입고 가도 괜찮은 스타일이 완성되었다.

재준이 발로 쳐서 옷장에 밀어 넣은 구두도 꺼내 신어보았다. 사이즈가 딱 맞다. 높은 굽을 싫어하지만, 입고 있는 옷과 잘 어울린다고 생각했다.

안 그래도 내일은 미정의 결혼식에 입을 옷을 사러 나가야 했다. 희수는 옷을 고르는 시간, 그에 맞는 액세서리를 고르는 시간, 그리고 집으로 돌아오는 모든 시간을 계산해보았다. 그 시간을 아껴서 할 수 있는 기회비용을 생각했다.

구두 상자에 적힌 가격을 확인하고 희수는 잠시 놀랐다. 생각보다 비쌌지만 내일 쇼핑을 안 나가면 두세 시간은 앉아서 희연이 망가뜨린 디스트로이어의 날개를 조금은 복원할 수 있을지 모른다. 망가진 디스트로이어를 생각하니 더 이상 고민할 필요가 없었다. 희수가 몸을 숙여 다시 구두를 벗으려고 할 때, 재준이 들어왔다.

"사이즈 맞아요?"

"네."

"잘됐네요. 그냥 버리기에 조금 아깝기는 했는데."

"구두도 제 사이즈였어요. 구두값이랑 스타킹값은 계좌번호 주시면 보내드릴게요."

"그래요, 그럼."

재준이 희수 앞으로 와서 한쪽 무릎을 꿇고 희수의 발에서 구두를 벗겨냈다. 희수의 놀란 눈이 재준을 내려다보았다. 구두를 벗겨낸 재준의 손이 매끈한 종아리를 타고 올라와 허벅지를 쓰다듬었다. 그리고 희수의 치마를 들췄다.

"스타킹은 안 신었네요."

재준의 입술이 희수의 허벅지에 와서 닿았다. 허벅지부터 배까지 천천히 그의 입맞춤이 부드럽게 이어졌다. 원초적인 감각을 깨우는 그 느낌에 희수는 말을 제대로 잇지 못했다.

"그건 사이즈를 확인할…… 필요가 없어서……."

"나 스타킹 신은 여자 좋아해요. 친구 결혼식이 언제랬죠?"

"다음 주 토요일……."

"아쉽네. 다음 주 토요일은 스케줄 있는데."

재준의 손이 희수의 속옷을 끌어내리고 그곳에 입을 맞췄다.

"다음 주 일요일, 우리 집에 이거 그대로 입고 올래요? 그때는 스타킹도 신고?"

이렇게 갇힌 공간에 있으면 재준의 낮은 목소리는 그 공간을 한번 휩쓸고 희수의 귀에 와서 닿는다. 묘하게 공기를 울리며 압도하는 목소리. 그래서 그가 화면을 압도하는 배우인 것일까? 그의 목소리는 상대방을 원하는 대로 하게 하는 힘이 있었다.

희수가 힘겹게 고개를 가로저었다.

"그렇게까지는……."

재준이 피식 웃으며 일어나서 희수가 옷을 벗는 것을 도와주었다. 뒤에서 재킷을 벗기고 원피스의 지퍼를 내렸다. 벗긴 옷을 아무렇게나 집어 던진 재준이 희수의 묶인 머리를 확 풀었다. 그녀의 머리가 찰랑거리며 어깨에 닿았다.

재준은 결이 좋은 그녀의 머리카락을 손으로 가볍게 들고 입을 맞췄다. 희수는 앞에 있는 거울을 통해 재준의 욕망에 가득 찬 눈을 보았다. 눈이 마주치자 재준의 입꼬리가 올라갔다. 그의 눈빛이 조금 퇴폐적으로 보여 시선을 피했다.

이윽고 들리는 재준의 느릿한 목소리.

"여기서 할래요?"

"……."

"희수 씨가 할 때 얼마나 섹시한지 직접 봐요."

재준은 한 손으로 희수의 가슴을 움켜쥐고 다른 손으로 희수의 은밀한 부위를 지분거렸다.

"이런……. 젖었네."

희수의 얼굴이 확 붉어졌다. 3개월이 넘는 시간 동안 재준과 만났지만, 아직도 재준의 이런 직설적인 말에는 적응이 안 되고 부끄러워졌다. 젖었다는 재준이 말이 사실이라 더 부끄러워 귀까지 빨갛게 익었다. 재준이 놀리듯이 희수의 귀를 한번 물고, 피식 웃으며 예민해진 유두 끝을 손으로 눌렀다.

"하아……."

희수의 입에서 자신도 모르게 신음 소리가 엷게 나갔다. 재준은 희수의 몸을 그녀보다 잘 알아서, 희수 자신도 모르는 뜨겁고 열정 가득한 희수를 끌어내는 것 같았다. 그런 그에게 익숙해져 그의 손길 한 번에, 그의 혀놀림 한 번에 쉽게 흥분했다.

재준이 능수능란하게 희수를 지분대다 곧 자신의 남성에 콘돔을 씌우고 그걸로 계속 속살의 입구만 지분댄다. 그녀가 길을 열길 바라는 듯 조금씩 들어오던 재준이 갑자기 두 손으로 희수의 엉덩 이를 잡고 거침없이 들어왔다.

"아흣!"

희수가 신음을 내지르며 손으로 거울을 짚었다. 재준이 뒤에서 희수를 밀치고 들어올 때마다 느껴지는 황홀한 쾌감에 거울을 짚은 희수의 손에 힘이 들어갔다.

"아흐……. 아앙……. 하아."

누구의 신음 소리인지 모르겠다. 욕망과 열기로 방 전체가 뜨거워지는 느낌이었다. 희수의 몸이 점점 앞으로 숙여지자, 재준이 희수의 가슴을 만지던 손을 뻗어서 그녀의 목을 밑에서 들어 올렸다. 희수의 얼굴이 들리고, 거울에 붉게 물든 얼굴이 그대로 보였다.

살짝 벌어진 입술과 상기된 뺨, 가쁜 숨소리를 뱉어내는 희수의 얼굴에도 재준의 것과 크게 다르지 않은 욕망이 보였다.

"봐요……. 하아. 희수 씨 얼굴, 야하죠?"

"하흣!"

물어봐놓고 희수가 대답을 할 수 없을 만큼 강하게 그녀의 속살을 침범했다. 대답을 할 수 있더라도 차마 희수 입으로는 '예'라고 대답할 수 없을 것 같았다.

재준이 힘차게 피스톤 운동을 계속하자 희수는 온몸에 덮쳐오는 쾌락을 이기지 못하고 앞으로 꼬꾸라질 것처럼 몸을 숙였다. 희수의 속살에서 쉼 없이 애액이 나와 질척거리는 소리를 만들어 냈다.

"하앗……. 으으, 재, 준 씨, 그만, 너무, 힘들어, 아흣……."

그녀의 말에 재준이 오히려 더 강하게 허리를 쳐올렸다. 희수의 허리가 튕기듯 휘어지며 머리가 들렸다. 재준이 희수의 가슴을 콱 움켜쥐고 속삭이듯 말했다.

"거짓말. 이렇게 좋아하는데."

희수가 얼굴을 들자 거울을 통해 열락에 빠진 재준의 얼굴이 보였다. 쾌락에 빠져 음탕한 신음 소리를 내뱉는 자신의 얼굴도 보였다. 희수가 입술을 꽉 깨물었다.

재준의 것을 물고 놓지 않는 희수의 속살이, 끊임없이 나오는 교성이, 자극을 받을 때마다 뒤틀리는 허리가, 희수의 이성과는 다른 말하고 있었다. 너무 좋다고……

희수가 집에 가기 위해 옷을 갖춰 입고 거실로 나왔다. 재준이 부엌 쪽에서 이쪽을 향해 소리치는 것이 들렸다.

"나 여기 있어요."

편한 반바지 차림의 재준이 부엌에서 뭔가를 만들고 있었다.

"미안해요. 시간이 이렇게 된 줄 몰랐네. 간단히 먹을 거 챙겨줄게요."

"괜찮습니다. 집에 가서 먹을게요."

"할 말 있다고 하지 않았나?"

그 말에 희수가 머뭇거리자 재준이 다가와 희수를 식탁에 앉혔다. 그리고 볼에 살며시 입술을 갖다 댔다. 희수가 손등으로 볼을 쓰윽 하고 닦았다. 굳이 싫다는 표시를 숨기지 않는 희수가 귀엽게 보였다. 재준이 눈꼬리를 휘며 희수에게 말했다.

"요즘 체중관리 중이라 먹을 게 닭가슴살이랑 샐러드밖에 없네요. 난 살이 잘 찌는 체질이라 관리할 때는 지독하게 해요."

재준이 샐러드를 담은 접시를 희수 앞에 내려놓으며 일부러 희수의 이마에 쪽 소리 나게 키스를 했다. 희수가 미간을 찌푸리며 이번엔 이마를 한번 쓰윽 문질렀다. 그걸 보고 재준이 장난스럽게 웃었다.

재준이 일부러 그러는 것 같아 희수는 재준을 잠시 노려보았다. 재준이 능청스럽게 희수의 옆에 앉아서 말했다.

"나 한때 100킬로그램 넘었었어요. 그때 사진이 인터넷에 돌아다녀요. 캘리 고등학교 다닐 때였는데 어떻게들 구했는지…… 본 적 없어요?"

"없어요."

대답하는 희수의 목소리에 짜증이 묻어나 있었다. 싫어야 되는데, 귀엽다는 생각만 들어 계속 놀리고 싶었다.

"얼마 전에 할아버지 만나서 기름진 음식이랑 탄수화물을 좀 먹었더니 금방 3킬로그램 불더라고요. 그래도 오늘은 희수 씨 덕분에 칼로리 소비를 많이 했네요. 고마워요."

장난스럽게 말을 하면서 식탁에 올려진 희수의 왼손을 잡아 올려 키스했다. 희수가 손을 확 빼고 일어나서 재준의 맞은편 자리로 옮겼다. 그걸 본 재준은 뭐가 그렇게 웃긴지 어깨를 들썩이며 웃고 있었다. 짜증이 난 희수가 눈에 힘을 주고 재준을 노려보았다.

"하하. 희수 씨, 미안해요. 할 말이 뭐예요?"

그제야 희수가 눈에서 힘을 빼고 자세를 바로 했다.

"아버지가 재준 씨를 집에 초대했어요. 올 수 있어요?"

"물론. 우리 동맹의 조건이잖아요. 언제요?"

"재준 씨 편할 때요."

"평일이 좋겠죠? 주말은 희수 씨 만나야 되니까······. 이번 주?"

"이번 주는 제가 시간을 낼 수 없어요. 다음 주가 괜찮아요."

"흠······. 다음 주는 베이징이랑 홍콩에서 스케줄이 있어요. 갔다 와서 가도 되나요?"

"괜찮을 거예요. 그리고······ 그날, 분명 아버지가 결혼 이야기를 꺼낼 거예요. 그러면 1년 정도는 사귀고 결정하고 싶다고 말해줄래요?"

"알았어요."

"고마워요."

고맙다는 말을 끝으로 희수는 하고 싶은 말을 다 했는지, 포크를 들고 먹는 것에 집중했다. 그런데 가만히 보니, 닭가슴살만 골라서 집어먹고 있었다. 야채를 싫어하나? 다음에는 희수가 좋아하는 것을 냉장고에 넣어놔야겠다는 생각이 들어 물었다.

"희수 씨, 닭가슴살만 집어먹네요. 야채 싫어해요?"

"네."

"그럼 뭐 좋아해요?"

"고기요."

희수의 대답에 재준이 배를 잡고 웃었다. 고기 좋아한다는데 뭐가 저렇게 웃기지? 한참을 웃던 재준이 웃음기가 가시지 않은 얼굴로 말했다.

"난 사실 희수 씨와의 동맹, 굉장히 마음에 들어요. 1년이 아니라 적정선만 지키면 2년이든 3년이든 상관없을 것 같아요."

"······."

희수가 재준의 말에 '1년이면 충분해요'라고 대답을 하려다가 그만두었다. 어차피 재준과의 관계는 언제든지 깰 수 있는 관계이니, 모든 것이 확실해지면 이야기해도 괜찮을 거란 생각이 들었다.

희수가 닭가슴살만 골라 먹고 일어나자, 재준이 드레스룸으로 가서 쇼핑백을 들고 왔다. 그걸 희수에게 건네며 말했다.

"이거 입고 집에 오라고 하면……."

"안 오겠죠."

희수의 대답에 재준이 또 하하 소리를 내며 웃었다.

뭐가 저렇게 웃기지? 재준은 자신이 이해할 수 없는 유머 코드를 가졌다. 희수가 미간을 팍 구기며 쌀쌀맞게 말했다.

"고마워요. 신발이랑 스타킹값은 바로 보내드릴게요."

희수가 나가고 나서도 재준은 한참을 웃었다.

그때 재준은 그저 희수의 엉뚱한 대답이 귀여워서, 웃겨서 웃는 거라 생각했다. 희수만 보면 좋아서, 사랑스러워서 그렇게 웃는 것임을 잘 모르고 있었다.

병원 구내식당에서 동료들과 점심을 먹던 정훈의 뒷주머니에서 휴대폰 진동 소리가 요란하게 울렸다. 고등학교 동창이자 절친인 태환에게서 온 문자였다.

[사희수에 대한 대박 정보!]

보통 때면 밥을 먼저 먹었겠지만, 이번에는 바로 답을 했다.

[……?]

[사희수, 스타워즈 덕후. 그냥 좋아하는 정도가 아니고 덕질을 심하게 한다고 함. 정확한 정보임.]

[스타워즈 덕질을 어떻게 함?]

[그건 나도 모름.]

스타워즈? 사희수가 덕후? 덕질? 정훈은 폰을 다시 주머니에 넣고 멍하게 생각에 빠졌다. 앞에 앉은 수간호사가 정훈에게 물었다.

"이 샘, 뭐길래? 왜 문자를 받고 그리 심각해요?"

"심각한 거 아니에요. 근데, 스타워즈를 덕질할 수 있나요?"

"갑자기 웬 스타워즈요?"

"누가 좋아한다길래요."

"제대로 하려면 무궁무진한 덕질의 세계를 가진 것이 스타워즈죠. 우리 아들이 스타워즈 좋아해서 저도 돈 많이 썼어요. 일단 수많은 시리즈의 DVD를 구매해야 돼요. 그리고 피규어를 사지 않나, 스타워즈 로고가 있는 옷을 사는 건 애교죠. 게다가 레고 스타워즈까지 사 모으기 시작하면……. 에휴, 내가 그놈의 조지 루카스 감독을 찾아가서 멱살이라도 잡고 싶은 심정이라고요."

"아, 그렇군요. 수간호사 아드님이 고등학생이라고 하지 않았어요?"

"네. 그러니 더 심각하죠. 하라는 공부는 안 하고, 얼마 전엔 새로 개봉한 스타워즈 로그원인지 뭔지 봐야 된다고 해서……."

"스타워즈 로그원? 영화 개봉한 게 있어요?"

"네."

"그거 보면 되겠네!"

해결책을 찾아 유레카를 외치던 아르키메데스처럼 만면에 미소를 띠고 크게 소리치는 정훈을 보는 수간호사의 눈이 가늘어졌다.

"냄새가 나……. 냄새가. 누구랑 보려고요? 여자 생겼어요?"

"아녜요."

"흠……. 아닌 게 아닌데, 나 감 좋은 거 알죠? 근데, 스타워즈 좋아하면 여자는 아닌 것 같고……."

"여자도 스타워즈 좋아할 수 있죠."

정훈이 조금 퉁명스럽게 대꾸했다. 수간호사가 확신에 찬 말투로 말했다.

"여자 생겼네, 생겼어."

그들의 대화를 듣던 외과 과장이 묵직하게 말했다.

"그 문자가 여자한테 왔나 보지."

"아니, 과장님까지 왜 그러세요, 진짜."

과장이 반찬을 집어먹으며 정훈을 놀리듯 말했다.

"병원장 딸 바라보다 늙어 죽는다."

수간호사도 동조한다는 듯이 정훈에게 말했다.

"그리고 겉만 화려해 보이는 그 싸가지 병원장 딸은 별로예요."

"아, 진짜 걔가 아니라고요! 오해라고요!"

병원 사람들은 정훈이 희연에게 관심이 있다고 생각하고 있었다. 정훈은 우연히 희수가 병원장 딸이라는 것을 알고 병원장에게 말해서 희수와 선을 보려고 했었다. 그게 어쩌다 병원 사람들한테 소문이 났는데, 사람들은 병원장 딸을 병원에 비교적 자주 찾아오던 희연으로 생각하고 오해를 했다. 희연이 아니고 희수라고 아무리 말해도 정훈을 놀리는 데 재미 들린 병원 사람들은 그걸 멈추지 않았다.

"우리 병원 병원장은 봉급이 좀 많을 뿐, 우리랑 같은 봉급쟁이야. 신분상승 노리는 거면 이사장 딸이랑 결혼해야지. 근데 이사장

딸은 중학생이라더라. 조심해라. 잡혀 들어가니까."

과장의 말에 너무 억울해진 정훈이 소리쳤다.

"아! 진짜 아니라고요. 억울하다고요. 내가 선 보려던 병원장님 딸은 첫째, 내 고등학교 동창! 내 첫사랑!"

밥을 다 먹은 과장과 수간호사가 고개를 가로저으며 정훈의 등을 툭툭 치고 먼저 나갔다. 정훈은 오해를 풀기 위해서라도 희수를 병원으로 데리고 와야겠다는 생각을 하며 스타워즈 영화를 검색하기 시작했다.

미정의 결혼식은 화려했지만, 분주하고 정신이 없었다. 결혼식이 끝나고 미정이 신혼여행을 위해서 공항으로 가는 웨딩 카에 오르는 것을 멍하니 지켜보았다.

한국의 결혼식은 이런 것인가? 너무 많은 사람들을 한꺼번에 만났다. 오랜만에 뵙는 미정의 부모님은 반가웠지만, 그들은 하객들을 상대해야 해서 몇 마디 말도 제대로 나누지 못했다.

길게 한숨을 쉬며 택시 타는 곳으로 향했다. 동창들이 뒤풀이를 간다고 전해줬지만 미정이 없으면 별로 가고 싶지 않았다. 오랜만에 힐을 신으니 다리도 너무 아팠다. 그저 집에 가서 쉬고 싶은 생각뿐이었다.

"희수야."

갑자기 누군가의 부름에 고개를 돌려보니 고등학교 동창 정훈이었다.

"오늘 뒤풀이 안 가?"

"안 가."

정훈이 그녀의 뒤를 따라오며 말했다.

"시간 있으면 영화 보러 갈까? 표가 생겨서⋯⋯."

정훈은 말해놓고 침을 한번 삼켰다. 혹시 희수가 뒤풀이를 갈지도 몰라 영화표를 시간별로 구매해놓았다.

"시간 없어. 잘 가."

매몰차게 말하고 희수가 걸음을 옮겼다.

"스타워즈 로그원이 개봉했다는데⋯⋯. 내가 스타워즈 좋아해서."

또각또각 소리를 내며 멀어지던 희수의 발걸음이 뚝 하고 멈췄다. 정훈이 침을 한 번 더 삼키고 말했다.

"여기서 가까운 영화관이야. 바로 저기."

희수가 몸을 돌렸다. 정훈이 희수에게 한걸음에 다가가 영화관을 손가락으로 가리켰다.

"⋯⋯몇 시 영화야?"

희수가 표를 들고 다가온 정훈에게 몸을 숙이며 물었다.

희수가 생각보다 너무 쉽게 허락을 하는 것 같아서 정훈은 눈앞의 희수를 잠시 멍하게 쳐다보았다. 희수가 먼저 정훈의 손에 들린 표를 보고 말했다.

"30분 후에 시작이네. 그럼 잠시 어디 앉을 데 있을까? 오랜만에 힐을 신었더니 좀 불편해."

희수의 말에 정신이 돌아온 정훈이 주위를 둘러보더니 영화관 건물 옆의 카페를 가리켰다.

"저기서 커피 한잔하고 영화 볼까?"

"그래."

통유리로 된 카페는 밖이 훤하게 다 내다보였다. 정훈이 커피를 사오는 동안 희수는 힐을 벗고 몸을 숙여 다리를 주물렀다. 그런데 왠지 밖이 조금 소란스러웠다. 사람들이 자신의 앞에 모이는 것 같은 기분이 들어서 다시 힐을 신고 자세를 바로 했다.

고개를 드니 통유리 밖에서 누군가 쳐다보고 있었다. 희수가 쳐다보자 그가 부드럽게 미소 지으며 선글라스를 벗었다. 그제야 재준을 알아보고 희수가 '아' 소리를 냈다. 통유리를 사이에 두고 두 사람은 눈을 마주한 채 한동안 움직이지 않았다.

"희수야. 여기."

정훈이 희수 앞에 커피를 놓고 그녀의 옆에 앉아 같이 밖을 내다보았다.

"아는 사람이야?"

희수가 재준에게서 시선을 떼어내며 대답했다.

"아니."

밖에 서 있는 사람이 재준이라는 것을 알아본 정훈이 놀란 눈을 뜨고 말했다.

"희수야, 함재준이야. 어? 너를 보는데?"

"착각이겠지."

"와아, 함재준 실물을 보다니. 어? 가네. 사람들이 따라간다."

희수는 지갑에서 돈을 꺼내 정훈에게 커피값과 영화표값을 주었다. 탁자 위에 놓인 지폐를 바라보며 한참을 고민하던 정훈이 그 돈을 지갑에 넣었다. 냉랭한 희수의 표정을 보니 이 돈을 안 받으면 정훈에게 다음은 없을지도 몰랐다.

"고마워."

"나야말로 고마워."

차가웠던 희수의 표정이 조금 풀려 있었다. 그 뒤로 희수와 정훈은 편하게 영화에 관한 이야기를 했다. 두 눈을 빛내며 영화의 인상적인 장면들에 대해 말하는 희수가 신기해서 정훈은 눈을 떼지 못했다. 희수를 만나기 전에 일부러 시간을 내서 스타워즈 시리즈를 다 본 것이 천만다행이었다.

희수가 정말로 스타워즈 덕후구나……. 그럼 오늘부터 나도 스타워즈 덕후다. 왜냐면 그건 내가 좋아하는 희수 덕질의 일부분이니까.

의리로 간 VIP 시사회였다. 사진 찍힐 걸 생각해서 의상도 미리 피팅해놓고 포토라인에서 사진도 찍었다. 그날은 그냥 이런저런 소소한 스케줄이 있는 평범한 하루였을지도 모른다. 우연히 희수를 보지 않았다면.

시사회가 끝나고 재준의 로드 매니저가 잠시 차를 빼러 간 사이, 재준은 카페에 앉아 있는 희수를 우연히 발견했다. 재준이 선물로 준 옷을 입고 있어서였는지 재준의 눈에 카페에 앉아 있는 희수가 한눈에 들어왔다.

희수는 항상 하던 묶은 머리를 하지 않고, 자연스러운 웨이브를 넣어 늘어뜨려 놓고 있었다. 머리카락이 어깨에서 찰랑거리고 있었다. 희수가 머리를 귀 뒤로 넘기며 주위를 살펴보았다. 그리고 슬며시 구두를 벗고 몸을 숙여 주먹으로 종아리를 툭툭 쳤다. 다리가 아픈 모양이었다.

재준은 희수 앞에 자신이 갑자기 나타났을 때 희수의 반응이 궁금해서 천천히 희수에게 다가갔다. 그러나 희수는 옆에 앉은 사람들이 재준을 발견하고 놀란 표정을 지어도 그를 알아채지 못했다. 조금씩 사람들이 재준의 주위에 몰려도 희수만 몰랐다. 그래도 뭔가가 이상하다고 느꼈는지 희수가 다시 힐을 신고 앞을 쳐다보았다.

눈이 마주치자 재준이 슬며시 선글라스를 벗고 희수를 향해 눈웃음을 지었다. 그제야 재준을 알아본 희수의 눈이 동그래졌다. 나지막이 '아' 하고 감탄사를 내뱉는 것 같았다. 또, 웃음이 났다. 통유리를 사이에 놓고 희수와 시선을 맞췄다. 다른 사람들은 없어지고, 그녀와 자신만이 존재하는 듯한 착각이 들었다. 그녀의 놀란 눈이 반가움으로 변하기를 기다렸다. 하지만, 희수의 눈빛은 반가움으로 변하기는커녕 시선을 돌리며 재준을 무시했다.

"희수야!"

분명히 남자는 희수를 '희수야'라고 불렀다. 재준은 커피를 들고 온 남자를 훑어보았다. 적당한 키에 호남형의 남자는 운동을 정기적으로 하는 듯 몸의 각이 어느 정도 살아 있었다. 은색 안경테에 정장을 입은 남자는 이지적으로 보여 희수와 잘 어울렸다.

남자가 희수의 옆에 앉으며 뭐라고 말을 했다. 희수의 고개가 완전히 남자 쪽으로 돌려졌다. 오히려 남자가 재준을 알아보고 놀란 눈을 떴다. 입 모양을 보니 또 희수를 '희수야'라고 부르는 것 같았다.

나에게는 한 번도 허락해준 적이 없는 '희수야'라는 호칭. 남자는 편하게 희수 옆에 앉아 희수를 '희수야'라고 불렀다. 희수를 우연히 만나 유쾌했던 기분이 순식간에 상해버렸다. 짜증도 났다. 내가 선물한 옷을 입고, 다른 남자를 만나고 있는 이희수!

사람들이 몰려들어 더 이상 희수 앞에 서 있을 수가 없었다. 그 자리를 떠나며 마지막으로 뒤를 돌아보니 희수의 뒷모습이 보였다. 그 옆에 앉아 희수 쪽으로 완전히 몸을 돌려 희수만 쳐다보는 남자도 보였다. 그 남자의 눈빛이 희수에 대한 호감을 숨기지 않고 있었다.

재준의 심장이 '쿵' 소리를 내며 떨어졌다.

고등학교 때, 희수를 동경 어린 시선으로 바라보던 것처럼 정훈은 어두운 영화관에 앉아 있는 희수의 옆모습을 바라보고 있었다. 화면이 밝아질 때마다 희수의 고운 옆선이 나타났다 사라졌다.

정훈은 고등학교 시절 설렘과 수줍은 첫사랑을 간직한 소년의 마음으로 희수를 관찰했다. 희수는 영화에 완전히 몰입하고 있었다. 고급스러운 원피스와 재킷, 한눈에 봐도 꽤 비쌀 것 같은 구두를 신은 30대 희수에게서 10대의 열정이 느껴졌다. 내가 희수에게 가졌던 그 열정과 설렘을 희수는 스타워즈에 느끼고 있는 것일까?

차갑고 도도한 희수가 스타워즈 덕후라니……. 희수가 갑자기 형용할 수 없을 정도로 귀엽게 느껴졌다. 비행선이 터질 때마다 움찔거리는 희수의 손을 꽉 잡아주고 싶은 욕망을 자제하느라 힘들었다. 영화를 보는 것보다 희수를 보는 것에 더 집중했다. 영화의 전개만큼이나 시간이 정말로 빠르게 지나간다고 생각했다.

영화가 끝나고 불이 켜졌다. 자막이 올라가도 희수는 여전히 앉아서 스크린에 시선을 고정하고 있었다.

"희수야, 혹시 영화 또 볼 거야?"

"응."

희수는 스타워즈 영화가 개봉하면 영화관에서만 다섯 번 이상 본다는 말은 하지 않았다. 그냥 짤막하게 '응' 소리만 냈다.

"그럼, 그때도 나랑 오자. 나도 또 보고 싶어. 너무 재밌어서 시간 가는 줄 몰랐어."

희수가 눈을 크게 떴다가 얼핏 미소를 보이며 대답했다.

"그래. 그러자."

정훈은 미소를 보인 희수 때문에 잠시 멍해졌다. 웃었다. 나를 보고 웃어주었다. 머리부터 발끝까지 짜릿한 전기가 흘렀다. 조금 붉어진 얼굴로 정훈이 희수에게 전화번호를 물었다. 희수가 가시를 세우지도, 경계하지도 않고 정훈에게 번호를 주었다.

"나 차 가지고 왔는데, 집까지 데려다줄까?"

희수가 불편한 힐을 내려다보고 정훈을 한번 바라보았다.

나와 같은 것을 좋아하는 고등학교 동창, 생각해보니 정훈은 고등학교 때도 희수처럼 수학문제 푸는 것을 좋아했다. 어려운 문제의 답을 찾으면 그 성취감에 콜라를 사서 건배를 하고는 했었다. 정훈에게 세우던 가시의 날이 점차 수그러들었다.

"고마워. 대신 다음 영화 티켓은 내가 살게."

정훈이 눈웃음을 지으며 고개를 끄덕였다. 집으로 가는 내내, 두 사람은 스타워즈 이야기를 했다. 이유 없이 심장이 두근거리고 마음이 들뜨는 확연한 봄 기운이 느껴졌다. 희수를 내려주고 연락하겠다는 말을 했다. 희수가 고맙다고 말을 하고 아파트 단지 내로 걸어갔다.

하지만 정훈은 희수가 완전히 보이지 않게 돼서야 희수가 자신에게 개인적인 질문은 하나도 하지 않았다는 것을 깨달았다. 정훈의 직업이나 사는 곳, 그 어떤 것도 묻지 않았다. 오로지 영화 이야기를 했을 뿐이었다. 정훈의 들떴던 마음이 조금 가라앉았다.

[지금 출발합니다. 차가 막히지 않아 이십 분 후에 도착합니다.]

일요일 오후, 재준은 희수에게 온 문자를 보고 휴대폰을 침대에 던져버렸다. 어제 나를 보고도 매몰차게 고개를 돌렸던 희수가 생각났다. 그리고 희수를 '희수야'라고 정답게 부르던 그 남자도.

속이 타는 것 같아서 물 한 잔을 벌컥벌컥 마셨다. 이유를 알 수가 없다. 자신의 감정을 분석하려 해도 뭔가에 가로막혀 그 감정을 분석할 수가 없다. 그저 가슴이 답답하고, 뭔가에 꽉 막혀서 소화가 되지 않는 것 같은 그런 기분.

재준은 차가운 물을 틀어놓고 샤워를 했다. 답답하게 막혔던 가슴이 차갑고 세찬 물줄기 때문에 조금 뚫리는 기분이었다.

초인종 소리가 나는 것을 보니, 벌써 이십 분이 지났나 보다. 재준은 평소처럼 신경 써서 옷을 걸치지 않았다. 편한 면티에 면바지를 입고 문을 열었다.

재준은 희수의 얼굴을 보고 나서야 자신이 희수에게 화가 나 있다는 것을 깨달았다. 삐딱한 말투로 재준이 말했다.

"난 어제 우연히 희수 씨 만나서 반가웠는데, 희수 씨는 아니었나 봐요?"

"네?"

"하도 쌀쌀맞게 고개 돌길래, 희수 씨가 오늘 안 나타날지도 모른다고 생각했어요."

희수가 머뭇거리다 재준에게 말했다.

"우리가 밖에서도 아는 척할 사이는 아니잖아요."

재준의 입매가 더할 나위 없이 비틀어졌다. 그 비틀린 입매에서 뒤틀린 웃음소리가 나왔다.

"하하……. 맞아요. 우리는 그런 사이 아니죠."

재준의 뒤틀린 웃음은 곧 냉소로 변했다. 희수는 정말 깔끔하다 못해 차가웠다. 모든 것이 무 자르듯 잘라지는 희수에게 화가 나고 짜증이 솟아올랐다. 내가 그렇게 원하던 쓸데없는 감정의 소모가 없는 만남인데, 왜 희수에게 이리 화가 나는지 모르겠다.

"옆에 있던 남자는 누구예요? 우리 동맹 맺는 동안 다른 사람 안 만나기로 한 거 아니었나요?"

"정훈이는……. 그냥 동창이에요."

희수의 입에서 다른 사람의 이름을 듣는 것이 거의 처음이었다. 희수는 다른 사람을 직책으로 부르거나 아니면 아예 호칭을 붙이지 않았다. 정훈이라……. 어제 희수를 바라보던 그의 눈빛이 생각났다.

"그 남자는 희수 씨를 그냥 동창으로 생각 안 할 수도 있지 않나? 희수 씨를 바라보던 눈빛이……."

재준이 거기서 말을 멈췄다. 희수가 모르는 그 남자의 감정을 희수에게 말해줄 필요는 없었다. 가슴이 또 갑갑해졌다. 요즘 잘 찾지 않던 담배가 생각났다.

"나 담배 피워도 돼요?"

"……네."

거실 서랍 속에 넣어 놓은 담배를 찾아 입에 물었다. 희수가 소파에 앉은 재준의 옆에 와서 앉았다.

말없이 앉아 담배 연기를 내뿜는 재준을 보고 희수는 한 가지를 깨달았다. 재준과 같이 있으면 이상하게 어색하지 않았는데, 그건 항상 재준이 희수가 앉을 곳을 마련해주고 해야 할 일을 만들어주었기 때문이었다.

평소처럼 희수를 배려하지 않는 재준이 낯설었다. 들어오라는 말도 없는 재준의 옆에 가서 앉았다가 어색함을 이기지 못해 일어났다.

"오늘은…… 그냥 갈게요."

"어디를 가려고."

재준이 일어나는 희수의 손을 꽉 잡아 끌어당겨 자신의 무릎 위에 앉혔다. 그리고 손에 들린 담배를 재떨이에 비벼 껐다. 냉소를 지으며 재준이 말했다.

"우리 밖에서는 아는 척도 안 하는 사이지만, 안에서는 별거 다 하는 사이잖아. 할 건 하고 가야죠."

재준은 자신의 무릎 위에 앉은 희수의 윗옷을 성마르게 벗겨냈다. 브래지어도 금방 풀어서 던져버렸다. 그리고 희수의 머리끈을 확 잡아당겼다. 희수의 머리카락이 찰랑거리며 내려왔다.

재준은 두 손으로 희수의 허리를 잡아 자신의 앞쪽으로 바짝 끌어당겼다. 희수의 가슴이 재준의 눈앞에 와 있었다. 옷을 입고 있으면 별로 티가 나지 않아 재준은 희수의 가슴이 이렇게 뽀얗고 탐스러울 줄 몰랐었다. 이제는 익숙해진 그녀의 가슴을 한입 베어 물었다. 하얀 가슴에 생채기를 내듯 한번 깨물고 깊숙이 빨아들여 붉은 반점을 만들었다.

긴장으로 바짝 선 희수의 유두를 혀놀림으로 끈적하게 만들었다. 재준은 몇 번의 혀놀림으로 희수의 입에서 야릇한 신음 소리를 만들어냈다.

"으⋯⋯. 하아."

재준이 혀로 희수의 쇄골부터 귓불까지 야릇하게 핥다가 귀를 깨물었다.

"아얏."

깨문 것이 아팠는지 희수가 작게 비명 소리를 냈다. 이유 없이 희수에게 화가 났다. 계속해서 그 남자가 희수를 바라보던 시선이 생각났다. 재준이 희수를 소파 밑으로 내리고 바지의 버클을 풀며 나지막이 말했다.

"오늘은 내 거 빨아봐요."

재준의 다리 사이에 무릎을 꿇고 있는 희수의 얼굴 앞에 그의 페니스가 모습을 드러냈다. 희수가 어떻게 해야 할지 몰라 재준을 올려다보았다. 소파에 앉아 느긋해 보이는 재준이었지만 그의 눈은 욕망을 숨기지 못하고 번들거렸다.

"입으로 빨아봐요."

이미 반쯤 일어선 재준의 페니스를 앞에 둔 희수의 얼굴에 당황스러움이 묻어났다. 재준이 몸을 숙여 엄지로 희수의 입을 벌렸다. 그리고 자신의 분신을 그녀의 입 속으로 넣었다. 희수는 어설픈 입놀림으로 재준의 것을 빨았다.

재준이 안 되겠다 생각했는지 두 손으로 희수의 머리를 잡아 고정한 다음 자신의 분신을 희수의 입 속으로 밀어 넣었다 빼기를 반복했다. 조금씩 커진 재준의 분신은 이제 희수의 입 속에 들어가기 버거운 크기가 되었다. 희수가 재준의 귀두만 입에 넣고 어설프게 입을 오물거렸다.

"하아……. 희수 씨, 진짜 못해."

이런 노골적인 말이라니……. 희수의 얼굴이 확 붉어졌다.

"이리 올라와봐요."

재준이 희수를 다시 자신의의 무릎 위에 앉히고 희수의 손가락을 들어 재준의 입 속으로 넣었다. 희수의 검지와 중지를 입에 넣고 혀로 말아 올렸다.

"이렇게 혀를 움직여야 돼."

손가락에서 느껴지는 야릇한 느낌에 희수의 아랫배가 떨렸다.

재준이 희수를 옭아맬 듯 쳐다보며 희수의 엄지를 입 속에 넣고 강하게 빨아당기며 뺐다. 그의 강렬한 시선이, 그의 입놀림이 자극적이라 희수가 얼굴을 붉히고 고개를 돌렸다. 재준이 질척한 소리를 내며 희수의 엄지를 희롱하더니 말했다.

"이렇게 이를 사용하지 않고 압력으로만 빨아봐요."

희수가 다시 소파 밑으로 내려졌다. 아까보다 더 커진 것 같은 재준의 것이 희수의 눈앞에 있었다. 재준이 했던 것처럼 먼저 촉촉한 혀로 재준의 귀두를 말아 올렸다. 희수의 머리를 잡고 있는 재준의 두 손이 흥분으로 떨리는 것이 느껴졌다.

그리고 재준의 것을 입에 넣을 수 있을 만큼 최대한 깊게 넣어서 이를 사용하지 않고 힘을 주어 빨다가 쭈욱 하고 뺐다. 손가락과는 비교할 수 없는 크기라 몇 번 빨아 당긴 것만으로도 턱이 아팠지만, 그렇게 싫은 느낌이 아니었다.

"하아……. 훨씬 낫네."

재준의 두 손에 힘이 들어가고 있었다. 희수가 재준의 분신을 빨아 당길 때마다 재준의 입에서 신음 소리가 났다. 그 자극적인 소리에 희수의 아랫배가 움찔거렸다. 이런 야한 기분이라니……. 희수가 재준의 것을 빨며 몽롱한 표정으로 재준을 올려다보았다. 쾌감에 젖은 재준의 눈동자가 희수를 내려다보고 있었다. 그 관능적인 모습에 희수의 아랫배가 더 움찔거렸다. 희수는 재준을 강하게 원하고 있었다.

재준이 희수의 입에서 자신의 것을 빼고 소파에 눕혔다. 희수의 다리를 벌리고 먼저 입으로 희수의 속살을 맛보려는 순간, 희수가 흥분이 가득한 목소리로 말했다.

"지금 넣어주세요."

재준이 콘돔 포장을 입으로 뜯고 콘돔을 꺼내 그의 분신에 씌웠다. 재준이 희수 위로 몸을 겹쳐왔다. 한 손은 희수의 머리를 감싸고 다른 손으로 자신의 페니스를 잡고 희수의 속살 입구를 지분거렸다. 보통 때보다 훨씬 더 젖어 있었다. 재준이 큭 하고 웃으며 희수에게 귓속말을 속삭였다.

"희수 씨, 진짜 야한 몸을 가졌군요."

재준의 말에 희수가 얼굴을 붉히며 고개를 돌렸다. 재준이 희수의 머리를 감싸던 손에 힘을 주고 자신을 보게 만들었다. 그리고, 희수의 흥분한 표정을 보면서 그녀의 속살에 그의 페니스를 거칠게 박았다.

"크흣!"

깊숙이 빨려 들어가는 느낌에 재준도 모르게 신음 소리가 났다. 천천히 피스톤 운동을 시작했다. 희수의 몸이 예민해져 있는지 재준의 것을 꽉 물고 당겼다. 그 황홀한 느낌에 혼이 빠져나갈 것 같았다.

어제 재준을 보고도 고개를 돌린 희수에게 화가 나서 심술이 났었는데, 그런 건 이미 다 잊어버리고 재준의 온몸은 희수에 대한 열망과 욕망만으로 가득 차버렸다.

"으응……. 더……."

재준이 쾌락에 취해 희수가 신음 소리처럼 흘리며 하는 말을 알아듣지 못하고 있었다.

"더 세게……. 하앙, 으……."

희수가 조르듯이 하는 말을 알아들은 재준이 희수의 다리를 재준의 어깨에 올렸다. 올리면서 희수의 오른쪽 다리에 쪽 하고 입을 맞췄다. 희수의 엉덩이가 들렸다. 재준은 희수의 허리를 꽉 잡고 자신의 허리를 신나게 흔들었다. 퍽퍽퍽, 살이 부딪치면서 내는 소리와 야하게 질척거리는 소리가 거실을 메웠다.

"으아항, 흐으윽……."

재준이 움직일 때마다 희수의 교성이 점점 커졌다. 촉촉하게 벌어진 입에서 나오는 희락의 소리는 재준을 자극했다. 인정사정 보지 않고 희수를 밀어붙였다. 세게 해달라는 그녀의 요구에 충실했다. 희수의 자세를 몇 번이고 바꿔가며 그의 페니스를 희수의 속살에 박았다.

몇 번이나 크고 작은 절정이 희수의 온몸을 뚫고 지나갔다. 희수는 절정을 느낄 때마다 몸을 바르르 떨었고, 재준은 그럴 때마다 희수의 입에 길고 농밀한 키스를 해주었다. 서로의 타액이 오가고 서로의 타액으로 입가가 번들거려도 더럽다는 생각이 들지 않았다. 오히려 더 흥분시키고 있었다.

재준이 절정에 오르려는 듯 희수의 한쪽 다리를 들고 퍽퍽 소리를 내며 강하게 몰아쳤다. 희수가 그 격한 쾌감을 어찌 못하고 허리를 휘었다. 희수의 입에서 흥분에 가득 찬 목소리가 신음 소리에 섞여 무의식적으로 나왔다.

"하아……. 크윽."

재준의 입에서도 격한 쾌감의 신음 소리가 나왔다. 재준도 머지 않아 희수를 꽉 안으며 그녀의 질 안에 사정했다. 마지막 한 방울까지 쏟아내는 재준의 것이 콘돔을 끼고 있어도 느껴졌다.

한동안 말없이 서로 숨을 고르며 소파에 누워 있었다. 온몸이 타액과 땀으로 끈적거려 재준의 몸을 떼어놓고 싶어도, 이불 덮듯이 덮치고 있는 재준이 움직이지 않으니 희수도 움직일 수가 없었다.

재준이 엉덩이를 조금 들어 희수의 속살에서 자신의 분신을 꺼내고 희수의 얼굴에 자잘한 키스를 했다. 그리고 희수 옆으로 자리를 옮겨 그녀를 꽉 안았다.

"바로는 다시 못하겠네요. 너무 격렬했어."

재준의 말에 부끄러워진 희수가 재준의 반대쪽으로 고개를 돌렸다. 시선을 둘 데가 없어 거실 장식장을 바라보았다. 재준이 희수의 얼굴을 다시 돌리고 희수와 눈을 맞추며 말했다.

"바보 같은 질문인 거 아는데……."

재준이 누워 있는 희수의 머리카락을 조심스레 정리해주었다. 나를 좋아하냐고 물어보고 싶었다. 밖에서는 재준을 모른 척하면서, 잠자리에서는 솔직한 열정을 보여주는 희수의 감정이 너무 궁금해서 재준의 입술이 달싹거렸다.

"질문하세요"

아직 희수의 얼굴에 열기가 남아 있었다. 남심을 자극하는 묘하게 야한 얼굴. 차갑고 도도한 가면을 벗고 재준과 몸을 섞을 때 보이는 이 얼굴. 재준이 희수의 얼굴을 손가락으로 부드럽게 쓰다듬었다.

"희수 씨, 나 좋아해?"

재준의 질문이 의외였는지 희수가 잠시 말이 없었다. 그녀의 침묵에 재준이 괜한 걸 물었다고 생각했다. 전 여자친구들에게 이런 질문을 받았을 때, 얼마나 정이 떨어졌는데, 스스로 이런 멍청한 질문이라니…….

"……좋아해요."

순간 희수의 입에서 나온 말이 믿어지지 않아 재준이 몸을 일으켰다. 희수도 같이 일어나 바닥에 떨어진 자신의 옷을 들어 가슴을 가리며 천천히 또박또박 말했다.

"재준 씨를…… 딱 잠자리 같이할 만큼만 좋아해요."

좋아하지도 않는 사람과 관계를 맺는 것을 두려워하던 희수에게 재준이 했던 말이었다. 재준은 동맹관계를 시작하며 우리 서로 딱 잠자리 같이 할 만큼만 좋아하도록 하자고 제안했었다. 그때 그 말이 부메랑이 되어 재준의 가슴에 깊은 상처를 내며 박히는 기분이 들었다.

재준이 원하던 감정이 섞이지 않은 깔끔한 관계를 보여주는 희수 때문에 기뻐야 되는데, 지금 재준은 희수의 말에 심장이 아플 뿐이었다. 그 모순된 감정에 재준은 혼란스러웠다.

4. 나의 공간

인천공항, 재준이 입국 심사를 받는 동안 몇몇 사람들이 재준을 알아보고 웅성거리며 따라오기 시작했다. 사람들이 더 모이기 전에 재빠르게 공항을 빠져나온 재준이 밴에 올라타자 소속사 사장인 상헌의 얼굴이 보였다.

"형이 웬일이야?"

재준을 보고 싱글벙글 웃으며 상헌이 말했다.

"우리 함 배우께서 너무 바쁘셔서 얼굴 보려고 왔지. 네 팬미팅에 어마어마한 인파가 몰렸다고 보고받았어. 역시 대륙은 스케일이 달라."

상헌의 호들갑스러운 말에 재준이 피곤한 듯 의자에 몸을 기대며 말했다.

"새삼스럽게 왜 그래? 빨리 본론."

"이번에 중국 CF 제의가 몇 개 들어와서 너 보여주려고."

상헌이 몇 장의 서류를 재준에게 넘겨주었다.

"다들 천문학적인 액수를 제시했어. 요즘 돈은 다 중국에서 벌린다더니……. 비교가 안 되네."

재준이 건네받은 서류를 뒷좌석에 던져놓고 말했다.

"나중에 볼게. 나 좀 피곤하다."

"그래라, 그럼. 그런데, 할 거면 빨리 말해. 영화 크랭크인 들어가기 전에 찍어야 하니까."

"알았어."

의자에 몸을 기대고 눈을 감는 재준을 보며 상헌이 물었다.

"너 요즘 무슨 일 있냐?"

"왜?"

"안색이 안 좋다."

"체중관리 하고 있어."

"그냥 체중관리 한다고 그런 게 아닌 것 같으니까 그렇지. 무슨 일 있는 거 아니지?"

"몰라."

중국에 있는 일주일 동안 재준은 2킬로그램이 빠졌다. 체중관리를 해도 항상 빼지 못하던 2킬로그램이었는데, 마치 혹독한 마음고생이라도 한 것처럼 일주일 만에 저절로 빠졌다.

젠장! '딱 잠자리 같이 할 만큼만 좋아해요'라니……. 이보다 더 명확히 그어진 선이 있을까? 희수의 그 말을 다시 생각하는 것만으로 날카로운 비수가 날아와서 심장에 박히는 기분이었다.

그리 원하던 쿨하고 깔끔한 관계를 보여주는 희수였다. 그런데 왜? 도대체 왜 이렇게 가슴이 답답한지 모르겠다.

재준의 심기가 불편해 보여 상헌은 재준의 눈치를 보며 조심스레 재준에게 말을 전했다.

"또 찌라시 떴다. 유명 영화배우 A 씨가 재벌 3세라고, 보유 주식이 어마어마해서 대단하신 회장님도 쩔쩔맨다고……. 가끔 나한테 확인 전화 와."

"나 아니라 그래."

여전히 의자에 몸을 기대고 눈을 감은 채 재준이 대답했다.

"여기까지는 그냥 아니라고 하면 되는데, 다른 찌라시가 연관돼서 떴어."

"뭔데?"

상헌이 오늘 밴에서 재준을 기다린 진짜 이유를 말하기 시작했다.

"그 영화배우 A 씨가 공개연애 하던 여자 연예인과 최근 결별했는데, 사실은 집안 반대 때문이었고 결별 후에 집안에서 주선한 여자랑 선 봤다고."

재준은 눈을 뜨고 벌떡 일어나서 상헌을 쳐다보았다.

상헌이 조심스레 물었다.

"서현이랑은 집안 반대 때문에 헤어진 게 아니라는 것은 너도 알고 나도 알고……. 근데 그 영화배우가 선 봤다는 것 때문에 한 번 확인을 해야 될 것 같아서."

"설마…… 선 본 여자에 대한 정보도 알려졌어?"

"아니, 그냥 집안에서 주선한 여자라고만. 이거 진짜야?"

재준이 초조한 듯 머리를 쓸어 올리며 입술을 꽉 깨물었다.

"형, 나 당분간 전에 지내던 서초동 아파트에서 지내야겠다."

재준의 반응에 찌라시가 사실이라는 것을 깨달은 상헌이 혼잣말처럼 '너 진짜 선 봤구나? 찌라시 무섭네……'라고 말했다.

그걸 무시하고 재준이 운전을 하던 로드 매니저에게 말했다.

"한남동 말고, 서초동으로 가자."

재준이 머리가 아프다는 듯이 관자놀이를 누르며 말했다.

"형, 비밀은 새나지 않게 해줘. 형철이 너도 입조심!"

"그래, 알았다. 일부러 입 무거운 형철이를 너한테 붙인 거니까 우리 쪽에서 새나는 일은 없을 거다."

재준은 희수가 동맹을 맺을 때 기사 같은 건 나가지 않게 조심해달라고 부탁했던 것을 떠올렸다. 혹시라도 희수에 대한 기사가 나간다면 희수가 어떻게 나올지는 너무 뻔했다. 미련도 없이 재준에게 등을 보일 여자였다.

긴 한숨과 함께 재준이 다시 눈을 감았다. 지금은 다른 고민을 할 필요가 없다. 희수에 대한 정보가 새어 나가지 않도록 하는 것이 중요했다. 무슨 일이 있어도 희수와 동맹을 유지해야 했다.

희수가 도망갈 빌미를 주어서는 안 된다.

희수는 자신의 옆에 있어야 했다.

상헌을 보내고 전에 살던 아파트에 들어선 재준이 휴대폰에서 황 실장이라고 적힌 번호를 찾아서 전화를 걸었다.

"황 실장님!"

-오, 재준 군! 중국은 잘 다녀왔습니까?

"……"

항상 말은 청산유수인 황 실장이 재준의 대답이 없어도 여유롭게 말을 이었다.

-저는 재준 군이 왜 전화했는지 알 것 같습니다만. 찌라시 때문에 하신 거 아닙니까?

"아직 늙지 않으셨네요."

-허허, 아직 한참 젊습니다만.

수화기 너머로 황 실장이 웃는 소리가 들렸다. 재준이 조금 짜증이 묻어나는 어조로 물었다.

"그래서 누굽니까? 누가 그렇게 쓸데없는 말을 하고 다닙니까?"

-흠……. 대답을 들으시면 안 좋아하실 텐데요.

"누. 굽. 니. 까?"

재준이 한자 한자 힘을 주며 물었다.

-함 교수님입니다.

예상은 했지만 직접 확인하니 더 짜증이 났다. 한숨을 쉬는 재준의 귀에 황 실장의 말이 계속해서 들렸다.

-저희 쪽에서 손을 쓰고 있습니다만, 카더라 통신은 역시 발 빠르게 퍼지는군요.

황 실장의 말은 이미 찌라시가 무서운 속도로 퍼졌다는 뜻이었다. 재준 혼자만 연관된 것이라면 곧 잠잠해지겠지 생각하고 잊어버리면 되는데, 이번 건은 희수와 연관되어 있었다.

초조해진 말투로 재준이 황 실장에게 물었다.

"요즘 제 주위에 기자 붙었는지 안 붙었는지 황 실장님은 아시죠?"

-허허⋯⋯. 그걸 제가 어떻게⋯⋯.

황 실장이 대답을 회피하며 웃고 있었다.

"사실대로 말해요. 저번에 할아버지 만났을 때 이미 희수랑 희수 집에 대한 조사 다 끝내셨던데, 아직도 저한테 사람 붙여놓은 거 알고 있습니다."

-허허⋯⋯. 예전처럼 자주는 아니고 가끔⋯⋯. 회장님이 재준 군의 가장 오래된 팬 아니십니까?

"그래서 저한테 달라붙는 기자들 있어요?"

-요즘 들어 한 명 생겼지요. 한남동 집을 몰라서 서초동 아파트에만 죽치고 있습니다. 하지만 너무 오랫동안 서초동 아파트를 비워두면 그 기자도 재준 군이 서초동에 살지 않는다는 것을 알게 될 겁니다.

"알아요. 그래서 당분간 서초동에서 지낼 겁니다. 한남동 집이 알려지면 곤란해요."

-그리 알고 있겠습니다.

"그리고, 할아버지가 붙인 사람한테 수요일 오후 동안만 그 기자 눈 좀 돌려 달라고 부탁드려주세요."

-네? 이유를 물어도 되겠습니까?

"안 알려줘도 알아내실 거면서 물어보십니다."

-재준 군이 지금 말하면 제가 수고를 좀 덜 수 있지 않겠습니까?

"희수⋯⋯ 집에 가기로 했어요."

-어느 집 말입니까? 이 교수 본가, 아니면 이 교수 혼자 사는 집?

"본가."

-그렇군요. 알겠습니다. 수요일 오후 몇 시입니까?

"서초동 집에서 세 시에 나갈 겁니다. 한남동 갔다가 저녁에 희수 본가로 갑니다."

-그리 전하지요. 내일 이 교수 만날 때는 어찌하려 합니까? 기자가 눈치챌 텐데? 도움이 필요하면 지금 말씀하세요.

황 실장의 말에 기가 막혀 재준이 물었다.

"설마……. 황 실장님, 제가 언제 희수 만나는지도 다 알고 있습니까?"

-어쩔 수 없었습니다. 제 월급의 대부분을 주시는 분께 보고를 해야 돼서.

황 실장의 능청스러운 대답에 재준이 포기했다는 듯이 헛웃음을 웃고 말했다.

"당분간 자제하려고 합니다. 희수가 노출되면 곤란합니다."

-저희 쪽에서도 이 교수에 대한 정보는 퍼지지 않도록 각별히 주의하지요.

재준이 조금 뜸을 들이다가 말했다.

"고마워요. 아저씨."

-아저씨 호칭 오랜만에 들어보네요. 재준 군, 이 교수 집에 잘 다녀와요.

재준이 전화를 끊고 전화기를 소파에 던져놓았다.

할아버지가 가끔 사람을 붙여 감시하는 것이 싫었는데 이렇게 도움이 될 때도 있다. 피식 웃으며 다시 전화기를 손에 들었다. 희수에게 내일 만나지 못한다는 말을 전해야 했다. 이번 주는 보지 못하는구나……. 아쉬운 마음에 쉽게 통화 버튼을 누르지 못했다.

이희수, 재준이 여태까지 만나던 여자들과 달리 쓸데없는 감정 소모가 필요 없는 깔끔하고 냉정한 여자. 재준은 희수를 생각할 때마다 머리도 마음도 복잡해진다. 하지만 그것은 그저 이 깔끔한 동맹을 어떻게 하면 계속 유지할 수 있을까 고민하는 것이라 합리화시키기로 했다. 희수에게 느끼는 이 생소한 감정은 그저 그녀가 색달라서 그런 것이라고 스스로를 세뇌시키고 있었다.

희수는 컴퓨터에 앞에 앉아 일을 하다가 벨소리가 울려 휴대폰을 꺼내 들었다. 재준이었다. 재준은 특별한 일 없이 전화를 거는 사람은 아니었기에 무슨 일이 생겼을 거라는 짐작을 하면서 전화를 받았다.

"네."

-나예요.

"말씀하세요."

-내일은 희수 씨 못 만나겠네요.

"……알겠습니다."

이유가 궁금했다. 하지만 물어볼 필요는 없다고 생각해서 알겠다고만 대답했다. 수화기 건너편 재준이 깊은 한숨을 쉬는 것이 들렸다. 희수가 덤덤한 목소리로 재준에게 다른 것을 물었다.

"그럼, 수요일 아버지 초대도 못 오시는 건가요?"

-갑니다.

"……네."

-희수 씨…….

재준이 희수를 불렀다. 왠지 애가 타고 고뇌에 빠진 듯한 그의 목소리였다. 하지만 희수가 재준에게 '무슨 일 있어요?'라고 물어볼 권리는 없었다. 그건 서로에게 간섭하지 않기로 한 선을 넘는 것이다.

"말씀하세요."

──아니에요. 수요일에 보죠.

"네."

하고 전화를 끊었다. 재준에게 무슨 일이 생긴 걸까? 중국에 갔다 왔다고 들었는데…….

희수는 작업 창을 닫고 인터넷을 켰다. 구글에 '함재준' 세 글자를 쳐보았다. 현기증이 날 정도로 많은 검색 결과가 창에 떴다. 구글 창을 닫고 초록색 창에 '함재준' 세 글자를 쳐보았다. 비교적 보기 쉽게 재준에 대한 정보가 떴다. 그중 가장 최근 기사를 클릭했다.

'함재준, 진정한 한류의 주인공!'이라는 다소 오글거리는 제목과 함께 중국 팬미팅에 사상최대 인원이 몰렸다는 내용의 기사였다. 출국했을 때의 사진을 클릭해보았다. 마중 나온 팬들에게 익숙한 듯 웃으면서 손을 흔들어주는 재준이 낯설었다.

갑자기 재준이 자신이 살쪘을 때의 사진이 인터넷에 돌아다닌다고 말을 했던 것이 생각났다. 문득 궁금해져서 그 사진을 찾아보았다. 그때의 재준은 지금과 달리 볼살이 통통했고, 멋부리기 위해 머리에 무스를 잔뜩 발라 올린 모습이었다.

고등학교 때라고 했었나? 오히려 살이 쪄서 귀엽다고 생각했다. 잘생긴 사람은 살이 쪄도 잘생긴 거다. 희수가 살포시 미소를 지으며

126

화면을 가득 채운 사진을 쳐다보았다.

우연히 클릭한 다음 사진이 재준과 공개 연애를 했던 백서현의 사진이었다. '함재준은 이렇게 귀엽고 여성스러운 스타일을 좋아하는구나' 생각하면서 열린 창을 닫았다. 그게 나와 무슨 상관인가 하는 생각에 입에서 자조적인 웃음이 나왔다.

희수와 재준의 관계는 단순했다. 희수가 한국에 오고 나서 예기치 않은 결혼의 압박으로부터 자유롭기 위해 맺은 동맹 파트너. 그이상도 그 이하도 아니었다.

희수가 의자에서 일어나 가볍게 스트레칭을 했다. 되도록이면 재준의 생각을 안 하는 것이 좋겠다. 재준을 생각하면 머릿속이 복잡해지고 분석할 수 없는 감정들 때문에 심란해진다.

생각을 멈춘 희수가 다시 작업 창을 열고 컴퓨터 화면에 시선을 고정했다. 그리고 다시 일에 몰두했다. 급하게 끝내야 하는 페이퍼가 있어서 다행이었다.

수요일 저녁, 재준은 약속대로 희수를 만나 그녀의 본가로 차를 몰았다. 이동하는 내내, 희수가 긴장을 하는 것 같아 조용한 음악을 틀어주었다.

"희수 씨!"

"네."

"왜 그렇게 긴장해요?"

"오늘…… 불편한 자리가 될지도 몰라서요."

본가에 가는 것은 항상 희수를 긴장하게 만들었다. 집이지만 항상 희수에게 이방인이 된 것 같은 느낌을 주는 곳. 내 아버지가 있고, 새어머니가 있고, 내 이복동생이 있는 그곳은 희수의 존재를 성가시고 하찮은 것으로 만드는 곳이었다.

"너무 걱정 말아요."

재준의 말에 희수가 말없이 창밖을 내다보았다. 진짜 재준을 데리고 가도 되는 것일까? 오늘 하루만 잘 넘어가면 당분간 귀찮아질 일이 없을 것 같아 재준을 데리고 가기는 하지만…….

희수가 신호가 걸린 사이 재준의 옆모습을 힐끔 보았다.

재준은 완벽한 동맹 파트너였다. 아버지가 독단적으로 당장 결혼을 추진할 수 없는 대단한 배경을 가지고 있었고, 결혼을 미루더라도 당장 헤어지라고 말하기에는 아까운 조건을 가지고 있었다. 어머니는 희연이 아니라 나라서 배 아파하며 이러지도 저러지도 못하겠지…….

희수가 이런저런 생각을 하는 사이 어느새 차는 희수의 집 앞에 도착했다. 재준이 먼저 내려 보조석 문을 열어주려 했는데, 그녀는 이미 차에서 내려 옷매무새를 가다듬고 있었다.

재준이 피식 웃으며 걸음을 옮겨 트렁크의 문을 열고 꽃다발과 양주를 꺼내서 한 손에 들었다.

희수가 놀란 듯 재준의 손에 든 꽃다발과 양주를 보며 말했다.

"미안해요. 내가 준비했어야 되는데……."

재준이 괜찮다는 대답 없이 그저 다른 손으로 희수의 손을 다정하게 잡았다.

"손이 차갑네요. 많이 긴장했나 봐요."

희수의 시선이 잡힌 손으로 옮겨졌다. 재준이 가볍게 희수를 끌어당겨 허리를 껴안았다. 귓속말을 하듯 희수의 귀에 속삭였다.

"걱정 말아요. 난 지금부터 완벽하게 사랑에 빠진 남자 연기를 할 테니까……."

그리고 희수의 입술에 부드럽게 키스를 했다. 희수가 놀라서 뒷걸음질을 치자 재준이 희수의 허리를 강하게 끌어당겼다.

"도망가면 어떡해요? 희수 씨도 연기해야죠. 사랑에 빠진 여자 연기."

진심인지 농담인지 구별이 안 가는 재준의 눈이 반짝이고 있었다.

재준은 자신이 맡은 다정한 이미지의 남자친구 역을 잘 소화해 내고 있었다. 집에 들어선 순간, 자연스럽게 아버지에게 양주를, 어머니에겐 꽃다발을 선물했다. 자신의 소개를 하고 대화를 부드럽게 이끌어갔다. 희수는 굳이 자신이 말을 하지 않아도 돼서 편하다고 생각했다. 재준이 간간이 희수의 손끝을 잡거나 어깨를 터치하면서 친근감을 보여주기도 했다.

"식사하세요."

어머니의 목소리에 거실에서 일어나 부엌으로 자리를 옮기려고 할 때, 희연이 2층에서 내려왔다. 주인공인 것처럼 화려한 원피스와 색조 화장을 하고 밝게 웃으며 내려와 자신의 소개를 했다.

"이희연이에요. 반가워요."

재준을 보며 생글생글 귀엽게 웃었다. 가만히 보니 희연은 재준이 전에 사귀었다는 백서현과 비슷하게 치장을 했다. 희연의 마음이 엿보여 희수의 얼굴이 굳어졌다.

식탁에 둘러앉자 어머니가 상냥하게 말했다.

"간단히 한식으로 준비했어요. 차린 것이 없어도 많이 들어요."

반찬 가짓수나 담긴 모양을 보니 케이터링 서비스라도 받은 모양이었다. 재준에게 잘 보이기 위해 이 정도까지 하는 것인가?

희수는 해물탕이 아닌 것이 어디냐고 생각하며 숟가락을 들었다. 희수가 음식을 뜨기도 전에 들리는 희연의 목소리.

"재준 오빠, 이거 드셔보세요. 제가 했어요."

희연이 재준 앞에 불고기가 담긴 접시를 내려놓으며 말했다. 희수가 얼굴이 굳어져서 희연을 쳐다보았다.

"고마워요."

아무렇지도 않은 듯 재준이 대답하고 그 불고기를 집어 희수의 밥그릇에 올려놓으면 말했다.

"희수 씨, 먹어요."

희수가 재준을 쳐다보자 그가 씩 웃으며 말했다.

"우리 희수 씨, 고기 좋아하잖아요."

"희수가 불고기를 좋아했나?"

아버지가 전혀 몰랐다는 듯이 말했다.

"희수 씨, 고기만 좋아해요. 야채도 잘 안 먹고."

재준이 귀엽다는 듯이 희수의 머리를 한번 쓰다듬으며 말했다. 희수가 움찔하며 재준을 올려다보았다. 눈에 사랑이 가득 담긴 것이, 진짜 사랑에 빠진 남자의 눈빛이었다. 이 남자는 진짜 연기자라고 생각하며 고개를 숙였다.

"희수 씨, 난 뭐 먹을까요?"

재준의 말에 희수가 새 숟가락을 가지고 와서 오히려 밥을 덜어내며 말했다.

"탄수화물 너무 많이 먹지 말아요. 저번에 할아버님 만나서 탄수화물 섭취하고 3킬로그램 쪘다면서요. 또 그럴까 봐 겁나요."

희수의 말에 재준이 기분 좋은 듯 웃으며 말했다.

"내가 한 말 기억하고 있었어요? 난 희수 씨가 내 말 안 듣는 줄 알았어요."

"말을 하는데 어떻게 안 들어요."

희수가 대답을 하면서 열량이 적은 냉채나 나물 종류의 반찬을 재준의 앞에 갖다 놓았다.

"알겠어요. 조심해서 먹을게요. 희수 씨가 나 대신 많이 먹어요. 난 희수 씨 먹는 거만 봐도 배부르니까."

희수가 재준과 친밀한 대화를 주고받으며 고개를 드니 아버지, 어머니, 희연, 세 쌍의 눈동자가 희수를 쳐다보고 있었다. 한 쌍은 그냥 놀란 눈으로, 다른 두 쌍은 질투의 눈으로 쳐다보고 있었다.

희연이 희수를 노려보다 재준의 시선이 자신에게 닿자 금방 표정을 바꾸고 재준에게 물었다.

"재준 오빠, 두 사람, 부모님 때문에 억지로 선보고 만난 거 맞죠?"

명랑하게 묻는 희연의 말은 억지로 선을 본 거 아니냐고 묻는 것처럼 들리기도 했지만, 부모님 때문에 억지로 희수랑 만나는 것이 아니냐는 것처럼 들리기도 했다.

"희수 씨가 말 안 했나 봅니다. 저 희수 씨 선 자리에서 처음 본 게 아니고, 제주도 가는 비행기에서 처음 만났어요. 지금 생각하니 그때 내가 희수 씨한테 반한 것 같아. 계속 희수 씨한테 눈길이 가고 신경 쓰였거든요."

재준이 식탁에 올려진 희수의 손 위로 자신의 손을 포개며 부드럽게 입꼬리를 올렸다. 바라보는 진득한 눈빛이 연기가 아닌 진짜 같아서 희수가 얼굴을 붉히며 슬그머니 손을 빼려고 하자 재준이 희수를 잡은 손에 힘을 꽉 주며 말했다.

"그 다음 날, 부모님이랑 점심 먹으러 나갔는데 희수 씨가 오더라고요. 속으로 너무 좋았는데 표시를 못 냈어요. 희수 씨가 너무 도도하게 굴어서. 생각해보니, 희수 씨는 그때도 나는 안 보고 스테이크만 열심히 먹었어요.

희수가 그만하라는 듯이 옆에 앉은 재준의 발을 자신의 발로 쳤다. 툭 소리가 났다. 재준은 그걸 모르는 척하고 계속해서 말했다.

"내가 희수 씨가 마음에 든다고 했더니 대번에 희수 씨는 내가 마음에 안 든다고 그랬죠."

아버지가 헛기침을 하더니 한마디 했다.

"너한테 과분한 사람인데, 왜 그랬어?"

"아닙니다. 오히려 희수 씨가 저한테 과분한 사람이죠."

희수가 그만하라고 재준의 발을 세게 쳤다. 식탁 밑에서 희수의 발길질 소리가 들렸다. 둘 사이를 모르는 그들이 보면 사이좋은 연인끼리 투닥거리며 실랑이를 벌이는 것처럼 보였다.

"알았어요. 그만할게요."

재준이 장난스럽게 웃으며 말했다. 희연이 조금 날카로운 목소리로 물었다.

"그래도 언니가 재준 오빠 스타일은 아니지 않아요? 언니가 좀…… 그렇잖아요."

재준이 얼굴이 차가워졌다. 확실하게 느껴졌다. 재준의 앞이라고 다들 예의를 차리고 있지만 희수를 은근히 무시하고 누르려고 하는 것이. 특히 저 여동생은 노골적으로 희수를 깔보고 있다.

유치한 행동과 말에는 유치하게 대응한다.

"그러게. 언니가 많이 예쁘죠. 화장 안 해도 아무거나 입어도 너무 예뻐서……."

재준이 잡고 있던 희수의 손등에 키스를 했다. 희수가 당황한 듯 재준의 손을 밀쳐내려 해도 꽉 잡힌 손을 빼낼 수가 없었다.

재준이 천천히 희연에게 시선을 돌리며 계속해서 말했다.

"어려서부터 어쩔 수 없이 화장품하고 가깝게 지내면서 알게 된 사실이 있는데……. 분에 맞지 않게 화려한 치장을 하고 화려한 옷을 입은 사람일수록 숨기고 싶은 것이 많고 음흉한 사람이더라고요. 그래서 너무 과하게 치장한 사람들은 항상 경계해요."

그러고 나서, 희수의 아버지나 어머니가 보이지 않는 각도에서 희연과 눈을 마주치면서 작게 '과하네요'라고 입 모양으로 말했다. 희연이 알아들었는지 얼굴을 확 붉히며 고개를 숙였다.

아버지가 재준의 말에 동의하듯 고개를 끄덕이며 말했다.

"그렇지. 너무 과해도 안 좋지."

그리고 재준의 술잔에 술을 따라주며 말했다.

"한잔하게."

재준이 술을 받아서 고개를 돌려 마시고 술잔을 다시 아버지에게 돌려드리고 술을 따랐다.

"우리 희수랑 결혼 생각은 있는 건가?"

그 물음에 움찔한 것은 희수였다. 반면 재준은 여유롭게 아버지와 눈을 마주치며 대답했다.

"하고 싶습니다."

"언제쯤?"

"당장은 힘듭니다. 조금 있으면 영화 촬영이 시작되고 그 영화가 연말 개봉을 앞두고 있어서 당분간 힘들 것 같습니다. 내년 봄쯤이면 어떨까 합니다."

"바쁘면 어쩔 수 없지. 결혼만 하면 돼."

재준의 대답이 마음에 들었는지 아버지의 얼굴에 흡족한 미소가 피어올랐다.

재준이 화장실을 간 사이, 아버지가 희수에게 말했다.

"네가 희연이처럼 애교가 많은 것이 아니라 걱정이다. 놓치지 않게 처신 잘하고, 눈 밖에 나는 행동 하지 말고. 알겠냐?"

"네."

"놓치기엔 너무 아까운 자리다. 함 교수님 말로는 함 배우가 최고 대학의 경영학과를 나온 수재였단다. 아직도 정 회장님은 함 배우가 경영일 하기를 기다리고 있다는구나. 그러니 앞으로 어떻게 될지는 아무도 모르는 일 아니겠냐?"

희수는 자신과 상관없는 말이라 보통 때처럼 한 귀로 듣고 한 귀로 흘리며 대답했다.

"네."

어머니가 듣고 있다가 말했다.

"지금은 서로 좋아도…… 잘 안 될 수도 있으니까 당신도 희수 너무 뭐라고 하지 말아요."

어머니의 말이 지금 너무 뭐라고 하지 말라고 하는 것인지, 아니면 잘 안 됐을 때 너무 뭐라고 하지 말라는 것인지 헷갈렸지만 아무래도 상관없었다.

"오늘 술을 좀 마셨으니 함 배우 집까지 잘 데려다주고."

"네."

대답을 하면서 희수는 희연이 식탁에서 사라진 것을 알았다. 앞으로 희연이 어떤 생떼를 쓸까를 상상하면서 한숨을 쉬었다.

재준이 욕실 밖에서 자신을 기다리는 희연의 얼굴을 보고 미간을 찌푸렸다.

"진짜 우리 언니 좋아해요? 함 교수님 때문에 어쩔 수 없이 만난 거 아니고?"

대꾸할 가치가 없어서 무시하고 부엌 쪽으로 몸을 돌렸다.

"우리 언니 히키코모리인 건 알고 있어요? 일 없으면 집구석에 처박혀서 레고 쪼가리나 맞추고 있는."

재준이 몸을 돌려 희연을 쳐다보았다. 희연이 하는 짓이 너무 하수(下手)라 스며 나오는 비웃음을 숨길 수가 없었다. 재준이 비웃자 희연은 그가 자신의 말에 관심을 보이는 줄 알고 계속해서 말했다.

"언니, 그 나이에 아직도 오타쿠예요. 스타워즈 영화 보러 다니고 피규어 모으고…… 스타워즈 레고 한정판 사서 모으고 조립하고. 얼마 전에도 집에 가보니 엄청나게 큰 비행 모함 같은 거 조립하고 있더라고요. 알면 알수록 언니는 사이코예요."

재준이 턱을 한번 문지르며 혼잣말처럼 중얼거렸다.

"희수 씨 귀엽네……."

"그게 어떻게 귀여운 거예요. 미친 거지. 자기 침실에 스타워즈에 나오는 커다란 털북숭이…… 이름이 뭐더라?"

"츄바카?"

"네, 걔요. 걔 머리맡에 놓고 자요. 잠이 오나 몰라. 참, 가끔 그 털북숭이랑 말도 해요. '잘 잤니? 오늘 비 오네' 막 이러면서……."

재준이 희연의 말을 들으며 웃음을 참을 수가 없어서 한참을 웃었다. 밖에서는 차갑고 냉정하기만 한 희수가 츄바카와 대화라니……. 재준이 모르는 그녀만의 공간 속에 있는 희수를 보고 싶다는 욕망이 강하게 들었다.

그 웃음이 자신에 대한 호의인 줄 알고 희연이 의기양양한 표정을 지으며 말했다.

"저한테 밥 한번 사요. 그러면 진짜 언니가 어떤 사람인지 알려 줄게요."

희연의 말에 웃음을 그치고 냉정한 표정으로 돌아온 재준이 말했다.

"내가 왜 너한테 밥을 사? 말했잖아. 난 과하게 치장한 사람, 경계한다고."

재준이 손가락을 들어 희연을 가리키며 '네가 그 과하게 치장한 사람이야'라는 손짓을 하고는 말했다.

"그런 사람들은 음흉하거든. 너처럼."

희연의 얼굴이 붉으락푸르락하는 것을 보고 비소를 날리며 등을 돌렸다. 희연을 놔두고 부엌으로 돌아온 재준은 다시 다정한 남자친구로 돌아가 희수에게 말했다.

"이제 갈까요? 오늘 아무래도 희수 씨가 운전해야 될 것 같은데? 괜찮겠어요?"

"네."

희수가 대답을 할 때, 2층에서 이상한 소리가 났다. 희연이 신경질적으로 소리를 지르는 것 같았다.

"여보, 희연이 왜 저래? 쯧쯧, 손님 있는데 채신머리없이."

아버지의 말에 어머니의 표정이 굳어졌다. 재준이 괘념치 않는 듯 희수 부모님께 인사를 했다. 나가면서 희수의 어깨에 손을 올리는 것을 잊지 않았다. 부모님이 보이지 않게 되자 희수는 자신의 어깨에 올려진 재준의 손을 쳐내려 손을 올렸다가 그냥 내렸다.

오늘 본가에서 열연한 재준에게 오스카상이라도 주고 싶은 심정이 되어 그가 그녀의 어깨를 아프도록 꽉 쥐어도 그의 손을 쳐내지 않았다.

저녁 10시가 넘었는데도 차가 꽉 막힌 것이 교통사고라도 난 것 같았다. 차가 정체되는 시간이 길어지자 희수가 다른 경로를 검색하려 휴대폰을 들었다. 재준이 그걸 보고 희수의 휴대폰을 뺏어서 뒷좌석에 던져놓았다.

"우리 그냥…… 여기 갇혀 있어보죠."

재준의 눈빛이 아직 다정한 남자친구의 그것 같아서 희수가 그의 시선을 피하며 앞을 응시했다.

"오늘 고마웠어요. 덕분에 당분간 본가는 아예 안 가도 될 것 같아요."

"희수 씨……."

"네."

"왜 참아요?"

"……."

"희수 씨, 다른 사람들한테는 똑 부러지게 하고 싶은 말 다 하면서 왜 가족들한테는 아무 말도 안 하고 참습니까?"

희수의 귀에 들리는 낮은 재준의 목소리는 그녀가 뭔가를 잘못하고 있다고 질타하는 것처럼 들렸다.

재준의 눈에도 내가 답답해 보였구나……. 하긴, 성인이 되어도 아버지가 하라는 대로 끌려 다니고 나를 무시하는 어머니나 희연에게 큰소리 한번 내지 못하는 내가 얼마나 바보 같아 보일까?

"선보기 싫으면 싫다고 하면 되는데, 나랑 이렇게 말도 안 되는 동맹 맺고."

희수의 얼굴이 점점 굳어지자 재준이 부드러운 음성으로 입을 열었다.

"오해하지는 말아요. 희수 씨 탓하거나 간섭하는 거 아니니까. 그냥 궁금했어. 나한테 보여준 희수 씨의 모습과 가족과 같이 있을 때의 희수 씨의 모습이 너무 달라서 물어본 것뿐이니까요."

"새준 씨……. 혹시 학습된 무기력이라는 이론 알아요?"

"들어본 것 같네요. 무력함도 학습된다는 이론이었던 것 같은데."

"맞아요. 셀리그먼과 마이어라는 학자가 발표한 이론인데……. 난 그들이 천재라고 생각해요. 정말 맞는 말이거든요. 피할 수 없는 상황을 반복적으로 겪게 되면 그 상황을 피할 수 있는 상황이 와도 피하려는 시도도 안 하고 그냥 받아들이게 되죠."

재준이 앞만 응시하며 담담한 어조로 이야기하는 희수를 바라보았다.

"어려서부터 아무리 원하는 걸 말해도 들어주지 않았어요. 쪼그만 어린아이가 울고불고 사력을 다해 매달리고 애원했지만, 결국은 아버지나 어머니가 원하는 곳에 가야 했고, 그들이 원하는 것을 하고 있어야 했죠. 그런 일이 반복되면서 그 아이는 어느 순간 원하는 것을 말하지 않게 됐죠. 어차피 들어주지 않는다는 것을 알고 있었으니까……."

"……."

"저도 알고 있어요. 성인이 된 지금은 내가 원하는 것을 말해도 된다는 거, 충분히 이해하고 있어요. 그런데 그냥…… 부딪히기 싫고 분란을 만들기가 싫어요. 그걸 바로잡기 위해선 그들이 틀렸다고 고함치고 싸우고 그래야 되는데…… 나에겐 그럴 만한 에너지가 남아 있지 않아요."

재준이 말없이 희수를 쳐다보았다. 운전을 하느라 앞만 보고 있는 그녀는 덤덤해 보였다. 그녀의 목소리가 너무나 평온해서 더 안쓰럽고 안타까웠다. 그녀의 가녀린 어깨를 꽉 안아주고 싶은 기분이었다. 그녀가 얼마나 가치 있는 사람인지 알려주고 싶은 기분이 들었다.

"그런 의미에서 재준 씨가 새삼 고맙네요. 오늘 아버지가 흡족해했어요. 내년 봄까지는 가족들과 부딪칠 일이 없지 않을까 생각해요."

"내년 봄이 지나면 어떻게 하려고 그래요? 나랑 동맹이 끝나면 다시 원점으로 돌아가는 겁니다."

정체되었던 차가 조금씩 앞으로 나가기 시작했다. 희수가 운전을 하며 말했다.

"걱정 말아요. 재준 씨 귀찮게 하는 일은 없을 거예요. 재준 씨와의 동맹은 앞으로 1년 정도 더 유지하면 좋겠지만, 그건 내 편의를 위해 1년이었으면 좋겠다고 말하는 거예요. 재준 씨가 원하면 언제든지 이 동맹은 깰 수 있어요."

"내 말은 그런 뜻이 아니었어요. 언제까지 피할 수 있는 것은 아니라고 말하는 거예요."

"그것도 너무 잘 알고 있어요. 그래서 준비하고 있는 게 있어요."

그 말을 끝으로 희수는 더 이상 말이 없었다. 생각해보면 선을 넘은 재준의 질문에 솔직하게 답하고 희수 자체를 보여줬던 것은 그날이 처음이었던 것 같았다.

재준은 심장이 꽉 막힌 것 같아서 희수에게 더 이상 질문을 하지 않았다. 그때 이미 희수에게 걷잡을 수 없이 빠져서 희수의 아픔에 자신의 심장이 먹먹해지고 있었는데, 바보같이 그걸 모르고 있었다.

디디게 흐르던 시간이 지나고, 희수가 몰던 차가 한남동에 들어서자 재준이 물었다.

"희수 씨, 들어갔다 갈래요?"

"……"

재준은 그저 희수를 꽉 안아주고 싶은 마음이었다. 몸을 원하는 욕정이 아닌 그녀와 친밀해지고 가까워지고 싶은 마음에 말했다.

"나…… 희수 씨 안고 싶어."

담백하게 뱉어내는 재준의 목소리에 희수의 눈이 파르르 떨렸다. 재준은 그 말을 끝으로 더 이상 채근하지도 않고 보채지도 않았다. 희수가 말없이 재준을 따라 내렸다. 그의 집으로 올라가는 엘리베이터 안에서 재준이 희수의 손끝을 잡았다. 차가웠던 희수의 손이 끝에서부터 따뜻해졌다.

집에 들어서자 재준이 현관에서부터 희수를 벽으로 밀치고 희수의 입에 입을 맞췄다. 따뜻하게 다가온 그의 혀가 희수의 입술을 열고 부드럽게 혀를 휘감았다.

"희수 씨……."

자신을 부르는 재준의 뜨거운 숨결이 희수의 귓가를 간지럽혔다.

"희수 씨……."

이마, 코, 입술에 부드럽게 와서 닿는 재준의 입술이 너무 다정하고 따뜻해서, 왈칵 눈물이 날 것 같았다. 하지만 희수는 애달프게 자신을 부르는 그의 목소리에 대답을 할 수가 없었다. 대답을 하면 희수는 재준이 그어놓은 선 안으로 발을 들여놓을지도 몰랐다.

재준이 희수의 엉덩이를 받쳐 들고 방으로 발걸음을 옮겼다. 침대에 조심스레 눕혀진 희수는 재준을 제대로 쳐다볼 수가 없었다. 차라리 그가 욕망의 눈으로 희수를 바라보면 희수도 같이 그의 몸을 탐하며 쳐다볼 수 있을 텐데, 재준은 지금 희수를 안타깝다는 듯이, 위로해주겠다는 듯이 쳐다보고 있었다.

희수의 머리카락을 부드럽게 쓰다듬는 그의 손길이 마치 희수의 마음도 재준에게 달라고 손짓으로, 몸짓으로 말하는 것 같았다.

마음을 달라는 그의 몸짓! 거기까지 생각한 희수가 갑자기 벌떡 일어나 재준을 밀쳤다.

난 다른 사람과 마음이나 감정을 나눌 수 없다. 재준과의 관계에 감정이 들어가서는 안 된다.

갑작스러운 희수의 행동에 재준도 같이 몸을 일으켰다.

"오늘은 너무 늦었네요. 다음에…… 다음에 해요."

차갑게 말한다고 했는데 희수의 목소리가 조금 떨렸다.

침대에 걸터앉은 재준이 희수의 몸을 끌어당겨 자신의 무릎에 앉히고 뒤에서 그녀를 꽉 안아주었다.

"그래요. 다음에 해요. 시작하면 나 오늘 희수 씨 집에 안 보낼 것 같아……."

희수가 그를 떨쳐내려 하자 재준이 희수를 뒤에서 더 꽉 껴안으며 말했다.

"이렇게 있으면서 내 말 들어요."

"……."

"한 달 정도, 희수 씨 안 만나는 것이 좋겠어요."

"……네."

못 만나는 것이 아니고 안 만나는 것이라 했다. 희수는 그 이유가 궁금했지만 묻지는 않았다.

"그러고 나면 영화 촬영 시작해요. 그럼 나 진짜 바빠질 것 같은데……. 해외 촬영에 지방 촬영까지. 그래서 지금처럼 정기적으로 못 만날 수도 있어요."

"……네."

"나 희수 씨 보고 싶을 것 같아."

재준의 말에 희수가 잠시 숨을 멈췄다. 재준이 희수의 목에 그의 따뜻한 입술을 맞추며 말했다.

"볼 수 있을 때 연락할게요. 나와줄래요?"

"일주일에 한 번은 동맹의 조건이니, 나갈게요."

희수의 대답에 재준이 웃었다. 재준의 나지막한 웃음소리가 그녀의 목덜미를 간질였다.

이상한 기분이 들어 희수가 다리에 힘을 주고 벌떡 일어나 옷매무새를 단정히 하며 재준에게 작별 인사를 했다. 그를 따라 집까지 올라와놓고, 갑작스레 떠나는 희수를 재준은 잡지 않았다. 하지만 그의 표정이 복잡해 보여 그를 등지고 돌아서는 희수의 발걸음도 복잡해져버렸다.

한 달이 지나도 재준은 바쁜지 좀처럼 그에게서 연락이 없었다. 마지막 만남 이후, 재준을 생각하면 머리도 마음도 복잡한 것 같아 일부러 재준을 생각하지 않고 있었다. 하지만, 재준에게 할 말이 생겨 희수가 먼저 연락을 했다.

[할 말이 있어요. 조만간 볼 수 있을까요?]

[급한 일이에요?]

[그렇게 급하지는 않지만 아셔야 할 일이 있어요.]

[조만간 시간 내볼게요.]

희수의 문자에 재준의 짧은 답이 왔다. 희수는 길게 한숨을 지으며 휴대폰을 엎어놓았다. 그리고 컴퓨터를 켜서 '함재준' 세 글자를 검색창에 쳤다.

최근 재준은 한인배우 사상 처음으로 중국에서 자동차 광고를 찍었다는 기사가 나와 있었다. 중국 시장의 끝없는 러브콜에도 자신의 이미지와 맞아 자동차 광고만 선택했다는 기자의 설명이 덧붙여져 있었다. 그럼 또 중국을 다녀온 건가? 재준이 아무리 바빠도 재준에게 함 교수와 있었던 일을 말해줘야 하는데…….

머리가 복잡해지는 것 같아 희수는 컴퓨터 화면을 차지한 검색창을 닫았다. 갑자기 휴대폰의 진동이 울려 휴대폰을 뒤집어 확인했다. 정훈이었다.

[지금 시간 괜찮아? 로그원 볼래?]

머리를 비워내고 싶었는데, 스타워즈보다 더 좋은 건 없을 것 같았다.

희수가 시간을 확인했다. 저녁 9시, 너무 늦지 않을까 생각했지만 토요일이라 내일 아침에는 조금 늦장을 부려도 된다는 생각을 하며 답을 했다.

[좋지. 표는 내가 살게.]

[그럼 집 앞으로 나와. 데리러 갈게. 난 5분 후 도착.]

희수가 벌떡 일어나서 거울 속의 자신을 내려다보았다. 방금 샤워를 마쳐 머리는 여전히 축축했다. 적어도 머리는 말려야겠다는 생각에 드라이어로 머리를 말리기 시작했지만 다 말리지는 못했다. 드라이어를 내려놓고 놓여 있던 스키니진에 몸에 붙는 흰색 면티를 입었다. 너무 붙는 것이 아닌가 생각했지만 옷을 갈아입을 시간이 없어서 얇은 검은색 카디건을 걸치고 밖으로 나갔다.

정훈이 이미 주차장에 차를 대고 희수를 기다리고 있었다. 정훈이 느긋하게 주차한 뒤 라디오를 틀고 기지개를 펴고 있을 때 희수가 창문을 두드렸다. 정훈이 깜짝 놀란 표정으로 문을 열어줬다.

"어떻게 이렇게 빨리 나와?"

"5분 뒤에 도착한다며?"

"내가 5분 뒤에 도착한다는 거지, 너더러 5분 만에 나오라는 말은 아니었어. 천천히 나오라는 문자는 확인 못했나 보네."

"아……."

정훈은 희수가 좀 색달라 보여 희수에게서 눈을 떼지 못하며 말했다.

"5분 만에 나와도 예쁘네. 오히려 어려 보인다."

정훈의 얼굴이 조금 붉어졌는데 희수는 그걸 눈치채지 못하고 보조석에 올라타며 말했다.

"I know."

정훈이 희수의 대답에 큰 소리로 웃었다.

얼마 전에 희수와 했던 대화가 생각났기 때문이었다. 스타워즈에서 가장 유명한 대사는 'I am your father'이지만 희수에게 재밌었던 대사는 프린세스 레아의 'I love you'에 대한 한 솔로의 대답인 'I know'였다고 했다.

원래는 한 솔로의 대사는 'I love you, too'였는데, 해리슨 포드가 그걸 'I know'로 바꿨다고 했던가? 그 말 한마디로 진부했던 로맨틱한 장면을 스타워즈 식으로 바꿨다는 것이 희수의 평이었다.

웃으면서 희수를 쳐다보니 희수의 표정에 날카로움이 사라지고 작게나마 웃고 있었다. 희수가 자신을 편하게 생각하는 것 같아 기뻤다.

재준이 소속사 빌딩으로 들어서자 상헌이 경비원에게 연락을 받고 누군가에게 재준이 왔다는 말을 전했다. 그 누군가가 상헌의 앞에 앉아서 비서가 내준 차를 마시며 말했다.

"대표님이 자리를 비켜주세요."

"그러겠습니다."

상헌이 밖으로 나가 재준이 올라오기를 기다리고 있었다. 재준이 알면 분명 화를 낼 것이다. 승강기 문이 열리고, 재준이 복도 끝에서 걸어왔다. 상헌이 재준과 눈을 마주치고 머쓱한 표정을 지으며 재준의 어깨를 툭 치며 말했다.

"미안하다. 찾아오셔서 어쩔 수 없었어."

그 말만 하고 상헌은 재준이 타고 온 승강기를 잡아탔다. 재준이 상헌의 행동에 찾아온 이가 누군지 알 것 같아 매니저인 형철에게 상헌과 같이 내려가라고 손짓을 했다.

재준이 심호흡을 하고 문을 열었다. 예상대로 재준의 어머니, R사 계열사 중의 하나인 RNC 생활건강의 부사장인 정보희가 차를 마시다 재준이 들어오자 잔을 내려놓았다.

"이렇게 무작정 찾아오면 어쩝니까?"

재준이 퉁명스럽게 말하며 그 앞에 앉았다. 180센티미터가 훨씬 넘는 키에 넓은 어깨, 이목구비가 뚜렷한 재준을 정 부사장이 한참을 바라보다 말했다.

"점점 그 사람이랑 닮아가는구나."

"……."

"내가 사랑한 사람은 그 사람뿐이었어."

"어머니!"

재준이 짜증스러운 목소리로 정 부사장을 불렀다. 어머니와 둘만 있으면 어김없이 시작되는 '그 사람'과의 추억 이야기가 듣기 싫었다.

"거기까지만 하세요."

"알겠다. 오늘은 의논할 것이 있어서 왔어. 네가 나를 만나줘야 말을 하지. 제주도에서 억지로 보고 몇 달 만에 보는구나."

"빨리 말씀하시고 가세요."

사무적으로 들리는 재준의 말에 정 부사장이 말했다.

"넌 성격은 그 사람 안 닮았다. 그 사람은 정말 다정했거든."

"어머니!"

이번에는 짜증이 아니라 얼음장같이 차가운 목소리가 정 부사장의 귀에 들렸다. 재준의 표정이 살벌해지자 정 부사장도 표정을 바꾸고 자리를 고쳐 앉았다.

"너 이 교수 집에 인사 갔었다면서?"

"네."

"할아버지가 그 이야기를 들으시고, 너랑 이 교수랑 같이 밥 한 번 먹자고 하셨다. 문제는 네 아버지가 싫단다. 그렇게 소개해줄 때는 언제고 이제 와서 마음이 바뀐 모양이야."

"네?"

전혀 예상치 못한 말들이 어머니의 입에서 나오고 있었다.

"아버지가 이 교수 맹랑하다고, 다 집어치우라는구나."

"무슨 일 있었습니까?"

"나도 자세히 모르겠다만, 아버지가 이 교수를 너한테 소개해줄 때는 뭔가를 바라고 소개시키지 않았겠니? 내 생각에는 아버지가 장래가 촉망되는 젊은 교수, 해외에서 더 유명한 교수를 너에게 소개해주고 자기 밑에서 부리고 싶었는데 이 교수가 거절해서 화가 난 것 같다."

희수가 문자로 할 말이 있다고 했는데, 그게 아버지와의 일 때문인가? 아직까지 기자가 서초동 집을 지키고 있어 희수를 만나기가 힘들었다. 만나려면 만날 수 있지만, 언제 어디서 들킬지 알 수 없는 일이었다. 희수를 언론에 노출시키고 싶지는 않았다. 잠시 할아버지의 도움을 받는 것을 고려해 보았다. 바로 고개를 저었다. 그건 한 번으로 족했다.

"무슨 생각을 그렇게 해? 그래서 어떻게 할까? 나랑 이 교수만 데리고 할아버지 만나도 괜찮고, 난 아무래도 상관없다."

"할아버지는 왜 희수를 보고 싶어 하는 겁니까?"

저번에 찾아뵀을 때는 희수와의 결혼은 안 된다 하시더니, 갑자기 왜?

"그거야 나도 모르지. 그 양반이 언제 우리한테 이유까지 말한 적이 있었니? 그냥 따르거나 너처럼 반항하는 거지."

"희수랑 상의해보고 결정할게요."

정 부사장이 재준을 한참 쳐다보다 고개를 갸웃거리며 말했다.

"이 교수는 뭐가 조금 다른 것 같은데? 네가 여자를 '배려' 하는 건 처음 보는 것 같거든."

새준은 어머니의 말을 무시히며 단단히 다짐을 받겠다는 듯이 말했다.

"이제부터 갑자기 이렇게 찾아오지 마세요."

"네가 전화라도 제대로 받으면 찾아오지 않는다."

"할 말 있으면 김 비서님 통해서 전하세요."

정 부사장이 일어나는 재준을 쳐다보며 잊힐 것 같은 옛 사람을 생각하고 있었다.

"보고 싶네……. 그 사람."

어머니가 찾는 그 사람은 재준이 아니기에 재준은 냉정하게 등을 돌려서 사무실을 나갔다. 승강기 앞에 서니 어디서 나왔는지 김 비서가 인사를 한다. 재준이 고개를 까닥이는 걸로 인사를 대신하고 엘리베이터를 탔다.

졸지에 자신의 사무실을 뺏긴 상헌은 재준의 밴에서 형철과 같이 재준을 기다리고 있었다. 밴에 올라탄 재준의 기분이 가라앉아 보였지만, 할 말은 해야 했다.

"자, 여기."

상헌이 차갑게 인상을 쓰고 있는 재준에게 봉투를 건네주며 말했다.

"영화 시나리오 바뀐 부분이 몇 개 있는데, 감독이 너한테도 한번 보여주고 싶다네. 다음 미팅 때 어떻게 생각하는지 말해달래. 그리고 너한테 전할 말이 여러 가지 있는데, 나머지는 중요한 건 아니니까 다음에 하자."

"알았어."

"형철아, 재준이 집에 잘 데려다주고."

'네'라는 형철의 대답을 들으며, 재준은 휴대폰을 꺼내 희수의 전화번호를 들여다보고 있기만 했다.

희수를 보고 싶다. 굉장히 보고 싶다.

기자 때문이라며 희수를 안 만나고 있지만, 사실 재준은 희수에게 열리는 자신의 마음을 주체할 수 없어서 희수를 만나는 것이 겁이 났다. 그가 원하던 동맹 관계는 이런 것이 아니었다. 희수가 원하던 관계도 감정이 얽힌 관계는 더더욱 아닐 것이다.

전화를 걸까 말까 한참을 고민하다 희수가 하고 싶은 말이 있다고 했으니, 전화를 걸어도 된다고 자신을 합리화시켰다.

오후 9시 45분, 재준은 무작정 전화를 걸었다. 일정한 신호음 뒤에 들리는 희수의 목소리.

-나중에 전화할게요.

누구에게 들릴까 목소리를 일부러 작게, 그리고 빠르게 말하고 있었다. 숨까지 헐떡거리고 있었다. 그와 동시에 수화기 건너편에서 '희수야'라는 속삭이는 목소리가 들렸다. 남자의 목소리다!

곧 통화가 끊겼다는 신호음이 들렸다. 피가 거꾸로 솟는 기분이 들었다. 지금 이 시간, 희수는 남자와 무엇을 하고 있는 것이지? 속삭이는 목소리로? 숨까지 헐떡거리면서?

재준이 다시 전화를 걸었다. '상대방의 전화기가 꺼져 있어……'라는 안내 멘트가 나왔다.

다시 전화를 걸었다. 또 같은 멘트가 나왔다. 또다시 전화를 걸었다. 똑같은 멘트다. 또다시 전화를 걸었다. 또 걸고 또다시 걸었다. 밴에서 내려 서초동 집에 들어가서도 똑같은 동작을 반복했다.

백 번쯤 했을 내, 희수 휴대폰에 도청기를 달아야겠다고 생각했다. 이백 번쯤 했을 때, 희수의 휴대폰에 위치추적기를 달아야겠다고 생각했다. 이성적인 사고가 마비된 것처럼 자신이 그렇게 혐오하던 행동들을 희수에게 하는 것을 상상하고 있었다.

마침내 '여보세요'라는 희수의 목소리가 다시 들리기까지 정확히 두 시간 하고도 45분이 걸렸다.

희수는 재준에게 걸려온 전화를 끊고, 상영관 안의 자리를 찾아

앉았다. 상영 시간을 맞추느라 뛰어서 왔더니 숨이 찼다. 옆에서 정훈이 물을 건네자, 그 물을 받아 마시고 화면에 시선을 고정했다. 벌써 다섯 번째 보는 영화였지만 볼 때마다 재밌었다.

영화가 끝나고 희수가 자리에 앉아 자막이 올라가는 스크린을 응시하는 있는 것을 보며 정훈이 물었다.

"오늘은 맥주라도 한잔 하고 들어갈래?"

여전히 스크린에 시선을 고정한 채 희수가 말했다.

"넌 마시고 싶으면 마셔. 난 택시 타고 집에 갈게."

군더더기 없는 거절이었다. 각오는 하고 있었지만, 정말로 비집고 들어갈 틈이 없었다. 과연 스타워즈가 아니라며 희수가 정훈을 따로 만나주기나 했을까?

"너 여태까지 나한테 개인적인 질문은 하나도 안 한 거 알고 있어?"

여전히 스크린에 시선을 고정한 채, 희수가 물었다.

"우리가 그런 질문 하는 사이야?"

정훈의 심장이 싸해지는 희수의 답이었다.

"그래도…… 이렇게 같이 늦은 시간에 영화도 보는데 내가 어디 사는지, 뭘 하는지 정도는 알아야 되지 않을까?"

사람들이 어느 정도 극장을 빠져나가자 희수가 일어나며 말했다.

"난 네가 스타워즈 에피소드 3, 시스의 복수 편을 가장 좋아하고 스타워즈 게임 레벨 50이라는 걸 알면 충분하다고 생각했어."

정훈이 희수의 말간 눈을 쳐다보았다. 한 치의 거짓도 없는 눈, 정말로 희수는 정훈의 그것만 알면 되는 거였다. 아직 갈 길이 멀다는 생각을 하면 정훈이 대답했다.

"……나 최근에 레벨 올렸어. 53."

"부럽네. 난 시간 없어서 아직 46."

"새로 캐릭터도 샀어. 카일로 렌."

"와아……. 카일로 렌 세던데."

그 뒤로 아무렇지도 않은 듯 게임 이야기를 하며 밖으로 나왔다. 희수가 주차장이 아닌 1층에서 밖으로 나가자 정훈이 생각 없이 희수를 따라 나갔다. 희수가 곧 택시를 잡아타며 정훈에게 인사했다.

"맥주 잘 마셔. 다음에 보자."

희수는 정훈이 맥주를 마실 거라고 오해하고 바로 택시를 타려는 것이었다. 마음이 급해진 정훈이 희수의 어깨를 잡으며 말했다.

"희수야! 내가 태워다줄게."

"괜찮아. 너무 늦었어. 잘 들어가."

희수가 미소를 지으며 괜찮다고 말하며 택시를 잡았다.

"희수야! 내가……."

희수가 정훈의 손을 떼어내고 문을 닫았다. 정훈이 멀어지는 택시를 보다가 옆에 있는 전봇대에 가서 머리를 쿵쿵 박았다. 오늘도 완벽하게 까였다. 그래도 예전처럼 매몰차게 까이지 않은 것을 위안 삼기로 했다.

정훈이 한숨을 쉬며 까만 하늘을 올려다보았다. 희수는 주위 사람들에게 비정상적으로 무관심하다. 그녀의 관심은 오직 머나먼 우주의 상상 속의 이야기일 뿐이다. 언제쯤 희수의 마음이 열릴까? 과연 열리기는 하는 것일까?

갑자기 밀려오는 피로에 정훈이 눈가를 문지르며 주차장으로 발걸음을 돌렸다.

택시를 탄 희수가 휴대폰을 꺼내 전원을 켰다. 켜자마자 걸려오
는 전화에 전화를 받았다.

"여보세요."

-지금 어디예요?

깊게 잠긴 재준의 목소리였다.

"집에 가는 중이에요."

-희수 씨, 그동안 뭐 했어?

"네?"

-뭐 하느라 전화를 안 받았어요?

수화기 건너편에서 뭔가 우지직하며 찌그러지는 소리가 들렸
다.

"영화 봤어요."

그 말에 잠시 재준이 침묵했다. 그러다 들리는 재준의 목소리.

-누구랑?

"……동창이랑."

-그 정훈이라는 동창?

"……네."

희수의 대답에 재준이 빠각하고 이를 깨무는 소리가 들렸다.

-지금 집으로 와요. 와서 이야기해.

"지금요? 너무 늦었습니다."

-그 동창이랑은 늦게까지 영화 보면서 나 보러 오는 건 안 돼?

재준의 삐딱한 말투는 화를 꾹 참고 있는 것 같이 들렸다.

"그래도 너무 늦었어요. 내일 보죠."

-지금! 당장! 할 말 있다고 한 건 당신이었어.

재준이 억누르고 있는 화가 수화기를 통해서도 희수에게 느껴졌다. 함 교수와의 일을 알아서 재준이 화가 났나? 재준의 입장에서는 충분히 중요하다고 생각할 수 있는 일이었다.

"알았어요. 지금 갈게요."

대답을 하고 전화를 끊었다. 택시 운전기사에게 한남동으로 바뀐 목적지를 말하고 휴대폰을 다시 들었다. 부재중 통화 212통, 모두 재준에게서 왔다. 영화를 보면서 온 전화라면 거의 50초 만에 한 번씩 전화를 한 꼴이다. 이 정도로 함 교수와의 일이 재준에게 중요한 것임을 알았더라면 전화로라도 그에게 무슨 일이 있었는지 설명할 걸 그랬다.

재준은 너무 꽉 쥐어 다 찌그러진 생수병을 바닥에 던져버리고 재킷을 손에 들었다. 희수가 전화 받기를 기다리는 동안 이미 재준은 이성을 잃어버렸다. 아무런 생각이 들지 않았다. 그저 희수를 만나야 한다는 생각만으로 가득 차버렸다. 주차장으로 내려가 차문을 열고 재킷을 내팽개치고 시동을 걸었다.

한남동으로 출발한 지 몇 분이 채 지나지 않았을 때 걸려오는 전화를 받았다.

-접니다. 황 실장.

"왜요?"

한껏 짜증 난 목소리가 대답했다.

-보고를 받아서 말이죠. 지금 어디 가십니까?

"······한남동."

-기자가 따라가고 있는데, 괜찮습니까?

기자의 존재를 잊다니 정신이 나가도 한참 나갔다. 내가 왜 여태껏 희수를 보지 않고 참았는데······. 젠장! 입으로 욕이라도 뱉고 싶은 심정이다.

-괜찮지 않으면 저희 쪽에서 따돌릴까요?

"가능합니까?"

-잠시만 기다리십시오.

황 실장이 또 다른 뭔가를 지시하는 모양이었다. 한참 속닥거리는 소리가 들리더니 재준에게 말했다.

-반포대교 건너기 전에 기자들 눈을 돌릴 겁니다. 그리 아십시오.

고맙다고 말해야 되는데, 그 말이 나오지 않았다. 그저 짜증이 났다. 따라다니는 기자도, 재준을 항상 감시하는 할아버지도, 그리고 재준을 감시하는 사람의 도움을 받아야 하는 이 상황이, 자신을 둘러싼 모든 것에 짜증이 났다.

그중에 가장 짜증 나는 것은 희수였다. 재준의 한계를 실험하는 듯한 그녀의 무심한 태도. 재준 따위는 아무렇지도 않다는 그 도도한 말투. 지금도 재준은 꼬박 세 시간을 온갖 상상을 다하며 벌을 받았는데, 그녀는 아무렇지도 않게 영화를 봤단다. 그 동창이랑.

황 실장이 재준의 대답을 기다리다 허허 웃더니 말했다.

-오늘 건은 재준 군이 회장님과 저한테 빚을 진 걸로 장부에 달아놓겠습니다. 저를 한밤중에 깨운 빚은 나중에 받도록 하지요.

"언제 제가 저 감시해달라고 부탁한 적 있습니까?"

한껏 짜증이 난 재준은 뒤틀린 대답을 하고 전화를 끊었다.

도대체 왜? 왜 이토록 희수에게 화가 나고 짜증이 나는 것일까? 머릿속이 희수로 가득 차서 다른 생각을 할 수 없었다. 지금 당장 희수를 봐야 했다.

희수가 재준의 집앞에 도착하자 기다렸다는 듯이 현관문이 열리고 재준이 희수의 손목을 낚아채서 집 안으로 들였다. 재준을 보니 화가 단단히 나 있었다. 일단 오해를 푸는 것이 좋을 것 같아서 희수가 입을 열었다.

"재준 씨……. 미안해요. 말하려고 했는데 전화로 하는 것보다는 만나서 하는 게 좋을 것 같아서 재준 씨 시간 나기를 기다리고 있었어요."

차분하게 이야기하는 희수의 모습이 눈에 들어왔다. 재준에게 한 번도 보여준 적이 없는 캐주얼한 복장을 하고 있었다. 묶지 않고 늘어뜨린 갈색 머리, 딱 달라붙어 가슴의 굴곡이 그대로 드러나는 티를 안에 입고 날씬한 허리와 볼륨감 있는 골반을 그대로 보여주는 스키니진에 플랫슈즈. 카디건으로 가려도 그녀의 몸매가 다 보였다.

나에게는 항상 정장 차림만 보여주면서……. 내가 온갖 연기를 다 해야 너에게 원피스 한 번 입히는데…….

이런 모습을 그 동창놈에게는 아무렇지도 않게 보여준다 생각하니 심기가 몹시 언짢아졌다.

"진짜 영화만 봤어요?"

재준이 희수의 허리에 손을 휘감고 끌어당기며 물었다.

"네?"

허리를 감싼 손에 힘을 주며 재준이 말했다.

"영화를 본 사람이 왜 숨을 헐떡거려."

"……네?"

재준이 하는 말의 의도를 몰라 희수가 의아한 눈으로 재준을 쳐다보았다.

"내가 전화했을 때, 숨을 헐떡거렸어. 뭘 했길래? 영화관에서 영화 본 거 맞아?"

"네에? 영화관에 조금 늦게 도착해서……. 좀 뛰었더니 숨이 차서 그랬나 봐요."

재준이 끌어당기는 대로 끌려가다 보니 그의 얼굴이 코앞에 있었다. 재준이 갑자기 고개를 숙이고 희수의 아랫입술을 깨물었다.

"앗!"

"희수 씨, 예의가 없는 것 같아요."

희수가 재준을 노려보았다. 갑자기 입술을 깨문 건 재준이면서 나에게 예의가 없다니 도대체 무슨 말인 것일까?

"희수 씨가 그렇게 전화 끊어서…… 미치는 줄 알았다고. 다음부터 예의 있게 전화 받아요. 어딘지, 뭘 하는지 정도는 말하고 끊어요. 내가 괜한 오해 안 하게."

희수는 재준의 말이 어이가 없어서 벌어진 입을 다물지 못하고 재준을 쳐다보았다.

재준의 한 손이 희수의 허리를 단단히 받치고, 다른 손이 희수의 목덜미를 끌어당겼다. 벌어진 입을 가르고 그의 혀가 들어와서 옭아맬 듯이 그녀의 혀를 빨아들였다. 희수가 갑작스러운 그의 행동에 몸부림치며 그를 밀쳐냈다. 희수가 몸부림칠수록 재준의 손에 힘이 들어가 희수를 옴짝달싹 못하게 했다.

맘먹고 힘을 쓰는 남자를 이길 수는 없었다. 희수가 곧 반항을 멈추고 재준의 키스를 받아들였다. 그녀가 벽으로 밀쳐지고, 끈적거리고 농밀한 그의 키스가 시작되었다. 혀가 오고 갈 때마다 서로의 타액으로 질척거리는 소리가 들렸다.

재준의 손이 희수의 옷 안으로 들어와서 그녀의 가슴을 꽉 쥐었다. 그러면서도 그는 희수의 입 속을 자유자재로 드나들고 있었다. 두 사람의 숨소리가 가빠졌다.

"너무 오랜만이라 못 멈춰요."

흥분이 가득한 재준의 목소리가 탁하게 들릴 정도였다. 저번처럼 희수의 마음을 요구하는 것이 아니라 몸을 원하는 것이라면 괜찮았다. 차라리 그편이 희수의 마음을 훨씬 편하게 했다.

희수가 대답 대신 카디건과 상의를 벗었다. 재준이 희수를 번쩍 들어 침실로 성큼성큼 걸어갔다. 침대에 눕혀진 희수의 바지가 속옷과 함께 벗겨졌다. 재준도 곧 상의를 벗고 희수를 내려다봤다.

시금 희수를 가지지 않으면 큰일 날 것처럼, 급하게 희수의 가슴을 베어 물었다.

"으윽……."

살에 와 닿는 재준이 너무 뜨거워서 희수의 몸을 녹일 것만 같았다. 어느 때보다 열정적으로 희수를 탐하는 재준의 몸짓에 희수의 온몸이 쾌락으로 젖어들었다.

정작 중요한 말은 시작하지도 못했는데, 이래도 되는 것일까? 하는 생각은 잠시였다. 희수는 재준이 주는 자극에 머릿속이 하얗게 변해버려 더 이상 생각이라는 것을 할 수가 없었다. 그저 그가 주는 자극에 본능적으로 몸을 움직일 뿐이었다.

"하아……. 희수 씨."

재준이 희수를 부르는 목소리에 갈증이 느껴졌다.

재준은 자신을 딱 섹스할 만큼만 좋아한다는 이 여자가 가진 무언가를 원하고 있었다. 그녀가 그어놓은 선 안으로 들어가 그녀의 모든 것을 느끼고 싶었다. 자신의 폭발할 것 같은 감정을 주체하지 못해 미친 것처럼 희수를 탐했다.

재준은 마지막 사정을 끝내고 희수를 안은 채 잠이 들었다. 얼핏 잠이 들었던 재준이 다시 깼을 때, 옆에 있던 희수는 이미 사라지고 없었다. 희수가 있던 자리를 만져보니 이미 차갑게 식어 있었다. 재준의 심장이 싸해지며 아려왔다.

5. 너의 공간

일요일 오후 2시쯤 걸려온 재준의 전화에 희수가 통화 버튼을 눌렀다.

-나예요.

"네."

재준이 전화를 걸어놓고도 말이 없있다. 무거운 한숨소리가 수화기 건너편에서 들렸다. 그 어색함이 싫어 희수가 말했다.

"저는 지금 집이에요. 일하고 있습니다. 예의 지키고 있어요. 그쪽도 예의 지켜요."

희수가 하는 말에 재준이 멈칫했다. 어제 희수에게 전화를 받으면 예의 바르게 어딘지, 뭘 하는지 정도는 말하라고 했던 게 기억이 나서 이내 큰 소리로 웃었다.

-희수 씨, 가끔 너무 귀여워요. 하하. 나도 집이에요. 희수 씨 생

각하고 있었어요.

내 생각을 하고 있었다니⋯⋯. 어색함을 없애기 위해 했던 말이었는데, 재준의 대답에 더 어색해져버렸다. 다행히 재준의 웃음소리가 희수가 느끼는 어색함을 없애버렸다.

-어제 정작 중요한 말을 하나도 안 했네요. 이번 주에 시간 되면 우리 기획사 사무실로 와줄 수 있어요?

"수요일 오전에 잠시 시간이 빕니다."

-그래요? 그럼 수요일 오전으로. 몇 시에 만나든 한 15분 정도 기다려야 할지도 몰라요. 아는 형한테 희수 씨 이야기는 해놓을게요. 걱정 말고 건물 로비에서 희수 씨 이름만 대면 다 알아서 해줄 거예요.

"네."

-희수 씨⋯⋯.

다정하게 희수를 부르는 목소리. 어제도, 아니 오늘 새벽에도 재준은 격정의 시간이 지나면 다정하게 희수를 부르며 안아주었었다. 부드럽게 희수의 몸을 애무하며 희수를 부르는 목소리에 한 번도 대답을 하지 않았다. 지금도 이렇게 다정하게 부르면 희수는 대답을 할 수가 없었다.

-희수 씨가 말없이 사라져서 서운했어요.

"너무 늦어서 그냥 나왔어요. 어차피 이야기를 할 시간도 없었으니까."

재준이 머뭇거리다 희수에게 말했다.

-난⋯⋯ 어제 좋았어요. 희수 씨는?

재준이 은근히 물어오는 말이 무슨 뜻인 줄 알고 있다. 희수는 최대한 감정을 배제한 대답을 했다.

"나쁘지 않았어요."

-그럼 됐어요. 마지막에는 내가 희수 씨 너무 힘들게 한 게 아닌가 해서 물어본 거야.

재준과 만나오며 그에게 익숙해져, 재준과의 관계가 싫다고 느낀 적은 없었다. 하지만, 차마 그걸 입 밖으로 낼 수가 없어서 희수는 아무런 대꾸를 하지 않았다.

-희수 씨…….

왜 계속 이렇게 다정하게 내 이름을 부르는 것일까?

-수요일에 봐요. 정확한 위치랑 시간은 문자로 보낼게요.

재준이 전화를 끊지 않는 것 같아, 희수가 '네. 그럼, 수요일에 뵙겠습니다'라고 말하며 전화를 끊었다.

만약 감정에 형태가 있다면 재준의 차갑고 딱딱하던 감정이 따뜻하고 말랑말랑한 형태로 변해서 희수에게 다가오려 하는 것처럼 보였다. 같이 본가에 다녀온 후부터 그게 확실히 느껴졌다. 감정을 배제한 만남을 원하는 것은 재준이었으면서…… 왜?

머리를 흔들며 켜져 있는 컴퓨디에 검색창을 띄웠다. 초록창에서 재준의 기획사가 어디인지 확인했다. 재준이 출연하는 영화가 크랭크인에 들어간다는 내용이 기획사 홈페이지에 나와 있었다.

생각해보니 재준이 출연한 영화를 한 편밖에 보지 못했다. 대한민국을 떠들썩하게 만들었던 '제재(制裁)'라는 영화였다. 미국에서도 상영해 한인 유학생들과 같이 봤던 것이 기억이 났다. 재준이 언더커버 형사로 출연했던 그 영화를 손에 땀을 쥐고 봤었다. 마지막 반전에 소름이 돋았던 기억이 났다.

재준이 출연한 영화들을 훑어보다가 그가 사극에 출연한 것을 클릭해보았다. 미친 왕 역에 재준이라……. '홍(紅)'이라는 영화에서 수염을 기르고 곤룡포를 입은 재준의 모습이 생소해서 한참을 들여다보았다. 영화평에 '제대로 미친 함재준!'이라는 한 줄 평이 있었다.

그 말이 재밌어서 스마트 TV에서 영화를 찾아 보았다. 결제를 하고 가볍게 보려던 영화에 푹 빠져서 두 시간을 완전히 몰입해서 보았다. 재준이 머리를 풀어헤치고 망나니처럼 칼질을 하는 장면에서 희수는 혼자 부르르 떨었었다. 붉게 변해 불규칙적으로 흔들리는 재준의 눈동자가 정신을 잃어버린 왕의 그것이었다.

'재준은 정말 연기자였구나……'라고 생각하면서 TV를 껐다. 희수도 대한민국 사람이라 재준의 이름과 얼굴을 잘 알고 있었지만, 한국에서보다 미국에 있었던 시간이 훨씬 길어 그가 영화계에서 가진 위치가 어느 정도인지 파악을 못했었다.

다시 TV를 켰다. 갑자기 재준이 출연한 영화 중에 가장 흥행에 성공하지 못한 영화를 보고 싶었다. 전통 멜로 영화인 '순수'라는 영화를 찾아서 결제를 했다. 순수하고 순진한 남자 역을 맡은 재준이 또 달라 보였다.

멜로를 좋아하지 않아 지겨울 거라 생각했는데, 질질 이야기를 끄는 시나리오가 아니라서 그런지 재밌다고 생각하면서 보았다. 마지막 장면에 헤어진 연인을 다시 만나며 보인 재준의 눈물에 같이 눈물을 또르르 떨어뜨렸다. 그의 표정이 후회, 원망, 연민, 사랑을 모두 담고 있었다. 화면 속, 그의 눈을 보는 것만으로 그 슬픔이 전해지는 것 같았다.

"미쳤네……."

혼잣말처럼 중얼거리며 눈물을 닦고 일어났다.

재준에 대해 알면 알수록 놀라고 있는 희수였다. 아버지가 좋아하는 그의 배경이 아니라 그가 스스로 일궈놓은 지금의 자리가 대단하다는 생각이 들었다.

만약 그가 이 정도로 톱스타라는 것을 알았다면 난 그에게 동맹을 제안했을까? 몇 달 전의 함재준은 나에게 그저 이름이 알려진 배우 정도였는데…… 지금은…….

재준을 생각하니 또 머리가 아파졌다. 생각하지 말자. 희수에게 재준이 필요한 기간은 이제 몇 달이 남지 않았다고 생각하며 책상에 앉아 일에 집중하기 시작했다.

수요일 오전, 희수가 십분 전쯤에 도착했다는 상헌의 연락을 받고 재준이 소속사 건물로 들어섰다. 연기자가 소속사에 가는 것은 당연한 일이니 기자도 아무렇지 않게 생각하고 밖에서 기다릴 것이다.

똑똑. 노크를 하고 문을 열자, 창가에 서 있던 희수가 몸을 돌렸다. 오늘도 희수는 검은 정장에 블라우스를 입었다. 그리고 한결같이 차갑고 도도한 표정으로 재준을 보고 있었다.

그 모습에 익숙해져버린 재준이 미소 지으며 희수에게 다가가 물었다.

"많이 기다렸어요?"

"아뇨."

"희수 씨는 만날 때마다 스타일이 똑같아요. 묶은 머리에 정장, 그리고 운동화."

"이렇게 입지 않으면 다들 나를 학생으로 봅니다."

"그래요?"

"네. 처음 미국에서 대학원생들과 수업을 했는데, 아무도 내가 교수라는 것을 믿지 않았어요. 그다음부터는 어려 보이지 않으려 일부러 정장만 입고 다녔어요."

재준이 다가와서 희수의 어깨에 다정하게 손을 얹어 그녀를 이끌고 소파에 가서 앉았다.

"미국에서는 여대 아니었죠? 대학원생들이면 남자도 있었겠죠?"

"네."

"어리고 풋풋한 학생들도 있고?"

왜 이런 쓸데없는 것을 묻는 것일까? 고개를 갸웃거리며 희수가 대답했다.

"대학원생들은 저랑 비슷한 또래가 더 많았어요. 미국은 한국 같지가 않아서 학생과의 관계가 수평적인 편이에요. 그래서 나를 더 교수로 안 봤을지도 모르죠."

어리고 풋풋한 학생들이 강의시간에 희수를 바라보는 것을 상상하자 조금 질투가 나서 물었는데, 되돌아오는 대답이 더 마음에 안 든다.

"연락하는 사람들도 있어요?"

"네."

재준이 턱을 문지르며 희수를 바라보다 그녀의 손을 잡았다. 재준에게 잡힌 손을 살짝 빼며 희수가 말했다.

"함 교수님과의 일을 먼저 이야기하지 않은 건 미안해요."

"괜찮아요. 무슨 일이 있었는지만 말해봐요."

희수는 며칠을 끌어온 함 교수와의 일을 간략하게 정리해서 재준에게 말했다.

"함 교수님이 제가 쓴 페이퍼에 교수님 이름도 같이 올려달라고 하시길래 거절했습니다."

"그랬어요?"

대수롭지 않은 듯 대꾸하면서 희수의 손을 다시 끌어당겨 잡았다. 희수가 다시 손을 빼고 재준에게서 한 발짝 떨어져 앉으며 말했다.

"한국의 관행이니 따르라고 하시길래 그런 관행이라면 없어져야 한다고 말씀드렸어요. 그랬더니, 굉장히 화를 내셨습니다."

그녀의 말에 재준이 배를 잡고 웃었다.

"하하. 아버지가 한 방 먹었군요. 평생 장인 찬스, 아내 찬스, 아들 찬스를 쓰신 분인데."

"미안해요. 우리 동맹은 부모님들의 눈을 속이는 것도 있었는데……. 일이 이렇게 돼버려서 앞으로 함 교수님은 저를 탐탁지 않게 생각하실 거라 재준 씨한테 피해가 길 수도 있어요."

"걱정 말아요. 내가 부모님 말씀 잘 듣는 아들이었다면 지금 이 자리에 있지도 않았으니까."

재준이 몸을 숙이고 희수의 볼에 입을 맞췄다. 또 장난을 치는 것일까? 희수가 볼을 손등으로 쓰윽 닦으며 재준을 노려보자 재준이 그저 희수가 귀엽다는 듯이 웃고 있었다.

"그보다 할아버지가 희수 씨 보고 싶다는데, 만날래요?"

"……왜요?"

"나도 잘 몰라."

"……."

"할아버지가 정신병이 있어요. 컨트롤 프릭(Control freak, 통제광) 같은 거예요. 자기 뜻대로 다른 사람을 조종하려고 하거든요. 아주 다양한 방법으로 사람을 조종해요. 심지어 할아버지 취미 생활이 자식들 감시하는 거죠. 그런 분이시니 내가 만나는 희수 씨가 궁금했겠죠."

'이미 할아버지가 희수 씨 뒷조사는 다 했어요'라는 말은 차마 하지 못했다.

희수가 잠시 생각에 잠겼다 대답했다.

"재준 씨한테 필요한 거면 만날게요. 재준 씨도 우리 집까지 와줬잖아요."

재준은 아무래도 상관없었지만, 할아버지와 희수의 만남이 어떨지 궁금하기는 했다.

"그럼 할아버지랑 약속 한번 잡아보죠. 어머니도 오실지 몰라요."

"네."

차분히 대답하는 희수를 바라보다 재준이 희수 앞으로 바짝 몸을 들이대며 물었다.

"희수 씨, 이제 뭐 해? 난 앞으로 한 시간 정도 시간 있는데……."

재준이 장난스럽게 웃고 있었다.

이 남자, 원래 이렇게 능글맞았었나? 희수가 몸을 뒤로 빼며 자리에서 일어나 말했다.

"저는 시간이 없어요. 일하러 가요. 학교로."

재준이 희수의 대답에 또 큰 소리로 웃었다. 희수의 미간이 찌푸려졌다. 재준이 갑자기 희수를 꽉 껴안으며 말했다.

"그럼 이렇게 조금만 안겨 있다 가요."

재준의 감정이 말랑말랑해져서 희수에게 다가오고 있었다. 그런데 그게 나쁘지 않아, 정말 조금만 안겨 있기로 했다.

상헌이 희수를 건물 밖까지 데려다주고 사무실로 돌아오자 재준이 기분 좋은 듯 웃으며 시나리오를 읽고 있었다.

"선 본 여자 맞지?"

"응."

"예쁘긴 한데, 너무 찬바람 불더라. 나도 몇 마디 못했다."

상헌의 말에 희수가 예쁘다는 말만 들렸는지 재준이 눈매를 휘면서 말했다.

"희수가 좀 예쁘지."

"네 타입이 차도녀였구먼……."

"차도녀는 무슨, 희수 씨 귀엽기민 한데."

상헌이 혀를 끌끌 차며 '미친놈!'이라고 일갈했다.

"그래서 사귀냐?"

정확히 말해서 사귀는 것은 아니었기에 대답하기 곤란한 질문이었다. 갑자기 재준이 빙긋 웃으며 말했다.

"고백할 거야. 희수 씨가 너무 놀라지 않을 때까지 기다렸다가."

"미친……. 함재준이 고백이란다. 우와……. 진짜, 오래 살고 볼일이다. 이거야 원, 오글거려서."

상헌이 온갖 감탄사를 붙이며 놀라움을 표시하고 있었다. 손가락을 오그리는 상헌의 몸짓을 보면서 재준이 기분 좋은 듯 웃었다.

희수를 보면 웃음이 나온다. 희수를 알고 싶고, 그녀가 궁금했다. 저에게 생소한 이 감정이 신기했다. 이런 감정을 느끼다니, 진짜 오래 살고 볼 일이었다.

희수가 학과 사무실에 들어서자, 조교와 대화를 나누던 희연이 상냥하게 웃으며 말했다.

"언니, 왔어?"

그 모습에 희수가 냉정한 표정으로 희연에게 물었다.

"어떻게 왔어?"

"언니가 너무 연락을 안 하니까 걱정되잖아."

남들 앞에서는 항상 애교 있게 웃으며 말하는 희연을 보고 희수가 말했다.

"내 사무실로 가자."

"알았어. 조교님, 다음에 봬요."

상냥한 눈웃음을 지으며 희연이 조교에게 인사를 하자 조교도 같이 일어나 엉거주춤 인사를 하고 다시 앉았다.

희수의 사무실에 들어와 단둘이 있게 되자, 희수에게 꼈던 팔짱을 확 떼고 희연이 말했다.

"언니가 진짜 교수 맞긴 하구나. 하긴 언니가 잘 하던 게 공부밖에 없었으니까 교수라도 해야지."

주위에 사람이 없어지면 돌변하는 희연의 모습이 한두 번이 아니라 희수가 적정하게 맞장구를 쳤다.

"난 그래도 잘하는 거 하나라도 있었는데, 잘하는 거 하나 없는 네가 걱정이다. 지금부터라도 정신 차려."

"내 걱정은 마. 너보다 잘 지내니까."

희수가 뭐라고 말을 하려다 포기했다는 듯이 고개를 흔들고 희연에게 물었다.

"왜 왔어? 학교까지."

"언니랑 연락이 안 돼서 중요한 이야기를 못 전했어."

"뭔데?"

희연이 책으로 둘러싸인 희수의 사무실을 둘러보고 탁자에 놓여 있는 커피 머신을 켰다. 주인인 것처럼 커피를 내리더니, 커피를 홀짝홀짝 마셨다.

"언니는 연예인 찌라시 같은 거 안 보지?"

"안 봐."

"거기에 재준 오빠 찌라시 떴거든. 재벌 3세인 톱 영화배우 A 씨라고 나오는데 우리는 그 영화배우 A 씨가 재준 오빠라는 거 다 알잖아."

"그래서?"

"오빠가 집안 반대 때문에 백서현이랑 헤어지고 선봐서 언니 만 났다고 찌라시가 떴어."

"하!"

이런 건 한 번도 생각해보지 않았다. 재준이 연예인이라 밖에서 만날 필요가 없어서 오히려 편할 거라 생각했는데, 이렇게 찌라시가 돌아다닐 수도 있구나. 설마…… 재준과 자신의 관계가 밝혀지는 일은 없겠지? 찌라시는 말 그대로 찌라시일 뿐, 신빙성이 없다는 생각을 하며 놀란 심장을 달랬다.

희연은 희수의 반응이 재밌다는 듯이 웃다가 말했다.

"그러니까 재준 오빠는 언니를 좋아해서 만나는 게 아니라는 것을 일깨워주려고 왔어."

희수가 희연을 쳐다보았다. 그건, 자신이 더 잘 알고 있다. 재준이 필요로 한 것은 쿨하고 깔끔하게 섹스만 하다가 헤어질 수 있는 여자였으니까…….

"그럼 그렇지. 그렇게 대단한 사람이 언니 따위를 좋아할 리 없잖아. 언니한테 잘하는 건 그냥 집안 어른들 때문이라는 걸 언니가 잘 모르고 있을까 봐 내가 말해주려고."

희수의 표정이 차갑게 굳었다.

희연의 말이 맞았다. 그렇게 대단한 사람이 내 동맹 제안을 수락한 이유는 너무나도 명확했다. 재준의 감정이 말랑해졌다고 생각했던 건 내 착각이었다. 게다가 함 교수와의 일까지 있었으니 재준의 입장에서는 희수가 필요한 이유가 한 가지밖에 남지 않았다.

감정의 질척거림이 없는 쿨한 섹스 파트너!

최근 복잡하다 여겼던 재준과의 관계들이 희연의 말로 단순하게 정리가 되었다. 희수가 입꼬리를 올리며 웃었다.

"희연아!"

"왜?"

"처음으로 너한테 고맙네."

"……?"

"요즘 심란했는데, 다 정리됐어. 고마워. 이제 할 말 끝났으면 가 봐."

그 말을 끝으로 희수는 희연을 투명인간 취급했다. 결국 혼자서 화를 내다가 문을 꽝 닫고 나가는 희연을 보는 희수의 얼굴에 조금 더 날카로운 가시가 덧씌워졌다.

희수가 차가운 거실 바닥에 누워 천장을 올려다보았다. 천장이 까매지며 우주로 변했다. 그 까마득한 우주라는 공간 속에 끝없이 이어지는 숫자들의 행렬을 보았다. 희수가 허공에 손을 올리며 나지막이 읊조렸다.

"infinity."

수학을 알면 알수록 어려운 개념인 극한의 수, 무한대. 희수는 우주 속에서 항상 그 무한의 숫자를 보았다. 그 무한의 공간 속에 먼지조차 되지 않는 나의 존재. 그 무가치함이 허무와 절망을 불러 일으켰다.

거기까지 생각한 희수가 벌떡 일어나서 책상에 앉았다. 이렇게 시작되는 생각은 희수를 밑바닥으로 끌어내리고, 그 밑바닥에서 희수는 삶의 의욕을 잃어 우울해졌다. 여기서 멈춰야 했다.

내신 희수는 다른 생각을 했다. 그 무한의 우주에서 몇만 광년이나 떨어진 행성들을 오가는 비행선이 있었다. 제다이 기사가 광선검을 들고 제국군과 싸운다. 드로이드들이 나오고, 인간의 형상이 아닌 생명체가 인간의 언어가 아닌 언어로 말을 주고받는다.

기분이 한결 나아진 희수가 새로 배달된 레고를 꺼내들었다. '요즘 바빠서 지금 조립하기 시작하면 안 되는데……'라고 생각하면서도 포장을 뜯는 손을 멈출 수가 없었다.

띵동. 갑자기 울리는 초인종 소리에 인터폰을 보니 미정이 치킨을 손에 들고 카메라를 응시하고 있었다. 현관문을 들어서며 미정의 잔소리가 시작되었다.

"왜 연락이 안 돼? 또 방구석에서 땅을 파고 있었구나. 이제 여름이 다가온다고. 밖에도 좀 나가고 그래."

미정이 알아서 식탁 위에 치킨을 올려놓고 맥주를 꺼내놓았다.

"와서 먹어라."

꼭 미정이 집주인이고 희수가 객인 것 같아 희수가 피식 웃으며 식탁에 앉았다.

"희연이 지지배, 한 달 전쯤 네 학교까지 찾아갔었냐?"

미정의 물음에 희수가 깜짝 놀라 미정을 쳐다보았다.

"네가 어떻게 알아?"

미정이 맥주를 따서 희수의 잔에 따르며 말했다.

"희연이가 페이스북에 올렸더라. 언니가 일하는 대학교에 왔다고. 한 달 전에 올린 걸 지금 봤다. 내가 희연이를 아는데 그냥 갔을 리도 없고, 그냥 갔더라도 네 속을 긁어놨을 것 같아서…… 별일 없었지?"

"……"

대답 없는 희수를 보며 미정이 한숨을 쉬며 말했다.

"별일 없을 수가 없지…… 걔는 도대체 왜 그런다니?"

희연이 무슨 말을 했는지도 모르면서 미정이 다짜고짜 희연의 욕을 하며 희수의 편을 들어줬다. 희수의 입가에 미소가 어렸다. 희수가 닭다리를 집어 미정에게 건네주며 말했다.

"다 맞는 말 하고 갔어. 그래도 속은 좀 뒤집어진 것 같긴 해."

"걔가 하는 말에 맞는 말이 어딨어? 내가 걔 머리통을 갈겨줄까보다.”

미정이 희수가 건네주는 닭다리를 잡고 희연이 옆에 있으며 머리라도 한 대 치겠다는 시늉을 했다.

희수가 소리 내서 웃으며 물었다.

“우울한 이야기는 하지 말자. 준혁 씨랑 신혼 생활은 어때?”

준혁의 이야기에 미정의 눈매가 부드러워지면서 얼굴까지 붉어졌다.

“좋지. 뭐…… 그런 걸 물어보니? 딱 내 얼굴 보면 알잖아. 좋다고.”

부끄러워하는 미정의 대답에 희수가 웃었다. 정말 미정은 행복해 보였다.

“부럽네.”

“그러니까 너도 연애를 해. 너 그 동맹남이랑은 어떻게 돼가?”

재준의 이야기에 희수의 표정이 어두워졌다.

“똑같지, 뭐.”

“일주일에 한 번 만나서 같이 자고?”

“요즘 그 사람이 바빠서 이 주에 한 번 정도 만나는 것 같네.”

영화 촬영이 시작되면서 재준이 서울에 있는 시간이 거의 없을 정도였다. 재준의 할아버지와 만나는 것도 그의 스케줄 때문에 계속해서 미뤄지고 있었다.

“여전히 그 동맹남이랑 하는 건 좋고?”

“응.”

대답을 하면서 희수의 얼굴이 조금 붉어졌다. 미정이 희수를 뚫어져라 쳐다보더니 물었다.

"넌 아무 감정 없어? 뭐 그런 거 있잖아. 몸정이 쌓이면 사랑이 되기도 한다는."

"나도 잘 모르겠어."

말을 하며 희수가 잠시 허공을 쳐다보았다. 재준은 요즘 희수가 뭘 해도 웃기만 했다. 밀어내도 익숙한 듯 희수를 더 꽉 껴안으며 한결 다정해진 손길로 희수를 애무했다.

"근데, 그 사람이랑은 금방 끝날 인연이잖아. 내 감정에 큰 의미를 두고 싶지 않아. 그리고……."

"그리고?"

"잘 몰랐었는데, 그 사람 내가 알던 거보다 더 대단한 사람이었어. 그런 사람이 나한테 큰 의미를 둘 것 같지도 않고……."

희수가 맥주를 한 모금 마시며 하는 말이 조금 씁쓸하게 들려서 미정이 더 이상 희수를 채근하지 않기로 했다.

미정이 사온 맥주와 치킨이 다 떨어져 갈 때쯤 미정이 말했다.

"좀 있으면 어머니 기일이네."

"응. 한국에서 처음으로 챙기는 기일이니 제대로 챙겨보게. 어떻게 하는지 잘 모르지만."

"걱정 마. 장남의 딸로 태어나 서른이 넘는 동안 엄마와 같이 제사상 준비한 내가 도와주마. 날 믿어."

미정이 먹던 치킨을 하늘로 들어 올리며 결의에 찬 듯 말했다. 희수가 미정을 빤히 쳐다보다 웃으며 말했다.

"네가 한 요리는 너무 맛없어. 그냥 인터넷 검색을 믿겠어."

"이게, 도와준다고 해도."

미정이 희수를 치킨으로 치는 시늉을 하며 눈을 흘겼다. 희수가 소리 내서 웃다가 미정과 잔을 부딪치며 맥주를 마셨다.

"너 가끔 정훈이 만난다며?"

미정이 뜬금없는 걸 물어본다고 생각하며 희수가 대답했다.

"응. 알고 보니 걔도 스타워즈 좋아하더라고. 나만큼은 아니지만. 가끔 만나서 영화 같이 보고 스타워즈 게임 레벨 같이 올리고 있어."

"너만큼 좋아하면 제정신이 아닌 거지."

"그렇지. 나만큼 좋아하면 정상이 아닌 거지."

말을 하며 희수가 웃었다.

"다행이네. 네가 정상이 아닌 건 알고 있어서. 일단, 자신을 인정하면서부터 모든 치료가 가능해."

미정이 짐짓 진지한 척 희수의 어깨에 손을 올렸다. 희수가 또 웃음을 터트렸다. 희수가 웃고 있을 때, 갑자기 미정이 물었다.

"정훈이는 어때?"

"응?"

남들 눈에는 정훈이 희수에게 관심이 있어서 스타워즈를 좋아하는 게 다 보이는데, 이 둔탱이는 아마 말을 해줘도 모를 거다. 혹시 그 동맹남도 희수를 좋아하는데, 이 둔탱이가 모르고 있는 건 아니겠지? 마음을 꽁꽁 닫아버린 채로 가시를 세우고 사람을 만나는데, 사람 관계에 진척이 있을 리가 있나?

미정은 오지랖이라는 것을 알면서도 조금의 힌트를 주기로 했다.

"정훈이, 남자로서도 괜찮은 거 같아서 한번 물어봤어. 여자친구 없대."

"그래? 만나면 만날수록 괜찮은 아이 같긴 해. 여자 소개해주려고?"

미정이 고개를 흔들면서 한숨을 쉬었다.

"그래, 이 둔팅아! 내가 너한테 뭘 하려고 한 거니……. 닭이나 마저 뜯자."

'이정훈, 그 불쌍한 놈!' 하고 생각하며 미정이 맥주를 마셨다. 맥주를 마시다 한 번 더, 진짜 오지랖을 떨기로 결심한 미정이 말했다.

"조만간 3반 애들 불러다 집들이할 거니까, 와라. 한 상 거하게 차려줄게."

희수가 미정을 빤히 쳐다보다 피식 웃었다.

"네가 요리하는 건 아니지? 난 아직도 네가 고등학교 때 해준 죽 맛을 잊을 수가 없어. 신기하게 외계인 맛이 났어. 진짜 외계에서 온 건…… 네가 아닐까?"

"아직도 내 흑역사를 기억하다니…… 죽여버릴 테다."

미정이 먹다 남긴 뼈다귀를 들고 희수의 목을 치는 시늉을 했다. 희수가 웃으면서 미정의 칼을 피하는 시늉을 했다.

어찌 잊을 수가 있을까? 고등학교 1학년, 희수가 아팠을 때였다. 지금 생각하면 독감이었던 것 같다. 온몸이 쑤시듯이 아프고 열이 올라 학교에 나오지 못하는 희수를 보러 미정이 희수의 집에 왔다. 미정은 죽도 얻어먹지 못하는 희수를 보더니 집으로 가서 죽을 만들어 왔다.

그 이상했던 죽 맛에 희수가 목 놓아 울었었다. 밥을 먹지 못해도 아무도 죽을 만들어주지 않는데, 밥도 한 번 안 해본 내 친구가 나를 위해 죽을 만들어 와준 게 너무 고마워서, 동시에 희수에게 관심도 없던 아버지가 너무 미워서, '아파서 어떡하니'라고 말하며 약만 주던 어머니가 서운해서 울었었다.

"내가 또 외계인 맛을 보게 해줄 테니 집들이 와라."

희수가 선해진 눈매를 곱게 휘며 웃으며 알겠다고 대답했다.

갑자기 미정이 희수를 한번 꽉 껴안고 등을 토닥거려주었다. 남들은 희수가 차갑다느니, 도도하다느니 말하지만, 미정이 보기에 희수는 너무 여려서 상처가 쉽게 생기는 아이였다. 자신을 지키려 세운 가시 안의 여린 희수를 알아봐주는 사람이 생긴다면 좋겠다.

영화 촬영이 시작되니 재준을 따라다니던 기자가 더 이상 재준을 따라다니지 못했다. 그 기자도 해외 촬영 일정이나 지방 촬영 일정까지 다 따라다닐 수가 없어서 재준의 영화 촬영이 끝나기를 기다리고 있다는 것이 황 실장의 말이었다.

다시 희수를 자유롭게 만날 수 있는데, 좀처럼 서울에 있을 수 있는 시간이 많지 않아 재준은 애가 탔다. 희수를 만날 때마다 희수를 놓아주고 싶지가 않았다.

재준이 희수를 뒤에서 껴안으며 흐트러진 희수의 머리를 한쪽으로 넘겼다. 이미 한번 엉켰던 그들의 몸은 타액과 체액으로 끈적거렸지만 재준은 아랑곳하지 않고 드러난 희수의 어깨에 키스를 하고 물었다.

"먼저 씻을래? 아니면 같이 씻을까?"

희수가 몸을 일으켜 재준을 내려다보았다. 만나는 횟수가 늘어날수록 재준은 말이 점점 짧아지더니 요즘은 거의 말을 놓는 것 같았다.

"재준 씨!"

재준을 부르며 고운 미간을 찌푸리고 있었다. 그게 귀여워 재준이 같이 몸을 일으켜 그녀의 미간에 키스를 했다.

"왜?"

"요즘 재준 씨 말이 점점 짧아지고 있어요."

"……."

"제가 굳이 계약이라는 말을 안 쓰고 동맹이라고 우리 관계를 칭했던 건, 우리 관계가 동등한 관계이기를 바랐기 때문이에요."

재준이 잠시 멍한 표정을 지고 있다가 이내 큰 소리로 웃었다.

"알았어요. 미안해요. 요즘 희수 씨가 편해져서 나도 모르게 말을 놓았네요. 앞으로 신경 쓸게요."

희수는 어렵게 꺼낸 말이었는데 웃으면서 모든 걸 인정하는 재준을 보니 기분이 떨떠름해져 덧붙여 말했다.

"동갑이라도 생일은 내가 빨라요."

재준이 눈웃음 지으며 희수를 다시 침대에 눕히고 희수 위에 몸을 포개고 팔로 자신의 무게를 지탱했다. 완전히 희수를 재준의 몸 아래에 가두고 희수를 내려다보며 물었다.

"만약에 말이야. 내가 희수 씨보다 나이 많으면 말 놔도 되는 거야?"

"아뇨."

단칼에 아니라고 대답하는 희수가 뭐가 그렇게 웃긴지 재준이 하하 소리 내서 웃었다. 그가 웃으면서 움직이는 배 근육이 희수의 배에 와 닿았다가 떨어졌다.

"어쩌죠? 나 이렇게 귀여운 희수 씨가……."

'너무 좋네'라고 말하려다 꾹 참았다. 아끼고 아끼다 적정한 때에 희수에게 말하고 싶었다.

희수가 재준의 밑에서 몸을 꼼지락거리며 말했다.

"먼저 씻을게요."

"마음이 변했어요. 다시 묻죠. 같이 씻으면서 할래요? 아니면 한 번 더 하고 같이 씻을래요?"

재준의 물음에 희수의 입이 벌어졌다. 재준이 쿡 하고 짧게 웃고 나서 말했다.

"한 번 더 하고 같이 씻으면서 또 하는 걸로 하죠."

어이가 없다는 듯 재준을 쳐다보는 희수의 눈에 입을 맞췄다. 희수가 뭘 해도, 뭐라고 말해도 예쁘고 귀여웠다.

평소 말이 없는 재준의 로드 매니저, 형철이 히죽거리며 웃는 재준을 보고 도저히 참지 못하고 물었다.

"형, 무슨 좋은 일 있어요?"

재준이 폰을 들여다보다가 입가에 미소를 숨기지 않은 채 고개를 들고 말했다.

"좋은 일이라기보다는 재밌는 일. 장난을 좀 치고 있어."

"장난요?"

"그런 게 있어."

그러곤 또 히죽거리며 웃는 재준이 너무 생소해서 형철은 계속 힐끔거리며 재준을 쳐다보았다.

재준은 희수에게 문자를 보냈다.

[준비 다 됐어요? 난 지금 출발해요.]

[네. 저도 곧 출발합니다.]

[난 희수 씨가 할아버지랑 어머니 앞에서 연기 잘 했으면 좋겠어요.]

[네. 알겠습니다.]

[예쁘게 하고 오고 있어요?]

희수가 재준의 문자를 읽고도 답이 없었다. 한참 만에 온 그녀의 답.

[최선을 다했어요. 도착하면 연락드리겠습니다.]

최선을 다했다……. 그 답이 마음에 들어 재준이 또 히죽거리며 웃었다.

처음에는 희수가 아버지와의 일로 재준에게 조금 미안해한다는 것을 알고 장난처럼 한 말이었다. 아버지와의 일은 돌이킬 수가 없으니 할아버지 앞에서 정말로 나를 사랑하는 연기를 해보라고 했다. 희수는 그 말을 진지하게 받아들였다. 그래서 사심을 덧붙인 몇 가지를 희수에게 말해주었다.

'정말 사랑하는 사람 앞이면 예뻐 보이고 싶을 거예요. 그러니 그날은 바지 정장 입을 생각 말고 다른 옷을 입어봐요. 할아버지랑 어머니 앞에서 사랑스럽다는 듯이 나를 쳐다보며 손을 먼저 잡아보는 것도 좋겠네요.'

재준의 말에 희수가 뭔가를 결심한 듯 고개를 끄덕였다. 재준은 비록 연기라 할지라도 그녀가 사랑에 빠지면 어떻게 되는지 궁금했었다.

형철이 재준을 한적한 도로에 내려놓고 떠나자 곧 다른 차가 도착해서 재준을 태웠다. 재준이 차를 타자 정 회장이 물었다.

"이 교수는?"

"따로 오기로 했어요. 여자는 준비할 게 많잖아요."

부드럽게 미소 짓는 재준이 낯설어서 정 회장이 재준을 쳐다보다 혀를 찼다.

"쯧쯧, 잘난 척하더니 네놈도 별수 없구나."

할아버지의 말에도 폰을 들여다보았다. 곧 그들을 태운 차가 한옥으로 지어진 별장으로 들어섰다. 서울 한복판에 이런 곳이 있나 싶을 정도로 고요하고 정적인 곳에 자동차 바퀴가 굴러가는 소리가 들렸다가 멈췄다.

정 회장이 내리고 재준이 말했다.

"희수 데리고 들어갈게요. 먼저 들어가세요."

"그래라."

정 회장이 황 실장과 같이 계단을 올라가는 것을 보고 고개를 돌리니 희수가 탄 차가 자갈이 깔린 주차장으로 들어왔다.

재준이 희수의 차로 다가갔다. 문이 열리고, 하이힐을 신은 희수의 매끈한 다리가 먼저 나왔다. 곧 희수가 두 다리를 딛고 섰다. 재준이 잠시 숨이 멈추고 희수를 쳐다보았다. 옅게 한 화장, 자연스럽게 웨이브를 넣은 갈색 머리, 하늘거리는 검은색 원피스는 시원한 재질로 되어 있어서 더워 보이지 않았다. 그리고 허리에 라인이 들어가서 희수의 날씬한 몸매를 돋보이게 했다.

민소매 원피스 위에 걸치기 위해 들고 온 흰색 카디건을 어깨에 걸치며 희수가 말했다.

"재준 씨, 저 늦은 거 아니죠? 차가 조금 막혔어요."

"……아니요."

재준의 대답이 느렸다. 희수가 재준에게 다가와 눈매를 휘며 웃었다.

"가요."

재준은 몸이 굳어져서 천천히 계단을 올랐다. 희수가 얼굴을 조금 붉히며 머리를 귀 뒤로 넘기고 재준의 손을 잡았다.

"손…… 잡을게요."

부드럽게 미소 지으며 재준의 손을 잡았다. 재준이 한쪽 손을 잡힌 채로 고개를 돌렸다. 희수를 계속 쳐다볼 수가 없었다. 얼굴에 피가 몰려 코피라도 터질 것 같았다. 다른 손으로 코와 입을 막은 재준의 얼굴이 붉게 변해 있었다.

희수의 다른 모습을 보고 싶어서 장난으로 시작한 일이었는데, 그 장난에 더 심각해진 건 재준이었다. 쿵쿵 소리를 내며 재준의 심장이 거세게 뛰기 시작했다.

정 회장이 인사를 하고 자리에 앉는 희수를 뚫어져라 쳐다보고 있었다. 희수가 그 눈빛에 주눅 들지 않는 것을 신기하게 생각하는 눈치였다. 보희는 재준을 뚫어져라 쳐다보고 있었다. 할아버지가 희수를 어떻게 할까 봐 전전긍긍하는 아들이 신기한 눈치였다.

어색한 공기가 흐르고 정 회장이 먼저 희수에게 말했다.

"재준이가 만나는 사람이 누군지 궁금해서 밥 한 끼 먹으려고 불렀어요."

"불러주셔서 감사합니다. 말 편하게 하셔도 괜찮습니다."

"그럼, 그러도록 하지."

정 회장은 희수를 편하게 대해주었다. 간단한 안부 인사와 몇 가지 질문이 오고 갔지만, 도를 넘는 질문도 없었고 기분 상하게 하는 질문도 없었다. 재준이 할아버지를 날카로운 눈으로 쳐다보고 있었다.

절대 할아버지가 그냥 희수를 불렀을 리는 없는데, 왜 저렇게 본색을 드러내지 않고 있는 것일까?

별장지기 내외가 음식들을 나르기 시작했다. 곧 식탁에 음식들이 정갈하게 놓이기 시작하자 정 회장이 먼저 수저를 들고 말했다.

"이 교수, 들도록 해. 너희도 먹고."

"네."

희수가 천천히 숟가락을 들고 정갈하게 놓인 음식을 바라보았다. 하지만 불편해서 먹어도 소화가 될 것 같지는 않았다.

"이 교수!"

갑자기 자신을 부르는 정 회장의 목소리에 고개를 들고 정 회장을 바라보았다.

"재준이 말이야. 자네가 보기에는 어때?"

희수가 정 회장의 말을 곱씹고 나서 대답했다.

"질문하시는 의도를 잘 모르겠습니다."

"재준이가 직관력이 뛰어나다고 생각하지 않아?"

희수가 옆에 앉은 재준을 한번 쳐다보고 대답했다.

"네."

"사람들은 높은 자리에 있는 사람일수록 이성적이고 냉철할 거라 생각하지만, 사실은 선택의 기로에 있을 때 성공을 좌우하는 것은 전략적이고 날카로운 직관력이지. 재준이는 어려서부터 그 직관력이 뛰어났어. 최고 경영자가 꼭 가지고 있어야 할 덕목이지."

"……네."

"그래서 재준이가 연기는 이제 그만하고 경영을 하는 것도 괜찮다고 생각하는데, 이 교수 생각은 어떤가?"

재준이 정 회장을 바라보며 한쪽 입꼬리를 올렸다. 할아버지가 희수를 부른 이유가 이거였다. 할아버지를 말릴까 했지만 재준도 희수의 생각이 궁금해서 지켜보기로 했다. 어머니를 쳐다보니 어머니도 재준과 같은 생각인 것 같았다.

"제 솔직한 생각을 말씀드려도 되겠습니까?"

희수가 묻자 정 회장이 부드러운 표정을 지으며 희수에게 말했다.

"편하게 말해도 괜찮네."

"저는 연기하지 않는 재준 씨를 생각해본 적은 없습니다. 출연한 영화마다 재준 씨가 아닌 다른 사람이 그 역을 맡는다는 것을 상상할 수 없을 정도로 자기가 맡은 역들을 잘 소화해내지 않았나 생각합니다. '제재'의 형사 역이라든지, '홍'의 미쳐버린 왕 역이 꼭 재준 씨 자체였던 것 같이 생각될 정도니까요."

정 회장이 희수의 대답에 흠 하는 콧소리를 내고 희수를 쳐다보다 말했다.

"재준이도 이제 연기는 할 만큼은 했으니까 다른 거 해볼 때도 됐지. 안 그런가?"

희수가 한 가닥 내려온 머리를 귀 뒤로 넘기며 재준을 한번 쳐다보고 대답했다.

"가장 행복한 사람은 자기가 좋아하는 일을 하는 사람이 아닐까 생각합니다. 재준 씨가 원하는 일을 해야 하다고 생각합니다. 전 사실…… 자신의 꿈을 좇아 이 자리까지 온 재준 씨가 대단하고 멋있다고 생각합니다."

말을 하면서 희수가 옆에 놓인 재준의 손을 슬쩍 만졌다가 놓았다. 살짝 닿았던 손이 뜨거워져서 재준이 잠시 자신의 손을 바라보았다. 또다시 얼굴에 피가 몰리는 것 같았다. 새삼 희수에게 반한 것처럼 희수의 옆모습을 홀릴 듯 쳐다보다 고개를 돌리니 할아버지와 어머니의 눈이 재준을 향해 있었다. 신기한 것을 보기라도 한 것처럼 놀란 눈을 하고.

보희가 먼저 재준을 바라보던 시선을 거두고 말했다.

"이제 즐겁게 식사하도록 해요. 아버지는 이제 그만하시고. 얘들 먹다 체하겠네요."

"그러자."

정 회장의 목소리가 들리고 희수도 숟가락을 들었다. 희수에게는 이처럼 밥이 입으로 들어가는지 코로 들어가는지 모를 만큼 긴장이 되는 자리는 처음이었다.

집으로 돌아가기 위해 차를 탄 정 회장을 향해 희수가 고개를 숙여 인사했다. 정 회장 차가 떠나고 김 비서가 보희의 차를 몰고 그들 앞에 섰다. 차를 타기 전에 재준이 어머니한테 물었다.

"할아버지 아직도 포기 안 했어요?"

보희가 호호 하고 웃더니 말했다.

"네 나이가 몇 살인데? 반쯤은 포기하셨지. 네가 우리 말 들을 애도 아니고. 그냥 이 교수 생각이 듣고 싶었던 게 아닐까? 이 교수는 너를 여태껏 연예인으로만 알고 만나던 여자들과 다르잖니? 처음으로 네 배경 다 알고 만나는 여자니까 이 교수가 너를 만나는 진짜 이유가 궁금하셨겠지.”

재준이 어머니 말에 피식 웃었다. 내가 재벌 3세라는 것을 알고 만나는 희수의 생각이 궁금해서서 만나자고 한 것이었다. 생각해보니 그건 희수의 뒷조사만으로는 알 수 없는 부분이었다.

‘나쁘지 않은 대답이었어’라는 말을 남기고 보희가 차를 탔다. 희수는 보희에게도 허리를 굽혀 인사했다. 멀어지는 차를 보고 긴장이 풀렸는지 희수가 계단이 있는 곳까지 걸어가 조심스레 앉았다. 생각해보면 긴장할 이유는 하나도 없었는데, 온몸에 힘이 들어가 있었는지 피곤이 밀려왔다.

“피곤하죠?”

재준이 정답게 다가오며 하는 말에 희수가 고개를 끄덕였다.

“어머니랑 내가 하는 대화 들었죠?”

“네. 긴장해서 마음속에 있는 말을 다 안 한 게 다행이라는 생각이 들었어요.”

재준이 희수 옆에 걸터앉으며 물었다.

“무슨 말 하려고 했는데요?”

“사실대로 이야기해요?”

어둑어둑해지는 저녁에도 희수의 눈이 빛나 보였다.

“말해봐요.”

“회장님이 생각하시는 족벌 경영은 전근대적인 사고방식입니다. 재준 씨는 자신이 좋아하는 일을 하는 게 맞고 회사 경영은 전문경영인 해야 합니다……. 라고 말하고 싶었지만 너무 예의 없어 보일까 봐 차마 하지 못했어요.”

희수의 말에 재준은 정말 큰 소리로 웃었다. 고즈넉한 곳에 울리는 재준의 웃음소리가 너무 커서 희수가 깜짝 놀라고 말았다.

재준이 어느덧 희수의 얼굴 바로 앞에 오더니 그녀의 이마에 쪽 소리가 나게 키스를 하고 말했다.

"다음에 할아버지한테 그 말 꼭 해봐요. 그 말을 들은 할아버지 얼굴 한번 보고 싶네."

'다음에 정 회장을 만날 일이 또 있을까?' 하는 의문이 들었지만 희수는 아무런 대꾸도 하지 않았다.

"바람이 선선해서 기분 좋네요. 별장 한번 둘러보고 갈래요?"

긴장한 채로 밥을 먹었더니 소화가 안 되는 것 같았는데 좋은 생각이었다. 희수가 고개를 끄덕이자, 재준이 일어나서 희수에게 손을 내밀었다. 희수가 그 손을 잡고 일어났다.

재준이 정원 쪽으로 걸으며 희수에게 말했다.

"할아버지, 할머니가 성북동으로 이사 가기 전까지 이 집에서 살았어요. 저도 아홉 살까지는 여기서 살았고요. 이사 가고 나선 별장으로 개조해서 가끔 들러요."

그래서 서울 한복판에 이런 별장이 있었구나 생각하며 희수가 고개를 끄덕였다.

"어머니가 나를 열아홉에 낳았어요. 너무 어렸죠. 그래서 할아버지랑 할머니가 나를 막둥이처럼 키웠어요. 내가 태어났을 때 할아버지가 마흔셋이고 할머니가 마흔하나셨대요."

"진짜 막둥이라고 해도 믿었겠네요."

"저쪽 담장에 내가 낙서한 그림이 아직도 남아 있어요. 볼래요?"

재준이 보여준 낙서를 고개 숙이고 한참 바라보더니 희수가 말했다.

"그림…… 정말 못 그렸네요."

그 말이 뭐가 웃긴지 재준이 어깨를 들썩이며 웃었다.

"나 누구한테 집안 이야기 하는 거 처음이에요. 농담으로라도 안 했는데, 희수 씨한테는 아무렇지도 않게 이야기가 나와서 신기하네요."

담장 옆에 서 있는 희수에게 다가온 재준이 희수의 손을 들어 그 손등에 입을 맞췄다.

"나 내일 부산으로 내려가면 한 3주는 서울에 못 와요. 희수 씨 한동안 못 보겠네."

"……"

"희수 씨, 오늘 우리 집 들렀다가 갈래요?"

희수의 손을 잡고 쳐다보는 재준의 눈빛이 너무 뜨거워서, 얼굴이 붉어진 채로 희수가 고개를 끄덕였다.

재준의 집, 방으로 들어가지도 못하고 거실 벽에 밀쳐진 희수는 재준의 혀가 거칠게 자신의 입을 탐하는 것을 받아주고 있었다. 서로의 혀가 끈적하게 엉키고 숨소리가 조금씩 거칠어지자 그가 입을 떼고 말했다.

"오늘 희수 씨 본 순간부터 안고 싶었어요. 너무 예뻐서……"

그 말에 조금 부끄러워져서 희수가 고개를 돌리자 재준이 드러난 그녀의 목덜미를 깊게 빨았다.

"안 돼요. 자국 남으면……"

희수가 재준을 밀치자, 재준이 다시 몸을 밀착하며 물었다.

"희수 씨, 내 영화 봤다고 왜 말 안 했어요?"

"……."

"난 희수 씨가 내 영화에는 관심 없는 줄 알았어. 그중에 뭐가 제일 재밌었는지 물어봐도 돼요?"

재준이 말하면서 희수의 볼을 쥐고 입에 가볍게 키스하자, 희수가 시선을 아래로 떨구며 대답했다.

"고르기 힘들어요. 다 재밌었어요."

재준이 대꾸하는 희수의 귓불을 혀로 핥으며 그녀의 치마 속으로 손을 넣어 엄지로 민감한 부위를 만졌다. 희수가 몸을 움찔거리다 그의 손을 쳐내고 다리를 오므리며 말했다.

"재밌는 건 고르기 힘들지만, 연기를 제일 잘한다고 느낀 건 '순수'에서의 재준 씨였어요."

손을 쳐내자 희수의 가랑이 사이로 그의 탄탄한 허벅지가 들어와서 희수가 다리를 오므리지 못하게 했다. 재준이 희수의 원피스를 상의부터 끌어내렸다.

"그것도 봤어요?"

"네. 영화 속에서는 재준 씨가 너무 순수하고 순진해 보였어요."

보고 울었다는 말은 하지 않았다. 어느새 희수의 상체를 드러나게 한 재준이 희수의 가슴을 깊게 빨아올렸다. 그 민감한 느낌에 희수가 엷게 신음 소리를 내며 말했다.

"실제로는 당신, 순수하지도…… 순진하지도 않고 이렇게 야한데……."

그 말에 재준이 숙였던 몸을 들어 올려 희수와 이마를 맞대고 낮은 소리로 한참을 웃었다.

"맞아요. 나 좀 야하지. 근데 희수 씨도 만만찮아서……."

재준의 말에 희수가 얼굴을 붉힌 채 시선을 돌렸다. 재준이 희수의 손을 자신의 바지춤에 끌어당기며 말했다.

"나 아까부터 서 있었는데, 만져봐요."

만지지 않고 보기만 해도 불룩해진 그의 바지가 말해주고 있었다. 그가 매우 흥분해 있다는 것을.

재준이 소파에 앉으며 희수를 끌어당겼다. 희수를 소파 밑으로 내리고 재준이 바지 버클을 풀어 거대해진 자신의 분신을 꺼내놓았다. 그런 재준의 행동이 기분이 나쁠 수도 있는데, 나쁘지 않은 걸 보니 재준의 말대로 희수도 만만찮게 야한 걸 좋아하게 된 모양이었다.

"얼마나 늘었는지 보여줄 수 있어요?"

희수가 얼굴을 붉힌 채로 눈앞의 것을 바라보다 입 속에 넣었다. 재준이 가르쳐준 대로 그의 귀두를 촉촉해진 입으로 빨았다. 오늘따라 더 큰 거 같아서 재준의 것을 깊숙이 넣었을 때는 턱이 아파왔다.

"웃……. 많이 늘었네."

재준이 몸을 움찔거렸다. 그의 가빠진 숨소리가 희수의 귀를 자극하고 희수의 아래쪽을 찌릿하게 만들었다. 앞으로 쏟아지는 희수의 머리카락을 잡아서 올려주며 희수가 자신을 쳐다보게 했다. 반쯤 벗겨진 원피스, 약간 풀린 눈으로 재준을 올려다보는 희수의 선정적인 모습에 재준의 분신이 팽팽해져서 터질 것 같은 느낌이었다.

"희수 씨, 지금 표정 진짜 좋네요……. 하아."

더 하다가는 희수의 얼굴에 사정할지도 모를 정도로 흥분한 재준이 희수의 입에서 자신의 페니스를 빼냈다. 페니스에서부터 길게 이어지는 타액을 머금고 있는 희수의 모습이 재준의 시각을 더

할 나위 없이 자극해버렸다.

급하게 콘돔을 끼우고 희수를 눕혔다. 아직 희수의 옷을 다 벗기지도 못했다. 재준이 급한 마음에 희수의 입구를 확인해보니 이미 흥건히 젖어 미끈거리고 있었다.

"넣을게요."

희수가 고개를 끄덕였다. 재준이 희수를 올라타고 자신의 분신을 단숨에 밀어 넣었다.

"하훗……. 아……."

좁은 입구를 거칠게 밀고 들어오는 재준이 주는 쾌감이 숨 막히게 좋았다. 희수는 몸이 주는 쾌락과 환희에 집중하며 음탕한 신음 소리를 내고 있었다.

"아으응……. 하읏!"

재준이 움직일 때마다 안쪽을 자극하는 극렬한 쾌감에 발끝이 오므라들고 허리가 비틀렸다. 희수는 자신도 모르게 소파 가장자리를 꽉 쥐고 재준의 움직임에 리듬을 맞춰 엉덩이를 들썩거렸다.

"으응, 아아……. 하앙."

한동안 희수는 거친 숨소리 외에는 아무것도 들리지 않고, 몸이 주는 환희 말고는 아무것도 생각할 수가 없었다. 미쳐버리는 것이 아닐까 생각할 정도로 느끼고 말았다.

강하게 희수를 자극하는 그의 움직임이 반복적으로 계속되더니 재준도 절정에 다다르는 것이 느껴졌다. 재준이 쾌감에 덜덜 떨고 있는 희수를 안자, 거센 그의 심장 박동 소리가 희수의 귀에 들렸다. 희수의 심장도 재준 못지않게 거세게 뛰고 있었다. 희수는 심장이 제자리를 찾을 때까지 재준의 품에 안겨 있었다.

재준이 그녀의 손가락에 부드럽게 키스하며 말했다.

"희수 씨 몸, 꼭 나를 위해 맞춰진 것 같아."

손가락 하나하나에 쪽 소리를 내며 부딪쳐오는 입술의 느낌이 너무 부드럽고 따뜻해서 희수가 재준의 눈을 마주치지 못했다.

"희수 씨, 나 봐요."

부드럽게 들리는 재준의 목소리에 희수가 그를 쳐다보았다. 평소보다 더 다정하고, 더 따뜻해진 재준의 눈길에 부끄러워졌다.

재준이 몸을 숙여 희수의 아랫입술을 자극적으로 깨물고 짓이겼다. 희수의 입술이 벌어지자 자연스럽게 혀를 밀어 넣고 그녀의 입 속을 탐했다. 좀 더 깊은 곳을 원하는 듯 재준의 혀가 깊숙하게 침범했다. 숨을 쉬기가 힘든 듯 희수의 입에서 신음 소리가 들리자 재준이 입술을 떼고 말했다.

"나 당신이…… 너무 좋아."

갑작스러운 재준의 말에 희수의 두 눈이 깜빡였다.

"그냥 섹스할 만큼만 좋아하는 게 아니라, 그보다 훨씬 많이. 같이 손잡고 영화 보고 밥 먹고, 내 생활을 공유하고 싶을 만큼 희수 씨가 좋아요."

희수의 눈 밑이 파르르 떨리는 것을 보며 재준이 희수를 꼭 안았다가 떼어놓으며 말했다.

"언제부터인지는 모르지만 희수 씨만 보면 감정을 주체하기가 힘들어. 희수 씨가 내 여자였으면 좋겠어요."

희수는 재준의 말에 어떻게 대꾸해야 될지 몰라 얼어버린 채로 재준을 쳐다보았다. 재준의 눈이 한없이 진지했다. 그의 진득한 시선에 희수의 숨이 턱하고 막혀왔다.

희수는 재준을 멍하니 올려다보다 몸을 일으켰다. 재준이 한 말이 농담이었으면 좋겠다는 생각을 잠시 했다.

"이렇게 고백하는 게 처음이라……. 좀 부끄럽네요."

재준의 상기된 얼굴과 진지한 눈동자가 재준의 말이 농담이 아니라는 것을 말해주고 있었다.

"나는…… 나는……."

더듬거리는 희수의 말에 재준이 희수의 어깨를 감싸 안으며 말했다.

"괜찮아요. 희수 씨 대답을 바라고 한 말은 아니니까. 그냥 내 감정이 이렇다고 말한 거예요. 이제 희수 씨도 천천히 나한테 다가와 달라고 부탁하려고 한 고백이에요."

그가 원하던 관계는 이런 것이 아니었었다. 서로의 선을 지키던 깔끔했던 관계를 무너뜨리는 그의 고백에 희수의 피가 차갑게 식는 느낌이었다.

희수가 재준의 몸을 떼어내고 손으로 얼굴을 가리며 말했다.

"우리…… 서로한테 기대하지 않기로 했잖아요. 간섭도 구속도 하지 않기로 했잖아요. 질척거리는 감정 따위는 싫다고 말한 건 재준 씨였어요."

재준이 희수의 손을 얼굴에서 떼어내며 볼에 부드럽게 키스하며 말했다.

"그렇게 시작했지만, 지금은 당신이 너무 좋아져버렸어."

그의 진지한 눈과 표정, 희수의 심장이 철렁했다.

난 그의 마음을 받아줄 수도 없는 사람인데…….

희수는 숨을 쉴 수가 없었다. 손이 떨리는 것 같아서 두 손을 꽉 마주 잡았다.

"너무 그렇게 놀란 표정 짓지 말아요. 나 희수 씨한테 지금 당장 답하라고 하는 거 아니니까. 천천히…… 천천히 생각해봐요. 우리의 관계."

재준의 눈빛이 너무 뜨거워서, 그의 표정이 너무 진지해서 더이상 그를 쳐다볼 수가 없었다. 갑자기 희수가 소파에서 벌떡 일어났다. 다 구겨진 원피스로 몸을 가리고 호흡을 가다듬고 말했다.

"재준 씨, 우리 관계는 처음에 맺은 동맹을 이어갈 수 없다면 끝나는 관계예요."

희수의 거절을 전혀 예상하지 못했다는 듯이 재준이 황당한 표정을 지었다. 희수가 재빨리 옷을 챙겨 입고 손으로 옷매무새를 가다듬으며 현관문을 향해 걸어갔다.

재준이 희수가 나가려고 한다는 것을 알고 일어나 희수의 손을 잡고 희수를 돌려세웠다. 희수가 재준의 손을 쳐내며 말했다.

"미안해요. 나는…… 나는……. 처음에 동맹을 맺으며 가졌던 그 마음과 달라진 것이 없어요. 재준 씨가 그 이상을 원하면 우리는 더 이상 만날 수가 없어요."

재준이 급한 마음에 희수의 어깨를 꽉 잡고 말했다.

"이렇게 급하게 결론을 내릴 필요 없어요. 천천히 생각해보라고. 난 언제까지고 기다릴 수 있으니까."

재준의 말에 희수의 머리가 아득해지고 숨이 막히는 것 같았다. 어지러운 느낌에 희수가 머리를 짚었다. 곧 그 손을 머리에서 떼어내고 차갑게 말했다.

"내 마음이 변할 일은 없어요. 기다리지 말아요."

냉정한 희수의 말에 그녀의 어깨를 다잡고 있는 재준의 손에 힘이 빠졌다. 곧 들려오는 희수의 목소리.

"동맹은 끝입니다. 우리 사이가 이렇게 끝나서 유감이에요."

언젠가 재준이 누군가에게 했던 말이었다. 재준이 했었던 말이라, 그 뜻은 어쩌면 희수보다도 더 정확하게 알고 있었다. '다시는 너를 보지 않겠다'라는 선언이었다.

"미안해요. 잘…… 있어요."

라고 말하고 현관문을 열고 나가는 희수의 뒷모습을 바라보았다. 재준은 너무 황당해서 희수의 어깨가 떨리는 것을 보지 못하고 헛웃음을 지었다.

나, 함재준이 차이다니……. 처음으로 한 고백이었는데 다시 들이댈 수 없을 정도로 완벽하게 차였다. '잘 있어요'라니……. 정말 나를 안 보겠다는 것일까?

희수가 저렇게 냉정하게 거절할 거라 상상도 못했었다. 이 함재준이 고백만 하면, 시간이 걸리더라도 희수는 받아들여줄 거라 믿었다.

입에서 튀어나오는 헛웃음을 멈출 수가 없었다. 가슴이 싸늘해지고 공허한 웃음이 계속해서 재준의 입에서 나왔다.

희수는 계속해서 진동이 울리는 휴대폰을 묵음으로 바꾸어놓았다. 부산에 있다는 재준에게서 하루가 멀다 하고 전화가 오고 있었다.

"하아……."

길게 한숨을 쉬며 노트북을 꺼내 들었다. 캐나다 밴쿠버에 있는

UBC라는 대학교에서 온 이메일들을 일부러 다 열어서 읽어보았다.

처음 메일은 부교수 임용 인터뷰 날짜를 알려주는 이메일었다. 그리고 인터뷰를 보고 몇 달 뒤, 채용 결정이 났다는 이메일을 UBC로부터 받았었다. 그 메일과 함께 보내온 첫 번째 계약서(first contract) 내용을 훑어보았다. 지금 희수는 UBC와 첫 번째 계약서 내용을 바탕으로 연봉, 펀드, 수업시간 등을 협상하고 있었다.

생각보다 천천히 일이 진행되었지만, 협상도 거의 끝나가고 마지막 계약서(final contract)가 도착하면 희수는 비자를 발급받고 늦어도 내년 봄에는 밴쿠버에 가야 했다.

미국에 있을 때부터 준비해온 것이었다. 캐나다로 가기 전에 마지막으로 한국에서 살아보고 싶어서 한국에 들어온 것이었다. 흐릿한 기억만 남아 있는 어머니이지만, 어머니의 기일을 제날짜에 처음이자 마지막으로 챙겨주고 싶었다. 한국에 있는 유일한 친구 미정의 결혼식에 참석하고 얼마나 행복한지 보고 싶기도 했다. 단지 그것뿐이었다.

하지만 미국에서 살고 있을 때는 희수에게 관심도 없던 아버지는 희수가 한국에 도착하자마자 결혼해야 한다고 선을 보라고 했다. 처음 한 번은 예의상 나갔다. 두 번째 선은 나가지 않았다. 그러자, 아버지가 불같이 화를 냈다. 세 번째부터 희연이나 어머니가 와서 희수를 끌고 갔다. 그게 싫어서 자발적으로 나갔다. 그리고 재준을 만났다.

재준은 그저 1년 정도를 편하게 보내기 위해 동맹을 맺은 남자, 그 이상도 그 이하도 아니었다.

'나 당신이…… 너무 좋아', '언제부터인지는 모르지만 희수 씨

만 보면 감정을 주체하기가 힘들어.'

고백하던 재준의 떨리도록 진지했던 눈빛과 듣기 좋던 목소리가 생각났다. 아무렇지도 않다면 거짓말이었다. 하지만, 희수는 오랫동안 준비해온 인생의 기회를 놓칠 수 없었다.

열심히 마음을 다잡아도 가슴에 찌릿한 통증이 느껴졌다.

희수는 어쩔 수 없이 기억 저편에 묻혀놨던 10년도 훌쩍 지난 오래된 기억을 꺼내들었다.

전공 수업시간, 희수가 떨어트린 펜을 주워 주며 '한국 사람이죠?'라고 해맑게 웃던 그를 기억에서 끄집어냈다.

그와의 기억들 중에서 그가 마지막에 했던 말을 생각해냈다. 잊으려 해도 잊히지 않는 그 말을 자신의 입으로 내뱉어보았다.

"앞으로 너, 함부로 사람 사귀지 마라. 네 우울은 강력해서 다른 사람한테 옮거든. 재. 수. 없. 어."

마지막 말은 일부러 한 마디 한 마디 힘주어 발음했다.

그의 말이 맞았다. 자신은 함부로 사람을 사귀면 안 된다. 내가 가진 어둠이 너무 커서, 상대에게도 내 우울과 절망을 옮긴다. 재준이 지금은 나를 좋아한다고 말해도 내가 가진 어둠을 알면 곧 싫증 내고 싫어할지도 모른다. 나에게 모든 것을 줄 것처럼 다가왔다가 내 안의 어둠과 우울에 진저리치고 떠난 그처럼……. 어차피 길게 이어갈 수 없는 인연이면 여기서 끝내는 것이 맞다고 생각했다.

복잡했던 생각의 가지들을 다 쳐내고 결론을 내린 후, 휴대폰을 들여다보았다. 재준에게서 끊이지 않고 전화가 오고 있었다.

-전화를 받을 수 없어 소리샘으로…….

안내 멘트만 수십 번 들은 재준이 의자에 걸터앉았다. 희수에게 보낸 문자는 아직 읽지 않았다는 숫자 표시가 되어 있었다.

"이희수. 진짜…… 하아."

의자에 앉아 마른세수를 했다. 설마 정말로 나를 안 보겠다는 것은 아니겠지? 지금 당장 서울로 올라가서 희수 집을 찾아가는 상상을 했다. 그런데 문제는 희수가 어디 사는지도 모른다는 것이다.

희수는 철저히 자신의 공간을 재준에게서 격리시켜놓았었다. 희수에게 재준은 동맹 맺은 파트너, 그 이상도 그 이하도 아니었던 것이다. 재준의 입에서 또 헛웃음이 나왔다. 바보같이 희수가 어디 사는지도 몰랐다니…….

희수가 이대로 계속 전화를 안 받으면, 그녀가 싫어한다 해도 그녀의 사무실로 찾아가야겠다고 생각했다.

-띵동.

영화 촬영장 근처 재준의 숙소를 찾아오는 사람은 매니저와 감독뿐이었기에 아무 생각 없이 문을 열었다.

"선배님!"

"아, 유리 씨."

이번 영화에 수사관 역을 맡은 여배우였다. 굳이 귀찮다는 표정을 숨기지 않고 재준이 물었다.

"여기까지 웬일로?"

"선배님, 이거 드셔보시라고 들고 왔어요."

더운 여름에 어울리는 과일 주스가 종류별로 들어 있었다.

"종류가 많으니 제가 선배님 냉장고에 넣어드릴게요."

금방이라도 방 안으로 들어올 것 같은 여자를 재준이 막아섰다. 이 여자가 원하는 것이 무엇인지는 너무 뻔했다. 그동안 재준이 만났던 여자들도 항상 이런 패턴이었던 것 같았다.

여자들은 호의를 보이며 재준에게 다가왔다. 재준이 선을 그어도 옆에 있는 것만으로도 된다며 시작되곤 했었다. 재준에게 모든 것을 다 주어도 바라는 것이 없다던 그녀들은 점점 많은 것을 요구하고, 그를 구속하고 간섭하기 시작했다. 그리고 변하지 않는 재준에게 지쳐서 떨어져 나가며 저주를 퍼붓는 것으로 끝을 냈다.

설마 내가 희수에게 이런 여자들 같은 존재는 아니겠지? 귀찮고 떼어내고 싶은 그런 존재?

처음 동맹을 맺으며 딱 섹스할 만큼만 나를 좋아하라고 말한 건 재준이었다. 감정이 필요 없는 관계가 필요하다고 말한 것도 재준이었다. 그렇게 말해놓고 희수에게 고백하고 내 감정을 알아달라 말하다니…… 첫 단추부터 잘못 끼워져 있었는데…….

또다시 희수의 생각으로 머릿속에 꽉 들어차버렸다.

잠시 머리를 흔들며 희수의 잔상을 머릿속에서 떨쳐냈다. 그리고 눈앞의 유리를 차가운 눈으로 바라보며 재준이 말했다.

"여기 놓고 가요. 나중에 매니저한테 말해서 다른 사람들도 나눠줄게."

"저기……. 선배님."

"그만 가봐요. 촬영장에서 보죠."

짜증을 억누르며 겨우 예의를 지켜 말하고 문을 닫았다. 문을 잠그고, 혹시나 그사이 희수에게 연락이 왔을까 하여 휴대폰을 확인했다. 여전히 희수가 읽지 않은 문자를 보고 폰을 침대에 던져버렸다. 그리고 재준도 침대에 그냥 누웠다. 그러나 침대에 누워서도 희수의 얼굴을 떠올렸다. 그러다 잠시 잠이 들어버렸다.

그의 꿈에선 희수가 나왔다. 재준의 고백에 매몰차게 현관문을 나서던 희수가 아니라, 수줍게 웃으며 고개를 끄덕이는 희수.

희수가 먼저 재준의 손을 잡았다. 희수가 먼저 재준에게 다가와 입을 맞췄다. 길고 긴 입맞춤이 이어졌다. 진한 화장품 냄새 없는 청량한 희수의 향기가 맡아졌다.

희수가 이렇게 재준의 옆에 있기를 원했다. 희수가 웃으며 재준과 눈을 맞춰주기를 바랐다. 재준은 꿈에 자신의 열망을 담아 희수를 탐했다.

시간이 지나고, 깨어나기 싫은 꿈에서 겨우 깨어났다. 눈을 뜨고 낯선 천장을 바라보다 혹시라도 희수에게 연락이 왔을까 휴대폰을 확인했다. 재준의 꿈까지 지배하기 시작한 희수는 여전히 연락이 없었다.

6. 빈 공간

갑자기 울리는 초인종 소리에 희수가 인터폰을 확인했다. 정훈이 문밖에 서 있었다. 집 안에 있는 희수가 보이는 것도 아닐 텐데 깜짝 놀라서 인터폰에서 한 발자국 물러났다. 혹시나 싶어 휴대폰을 들어서 확인했다.

미정과 정훈에게서 여러 번 전화가 와있었다. 재준의 전화를 피하고자 휴대폰을 무음으로 해놓았더니 다른 사람의 전화를 놓치고 있었다. 때마침 걸려온 미정의 전화에 통화 버튼을 눌렀다.

-왜 이렇게 전화를 안 받아? 숨넘어가는 줄 알았다.

"미안, 정신없어서……."

-정훈이 너희 집에 안 갔어?

"방금 초인종 눌렀어."

-내가 보냈어. 우리 집 올 때 너 태워 오라고. 너 짐도 많다며?

"내 차로 가면 되는데……."

정훈에게 자신의 집을 가르쳐준 미정이 원망스러워 뽀로통해진 희수의 말에 미정이 대답했다.

-맨날 운전한다는 핑계로 술은 입에도 안 대니까 그러지. 오늘은 술 좀 마셔보자. 나 다음 달부터는 술 못 마셔.

"왜? 어디 아파?"

미정이 호호거리고 웃더니 말했다.

-결혼한 유부녀가 술을 안 마신다는 건 뭐겠니? 이제부터 피임 안 한다는 뜻이지.

"아……. 그렇구나."

미정의 말을 들으며 정말 뜬금없이 재준이 생각났다. 재준을 처음 만났을 때, 다음에는 같이 술을 한잔 하자고 했었다. 그런데 항상 운전을 해야 돼서 재준과 술을 같이 마셔본 적이 없었다.

-오늘은 정훈이 차 타고 오는 거다? 한번 달려보자.

재준을 생각하던 희수가 미정의 말에 그를 머릿속에서 지우고 대답했다.

"알았어."

희수가 전화를 끊고 조심스레 현관문을 열었다. 밖에 서 있던 정훈과 눈이 마주쳤다. 그는 입가에 미소를 띠고 말했다.

"집에 있었네."

"응. 미안. 조금만 더 기다려줄래? 금방 나올게."

들어오라는 소리도 없는 희수를 예상했다는 듯이 정훈이 사람 좋은 미소를 지으며 알겠다고 대답했다.

희수는 재빨리 옷을 갈아입고 대충 머리를 올려 묶었다. 긴 바지를 입으려다 너무 더워서 편한 반바지로 갈아입었다. 얇은 재질의 검은 반팔 셔츠를 위에 걸치고 밖으로 나갔다. 정훈이 희수를 보고 얼굴을 붉히며 말을 더듬었다.

"지, 짐 많다던데……. 미정이가."

"이미 내 차에 다 실어놨는데, 미정이는 쓸데없이…… 번거롭게 해서 미안해."

"아냐, 괜찮아. 진짜로. 네 차 어딨어? 내 차로 짐 옮겨 싣자."

희수는 미정이 일부러 정훈을 보낸 것이라는 걸 상상도 못 하는 눈치였다. 희수가 혹시라도 거절할까 봐 정훈은 서둘러서 승강기에 타며 손짓을 했다. 희수가 어쩔 수 없다는 듯이 가볍게 한숨을 쉬더니 곧 정훈을 따라 승강기를 탔다. 지하 주차장, 정훈이 희수의 차 트렁크를 열고 휘파람을 불었다.

"왜 이렇게 술을 많이 샀어?"

"미정이가 많이 사라고 해서……."

"이거 다 마시면 죽겠는데?"

정훈의 말에 희수가 종류별로 다양하게 산 술을 내려다보았다. 종류가 다양한 건 좋은데, 다 박스째로 샀다. 지나치게 양이 많다는 생각이 들어 희수가 작아진 목소리로 말했다.

"얼마나 사야 되는지 몰라서……."

심각해진 희수의 표정을 보고 정훈이 빙그레 웃으며 '그래, 먹고 죽자'라며, 박스들을 번쩍 들어 정훈의 차 트렁크에 실었다. 희수도 박스를 들고 걸음을 옮겼다. 박스 때문에 발밑의 툭 튀어나온 모서리를 보지 못했다. 모서리에 걸려 휘청거리다 술병을 놓쳤다. 술병들이 와장창 소리를 내며 깨지고 휘청거리던 희수가 그 위로 넘어지고 말았다.

　정훈이 재빠르게 다가와 희수를 일으켜 세웠다. 하필이면 깨진 술병 위에 넘어져서 바닥에 닿은 손바닥과 무릎에 피가 나고 있었다. 다친 무릎과 손바닥에 꽤 아팠지만, 깨진 술병들을 보니 저절로 한숨이 나왔다. 여기저기 흩어진 유리 조각들과 지하 주차장에 퍼지는 알코올 냄새까지.

　정훈이 희수의 손바닥과 무릎을 확인하더니 말했다.

　"유리가 좀 박혀서, 지금 치료하는 게 좋겠다. 이리 와봐."

　희수가 정훈이 이끄는 대로 정훈의 차 보조석에 앉았다. 뒷좌석에서 구급상자를 들고 온 정훈이 희수 앞에 무릎을 꿇고 앉아 상처 부위가 큰 무릎부터 핀셋으로 유리를 뽑아내고 소독을 했다.

　"붕대 좀 감을게. 지혈해야 될 것 같아."

　꽤 많은 피가 나오고 있었기에 희수가 고개를 끄덕였다.

　정훈이 능숙하게 무릎에 붕대를 감으며 말했다.

　"이 정도면 꽤 아플 텐데……. 얼굴 한번 안 찡그리네. 아프면 아프다고 해."

　정훈의 말에 희수는 자신이 아파도 아프다고 말하지 않은 지 오래됐다는 생각을 했다. 아프다고 말해도 들어줄 사람이 없었다. 참는 것에 정말로 익숙해져 있었다는 생각을 하며 천천히 대답했다.

　"……아파."

　정훈이 희수의 머리를 한번 쓰다듬으며 말했다.

　"잘 참고 있어. 이제 손 줘봐, 손 치료하게."

　희수가 손을 내밀었다. 무릎만큼 피가 나오지 않았지만 손에 박힌 유리 조각이 육안으로도 보였다. 정훈이 핀셋으로 유리 조각을 빼는 것을 지켜보며 희수가 말했다.

"넌 차에 이런 응급 상자도 들고 다녀?"

"응. 직업상 가끔 필요하더라고."

"직업이 뭐길래?"

정훈이 손에 붕대를 감다가 희수를 한번 쳐다보고 대답했다.

"외과 의사. 나 H 종합병원에서 근무해."

희수의 눈이 동그랗게 변하는 것을 보면서 정훈이 계속해서 말했다.

"너랑 선 보려고 했던 이 선생이 나였는데……. 네가 알고 있기나 한지 모르겠다."

희수가 벌어진 입으로 작게 '아……'라고 말했다. 기억이 났다. 아버지 병원에서 근무한다던 이 선생.

"희연이 좋아하면서, 나랑 선 보려고 했던?"

손바닥에서 유리를 뽑아내던 정훈의 눈썹이 꿈틀거렸다.

"너까지 그렇게 알고 있으면 어떡해? 네 동생이랑은 병원장실에서 얼굴 한 번 본 게 다야."

"……."

"우연찮게 병원장실에 갔는데, 가족사진에 네가 있더라. 병원장님한테 여쭤봤더니 큰딸이라고 하더라고. 그래서 예쁘다고……. 큰따님 얼굴 한번 보게 해달라고 부탁드렸어. 병원 사람들이 내가 병원장님 딸이랑 선, 아니 소개팅으로 하자. 소개팅한다니까 자주 들락거리던 네 동생인 줄 알았나 봐. 그래서 소문이 그렇게 났어."

희수는 붕대를 매듭짓는 정훈을 쳐다보았다. 재준과 동맹을 맺으면서 무산된 선 자리에 나올 사람이 정훈이었다. 정훈과는 이런 인연이 있었구나……. 신기한 기분이 들어 정훈을 뚫어져라 쳐다보았다.

가시를 뺀 희수의 눈은 그 누구의 눈보다도 선하고 맑았다. 그 두 눈이 자신에게 고정되자 정훈은 심장이 떨려서 희수 옆에 있을 수가 없었다. 오늘따라 짧은 바지를 입어서 드러난 매끈한 다리에 시선이 가는 것을 막을 수도 없었다.

정훈이 헛기침을 몇 번 하고 말했다.

"여기서 기다릴래? 짐도 옮기고 바닥 청소도 좀 하고 올게."

"내가 할게."

"넌 가만히 있는 게 돕는 거다."

정훈이 손바닥과 무릎을 가리키며 하는 말에 희수가 한숨을 쉬며 고개를 끄덕였다. 지금은 뭔가를 들 수도 없고, 청소를 할 수도 없었다. 희수는 다음에 정훈에게 보답을 해야겠다고 생각하며 얌전히 보조석에 앉아서 정훈을 기다렸다.

정훈이 깔끔하게 뒷정리를 하고 차에 올라타서 시동을 걸었다. 계속해서 자신을 쳐다보는 희수의 시선에 목덜미가 붉어진 정훈이 물었다.

"왜 그렇게 계속 쳐다봐? 너답지 않게?"

그 말에 희수가 시선을 돌려 창밖을 응시하며 말했다.

"네가 신기해서."

"신기해?"

"응. 의사면 눈코 뜰 새 없이 바쁘지 않아? 가족한테 신경 쓰지도 못할 만큼……. 그런데 넌 어떻게 취미생활도 하고, 동창회도 나오고 그래?"

"바빠도…… 관심이 있으면 어떻게든 시간을 낼 수 있어."

고개를 돌렸던 희수가 다시 정훈을 쳐다보았다. 정훈의 말처럼 관심이 있으면 어떻게든 시간을 낼 수 있다. 어린 희수를 미국으로 보내놓고 전화도 하지 않았던 아버지는 희수에게 조금의 관심도 없었기 때문에 그랬던 것이었다. 아버지가 저에게 관심이 없었는 것을 잘 알고 있는데 왜 새삼스럽게 우울해지는지 모르겠다고 생각하며 다시 창밖을 내다보았다.

희수의 표정이 어두워지고 쓸쓸해 보여 정훈이 장난처럼 물었다.

"그나저나 넌 왜 내가 너랑 선, 아니 소개팅하려고 했었는지 궁금하지 않아?"

희수가 턱에 손을 괴고 창밖을 바라보며 시큰둥하게 물었다.

"왜 소개팅하려고 했어?"

"궁금했어. 사차원 소녀 사희수가 어떻게 컸는지……."

"……."

"예쁘고 멋있게 잘 컸네."

씩 웃으며 장난스럽게 하는 정훈의 말에 희수가 피식하고 웃었다. 정훈은 운전을 하며 곁눈질로 희수의 웃는 모습을 훔쳐보았다.

"희수야."

"응."

"손바닥은 괜찮은데, 무릎에 난 상처가 꽤 깊어. 모레쯤 시간 나면 병원으로 와. 무릎에 약도 발라주고 붕대도 새로 갈아줄게."

희수가 자신의 무릎을 내려다보았다. 무릎이 쓰라리기는 한데, 그냥 놔둬도 괜찮지 않을까?

희수의 생각을 읽은 듯이 정훈이 말했다.

"그냥 놔두면 흉져. 나이 들어가는데 흉해지지 말자."

그 말에 희수가 또 피식하고 웃으며 '알았어. 고마워'라고 대답했다. 그동안의 노력이 헛되지는 않았는지 희수는 정훈이 꽤 편해진 모양이었다. 스스로를 굉장히 자랑스럽게 생각하며, 정훈이 핸들을 돌렸다.

왁자지껄한 미정의 집에서 고등학교 동창들이 모여 술을 마시고 있었다. 친구들이 주면 적당히 거절하고 적당히 마시던 희수가 시간을 확인하려고 휴대폰을 들었다.

[나 서울이에요. 어디예요? 지금 만나요. 우리 이렇게 끝내는 건 아니잖아.]

재준에게 새로운 문자가 와 있었다. 희수도 재준과의 관계를 깔끔하게 끝내지 못한 것 같아 찝찝한 마음이 들었다. 고작 '잘 있어요'라는 말로 끝내기에는 재준과의 동맹이 꽤 거창했다는 생각이 들었다. 그렇다고 해서 재준을 다시 만나서 작별 인사를 따로 하고 싶은 생각은 없었다.

갑자기 휴대폰 액정에 '함재준'이라는 이름 석 자가 떴다. 희수는 그의 이름을 정직하게 '함재준'이라고 저장해놓았다. 무음으로 해놓았지만 수신 거부는 해놓지 않아 액정에 뜨는 그의 이름을 막을 수가 없었다.

옆에 있던 여자 동창이 그 이름을 봤는지 흥분해서 희수에게 물었다.

"함재준? 설마 그 함재준?"

희수의 얼굴이 굳어져서 대답을 못하고 있었다. 그 소리를 들은 다른 동창이 말했다.

"설마 그 함재준이겠어? 우연히 이름이 같은 거겠지."

"그렇지. 그럴 리가 없지."

동창들은 이내 희수의 폰에 뜬 함재준의 이름을 동명이인으로 결론을 내렸다.

그래, 내 폰에 함재준 이름이 떠도 아무도 내가 아는 함재준이 그 '함재준'일 거라고는 생각 못할 것이다.

다행이라 생각하며 폰을 완전히 꺼버렸다. 함재준 이야기가 나오자 동창들의 화제가 함재준으로 옮겨갔다.

"너희들 그 재벌 3세 영화배우가 함재준이라는 말이 있던데, 알고 있어?"

"나도 들어봤는데. R사 정 회장이랑 성이 틀리잖아, 함재준은 예명도 아니고 본명이라고 했단 말이야. 그러니 함재준일 리가 없지."

"내가 들은 소식통에 의하면 정 회장의 장녀, 정보희 부사장의 아들이 함재준이래."

희수가 그들의 대화를 들으면서 괜스레 가슴이 두근거려 시선을 부엌 쪽으로 돌렸다. 동창들이 알 정도까지 퍼졌으면 곧 대한민국 사람들이 재준이 정 회장의 외손주라는 것을 다 알게 될지도 모른다고 잠시 생각했다.

"맞을 수도 있겠네. 정 부사장 남편이 함, 뭐 교수 아냐? 경제학과라고 들었는데? 희수 너는 몰라?"

갑자기 누군가가 물어와서 당황한 표정으로 동창들을 바라보다

'나는…… 잘 몰라'라고 겨우 대답했다.

희수에게 많은 것을 기대하지 않았는지 곧 동창들은 함재준에 대한 품평으로 대화를 옮겨갔다.

"그게 사실이면, 함재준 다 가졌네. 다 가졌어. 외모, 능력, 학력, 재력, 집안까지 갖추셨네. 어떤 여자가 채가려나……. 아니 결혼이나 하려나?"

"함재준은 결혼하면 안 된다. 살인 난다."

"그런 남자는 세상 혼자 살려고 태어난 남자지. 여자가 부담스러워서 옆에 있을 수나 있겠냐?"

희수는 여자 동창들의 말을 귓등으로 들었다. 하지만 일부러 흘려들어도 재준의 이름이 나오자, 저절로 얼굴이 굳어지고 심장이 뛰었다. 이제는 나랑 상관없는 사람이라고 생각하면서 심장을 진정시켜도 한동안 재준의 이름만 들어도 심장이 이유 없이 뛸 것 같기는 했다.

모두들 꽤 술에 취해 집으로 돌아가고 미정도 정말 마지막이라고 생각했는지 술을 많이 마셔 인사불성으로 소파에 누워 있었다. 희수가 준혁이 집 정리하는 것을 도왔다.

빈 병들을 모아서 정훈에게 주면 정훈이 밖으로 나가서 단지 내의 재활용 쓰레기장에 버리고 왔다.

집 안이 대충 정리되었다고 생각했는지 준혁이 말했다.

"커피 한잔 내려줄 테니까 마시고 가요. 정훈 씨랑."

준혁이 말을 하며 커피를 내리기 시작했다.

"저, 사실 미정이 만나기 전에는 굉장히 여자 보는 눈이 까다로

웠어요. 내가 요리하는 사람이라 내 옆에 있을 사람은 요리도 잘하고 센스가 있는 여자여야 한다고 생각했어요."

'미정이는 요리를 굉장히 못하는데……'라고 생각하며 희수가 헛기침을 했다.

"근데 미정이는 요리도 못하고 덤벙거리고……. 내 이상형과 아주 거리가 멀었는데 계속 눈이 가고 너무 좋더라고요."

"……."

"미정이 만나고 알았어요. 내가 좋아하는 사람이 생기면 내가 그려왔던 이상형이고 뭐고 다 필요 없다는 것을요."

준혁이 미정이를 굉장히 좋아하는 것이 느껴졌다. 미정이 굉장히 사랑 받는다는 느낌이 들어서 희수의 얼굴에 미소가 피어올랐다.

"희수 씨도 주위를 둘러봐요. 좋아하는 사람이 생기면 희수 씨가 그려온 이상형과 상관없이 좋아지는 사람이 있을 거예요."

내가 그려온 이상형과 상관없이 좋아지는 사람이라……. 희수는 재준이 생각나서 머리를 살짝 흔들며 그의 얼굴을 머릿속에서 지웠다.

그때, 달칵 소리를 내며 쓰레기를 버리러 갔던 정훈이 문을 열고 들어왔다. 커피가 다 내려졌는지 준혁이 커피 잔을 희수와 정훈에게 건네주고 소파에 있는 미정을 침실로 옮겼다.

정훈이 커피를 한 모금 마시고 잔을 내려놓으면 말했다.

"가자. 신혼집에 너무 오래 있어도 실례야. 내가 태워줄게."

"괜찮아. 택시 탈게."

정훈이 머리를 끄덕이며 말했다.

"너 태워다주려고 술도 안 마셨어."

희수는 정훈의 말이 부담스러워 곤란하다는 표정을 지었다. 그러자, 정훈이 말했다.

"오늘은 다리도 다쳤잖아. 친구로서 걱정돼서 태워주려는 거야."

친구로서……. 그 말이 희수의 마음을 움직였다. 희수가 고개를 끄덕이자 정훈이 사람 좋은 미소를 지었다.

재준이 있는 부산 영화 촬영장에 상헌이 직접 밥차를 몰고 왔다. 기자 몇 명과 함께 와서 재준이 영화 촬영장 스텝들에게 밥을 쏜다는 훈훈한 기사를 쓸 예정이라 상헌은 더운 날에도 양복을 입고 와서 땀을 흘리며 재준 앞에 앉아 있었다.

"우리 함 배우 인상 좀 펴라. 기자들이 사진 찍는다."

"어차피 형이 사진 먼저 다 확인하고 기사 내잖아."

툭 던지며 냉소적으로 하는 말에 상헌이 재준에게 물었다.

"너 무슨 일 있냐? 형철이가 너 요즘 숏 안 들어갈 때면 휴대폰 들여다보면서 인상만 쓰고 있다더라."

재준이 무슨 생각이 났는지 머리를 쓸어 올리며 물었다.

"형 결혼하기 전에 형수가 형을 안 만나줬다고 했었던 것 같은데…… 맞아?"

"그랬지. 도도하게 튕겨서 애먹었지."

"그래서 형수 마음을 어떻게 마음을 돌린 거야?"

상헌이 의심스럽다는 듯이 눈을 가늘게 뜨고 재준을 쳐다보며 물었다.

"너…… 혹시 그 선 본 여자랑 잘 안 되고 있냐?"

재준이 대꾸가 없자 상헌이 눈을 커다랗게 떴다.

"너 전에 고백한다고 하지 않았냐? 설마…… 너 고백했는데 차였냐?"

재준이 머리가 아프다는 듯이 이마를 한번 문질렀다. 상헌이 정말 놀라서 큰소리로 '와아'라고 했다가 곧 목소리를 줄이고 말했다.

"너는…… 함재준인데?"

상헌의 말에 재준이 냉소를 지었다. 재준도 그렇게 착각했었다.

여태껏 원해서 손에 들어오지 않았던 것은 없었다. 당연히 희수에게 고백만 하면 그 고백을 받아줄 거라고 굳게 믿었었다. 그 오만한 착각에 빠져 희수의 감정을 살피지 못했다.

"그 여자 대단하다. 네가 찬 여자는 수없이 봐도 너를 찬 여자는 처음 봐서 신선하다."

재준이 상헌의 말에 인상을 쓰며 말했다.

"그만하고. 말해. 어떻게 형수 마음을 돌린 거야?"

상헌이 벌어진 입을 다물고 기억을 더듬다가 버럭 화를 냈다.

"너랑 나랑 같냐? 네 형수는 나 못생겼다고 도망갔는데…… 너는 그럴 일이 없잖아."

상헌의 말에 재준이 진지하게 물었다.

"그래도 형이 형수 마음 돌리기 위해 했었던 행동이 있을 거 아냐. 그런 걸 말해보라고. 난 그런 걸 안 해봐서 잘 몰라. 여자 마음에 들려면 어떻게 해야 되는지."

"그래…… 재준이 네가 그딴 짓을 할 필요가 있었겠냐? 근데, 너 딴 데 가서 그런 말하면 몰매 맞는다. 조심해라."

장난 반 진담 반의 상헌의 말에 재준이 마른세수를 하며 한숨을 쉬었다.

"형, 나 진지하다고."

재준이 정말 진지한 것 같아서 상헌이 놀란 눈으로 쳐다보다 다시 기억을 더듬으며 말했다.

"그때 네 형수가 나를 아예 안 만나줬지. 전화도 안 받아주고 집에 찾아가도 나와주지도 않고. 형수 일하는 서점까지 찾아갔다가 욕만 엄청 얻어먹었지. 다시는 찾아오지 말라고 말하는데 얼음이 뚝뚝 떨어지더라. 그래서 네 형수랑 억지로 만날 일을 만들었지. 우리 회사에 도서관을 만들어야겠다고 말하면서 접근했지."

재준이 이제야 이야기가 통한다는 듯이 턱을 한번 문지르고 물었다.

"회사 건물 3층에 있는 그 조그만 도서관?"

"그래. 그 도서관. 연예인들이 읽어야 할 필수 교양 책을 구매대행 해달라고 하면서 만날 일을 만들었지. 네 형수가 책을 추천하면 이 책이 왜 필요한지 설명해달라고 하면서 일부러 같이 있는 시간을 늘렸어. 시간이 좀 지나니까 네 형수가 나의 매력을 점점 깨닫더라고. 하하."

상헌이 가슴을 한번 툭툭 치면서 너스레를 떨다가 말했다.

"같이 있는 시간이 중요해. 억지로라도 같이 있어야 네가 뭐라도 해보지."

재준이 담배를 꺼내 물며 혼잣말처럼 중얼거렸다.

"같이 있는 시간이라……."

희수는 아예 내 연락을 받지도 않는데……. 희수가 속한 분야와 재준의 분야는 너무 달라 일로 희수를 엮을 수도 없다. 그나마 아

버지와 같은 분야인데, 아버지랑도 관계가 틀어졌으니 아버지 핑
계를 대고 만날 수도 없었다.

머릿속에 나쁜 계획들이 떠올랐다. 희수를 꼼짝 못하게 할 계획
들……. 재준이 가진 돈과 권력, 이름을 이용해서 희수를 꼼짝 못
하게 하는 방법은 조금만 조사해도 금방 나온다. 할아버지가 하는
것처럼 힘과 돈으로 사람을 조종하는 것은 생각보다 쉽다.

하지만 그런 식으로 희수를 잡아두면 희수가 재준을 싫어할 것
이다. 희수가 재준을 싫어한다는 상상만으로 심장이 철렁했다.

'이희수, 너무 어렵다……'라는 생각을 하며 담배에 불을 붙이
려다가 그만두었다. 희수가 말은 안 했어도 재준이 담배를 피울 때
마다 싫은 표정을 지었었다. 희수가 만나줄지 안 만나줄지도 모르
는데 담배 한 대 못 피우고 내려놓는 자신이 어이가 없어서 헛웃
음을 지었다.

"너 내일 서울 가지? 나 너랑 같이 올라갈 거다."

상헌의 말에도 재준은 대꾸가 없었다. 이미 재준은 딴생각에 깊
이 빠져 있는 듯이 보였다.

[나 지금 서울이에요. 어디예요? 지금 만나요. 우리 이렇게 끝내는
건 아니잖아.]

희수가 문자를 확인했는지 숫자 표시가 없어졌다. 바로 희수에
게 전화를 걸었다. 그러나 신호음이 울려도 희수는 전화를 받지 않
았다. 재준이 전화를 다시 걸었을 때 희수의 휴대폰은 아예 꺼져
있었다.

재준은 손에서 휴대폰을 내려놓고 입술을 지그시 물었다. 희수

는 정말로 재준과 끝난 인연이라 생각하는 것일까?

머릿속에 또다시 나쁜 계획들이 떠올랐다. 시나리오를 쓰듯이 그 계획들에 살을 더하고 희수가 알지 못하게 천천히 재준의 손에 그녀를 쥐는 상상을 했다.

진짜 미쳤구나……. 함재준! 평소 혐오하던 방식과 방법을 그녀에게 쓰려고 하다니……. 내가 원하는 것은 껍데기만 둘러쓴 희수가 아니다. 내 손을 먼저 잡아주고 나를 향해 미소 지어주는 희수란 말이다!

혼자 머리를 마구 헝클고 잔에 위스키를 조금 담아서 단숨에 마셨다. 목구멍에 싸하게 넘어가는 독주의 맛을 느끼며 재준은 결론을 내렸다. 희수와 정기적으로 만날 수 있는 유일한 방법은 다시 동맹을 맺는 방법밖에 없는 것 같았다. 지금으로서는 최선의 선택이었다.

그러려면 희수를 상대로 연기를 좀 해야 되는데, 그게 별로 내키지가 않았다. 재준은 마음을 표현하고 싶었다. 그런데 지금 희수에게 재준의 감정을 마음껏 표현하면 분명 희수는 뒤도 안 돌아보고 더 멀리 도망갈 여자였다.

일단 희수의 집에 찾아가야 했다. 희수의 집 주소는 황 실장에게 물어보면 바로 나오겠지만 이왕 시작하는 거 제대로 해야겠다는 생각이 들었다. 희수에게 가장 큰 영향력을 행사할 수 있는 방법으로 집 주소를 알아내기로 마음먹었다. 희수가 재준과 다시 동맹을 맺을 수밖에 없는 방법으로.

H 종합 병원, 정훈이 희수에게 문자를 받고 병원 밖까지 나가서

희수를 기다리고 있었다. 정훈의 귀에 '꺄악'거리는 시끄러운 소리가 들렸지만, 눈여겨보지 않았다. 정훈은 희수가 나타나길 기다리며 주차장 쪽만 바라보고 있었다.

희수가 무릎의 상처 때문인지 치마 정장을 입고 주차장 쪽에서 천천히 걸어오고 있었다. 아마 무릎 때문에 빨리 걷는 것이 힘들 것이라는 생각에 정훈이 뛰어가서 희수의 앞에 섰다.

희수가 정훈이 다가오는지 몰랐는지 놀란 눈으로 정훈의 이름을 불렀다.

"정훈아!"

"응."

"왜 여기 있어?"

정훈이 얼굴이 빨개져서 대답했다.

"너 기다렸어."

희수가 고개를 갸우뚱하며 정훈을 쳐다보았다. 왜냐고 물어볼까 하다가 그만두었다.

"저쪽에 누가 왔나 봐. 꽤 시끄럽네."

정훈이 말하면서 희수를 병원 안으로 데리고 들어갔다. 병원에 들어서자 생각보다 한적해서 편하게 희수를 진료실로 데리고 가 무릎과 손바닥의 상처를 살펴보았다.

"손바닥은 상처가 깊지 않아 괜찮네."

"응."

"넘어질 때, 무릎에만 힘주고 넘어졌나 보다. 약 줄 테니까 계속 발라. 예쁜 다리에 흉터 남지 않게."

희수가 정훈에게 고맙다고 말하고 가방에서 포스터 한 장을 꺼내서 건네주었다.

"같이 갈래?"

정훈이 희수가 건네준 포스터를 한참을 들여다보았다. 스타워즈 특별 상영에 관한 포스터였다.

"스타워즈 덕후들을 위해 가끔 이렇게 작은 영화관에서 스타워즈를 특별 상영해. 다음 주 토요일은 에피소드 1, 2, 3 상영하고 일요일은 에피소드 4, 5, 6 상영해. 어떤 거 볼까?"

먼저 영화를 보자고 제안하는 희수를 보니 감격스러워져 정훈이 말했다.

"굉장히…… 감격스럽다. 전부 다 볼까?"

희수는 정훈이 스타워즈를 한꺼번에 볼 수 있어서 감격스럽다는 것으로 이해했다. 정훈의 감동이 느껴지는 것 같아 정훈도 자신과 같은 마음이라는 생각에 고개를 끄덕이며 말했다.

"나도 전부 다 보고 싶지만, 일이 있어서 하루밖에 시간이 안 나."

정훈이 미소를 지으며 말했다.

"그럼 너 보고 싶은 거 보자."

희수가 고르기 힘들다는 듯이 정훈에게 다가와 그의 옆에 앉아 포스터를 보며 말했다.

"그럼 토요일 꺼 보자."

정훈이 만면에 미소를 띠며 '그래'라고 말하자 희수도 같이 웃으며 말했다.

"그럼 그날은 내가 너희 집에 너 태우러 갈게. 생각해보니까 너한테 맨날 차 얻어 타는 것 같아서."

"아냐. 그래서 희수 네가 항상 영화표 샀잖아."

"참, 그날 영화표도 내가 살게. 미정이 집에 간 날 내가 실수해서 술병 깼는데 네가 다 치우고…… 좀 미안했어."

"그럼 내가 점심을 사든지 저녁을 사든지 할게."

"괜찮아. 아침부터 상영하니까 커피 한잔 사줘."

희수의 말에 정훈의 입이 귀에 걸려 '그래'라고 대답했다. 토요일, 하루 종일 희수랑 같이 있을 수 있다는 생각에 벌써부터 들떴다. 정훈이 희수에게 집주소를 가르쳐주고 몇 시에 만날지를 정하고 있을 때, 갑자기 노크 소리가 들리고 문이 확 열렸다.

"아버지?"

희수가 놀라서 문을 열고 들어온 아버지를 쳐다보았다.

"병원장님 오셨습니까?"

정훈이 일어나서 인사를 하자 정훈 옆에 앉아 있던 희수도 엉거주춤 일어났다.

"여기서 뭐 하는 거냐?"

"아버지야말로……. 제가 여기 있다는 거 어떻게 아셨어요?"

"정문에서 네가 들어오는 거 봤다. 너 이 선생이랑 아는 사이였냐?"

그 말에 정훈이 대답했다.

"희수랑 고등학교 동창입니다. 희수가 무릎이랑 손을 다쳐서 진료 받으러 왔습니다."

희수의 아버지가 희수의 무릎에 감긴 붕대를 보더니 혀를 찼다.

"쯧쯧. 조신하지 못하게……. 따라와라."

애정이 넘치는 부녀 간의 대화가 아니었다. 경직되고 딱딱한 분위기에 정훈은 눈을 동그랗게 뜨고 희수의 표정을 살폈다. 정훈과 있으면서 풀려 있던 그녀의 표정이 차갑게 변해 있었다.

"정훈아, 내가 나중에 연락할게."

정훈이 얼떨떨한 기분으로 '응'이라고 대답하자 희수와 병원장이 진료실에서 사라졌다. 방금 뭔가 찬바람이 쌩 하고 불었던 것 같다는 생각을 하면서 정훈은 희수가 사라진 문 쪽을 쳐다보았다.

병원장실에는 가족사진이 붙어있었다. 환하게 웃고 있는 어머니와 희연이 있었고, 표정의 변화가 없는 아버지와 억지로 입꼬리만 올린 희수가 있었다. 누가 봐도 부자연스러운 가족사진이었다.

'이 사진에서 나만 빼면 그럭저럭 볼 만한데……'라고 생각하며 희수가 사진을 응시하고 있었다.

"방금 함 배우 왔다 갔는데, 너랑 이 선생이랑 같이 있는 거 보고 갔다."

"네?"

희수가 너무 놀라서 아버지를 쳐다보았다. 못마땅한 표정이 아버지의 얼굴에 가득했다.

혹시 재준이 우리 사이가 깨졌다고 말한 것일까? 희수의 심장이 철렁했다. 재준과 동맹이 깨졌어도 희수는 아버지에게 재준과 깨졌다고 말하지 않으려고 했었다. 아버지가 재준을 만나기는 힘들고 함 교수님과도 관계가 틀어져 아버지가 알 수 있는 방법이 없기에 그럭저럭 몇 개월만 버티면 된다고 생각던 것이다.

아무것도 모르는 재준을 이용하는 것 같아 미안한 기분이 들기는 했지만 재준과의 관계가 틀어졌다는 것을 아버지가 아는 것보다 낫다고 생각했다.

"쯧쯧……. 아무리 진료를 받으러 왔다지만, 다른 남자랑 같이 있는 걸 보면 함 배우 마음이 좋겠냐? 얼굴이 굳어져서 갔다. 나중에 설명 잘 해라."

"……."

"그리고 앞으로는 이 선생 만나지 말고. 함 배우가 이 선생 이름이 정훈이냐고 물어보더라. 알고 있는 눈치야."

희수가 잠시 숨을 멈췄다. 재준이 어떻게 알고 있지?

"애교가 없으면 행동거지라도 조신해야지. 이게 뭐야. 다쳐서 돌아다니고."

아버지의 시선이 희수의 무릎으로 옮겨갔다.

아버지는 내가 왜, 얼마나 다쳤는지 물어봐주지도 않는다는 생각을 잠시 했다. 하긴 나도 정훈이 아니었다면 이 정도 상처는 그냥 아물 때까지 기다렸을 테니까 상관없었다.

"지금 빨리 집에 가봐라."

아버지의 말에 희수가 고개를 들어 아버지를 쳐다보았다.

"함 배우가 네 주소 물어보더라. 너는 어쩜 집주소도 안 가르쳐주냐? 깜짝 놀라게 해주고 싶다고 물어보고 갔는데 병원 앞에서 다른 남자랑 있는 걸 마주쳤으니……. 쯧쯧……."

미간을 잔뜩 찌푸린 채 혀를 차는 아버지를 신경 쓸 여유가 없었다. 희수가 벌떡 일어나서 '가볼게요'라는 말을 하고 병원장실을 나갔다. 무릎 때문에 뛸 수가 없어 빠른 걸음으로 주차장으로 향했다.

차를 빼서 집으로 향하면서 놀랐던 가슴을 진정시켰다. 어차피 재준은 희수의 공간에 들어갈 수가 없다. 집주소를 안다 해서 현관문 안까지 들어올 수 있는 것은 아니다. 아버지와의 대화로 유추해 보건대, 재준이 아버지에게 자신과 재준과의 관계에 대해서 말하지 않았다는 것은 확실했다.

집 앞에 도착했을 때, 재준이 팔짱을 끼고 현관문 앞에 비스듬히 기대서서 엘리베이터에서 내리는 희수를 바라보고 있었다. 그의 익숙한 인영이 눈에 보이자 심장이 아릿하며 아파졌다. 하지만, 희수는 마음을 다잡으며 얼굴에 가시를 덧씌웠다.

재준은 천천히 걸어오는 희수의 치마 밑으로 보이는 흰 붕대에 시선을 고정했다.

'오랜만이네요. 그동안 왜 연락 안 받았어요? 희수 씨가 말한 그 남자 동창, 아버지 병원에서 일하는 거 왜 말했어요? 오늘은 왜 그 남자 만나고 있었어요?' 등등 묻고 싶은 말은 정말 많았는데, 붕대가 감긴 희수의 무릎을 보는 순간 물어볼 말은 정해졌다.

"무릎 왜 다쳤어요?"

"……."

"많이 다쳤어요?"

"아뇨."

아니라는 희수의 대답에도 재준의 시선이 무릎으로 향해 있었다. 희수가 차갑게 물었다.

"재준 씨는 왜 아버지를 찾아갔어요?"

코앞에 다가온 희수를 보니 느껴졌다. 내가 진짜 희수를 보고 싶어 했구나⋯⋯. 재준의 심장이 쿵쿵거리고 피가 빠르게 흘렀다.

재준이 표정을 갈무리하면 말했다.

"내가 희수 씨를 만난 지 8개월이 넘었는데, 희수 씨 집도 모르더라고. 희수 씨 집 어딘지 물어보려고 아버님 찾아갔어요."

"……."

"아버님은 희수 씨가 나 피하는 줄 모르는 것 같던데."

재준의 말에 희수가 가볍게 한숨을 쉬며 말했다.

"미안해요. 내가 좀 편하려고 말 안 했어요. 아버지한테는 곧 말씀드릴게요."

"말씀드릴 필요 없어요. 우리 동맹은 그대로 유지할 거니까."

"네?"

희수의 놀란 물음에 재준은 아무렇지 않은 듯 말했다. 진짜라고 희수가 믿을 만큼 감정을 배제하고 차분하게 말했다.

"말 그대로예요. 우리는 처음 맺은 동맹 그대로 유지한다고."

희수의 어이없어하는 표정을 보면서 재준이 한쪽 입꼬리를 올리고 웃었다. 처음 동맹을 맺었을 때처럼 여유롭고 오만한 표정을 지으며.

희수는 재준이 처음 맺었던 동맹 이상을 원해서 도망간 거였다. 재준이 그 이상을 원하지 않는다는 것을 보여주면 희수는 재준을 다시 만나줄 것이다. 재준은 최대한 감정을 드러내지 않는 목소리로 희수에게 말했다.

"희수 씨가 그 이상을 원하지 않으니까. 여기서 멈춘다고. 그러니까 나 피하지 말고 동맹 유지하죠. 희수 씨 나 필요한 거 아니었어요?"

희수가 멍한 표정으로 재준을 쳐다보았다. 처음 만났을 때처럼 오만한 표정과 재밌다는 표정이 재준의 얼굴에서 보였다. 재준에게서 더 이상 마지막 날 느껴졌던 절절한 그 감정이 없었다.

재준은 이렇게 쉽게 변할 수 있는 감정을 가지고 나에게 고백을 했던 것일까? 갑자기 너무 혼란스러워 희수가 눈을 빠르게 깜박거렸다.

"마음이…… 그렇게 쉽게 변해요?"

희수의 물음에 재준이 피식 웃으며 대답했다.

"마음이 가려고 했는데, 희수 씨가 막았잖아. 오지 말라고."

"……."

대꾸를 못하는 희수의 귀에 한층 더 낮아진 재준의 목소리가 들렸다.

"나 싫다는 사람한테 매달릴 만큼 바보는 아니라서. 내가."

"재준 씨 정도면…… 나 아니더라도 쉽게 찾을 수 있잖아요. 재준 씨가 원하는 관계를 해줄 사람."

"쉽지 않아요. 다들 나한테 감정을 요구하거든. 희수 씨는 그게 없어서 편했어요. 내가 감정이 생길 뻔했는데 희수 씨가 알아서 막아줬고. 고맙게 생각해요."

희수의 혼란스러운 머릿속이 보이는 것 같았다.

"그렇게 혼란스러운 표정 지을 필요 없어요. 간단하니까. 우리는 처음 동맹 그대로 유지하는 거야. 내 감정을 없었던 걸로 하면 되고."

"그게…… 그렇게 쉬워요?"

"쉽지 않을 이유가 어딨어요? 희수 씨는 내가 계속해서 희수 씨한테 매달리면 좋겠어요?"

"아뇨! 그런 건 아니에요."

강하게 머리를 저으며 부정하는 희수를 보며 재준이 삐딱하게 웃었다.

"희수 씨 아직 나 필요하잖아. 나도 당신이······ 필요해."

희수가 필요하다는 재준의 말에 재준을 쳐다보았다. 재준이 희수에게 요구하는 것은 감정이 아니라 몸이라는 생각이 확실하게 들 만큼 희수를 바라보는 그의 눈빛은 진득했던 감정이 사라지고 건조했다.

"동맹을 완전히 끝내도 난 상관없기는 해요. 그런데 희수 씨만큼 편한 상대 만나기는 좀 힘들 것 같아서 한 번 더 물어보는 거야. 지금 답하라고 안 할 테니까 잘 생각해봐요."

더 이상 부연 설명도 없었다. 재준은 희수의 어깨를 툭 한번 친 뒤 희수를 등지고 엘리베이터 쪽으로 걸어갔다.

"결론나면 전화해요. 이제 내가 먼저 연락은 안 할 테니까."

그 말을 마지막으로 재준은 희수의 시야에서 사라졌다. 엘리베이터가 내려가는 소리를 들으며 희수는 멍하게 서 있었다. 혹시라도 재준이 자신의 공간에 침범할까 봐 걱정하면서 병원에서 집까지 온 자신이 바보같이 느껴질 정도였다.

정말 재준은 희수에게 감정이 없어진 것일까? 그렇게 쉽게? 그럴 거면 왜 고백을 해서 나를 두렵게 만들어 그에게서 도망치도록 만든 것일까?

희수가 뭔가를 깨닫고 '아' 하는 소리를 냈다. 희수는 재준의 고백을 받고 정말 두려웠다. 재준이 계속해서 진지한 눈으로 희수를 쳐다보면 희수에게도 감정이라는 것이 생길까 봐 너무도 두려워 동맹을 깨고 재준을 피하고 있었던 것이다.

차라리 재준이 희수의 몸만 요구한다고 생각하니 오히려 마음이 편해졌다. 희수는 감정을 다루는 것에는 미숙했지만 본능에 충실할 수는 있었다. 밥을 먹는 것처럼 잠을 자는 것처럼 재준과의 관계를 본능으로 본다면 못할 것도 없다는 생각을 했다.

희수의 입에서 탄식이 섞인 깊은 한숨이 나왔다.

난 도대체 어디서부터 잘못된 아이일까? 도저히 정상적인 사고방식이 아니다. 마음을 나누는 것은 두렵고, 차라리 욕망을 나누는 것이 편하다니…… 동맹을 처음 맺을 때는 욕망을 나누는 것도 두려워했는데, 지금은 욕망이라도 편하게 생각하게 되었으니 다행이라고 해야 되는 걸까?

하지만, 난 그의 옆에 있으면 안 되는 사람이었다. 설사 재준이 원하는 것이 몸뿐이라 해도 나와 같이 있으면 그 누구든 어두워지고 우울해진다. 재준에게 내가 가진 어둠과 절망을 옮길 수는 없었다.

희수는 재준이 사라진 지 한참이 지나도 몸을 움직일 수가 없었다. 머리가 복잡해서 터질 것 같았다. 그 복잡한 생각의 가지들을 쳐내고 낸 결론은 희수가 재준의 옆에 있으면 안 된다는 것이었다. 나는 재수 없는 아이니까…….

거기까지 생각한 희수의 심장에서 작은 통증이 느껴졌다. 희수는 가슴을 부여잡고 그렇게 한참을 서 있었다.

늦더위가 기승을 부리던 여름과 함께 방학이 끝났다. 방학 동안 한가하던 캠퍼스에 다시 학생들이 북적거리기 시작했다. 희수는 수업을 마치고 평소처럼 사무실 문을 열었다. 희연이 희수의 사무실 소파에 앉아 커피를 홀짝거리고 있었다.

"희연이 너, 여기는 어떻게 들어왔어?"

"조교 샘이 열어주더라고, 저번에 얼굴 봤잖아."

희수가 한숨을 쉬며 조교에게 다음부터는 희연이 와도 사무실 문을 열어주지 말라고 해야겠다 생각했다.

"너 오늘 회사 안 가?"

"때려치웠어."

"또?"

희수가 머리가 아프다는 듯이 관자놀이를 한번 만졌다. 희연이 아랑곳하지 않고 희수에게 말했다.

"나 어제 판사랑 선 봤어. 완전 구려. 짜증 나."

"……."

"능력 있고, 돈 많으면서 얼굴 잘생긴 남자는 없어. 진짜로 없어."

희수는 고개를 절레절레 흔들며 희연의 말을 들었다.

"아……. 있네. 함재준. 돈 많고 능력 있는데 얼굴까지 잘생겨서 연예인 하는 재준 오빠. 게다가 오빠는 물려받은 재산도 많아. 우리 같은 사람은 상상도 하지 못할 만큼."

기승전 함재준도 아니고, 이건 또 뭘까? 희수는 희연이 뭔가를 말하기 전에 희연을 사무실에서 내보내고 싶었다.

"너 시간 많은 건 이해하는데, 언니는 좀 바빠. 그만 가줄래?"

"할 말 있어서 왔어."

희수의 입에서 한숨이 나왔다.

"또, 뭐?"

"언니, 얼마 전에 동창이랑 병원 앞에 서 있다가 재준 오빠한테 딱 걸렸다며?"

"…… 그래서?"

"아버지가 걱정했었어. 재준 오빠만 믿고 기다리기에는 언니가 너무 부족하다고. 그래서 따로 함 교수님한테 연락드렸는데 찬바람이 쌩쌩 불더래. 한동안 아버지 걱정이 이만저만이 아니었어. 언니랑 재준 오빠랑 깨지는 거 아니냐고."

희수의 머리가 진짜로 아파졌다. 아버지가 함 교수님한테까지 연락할 줄은 몰랐다.

"그래서 아빠가 정 회장님한테 직접 연락했다? 원래는 정보희 부사장님한테 전화했는데, 해외 출장이라고 해서 회장실에 전화했대. 신기하게 언니 이름 대니까 바로 회장님 바꿔주더래."

너무 놀라서 벌떡 일어나며 희수가 물었다.

"뭐라고?"

"언니는 왜 정 회장님 만났다는 말 아버지한테 안 했어? 정 회장님이 언니랑 같이 저녁 한번 먹었다고 하시면서, 아버지랑도 같이 식사 한번 하자고 하시더래. 그래서 아버지랑 정 회장님이랑 같이 식사하기로 했대."

희연의 말에 희수의 얼굴이 하얗다 못해 파랗게 질리기 시작했다.

"아……. 진짜 짜증 나. 난 언니가 잘되는 게 너무 싫다고!"

일이 너무 커져버렸다고 생각하며 희수가 떨리는 목소리로 물었다.

"언제? 언제 만날 거래?"

"내일. 아버지, 정 회장님이랑 통화하고 완전 기분 좋아지셨어. 아버지는 이걸 상견례라고 생각하시더라고. 아버지가 정 회장님께 결혼 이야기 꺼낼 거래. 진짜 짜증 나게, 언니는 일이 왜 이렇게 잘 풀려? 누구는 항상 힘든데?"

희연이 짜증 난다는 듯이 희수를 흘겨보았다.

희수는 희연의 말에 대꾸할 생각이 없었다. 초조해져서 입술을 잘근잘근 씹었다. 아버지를 만나서 정 회장님을 만나지 말라고 말해볼까 잠시 생각했다가 고개를 저었다. 아버지는 절대 이 기회를 놓치지 않으려고 하실 거다. 게다가 내일이라니……

아무래도 재준에게 연락을 해야 될 것 같다. 재준과 같이 의논할 수밖에 없는 상황이었다.

먼저 연락 안 할 거라더니, 그렇게 줄기차게 전화하다가 그날 이후 재준은 정말로 전화 한 통이 없었다. 희수가 희연을 억지로 내보내고 떨리는 손으로 재준에게 전화를 걸었다.

신호음이 울려도 재준이 전화를 받지 않아 애가 탔다. 신호음이 끊길 때쯤 '여보세요' 하는 익숙한 목소리가 희수의 귀에 들렸다. 그 익숙한 목소리에 가슴이 꽉 하고 막혀서 재준이 희수를 불러도 바로 대답하지 못했다.

재준의 영화 촬영장, 컨테이너들이 쌓여 있는 부산항에서 재준이 마약을 밀수하는 조직폭력배들과 대치하는 상황이었다.

"씨팔, 개새끼들."

극중 대사를 분노를 꾹꾹 눌러 담아 내지르고 발을 휘둘렀다. 무술팀과 며칠에 걸쳐 합을 맞춘 액션신은 단 한 번에 오케이가 났다. 극중 강 검사 역인 재준이 정말 뚜껑이 열릴 정도로 열 받은 상황이었다. 역할에 완전히 몰두했는지 화가 풀리지 않은 표정으로 재준이 자리에 앉았다.

감독이 다가와 숨을 헐떡거리고 있는 재준에게 말했다.

"강 검, 정말 좋았어. 진짜 내면에서 올라오는 분노가 느껴졌어. 모니터링해."

재준은 감독이 보여주는 영상에 시선을 고정하고 있었지만 머릿속은 다른 생각으로 가득 차있었다.

'동맹을 완전히 끝내도 난 상관없기는 해요'는 무슨……. 그 말을 하고 멋지게 희수에게 등을 돌렸지만, 상관이 없기는커녕 하루하루 희수의 연락을 기다리며 피가 마르는 기분이었다.

차라리 한 번 더 매달리며 희수를 붙잡아야 했었나? 그랬다면 희수는 더 멀리 도망갔겠지?

적어도 내가 먼저 연락 안 한다는 말을 하지 말았어야 했다. 희수의 생각이 궁금한데, 전화조차도 할 수 없었다.

재준이 마음에 안 든다는 듯이 머리를 마구 헝클자 감독이 놀라서 물었다.

"왜? 마음에 안 들어? 나는 좋은데…… 강 검, 진짜 열 받은 것 같아."

"진짜 열 받았어요."

"역시 재준 씨는 진짜 강 검사 같아."

감독이 만족스럽게 하는 말을 귓등으로 흘렸다. 재준이 옆에 놓인 생수를 벌컥벌컥 마시고 나자 감독이 말했다.

"강 검, 다음 장면 숏 들어간다. 준비해."

감독이 다시 재준을 영화 속 인물인 강 검사로 부르며 준비를 하라고 일렀다. 재준은 어깨를 한번 휘두르며 준비를 했다.

2주가 넘도록 걸려오지 않는 전화. 속이 타서 미칠 것 같았다. 진짜 뭐든 걸리면 다 때려 부수겠다는 심정으로 몸을 풀었다.

그때 갑자기 재준의 로드매니저, 형철이 뛰어와서 재준에게 휴대폰을 건네주었다.

"형이 이 전화 오면 언제라도 바꿔달라고 해서……."

형철의 말에 재준이 휴대폰을 잽싸게 낚아챘다. 희수의 이름을 보고 바로 통화 버튼을 눌렀다.

"여보세요?"

-…….

"희수 씨?"

-……할 말이 있어요.

"말해요."

-전화로 말하기는 좀 그런데, 만날 수 있을까요?

"나 부산이라 만나기 힘든데, 중요한 일 아니면 전화로 해요."

그동안 속 태웠던 것이 거짓말이라는 듯이 재준은 대수롭지 않게 희수에게 말했다. 시간 차를 두고 들리는 희수의 목소리.

-내가…… 부산으로 갈게요.

대뜸 부산으로 온다는 희수의 말이 놀라웠지만 재준이 여상하게 대답했다.

"그래요, 그럼."

-지금 출발하면 여섯 시쯤에는 도착해요.

"흠……. 내가 촬영이 일곱 시에 끝나는데? 기다려야 할지도 몰라요."

-기다릴게요.

"내 숙소 주소는 문자로 보내줄게요. 나중에 봐요."

재준이 전화를 끊고 잠시 멍하게 휴대폰을 쳐다보았다. 내가 방금 희수랑 통화한 게 맞는 걸까? 정말 희수가 부산에 오는 거야?

'끝났습니다!'라는 말이 들리기가 무섭게 재준이 촬영장을 빠져나왔다. 조감독이 다가와서 '와아, 오늘 집중력 끝내주셨어요'라고 하는 말에 적당히 대꾸하고 형철을 찾았다. 형철이 다가와서 '형, 분장 지우셔야죠' 하고 말했지만 그 모든 말이 재준의 귀에는 들어오지 않았다.

희수가 숙소 앞에 도착했다는 문자를 받은 순간부터 재준은 마음이 조급해졌다. 진짜 희수가 부산에 내려왔는지 눈으로 확인하고 싶었다.

"빨리 숙소로 가자."

형철이 재준의 말에 더 이상 토를 달지 않고 재준을 숙소까지 데려다주었다. 영화 제작사가 마련해준 작은 오피스텔 앞에 희수의 뒷모습이 보였다.

진짜 희수가 재준을 기다리고 있었다. 재준은 이렇게 자신을 애태우는 건 그녀뿐이라는 생각을 하면서 희수를 향해 천천히 다가갔다. 재준의 발소리에 희수가 몸을 돌려 재준을 바라보았다.

흰 반팔 블라우스에 검은 치마 정장. 여름의 희수와 어울리는 복장이었다. 희수가 그를 기다렸다는 사실이 좋아 재준은 자신도 모르게 웃고 있었다.

재준이 희수 앞에 섰을 때, 걱정스러운 희수의 두 눈이 재준을 올려다보았다.

"피, 재준 씨, 어깨랑 팔에서 피 나요."

희수가 말을 하며 자신도 모르게 재준의 어깨로 손을 뻗다가 자신이 재준의 몸에 손을 대려고 했다는 것을 깨닫고 흠칫하고 놀라며 손을 뒤로 뺐다.

재준은 그제야 자신이 분장을 지우지 않은 채로 왔다는 것을 깨닫고 말했다.

"분장이에요."

"너무 진짜 같아서…… 놀랐어요."

"혹시 걱정했어요?"

호들갑스럽지 않았지만, 그녀의 걱정스럽게 좁혀진 미간이 충분히 걱정했다고 말해주었다. 재준이 피식 웃으며 문을 열고 희수를 안으로 들이며 말했다.

"들어가요. 들어가서 먼저 샤워할게요. 희수 씨 걱정하지 않게."

샤워를 하면서 자신을 기다리고 있을 희수를 생각했다. 눈치도 없이 부풀어 오르려는 아랫도리가 원망스러웠다. 혼자 애국가를 부르며 아랫도리가 표 나지 않게 조심하며 욕실 밖으로 나왔다. 앉으라고 침대 옆에 의자를 갖다 줘도 희수는 재준이 샤워하는 동안 서 있었던 눈치였다. 재준이 나오자마자 희수가 입을 열었다.

"갑자기 찾아와서 미안해요. 할 말이 있어서 왔어요."

"말해요."

"내일 아버지가 정 회장님을 만나기로 했어요. 알고 있었어요?"

희수의 말에 머리에 물기를 털던 재준이 잠시 멈칫했다. 할아버지와 희수의 아버지가?

"금시초문."

평정을 유지하며 재준이 간단하게 대답했다.

"아버지가 먼저 정 회장님께 연락하셨어요. 나도 오늘 알았어요. 그래서 재준 씨 찾아온 거예요. 정말 미안하지만, 혹시 정 회장님께 우리 아버지 만나지 말라고 부탁드려줄 수 있어요?"

긴장한 희수가 입술을 잘근잘근 깨물었다. 안 그래도 붉은 입술이 더 붉어졌다. 당장에라도 희수의 붉어진 입술에 키스를 하고 싶다고 생각하는 자신은 미친놈이었다.

희수가 한껏 미안하다는 표정으로 말했다.

"아마 아버지가 결혼…… 이야기를 꺼낼 거예요."

재준이 흠 소리를 내며 희수를 마주 보며 침대에 걸터앉았다. 결혼이라…… 한 번도 생각해보지 않았는데, 희수랑 결혼하면 어떨까를 잠시 상상했다. 항상 희수가 내 옆에 있게 될 거란 사실이 마음에 들었다.

"내가 너무 늦게 알아서, 아버지를 움직이는 것보다 정 회장님을 움직이는 것이 빠르다고 판단했지만, 사실은 민폐…… 라고 생각해요."

불안한 표정으로 의자에 앉지도 못하는 희수를 지그시 쳐다보았다. 당연한 말이지만, 희수는 재준을 보고 싶어서 온 게 아니었다. 재준을 이용해서 아버지가 할아버지를 만나는 것을 막으려 하는 것이었다.

이게 재준에게는 기회였다. 동맹관계가 아니라면 나를 만나 주지도 않을 희수를 정기적으로 만날 수 있는 기회. 재준이 연락하지 않으면 손가락이 부러져도 먼저 전화하지 않을 희수를 옆에 둘 수 있는 기회.

"만약 우리가 여전히 동맹 관계라면 이건 미안할 것도 없고 민폐도 아니죠. 같은 목적을 위해 서로 원하는 거 하나씩 주고받으면 되니까."

"……."

"난 그전에 희수 씨가 우리, 동맹을 유지할지 안 할지 먼저 말해줬으면 좋겠어."

초조한 희수의 표정에서 재준은 자신이 승리했음을 깨달았다. 이윽고 들려오는 희수의 목소리.

"우리 동맹 관계, 유지합니다. 대신에……."

"대신에?"

"대신에…… 기간을 정하고 싶어요. 우리 동맹은 앞으로 6개월만 유지하는 걸로 하겠습니다."

희수를 바라보는 재준의 눈매가 가늘어졌다. 희수의 의도가 뭘까? 왜 6개월일까?

"6개월 뒤에 제가 아버지한테 모든 걸 사실대로 말하겠습니다. 그때까지만…… 부탁해요."

"왜 하필 6개월이죠?"

"그 이상은 필요 없어요."

필요 없다라……. 가슴이 싸해지는 느낌을 지우려 재준이 기가 차다는 헛웃음을 웃었다.

"계약도 아니고 기간을 정하다니요. 우리 동맹 맺은 거 아니었나요?"

"기간 때문에 계약이라고 말하고 싶으면 우리 6개월 계약 맺는 걸로 해요."

서로 동등한 관계이고 싶어서 동맹이라 우리 관계를 정의 내리더니 이제는 계약이라도 상관이 없다는 희수의 태도가 의심스러웠다. 희수가 생각하는 것이 무엇일까를 한참을 생각해보았다.

갑자기 재준이 머리를 쓸어 올리며 하하 소리 내서 웃었다. 희수가 생각하는 것이 무엇이든, 진짜 이 여자, 승부욕 돋게 하는 데도가 텄다.

6개월, 그 6개월 동안은 희수를 재준의 옆에 둘 수 있었다. 어쩌면 마지막 기회라는 생각이 들었다.

"그러면 그 6개월 동안은 일주일에 무조건 한 번, 내가 어느 곳에서 불러도 오도록 해요. 그리고 6개월 동안은 우리 관계 깰 수 없어요."

희수가 천천히 고개를 끄덕였다.

"정확하게 말로 해요. 고개를 끄덕이는 걸로 대답을 대신할 수 없어요."

조금 화가 난 듯한 재준의 목소리에 희수가 대답했다.

"알겠습니다. 6개월 동안 일주일에 무조건 한 번, 우리 관계는 그 기간 동안 깰 수 없어요."

희수의 확답을 듣고, 재준이 바로 휴대폰을 들어 정 회장에게 전화를 했다.

-바쁘신 함 배우가 직접 전화를 다 하네. 무슨 일이야?

연락을 자주 안 한다고 한번 비꼬는 할아버지의 화법에는 익숙해져 있었다.

"할아버지야말로 웬일로 바로 전화를 받으시네요. 안 바쁘신가

봐요."

-너보다 바쁘겠냐? 어디냐?

"부산입니다. 제가 부산에 있는 것도 모르고, 요즘 취미활동 제대로 안 하시나 봐요."

유쾌한 웃음소리가 수화기 건너편에서 들렸다.

-좀 뜸하기는 했지. 다른 녀석들이 속 썩이고 있어서 너를 신경 쓸 여유가 없었다.

"저한테 신경 안 쓰시는 분이 내일 희수 아버지를 만나세요?"

-이 교수가 말했냐?

"네."

-궁금해서 한번 만나보려고 한다. 이 교수랑은 다른 종류의 사람들인 것 같아서, 내가 직접 만난다니 걱정되냐?

"네, 걱정됩니다. 내일 희수 아버지 만나시면 예의를 지켜주세요."

재준의 입에서 나오는 말에 희수가 놀라서 벌떡 일어나서 재준에게 다가갔다. 재준이 다가오는 희수를 향해 팔을 들어 자신에게 생각이 있으니 가만히 있으라는 손짓을 한 후, 말했다.

"저희 결혼 이야기 나오면 6개월 뒤에 생각해본다고 말씀하세요."

가만히 들어보니 별로 나쁘지 않은 생각이었다. 아예 안 만나는 것보다는 만나서 6개월 뒤에 다시 생각해보자고 한다면 아버지가 적어도 6개월 동안은 조용할 것이다.

긴장이 조금 풀린 희수가 의자에 다시 앉았다.

-……그래서 6개월 뒤에는 결혼하려고?

할아버지가 물어오자 재준이 희수를 한번 쳐다보았다. 오피스텔이 작기는 했지만, 이 정도 거리라면 재준의 목소리는 들려도 수화기를 통한 할아버지의 목소리는 들리지 않을 것이다.

재준이 힘주어 대답했다.

"네."

-내가 반대하면 어떻게 되냐?

"상관없어요."

마음에 안 든다는 헛기침 소리가 들렸다. 재준은 아랑곳하지 않고 한 번 더 다짐 받듯 말했다.

"내일 예의 지켜주시는 거 잊지 마시고, 결혼은 6개월 후에 생각해본다고 말씀하세요. 알아들으셨으면 알겠다고 대답하십시오."

-알겠다. 녀석, 할아버지한테 명령이라니…….

못마땅하다는 듯한 목소리가 들렸다. 재준이 '감사합니다'라는 말을 남기고 전화를 끊었다.

재준이 통화를 끝내자 희수가 다시 일어났다.

"회장님이…… 뭐라고 대답하셨어요?"

"알겠다고 하셨어요. 아예 안 만나면 아버님이 계속 할아버지 만나려고 할 수도 있을 것 같아서 이렇게 결정했어요."

희수가 재준의 말에 수긍하며 고개를 숙였다.

"재준 씨 말이 맞아요. 고마워요."

재준이 희수에게 다가와 희수의 고개를 들어 올렸다. 항상 내 예상에서 벗어나는 여자지만, 이번에는 희수의 꽁꽁 닫힌 마음을 열겠다 생각했다. 희수가 내 공간에 스스럼없이 들어온 것처럼, 나도 희수의 공간에 들어갈 것이다.

'줬으니까 받을 차례네요'라고 말하며 재준이 시선을 계속 피하는 희수에게 다가가 오른팔로 그녀의 허리를 강하게 감싸 안았다. 그리고 오늘따라 유난히 붉게 보이는 입술을 삼켰다. 희수의 입이 반항 없이 열렸다. 희수의 혀를 빨아들여 혀끝을 가볍게 씹어보았다. 희수가 아픈지 혀를 뒤로 빼려 했지만 재준은 더 강하게 빨아올렸다.

나를 속 썩이게 한 벌이라고, 나를 애태우고 기다리게 한 벌이라고 생각하며 희수의 혀를 잘근 씹었다. 기어코 희수가 '으읍' 소리를 내며 재준의 가슴을 쳤다.

진득하게 희수의 입을 한참 탐하던 재준이 가빠진 숨소리를 내며 입을 뗐다. 가늘게 몸을 떨며 약한 신음 소리를 내는 희수의 윗옷의 단추를 풀었다.

6개월이지만, 일단 희수를 다시 옆에 두었다는 것이 중요했다. 6개월 동안 희수는 재준이 무엇을 하든 벗어날 수 없을 것이다. 재준은 그립고 애틋했던 마음을 숨기고 욕망만 드러낸 눈으로 희수의 윗옷을 벗겼다.

몇 번의 절정이 지나고, 지쳐버린 희수의 등 뒤로 재준이 다가와 희수의 목과 어깨를 천천히 쓰다듬었다. 재준의 익숙한 손길에 희수가 몸을 떨었다. 그가 주는 안정감과 편안함이 좋아 열락의 시간이 끝나도 그의 손을 떨쳐내지 못했다.

어쩌면 희수는 재준이 만들어주는 익숙함이 두려워 재준을 피하려고 했는지 몰랐다. 재준이 원하는 것이 몸일 뿐일지라도 희수는 재준을 피하고 싶었다.

재준이 너무 좋아질까 봐 무서웠다. 희수는 재준을 향하는 자신의 심장이 무서웠다. 감히 자신이 재준을 좋아해선 안 된다고 생각했다.

하지만 등 뒤에서 느껴지는 그의 심장 소리를 들으며 묘하게 안도하고 있는 자신의 모순된 감정에 희수는 갈피를 잡을 수가 없었다. 재준이 손이 희수의 허리를 감싸 안았다. 그의 몸이 너무 따뜻해서, 너무 다정해서 희수의 명치끝이 아리듯이 아파졌다.

조그만 스포츠/연예 신문사인 '해피데이' 사무실의 전화기가 계속해서 울렸다. 편집장이 사무실에 들어와서 전화를 받았다.

"네, 해피데이입니다."

-편집장님, 왜 휴대폰 안 받습니까? 나 드디어 대어를 낚았는데.

"김 기자?"

김 기자는 지금 함재준의 영화 촬영장 숙소에 잠복 중이었다. 한동안 함재준의 영화 스케줄을 따라다니지 못하다가 얼마 전부터 다시 함재준을 따라다니기 시작했었다.

김 기자의 한껏 흥분한 목소리에 편집장이 자세를 고쳐 앉았다.

"말해. 뭔데?"

-오늘 여섯 시쯤 예쁘장한 여자가 와서 한동안 숙소 앞에서 기다리다가 함재준이랑 같이 숙소 안으로 들어갔어요.

"오! 설마 오피걸? 사진은 찍었어?"

-오피걸 느낌은 절대 아니고, 서로 아는 사이 같았어요. 사진은 물론 찍었죠.

"저번에 정유리도 그냥 보냈다는 함재준이 여자를 들여?"

-그러니까 대박인 것 같다니까요. 지금 세 시간째 안 나오고 있어요.

"대박 맞네. 나오는 사진도 잘 찍고. 같이 있는 사진도 많이 찍어. 입이라도 맞추는 사진 있으면 더 좋고. 김 기자 잠복한 보람이 있네. 잘했다. 잘했어."

편집장도 같이 흥분해서 김 기자도 잘 알고 있는 조언을 했다. 그리고 생각난 듯 말했다.

"그리고 여자 나오면 그때부터 여자 뒤를 밟아야지. 어디 사는지, 뭐 하는 여자인지를 알아내야지."

-안 그래도 그러려고 했어요.

"함재준은 뭐를 캐든 돈이야. 하하, 잘했어. 끝까지 잘하고. 사진 쓸 만한 거 있으면 보내봐."

-알겠습니다. 충성!

김 기자의 대답을 들으며 편집장이 전화기를 내려놓았다.

말 그대로다. 함재준은 뭐를 캐든 돈이었다. 이 얼마나 사람들이 좋아할 만한 기삿거리인가? 톱스타가 알고 보니 재벌 3세라는 것! 그것도 R사의 지분을 회장만큼 보유하고 있다면? 함재준의 모든 것이 화젯거리가 될 것이다. 게다가 그런 함재준이 만나는 여자라…… 대한민국을, 아니 아시아를 떠들썩하게 만드는 뉴스가 될 것이다.

얼마 후 휴대폰으로 전송된 사진을 클릭해보았다. 함재준이 다정하게 여자의 어깨에 손을 올리고 있는 사진이었다. 재준의 얼굴을 클로즈업 해보았다. 재준의 눈에서 애정이 뚝뚝 떨어지고 있었다.

편집장이 기분 좋은 웃음을 터트리며 이 사진을 어떻게 써먹을

지 고민하기 시작했다. 뭐가 되든 대박이다!

재준이 희수의 어깨에 손을 다정하게 올렸다. 희수는 그 손을 쳐내지 않았다. 재준이 희수의 어깨를 끌어당기며 물었다.

"이상하네. 내 손 안 쳐내네요."

"그러고 싶은데…… 쳐낼 힘이 없어요."

지친 듯한 희수의 대답에 재준이 눈매를 휘었다.

"피곤한데, 꼭 가야 돼요?"

"가야 돼요. 내일 아침 일찍 수업이라 지금 가도 좀 늦습니다."

재준은 '희수의 비행기 시간은 맞춰줄걸……' 하고 후회하기 시작했다. 희수를 혼자 기차에 태워 보낸다는 사실이 마음에 들지 않았다. 다음부턴 희수를 위해 무조건 서울에서 만나야겠다고 생각했다. 서울이라면 희수가 하룻밤을 내 옆에서 보내게 될지도 모른다. 아침에 눈을 떴을 때, 희수가 옆에 있다면 좋겠다. 막연하게 설레는 그 기분에 혼자 웃으며 희수에게 말했다.

"다음부터는 서울에서만 보죠. 희수 씨 힘들어하니까 미안하네."

희수가 능청스레 말하는 재준을 흘겨보았다.

설마 내가 부산에 와서 힘들어한다고 생각하는 것은 아니겠지? 비행기 시간을 말해도 놓아주지 않던 그 누구 때문에 힘든 거라고 말하려다 입을 다물었다.

희수가 하고 싶은 말이 희수의 표정에 담겨 있었는지, 재준이 혼자 피식거리며 희수를 꽉 안았다.

"역까지 같이 가죠."

재준의 품에서 벗어나며 희수가 말했다.

"아뇨. 혼자 갈게요. 재준 씨랑 같이 있으면 너무 눈에 띄어서 곤란해요."

"희수 씨한테 이래저래 미안하네."

희수가 택시에 타기 전에 뽀뽀를 시도하는 재준의 입을 손으로 막았다. 재준이 그 손을 잡아 혀로 핥고 눈웃음 지었다.

"도착하면 문자 하고."

희수가 재준을 밀어내고 택시를 탔다.

"부산역이요."

목적지를 말하는 희수의 얼굴이 붉어져 있었다.

지금 기차를 타면·새벽 1시에는 집에 도착할 것이라는 계산을 머릿속에 끝내놓고 기차에 올랐다.

6개월 뒤, 캐나다에 가서 모든 것을 다 잊고 새로 시작하리라 다짐했었는데, 재준과 또 엮이고 말았다. 사실 난 재준과 엮이고 싶었던 것이 아닐까? 그와 만나는 것을 두려워했지만, 그만큼 보고 싶었다. 그 복잡하고 모순된 감정이 버거워 희수의 가슴에 통증이 느껴졌다.

내가 지금 잘하고 있는 것일까? 결국 난 내 이기심에 재준을 이용하고 있는 것이었다. 희수의 머릿속이 복잡해지고 가슴이 답답해졌다.

기차가 출발한다는 안내방송을 들으며 손으로 가슴을 꾹꾹 눌렀다. 그리고 눈을 감았다. 머릿속에 복잡하게 뻗어나가는 생각의 가지들을 쳐내는 상상을 했다. 작은 가지들을 다 쳐내고 큰 가지 몇 개를 남겨두고 혼자 속으로 큰 가지들에 적힌 문장들을 읽어보았다.

난 내년 3월에는 캐나다로 떠난다. 그전까지는 아버지도 어머니도 모르게 일을 진행하고 떠나기 며칠 전에 말할 것이다. 그때까지 재준이 아버지의 압박에서 나를 자유롭게 해줄 것이다. 나는 그런 재준에게 6개월 동안 재준이 원하는 '관계'를 유지해준다.

6개월, 희수는 재준에게 아무런 감정을 보이지 않으리라 단단히 다짐했다. 재준이 원하는 것이 몸이라는 것이 확실한 지금, 그와의 동맹은 희수에게 단순한 방패막이라고 생각하기로 했다. 희수는 어차피 떠날 사람이니 더 이상의 정도 더 이상의 미련도 없어야 했다.

복잡했던 머리가 가벼워진 것 같았는데, 심장이 무거워졌다.

재준은 영화 촬영이 없는 날을 골라 일주일에 한 번 희수를 보기 위해 서울로 왔다. 희수는 약속한 대로 재준이 부르면 한남동 집으로 왔다. 희수를 집에 보내기 싫은 어느 날, 희수가 샤워를 마치고 나오자 부엌에서 재준이 희수를 불렀다.

"여기로 와요."

희수가 부엌에 오자 재준이 희수의 어깨를 잡고 의자에 앉혔다.

"집에 가기 전에 밥 먹고 가요. 스테이크 좋아하죠?"

빙긋 미소 지으며 희수의 손에 칼과 포크를 쥐여주었다. 희수가 머뭇거리자 재준이 옆에 앉아 직접 스테이크를 잘랐다.

"먹고 힘내서 한 번 더 하면 좋고."

그 말에 기가 막혀서 희수가 입을 벌리자 재준이 스테이크 조각을 입 속으로 쏙 밀어 넣는다.

"많이 먹어요."

재준이 다시 고기 조각을 포크로 찍어서 희수의 입 앞에 갖다 대자 희수가 포크와 나이프를 낚아채서 혼자 먹기 시작했다. 재준이 옆에서 턱을 괴가 앉아 희수가 먹는 모습을 보고 있었다. 작은 입을 오물거리는 것이 귀엽다고 생각했다. 접시에 담긴 샐러드에는 손도 대지 않는 것조차 재밌어서 혼자 웃으며 희수에게 물었다.

"희수 씨 친한 친구 있어요?"

희수의 칼질이 멈칫하더니 답했다.

"네."

"누구?"

"미정이라고…… 중고등학교 동창이랑, 대학 시절 내내 룸메이트였던 케이트라고……."

"친구들 이야기 좀 해봐요. 궁금하네. 희수 씨 친구는 어떤 사람들일지."

재준이 눈을 반짝거리며 희수를 쳐다보았다. 그 눈빛을 모르는 척하며 희수가 간단하게 대답했다.

"그냥…… 평범한 친구들이에요."

"그래요? 희수 씨 친구들 평범하지 않을 것 같은데?"

"평범한 사람은 생각보다 흔치도 않고, 되기도 힘들어요. 사랑 많이 받고 자라서 자기표현 제대로 하고, 자존감 높은 아이들이 생각보다 드물죠. 내 친구들은 평범하게 잘 자란 그런 아이들이에요. 따뜻하고 정 많은 아이들. 나한테는 과분할 정도로."

희수가 거기서 말을 멈췄다. 재준이 더 캐물으려다가 그만두었다. 전에 사귀던 여자들이 이런 걸 물어오면 굉장히 짜증 났던 것이 기억이 났다. '내가 누구랑 친하든 누구랑 만나든 무슨 상관이란 말인가?'라고 생각하며 항상 적당히 대꾸했던 게 기억이 났다.

꼬치꼬치 캐묻는 그 여자들을 이해하지 못했는데, 희수의 친구들은 굉장히 궁금했다. 희수랑 어떻게 만났고, 어떤 추억이 있는지 알고 싶었다.

재준이 와인 잔에 와인을 따르며 말했다.

"난 알고 지내는 사람들은 많지만, 친구라고 부를 수 있는 사람은 별로 없어요. 제주도에 병철이라고 불리는 놈 하나랑, 미국에 크리스라고 불리는 놈이랑, 지금 소속사 사장 상헌이 형을 친구라 부를 수 있겠네요."

"……"

"내가 한국에서 초등학교 나왔다고 말했죠? 초등학교 5학년, 6학년은 제주도에서 다녔어요. 그때 할아버지랑 할머니랑 사이가 제일 안 좋았거든. 할머니가 제주도 별장에 내려가서 살았는데 나도 따라갔어요. 제주도에서 만난 친구들은 서울에서 만난 아이들이랑 다르게 순수하고 재미있었어요. 그때 만난 미친놈이 병철이에요. 병철이는 지금 제주도에서 스쿠버 다이빙 강사 하고 있어요."

"왜 미친놈이라고 불러요?"

희수의 물음에 재준이 희수의 흘러 내려온 머리카락을 귀 뒤로 넘겨주며 말했다.

"그냥 미친놈이에요. 이유는 없어. 그놈도 나더러 미친놈이라 부르고."

사실 만나면 서로 더 심한 욕을 하기도 했지만, 희수가 놀랄 것 같아서 더 이상은 말하지 않았다.

"크리스는 고등학교 때 만난 놈인데, 진정한 미친놈이죠. 내가 고등학교 때 어떤 짓을 했는지 희수 씨한테 말하면 놀랄 것 같아서 다음에 말해야겠어요. 근데 좀 웃긴 건, 그놈이 지금 경찰이에요. 사고 쳐서 나랑 같이 경찰서에도 갔던 놈인데……"

희수가 자연스레 건네받은 와인을 마시다가 재준의 말에 놀라 콜록거리며 기침을 했다.

"겨, 경찰서요?"

'응'이라고 대답하며 웃는 재준을 쳐다보았다.

어떡하면 경찰서를 갈 수 있는 것일까? 도대체 뭔 짓을 했기에?

"다음에 기회 되면 말해줄게요. 나의 흑역사."

희수의 놀란 눈에 가볍게 키스를 하고 나서 재준이 말했다.

"상헌이 형은 내가 연예인 시작할 때 만난 매니저 형. 사람이 너무 좋아서 연예계에 살아남을 수 있을까 생각했는데 우리 둘 다 그럭저럭 살아남아서 잘 하고 있어요."

편하게 말하는 재준의 목소리가 듣기 좋았다. 대한민국 국민 대부분이 아는 재준이지만, 재준의 본모습을 아는 사람은 별로 없을 거라는 생각이 들었다.

"희수 씨한테는 내 이야기가 자연스럽게 나와서 신기해요. 다른 사람이 개인적인 걸 물어보면 귀찮고 짜증 났는데, 희수 씨는 심지어 궁금해하지도 않는데 내가 먼저 말하고 있어요."

궁금하지 않은 것은 아니었다. 다만 물어보면 자신에 대해서도 말해야 되는데, 희수는 '나'를 보여주는 것에는 익숙하지가 않아서 아예 물어보지 않았다.

"당신한테 무슨 말을 해도 비밀을 지켜줄 것 같나 봐. 다른 사람한테 말하면 결국 다 새어 나가거든요."

재준의 이런 말에는 어떻게 대꾸해야 되는 것일까 한참을 생각했다. 결국 적당한 대꾸를 찾지 못하고 침묵을 지켰다. 희수가 대답을 못해도 재준은 크게 신경 쓰는 눈치가 아니었다.

"다 먹었어요?"

"네."

재준이 은근하게 다가와 희수의 어깨를 만지작거렸다.

"와인 잔 비웠네. 운전할 수 있겠어요?"

재준이 말을 하며 너무 자연스럽게 와인 잔을 건네서 아무 생각 없이 와인을 마셔버렸다. 희수가 아차 하는 표정을 지으며 와인 잔을 쳐다보자 재준이 말했다.

"오늘 자고 가는 건 어때요?"

"택시…… 부를게요."

희수가 가방에서 휴대폰을 꺼내 전화를 하려 하자 재준이 낮은 한숨을 쉬더니, 희수의 휴대폰을 낚아채서 다시 가방에 넣었다.

"내가 태워다줄게요. 일어나요."

재준이 먼저 일어나 희수를 잡아끌었다. 희수가 엉겁결에 그를 따라 일어났다.

희수가 차에 타자 다정하게 안전벨트를 매 주었다. 희수에게 재준은 항상 다정했던 것 같았다. 처음부터 희수의 말이 뭐가 그리 웃긴지 혼자 웃고, 희수를 편하게 해주었다. 다른 남자들과 같이 있는 것처럼 어색하지 않았다.

재준과의 대화는 항상 물 흐르듯이 자연스러웠다. 대부분 재준이 자신의 이야기를 하고 희수가 들어주는 것이기는 하지만, 재준이 물어보는 질문은 대답하기 쉬운 것들이라 희수가 편하게 대답을 할 수가 있었다. 대답하기 힘든 것은 침묵을 지키면 재준이 알아서 화제를 돌려주어 긴장하지 않아도 돼서 좋았다.

희수는 자신의 감정을 보이면 안 된다고 생각하다가도 재준이 뭔가를 물어보면 틈이 생겨 희수도 모르게 자신을 보이고 있었다.

이런 생각을 하며 희수가 운전하는 재준의 옆모습을 넋을 놓고 쳐다보았다. 재준에게 익숙해지는 자신의 모습이 신기해서, 이 남자가 가진 무엇이 나를 편하게 만드는 것일까를 고민하며 그를 쳐다보고 있었다. 이러면 안 된다고 생각하면서도 그에게서 눈을 뗄 수가 없었다.

"왜? 내가 너무 잘생겨서 놀랐어요?"

희수의 시선을 의식했는지 재준이 물었다. 희수가 얼른 창밖으로 눈을 돌리며 '아뇨'라고 대답했다.

"그럼 왜 쳐다봤어요? 그것도 뚫어져라 쳐다보던데. 내 얼굴이 화끈거릴 만큼."

정신줄을 놓고 재준을 쳐다보고 있었다는 생각에 희수의 얼굴이 붉어졌다. 재준이 피식 웃으며 희수의 아파트 단지 앞에 차를 세웠다. 희수가 내리려고 하자 재준이 아쉬운 듯 희수를 잡아 앉혔다.

"다음 주에도 서울 오면 연락할게요."

희수가 고개를 끄덕이자 희수의 손을 잡아 입을 맞추고 말했다.

"다음에는 우리 집에서 자고 가요."

희수의 얼굴이 굳어졌다. 곤란하다는 표정의 희수가 싫어야 정

상인데, 싫지가 않다. 재준이 혼자 피식 웃으며 몸을 구부려 희수의 이마에 가볍게 입을 맞추고 말했다.

"그럼 다다음에. 안 되면 다다다음. 그것도 안 되면 다다다다음."

재준이 농담처럼 말하자 희수의 입가에 작은 미소가 떠올랐다. 재준이 희수 쪽으로 몸을 바짝 붙이고 엄지로 희수의 턱을 눌렀다. 자연스레 벌어진 희수의 입술에 혀를 밀어 넣었다. 익숙한 듯 재준의 혀를 받아들이는 희수에게서 달큼한 맛이 났다.

'이러면 희수를 정말 보내기 싫어지는데……'라는 생각을 하며 정신없이 희수의 입술을 탐했다. 재준의 숨이 점점 가빠지고 그의 손이 희수의 몸을 더듬기 시작하자 희수가 재준을 힘주어 밀었다.

'잘 가요'라고 말하고 도망치듯 차 문을 열고 나갔다. 재준은 희수가 사라질 때까지 그녀의 뒷모습을 보고 있다가 차를 돌렸다.

집에 돌아온 희수의 얼굴이 화끈 달아올라 있었고, 평소보다 빠른 숨을 내쉬고 있었다. 명치끝이 또 아픈 것 같은데, 정확히 왜 아픈지를 집어낼 수가 없었다.

아무 생각 없이 마신 와인 때문에 어지러운 것일 뿐이라고 생각하며 희수는 침대에 쓰러지듯 누웠다.

찰칵찰칵, 사진 찍는 소리가 쉼 없이 들렸다. 김 기자는 혼자 속으로 '대박!'을 외치며 재준과 희수가 차 안에서 키스를 하는 모습을 찍었다. 김 기자는 부산에서부터 재준 대신에 희수의 뒤를 밟았다. 희수를 쫓으며 그는 재준이 희수를 일주일에 한 번은 꼭 만난다는 것, 재준의 집이 알려진 논현동이 아니라 한남동이라는 것을 알아냈다.

부산에서 재준이 희수의 어깨에 손을 올린 사진은 찍었지만, 오늘처럼 연인임을 부인할 수 없을 정도로 명확한 모습은 처음이라 셔터를 누르느라 누군가가 다가오는 것을 보지 못했다.

똑똑.

차 문을 두드리는 소리에 눈을 돌리니 검은 옷을 입고 마스크를 쓴 사람 두 명이 김 기자에게 문을 열라고 하고 있었다.

"해피데이, 김 기자!"

김 기자의 소속과 이름을 알고 있었다. 뭔가 이상한 느낌이 들어 문을 열지 않고 차에 시동을 걸었다. 그중 한 사람이 차 앞에 서서 마스크를 벗고 뭔가를 들어 김 기자에게 보여주자, 김 기자가 '아' 소리를 내며 얼어버렸다.

마스크를 벗은 남자가 차 문을 열라는 손짓을 했다. 창문만 열고 김 기자가 물었다.

"여기는 어떻게……?"

"기억이 나긴 나나 보네. 이 블랙박스도 기억납니까?"

손에 든 블랙박스를 흔들자, 김 기자가 어색하게 입꼬리를 올렸다.

"어떻게 잊겠습니까? 제가 사고를 냈는데도 그냥 보내주셨는데."

말을 하는 김 기자의 머리가 빠르게 돌아가기 시작했다. 앞에 있는 이 남자는 자신이 재준을 미행하다가 실수로 들이받은 차량의 차주였다. 꽤 비싼 외제차임에도 불구하고 괜찮다고 말하며 김 기자를 보내주었는데, 왜 지금에서야 나타나서 블랙박스 영상을 내 앞에 흔들고 있는 것일까?

지금 생각하니 누가 봐도 이상한 일이었다.

재준을 미행하다가 만난 사람을 이렇게 또 김 기자가 재준을 미행할 때 나타났다. 이건 충분히 의심해볼 만한 일이었다.

김 기자가 머리를 굴리고 있을 때 그 남자가 말했다.

"일단 다른 데 가서 이야기할까요?"

남자가 흔들어대던 블랙박스를 다시 주머니에 넣는 것을 보고 김 기자가 고개를 끄덕였다.

정 회장은 황 실장이 건네준 사진을 돋보기까지 쓰고 들여다보고 있었다.

"허허, 너무 신기해서 계속 보게 되네. 재준이 표정 봐라. 나한테는 시니컬한 표정만 보여주는 녀석이 이런 표정이라니……."

황 실장이 정 회장에게 다른 사진을 건네주었다.

"이걸 보시면 더 놀라실지도."

정 회장이 차 안에 있는 재준과 희수의 사진을 보고 미간을 찌푸렸다. 사진으로만 봐도 열기가 느껴지는 그런 사진이었다.

"녀석이 완전 정신이 나갔구먼. 이렇게 가까이에서 사진이 찍혀도 모르고."

"요즘은 카메라 렌즈가 좋아 멀리서 찍어도 바로 앞에서 찍은 것처럼 이런 해상도가 나옵니다."

"어쨌든 이 사진은 다 회수해야 되겠구먼."

"미리 손을 썼습니다. 이 사진을 찍은 후 바로 김 기자와 딜을 해서 사진들은 완전히 저희 손에 들어왔습니다."

"잘했네. 해피데인지 뭔지는 뭐라고 하던가?"

황 실장이 서류를 정 회장에게 건네며 말했다.

"다른 신문사들과 똑같은 딜을 제시했습니다. R사와 재준 군과의 관계를 발표하지 않는 조건으로 저희가 광고주가 되기로 했습니다. 해피데이에 광고할 적당한 제품을 물색하고 있습니다."

당연한 말이지만, 재준이 재벌 3세라는 것을 발표하려는 신문사도 방송사도 많았다. 그럴 때마다 정 회장은 신문사와 방송사에 적당한 딜을 제시하며 재준과 R사와의 관계를 공식화하는 것을 막았다.

특히 신문사 입장에서는 단발의 기사보다 지속적이고 안정적인 광고주를 얻는 것이 훨씬 이득이었기에 해피데이도 R사의 제안에 바로 응했다.

"그리고 그 신문사에 내가 한 말 전했어?"

"네. 회장님이 원하실 때 해피데이에서 터트려주기로 했습니다."

"크게 터트리는 건 안 돼. 찌라시처럼, 그냥 이 교수가 보고 놀라서 떨어져 나갈 정도면 돼."

"해피데이는 작은 인터넷 신문사라 파급력이 크지 않아, 이 일에 가장 적당합니다."

정 회장이 서류를 읽어보지도 않고 책상 위에 탁 소리 나게 놓으면서 말했다.

"가장 좋은 건, 이 교수가 알아서 떨어져 나가는 거지. 안 그래?"

정 회장의 물음에 황 실장이 대답을 못하고 서 있다가 물었다.

"이 교수가 심지 강해 보인다고 하셔서, 저는 이 교수를 회장님이 마음에 들어하시는 줄 알았습니다."

정 회장이 재준이 희수의 어깨에 손을 올린 사진을 다시 집어 들어 한참을 들여다보며 말했다.

"심지가 강하다는 것은 그만큼 고집 있다는 뜻이지."

"……."

"이 교수, 똑똑하고 욕심이 없는 건 마음에 들어. 하지만 그게 전부가 아니지."

"재준 군이 많이 좋아하는 것처럼 보였습니다."

"알아."

여전히 사진에서 눈을 떼지 못하고 정 회장이 말했다.

"결혼은 절대 안 한다던 재준이가 이 교수랑은 결혼까지 생각하더라고. 연애는 몰라도 결혼은 좀 다르지. 일단 이 교수 아비는 이 교수랑은 달랐어. 함 교수처럼 욕심이 많고 바라는 것이 있지. 실수는 보회 때 한 걸로 충분해."

"……."

"게다가 이 교수, 계모 밑에서 자랐지. 그래서인지 좀 어두워 보여. 미국에서 우울증 치료 기록까지. 내 이기심이라고 해도 좋아. 난 재준이가 밝은 사람 만났으면 좋겠어. 이래저래 상처가 많은 녀석이니까. 재준이는 반은 내 자식이야. 나랑 산 세월이 지 어미랑 산 세월보다 길어."

황 실장이 떨떠름한 표정을 지었다. 정 회장이 그 표정을 못 본 척하며 사진을 보느라 썼던 돋보기를 내려놓고 말했다.

"잘 지켜봐. 가장 좋은 건 아까도 말했듯이 이 교수가 알아서 떨어져 나가는 거니까."

'알겠습니다'라고 대답하고 밖으로 나온 황 실장은 깊은 한숨을 쉬며 복도를 걸었다.

희수의 집, 미정은 희수가 중국 학회에 갔다가 공항에서 샀다는 다스 베이더 피규어를 보고 거실 바닥을 구르며 웃었다. 만질 때마다 'I am your father'을 외치는 이 피규어를 준혁에게 선물하면 임신이 빨리 될 거라는 희수의 말이 너무 웃겨서 터져 나오는 웃음을 멈출 수 없었다. 한참을 웃고 나서 짐짓 시니컬한 표정을 지으며 미정이 말했다.

"이 정도면 정신병이지."

"그렇지."

"부정도 안 하니까 더 미친 것 같다."

여전히 거실 바닥에 누워 하는 미정의 말에 희수가 배시시 웃었다.

"이번 추석에 본가에 가?"

"아니. 동맹남 핑계 대고 안 가려고. 집에만 있을 거야."

"그래? 그럼 뭐 하게?"

"내가 이번에 좀 특별한 비행선을 주문해서, 그거 조립할 거야."

"와아, 너. 무. 재밌을 것 같은 추석이다."

로봇처럼 영혼 없이 하는 미정의 농담에 희수가 피식 웃고 말했다.

"잠시 납골당에 갈 거야. 엄마 뵙고, 나 비자 금방 나올 것 같다고 말씀드리려고."

"벌써 비자가 나와?"

놀란 눈으로 희수를 바라보며 미정이 물었다.

"응. 생각보다 빨리 일이 진행되네. 협상할 때는 그리 늦게 진척

되더니. 나도 놀라는 중이야."

미정이 몸을 일으키고 소파에 앉아 있는 희수의 손을 덥석 잡고
물었다.

"꼭 가야 돼?"

그 말에는 대답하지 않고 희수가 말했다.

"한국에 온 지도 벌써 1년 하고도 반이 훌쩍 지났더라고. 진짜
시간 빠르다."

"……."

"너 결혼식도 보고, 어머니 기일 한번 제대로 챙겨드렸고……. 그
럼 된 것 같아."

"되긴 뭐가 돼? 한국에서 연애도 한번 제대로 못하고, 동맹남이
나 만들고."

퉁명스럽게 말하는 미정의 눈가가 붉게 변해 있었다. 희수가 또
배시시 웃으며 미정을 보았다.

"그래도 네 말대로 동맹남이랑 즐겨보기는 했어. 마지막이라 생
각하고 더 즐겨보려고. 정말로 마지막이니까."

희수가 허공에 시선을 두었다. 재준을 생각하니 명치끝이 또 아
픈 것 같았다. 멍하게 천장을 올려다보는 희수를 밉다는 듯이 노려
보던 미정이 희수의 등짝을 퍽 소리 나게 때렸다.

"그걸 농담이라고 하냐? 내가 그때 너한테 동맹남이랑 잘해보
란 소리를 하지 말았어야 했어. 너를 어쩌면 좋니?"

등짝을 맞고도 아프다고 하지 않고 눈웃음 짓는 희수를 보니 갑
갑해졌다. 미정이 화가 난 듯 눈썹을 하늘을 향해 올리며 말했다.

"너는 맞아도 싸. 어휴……. 네 옆에 있는 네 복을 모르고 말이

야.”

희수가 여전히 거실 바닥에 앉아 있는 미정에게 다가와 그 옆에 앉으며 말했다.

“내가 왜 몰라. 내 옆의 복은 넌데. 그리고 스타워즈.”

“어휴…… 내가 미친다. 더 맞아라.”

미정은 코끝이 찡해지고 눈물이 나올 것 같아서 장난치듯 희수의 등짝을 또 때렸다. 희수가 맞으면서 바보같이 웃었다.

재준이 그의 밑에 깔려 흐트러진 모습으로 신음 소리를 내뱉는 희수를 상기된 얼굴로 내려다보고 있었다.

희수는 적어도 재준과의 관계 중에는 가식적인 모습을 보여준 적이 없었다. 그래서 더 좋아졌는지도 모르겠다. 원하는 것이 있으면 말했고, 정직하게 재준이 주는 자극에 반응했다.

희수가 재준에게 주는 환희는 몸도 마음도 꽉 채워주는 쾌락이었다. 만족스러운 정사 후에 나른해진 재준은 이대로 희수를 안고 잠들어버리고 싶었다. 오늘 희수가 내 집에서, 내 옆에서 잠들었으면 좋겠다. 하지만 희수는 재준의 바람과 다르게 옷을 입기 시작했다. 재준이 일어나 희수의 손을 잡으며 말했다.

“오늘은 자고 가기로 했잖아요.”

“우리 집이 편해요. 그리고, 내일 일찍 일어나야 돼요.”

희수는 일부러 망설임 없이 대답했다.

“그럼 내가 아침에 깨워줄게요.”

“그러시지 않아도 됩니다. 전 집에서 자는 것이 편해요. 옷도 갈아입어야 하고요.”

"그럼. 내가 내일 아침 일찍 깨워서 집까지 데려다줄게요."

희수가 자신의 속마음을 감추며 덤덤한 표정으로 말했다.

"재준 씨도 혼자 있는 게 편하지 않아요?"

재준이 입술을 깨무는 것을 보았다. 다시 동맹을 맺고 나서 재준은 여러 방법으로 희수를 한남동 집에서 재우려고 했었다. 자연스럽게 와인을 마시게 한다든지, 희수의 몸을 새벽녘까지 탐해서 집에 갈 시간을 주지 않는다든지 하는 방법으로 희수를 잡아두려 했다.

하지만, 희수는 한 번 정한 규칙이 무너지면 자신의 마음도 무너져 내릴 것 같아 한 번도 재준의 말을 들어주지 않았다.

재준이 천천히 머리를 쓸어 올리며 말했다.

"그럼, 기다려요. 집까지 태워줄게요."

그의 다정한 말에 일부러 더 차가운 표정으로 말했다.

"그럴 필요 없어요. 차 가지고 왔어요. 여기로 다시 오는 것이 더 번거로울 거예요."

희수는 옷을 다 입고, 재준의 집에 왔던 그 모습 그대로 현관문을 나섰다. 현관문이 닫히자마자 희수는 잠시 현관문 옆에 기대어 작게 한숨을 쉬었다.

냉정한 표정을 유지하기가 점점 힘들어졌다. 감정을 보이지 않고 싶은데, 그의 다정한 목소리가, 따뜻한 표정이 좋아서 계속 재준의 옆에 머무르고 싶었다.

집으로 돌아와 희수는 재준의 이름을 검색하고 그의 사진을 들여다보았다. 사진 속의 그는 누구에게나 지어주는 친절한 미소를 짓고 있었다. 재준이 저에게 지어주는 미소는 특별한 것이 아니다.

그와 관련된 기사를 찾고 그 기사에 달린 댓글들을 읽었다. 그는 나 같은 여자가 감히 마음에 품어서도 안 되는 대단한 사람이라는 것을 머릿속에 주입했다.

그가 원하는 것은 내 몸뿐이다. 나에게 오려는 그의 마음을 막은 것은 나였고, 난 그저 그를 이용할 뿐이다.

한참을 그렇게 머릿속에 자신의 생각을 주입하던 희수가 가슴을 꽉 쥐었다. 이유 없이 눈물이 날 것 같았다. 눈앞에 보이는 재준의 사진을 스크린에서 지우자, 갑자기 명치끝이 예리한 칼에 베이듯 아려왔다. 차라리 빨리 한국을 떴으면 좋겠다고 생각했다.

추석이 되고, 희수는 납골당에 갔다가 집으로 돌아가고 있었다. 민족 대이동이라고 하더니, 희수가 사는 아파트 단지가 조용했다. 청명한 가을 하늘이 좋아, 하늘을 바라보며 걸었다.

"희수야!"

희수를 부르는 누군가의 목소리에 고개를 돌리니 정훈이 웃고 있었다.

"정훈이?"

정훈이 찬합을 흔들며 희수의 앞에 섰다.

"미정이가 너 먹으라고 전을 보냈어."

"미정이가?"

"응. 이제 미정이는 시댁에서 추석 보내야 된다고 아쉬워하더라."

"그랬구나."

사실 추석은 희수에게 별 의미가 없는 명절이었다. 전 같은 것은 먹지 않아도 되었다. 미정의 마음은 정말 고맙지만, 정훈에게 또 신세 지는 것 같아 마냥 기쁘지만은 않았다.

'이거 어떻게 할까?'라고 말하며 찬합을 흔드는 정훈을 쳐다보았다.

이걸 어떻게 해야 하는 것일까? 그냥 찬합만 받고 고맙다고 말하고 정훈을 보내도 되는 것일까? 여기까지 와줬으니 차라도 한잔 대접해서 보내야 되는 것일까? 고민하던 희수가 어색한 표정으로 정훈에게 말했다.

"차…… 마시고 갈래?"

"좋지."

"편의점에서 차를 사도 될까? 근방에는 편의점밖에 없어서……."

"아무 곳이나 상관없어."

희수가 정훈과 같이 걸어서 편의점에 갔다. 차를 고르던 정훈이 그냥 맥주를 마시자고 해서 맥주와 안줏거리를 사서 편의점 앞 테이블에 앉았다. 정훈이 뭔가 할 말이 있는 눈치였다. 하지만 좀처럼 말을 꺼내지 않아 희수도 침묵을 지켰다.

"……."

불편한 정적이 흘렀다. 정훈과 스타워즈 이야기를 하는 것은 즐겁지만, 다른 대화를 하는 것은 희수에게 피곤하고 힘든 일이었다.

"스타워즈 게임 레벨 올렸어?"

희수가 겨우 생각해낸 질문에 정훈이 대답했다.

"요즘 고민이 있어서 게임할 시간이 없었어."

정훈의 대답에 희수는 그 고민이 무엇이냐고 물어야 하는 것일까를 고민했다.

"내 고민이 뭔지 안 물어봐?"

"……."

정훈이 맥주를 한 모금 마시고 희수를 불렀다.

"희수야."

"응."

희수가 의문의 눈으로 정훈을 바라보았다.

"네 옆에 있고 싶어."

"내 옆에 앉아 있잖아."

희수의 대답에 정훈이 바람 빠진 소리를 내며 웃었다. 희수는 정훈이 하려는 말이 무엇인지 감도 못 잡고 있었다.

정훈은 희수의 눈을 한참 바라보았다. 자신의 시선을 어색해하고 불편해하고 있었다. 뭔가 화제를 돌리고 싶은데 적정한 말을 못 찾아서 공연히 맥주만 들이켜는 희수를 보았다.

"그냥 옆에만 있을게."

정훈이 손을 들어 희수의 머리카락을 헝클었다. 희수가 목을 움츠리며 정훈을 이상하다는 눈으로 쳐다보았다. 피식 웃으면서 정훈이 물었다.

"3월에 캐나다 간다며?"

"미정이가 말했구나."

"응. 미안. 어쩌다 보니 알았네."

"아냐. 이제 천천히 캐나다 갈 준비 해야 되는데. 너한테도 말하려고 했어. 대신, 아버지한테는 말하지 말아줄래? 내가 적당한 때에 말씀드릴게."

"알았어."

"고마워."

정훈이 아련하게 희수를 쳐다보았다. 그때, 누군가 희수 옆에 다가와 희수의 어깨를 꽉 잡으며 말했다.

"이. 희. 수!"

희수가 고개를 돌려 재준의 얼굴을 확인하고 깜짝 놀라 의자에서 일어났다. 의자가 뒤로 밀리면서 넘어져 우당탕 소리를 냈다. 재준이 의자를 발로 치워버리고 희수 앞에 서서 다시 희수의 어깨를 꽉 잡았다.

"희수 씨, 캐나다 가기로 했어요?"

화를 억누르며 말하는 재준의 입꼬리가 떨리고 있었다.

"재준 씨……. 여긴 어떻게……."

희수가 몸을 떨며 재준을 보고 있었다. 무슨 일이든 덤덤해 보이던 희수가 심하게 동요하고 있었다. 정훈도 자리에서 일어나 그들 앞으로 다가왔다. 너무 놀라 파르르 떨리는 희수의 손을 잡아주었다. 재준의 시선이 정훈에게 향하고 두 남자가 서로 마주 보며 불꽃을 만들어냈다.

두 사람이 만들어내는 긴장감에 희수의 숨이 막힐 것 같았다. 일단 희수의 손을 잡은 정훈의 손을 쳐냈다. 어깨를 가볍게 흔들었다. 흔들어도 재준의 손에서 힘이 빠지지 않았다. 마음을 진정시키며 손을 치워달라고 말했다.

재준의 눈이 희수를 내려다보았다. 여전히 화가 난 얼굴이었지만 손에서 힘을 뺐다. 갑자기 정훈이 유하게 웃으며 넘어진 의자

쪽으로 걸어가 의자를 바르게 세우고 말했다.

"희수야, 앉아. 많이 놀란 것 같은데."

여전히 희수의 어깨를 잡고 있는 재준의 손을 정훈이 떼어내고 곧 그 손을 악수하는 손으로 바꾸어놓았다.

"괜입니다. 희수랑 아는 사이인지 몰랐어요."

재준이 입꼬리를 비틀며 정훈을 쳐다보았다. 재준의 눈 밑이 꿈틀거리는 것이 희수의 눈에 보였다. 희수는 이 상황에서 도망치고만 싶었다. 입술을 잘근 씹으며 의자에 앉았다. 자신의 다리에 힘이 풀린 것이 느껴졌다.

"약속 없이 나타나서 놀랐습니다."

희수의 말에 희수를 내려다보는 재준의 눈매가 비틀어졌다.

"그렇죠. 우리가 약속 없이 만나는 사이는 아니죠. 잊고 있었네."

주먹을 꽉 쥐고 있는 재준의 눈이 순간 검붉게 보였다.

"다음에 만나면 말하겠습니다. 오늘은 이만 가주세요."

희수의 말에 재준의 잘생긴 입매가 일그러져 있었다. 희수의 시선이 피가 날 정도로 꽉 쥐고 있는 그의 주먹으로 향했다. 둔감한 희수도 느낄 만큼, 재준은 화가 나 있었다. 희수가 시선을 들어 재준의 눈을 쳐다보았다.

그리고 잠시 멈칫했다. 상처 받은 눈. 재준이 왜 상처 입은 눈을 하는 것일까? 희수는 재준을 더 이상 쳐다볼 수가 없었다. 이런 정신적인 피로는 희수를 너무나 지치게 했다.

의자를 세워주느라 뒤에 서 있었던 정훈에게 몸을 돌리며 말했다.

"미안. 정훈이 너도 이만 가줄래? 미정이한테는 내가 고맙다고 말할게."

'알았어'라는 정훈의 대답을 들으며 희수가 다리에 힘을 주고 일어났다. 두 남자를 남겨놓고 몸을 돌려 집으로 돌아왔다. 빨리 편의점 앞을 벗어나고 싶었다. 머리가 어지러웠다. 어떻게 집으로 돌아왔는지 모르게 현관문 앞에 섰다.

현관문 앞에 앙증맞게 놓인 찬합을 내려다보았다. 미정이 또 다른 음식을 놓고 간 거라 생각하고 들고 들어와 식탁에 올려두었다.

생각이라는 것을 하고 싶지 않아, 내리 다섯 시간을 조립에만 열중했다. 밤이 되어서 냉장고에 음식을 넣어두려고 찬합을 열어보았다. 황해도식 만두가 곱게 싸여 있었다. 직접 빚은 황해도식 만두는 딱 한 번 재준의 제주도 별장에서 먹어본 것으로, 재준이 갖다놓은 것이었다. 이유 없이 희수의 명치끝이 날카롭게 베이듯 아파서 가슴을 쥐고 한참을 서 있었다.

7. 서로의 공간

추석은 재준에게 별로 의미 없는 명절이었다. 할머니가 돌아가시고, 추석에는 혼자 제주도 별장에서 하룻밤을 자고 오는 것이 연례행사 같은 것이었다.

백 여사가 황해도식 만둣국을 앞에 놓고 재준에게 물었다.

"도령, 그때 온 만두 잘 먹던 여자랑은 잘 되고 있어?"

궁금함을 감추지 못하고 물어오는 백 여사의 질문에 재준은 희수가 제주도 별장에 한번 왔었다는 것을 기억해냈다. 희수가 만두를 맛있게 먹던 모습이 생각이 나서 혼자 피식 웃었다.

"도령이 여자 데리고 온 건 처음이라 궁금하다고."

"난 좋아 죽겠는데, 그 여자는 내가 마음에 안 드나 봐요."

백 여사의 눈이 커다래져서 물었다.

"아니, 우리 도령 어디가 마음에 안 들어? 이해가 안 되네."

"나도 이해가 안 돼. 내가 이것저것 시도해봐도 내 옆에서 하룻밤을 안 자요."

백 여사가 구수한 말투로 재준에게 말했다.

"여자가 좀 냉정하게 생기기는 했더라. 우리 도령 뭐가 부족해서 도령 싫다는 여자한테 매달려. 그냥 다른 여자 찾아. 전국에 도령이랑 연애 한번 해보고 싶어 하는 여자들이 줄을 섰는데."

백 여사 말처럼 다른 여자를 찾으면 되는데, 난 왜 희수여야 하는 것일까? 덤덤하게 학습된 무기력에 대해 말하던 희수가 생각이 났다. 가슴이 욱신거리고 아팠다. 동정일까? 재준에게 안길 때의 희수의 흐트러진 모습이 생각났다. 몸 때문일까?

넘치는 재준의 감정이 생생하게 느껴지는데, 그 감정의 이유를 정확하게 집어낼 수가 없었다.

갑자기 입맛이 떨어져 숟가락을 내려놓았다.

희수를 생각하니 희수의 얼굴이 생각나고, 목소리가 생각나고, 가끔 보여주는 웃음이 생각났다. 처음 약속했던 횟수 이상은 재준을 만나 주지도 않는 희수가 뭐가 좋다고, 혼자 바보처럼 이러고 있는지 모르겠다.

재준이 낮은 한숨을 쉬며 말했다.

"백 여사, 나 싫다는 여자가 보고 싶네."

"보고 싶으면 봐야지. 만두 준다는 핑계로 만나. 만두 엄청 좋아하던데. 내가 만두 안 터지게 잘 싸줄게."

방금 전까지 다른 여자 만나라던 백 여사가 아무 생각 없이 하는 말에 솔깃해졌다. 재준은 희수와의 관계에서 뭔가 큰 변화가 필요하다고 느끼고 있었다. 갑작스레 찾아가면 어쩔 수 없이 그녀가 나를 그녀의 집에 초대해주지 않을까? 그녀의 공간에 발을 디디면 뭔가 답이 나오지 않을까?

생각해보니, 내 공간은 아무렇지도 않게 들어오면서 희수의 공간은 한 번도 보여준 적이 없다. 그녀의 공간이 굉장히 궁금해졌다.

재준은 몇 시간 뒤, 제주도에서 날아와 희수의 집 앞에 차를 대고 희수를 기다리고 있었다.

사람을 좋아한다는 것은 이런 것이었다. 갑자기 보고 싶어 그녀의 집 앞에서 한없이 그녀를 기다리고, 지금 그녀가 무엇을 하고 있는지 궁금한 것이라는 것을 몰랐었다.

전에 재준이 간섭이라고 생각했던 모든 것이 상대가 좋으면 자연스럽게 생기는 감정이고 행동이었는데, 누군가를 좋아해본 적이 없기에 그런 감정을 이해할 수 없었다. 희수를 좋아하는 지금에서야 그 감정들이 이해되기 시작했다.

멀리서 단지를 돌아 걸어 들어오는 희수가 보였다. 멀리서도 한눈에 그녀를 알아볼 수 있었다. 문을 열고 밖으로 나가려고 할 때, 누군가가 그녀를 불렀다.

"희수야!"

재준은 그 목소리의 주인공을 확인하고 주먹을 꽉 쥐었다. 친근한 듯한 희수와 정훈의 모습에 질투라는 감정이 뱃속 깊은 곳에서부터 올라왔다.

두 사람이 아파트 단지 내를 걸어 편의점에 가서 맥주를 사서 마시는 것을 보았다. 약속이나 한 것처럼 주위에는 사람이 없었다. 재준은 그들이 앉은 테이블 뒤로 갔다. 자신이 평소 남의 말을 엿듣는 것을 얼마나 싫어했었는지는 중요한 것이 아니었다.

네 옆에 있고 싶다는 정훈의 말에 아무렇지도 않게 '내 옆에 앉아 있잖아'라고 대답한 희수 때문에 유치하지만 웃음이 나왔다. 그 웃음소리가 커질 것 같아 입술을 깨물었다. 그리고 '그냥 옆에만 있을게'라고 말한 정훈의 말에 다시 심장이 철렁해져 얼굴을 굳혔다.

재준의 감정이 짧은 순간에 천당과 지옥을 오고갔다.

질투가 나서 미칠 것 같아도 희수가 정훈을 친구 이상으로 생각하지 않는다는 것이 확실한 이상, 희수를 곤란하게 만들고 싶지는 않았기에 정훈이 집으로 돌아가기만을 기다리려고 했었다.

그러나 '3월에 캐나다 간다며?'라고 묻는 정훈의 말에 모든 것이 정지해버렸다. 희수의 긍정하는 목소리가 들리고 재준의 머릿속이 빠르게 돌아가고 있었다. 처음에는 휴가나 출장일 거라 생각했다. 그랬다면 희수가 정훈에게 아버지에게는 말하지 말라고 부탁하지는 않았을 거라는 생각이 들자, 가슴이 철렁했다. 6개월의 기간을 정한 희수의 의도는 설마 이것이었던 것일까? 캐나다에 가려고?

순간 머리가 아득해지는 느낌이 들었다. 설마 희수는 항상 한국을 벗어나려 했었던 것일까? 나랑 맺은 관계는 정말로 부모님을 속이기 위한 것일 뿐이었을까? 기다리면 희수의 공간에 들어갈 거라 생각하고 있었는데, 희수는 항상 그어진 선 밖으로 멀어질 궁리만 하고 있었던 것일까?

갑자기 눈앞이 캄캄해지고 아무 말도 들리지 않았다. 희수에게 직접 확인해야 했다. 자리에서 벌떡 일어나 그녀의 어깨에 손을 올렸다.

"이. 희. 수!"

이를 꽉 깨물며 희수의 이름 하나하나 힘주어 불렀다. 희수가 재준을 보고 깜짝 놀라며 일어났다. 의자가 뒤로 밀려 넘어졌다. 발로 그 의자를 치워버리고 희수에게 바짝 다가가서 그녀의 어깨를 꽉 눌렀다.

"희수 씨, 캐나다 가기로 했어요?"

목소리가 갈라지고, 입술이 부르르 떨렸다. 재준의 감정이 회오리처럼 요동치고 있었다. 희수를 잡고 있는 손에 점점 힘이 들어갔다. 희수가 놀라서 떨고 있었는데, 재준의 떨림만큼 심하지 않아 희수가 덤덤하다고 느껴질 정도였다.

정훈이 다가와 희수의 손을 잡으며 재준을 노려보았다. 보란 듯이 희수의 손을 잡는 정훈 때문에 이를 너무 꽉 물었는지 부드득 이가 갈리는 소리가 났다. 정훈을 노려보는 눈에서 꼭 불이라도 나올 것 같았다.

질투에 눈이 멀어 살인을 냈다는 신문기사가 이해되는 순간이었다. 앞뒤 생각 없이 희수를 잡은 정훈의 손목을 꺾고 한 대 치고 싶은 마음을 억누르지 못해 손을 부들부들 떨고 있을 때, 희수가 먼저 정훈의 손을 쳐내고 재준을 올려다보았다.

"아픕니다. 손 치워주세요."

격렬하게 요동치는 재준의 감정과는 전혀 다르게 고요한 희수의 목소리였다.

'오늘은 이만 가주세요'라는 희수의 말에 너무 화가 나서 머리가 돌아버릴 것 같았다. 얼마나 손을 꽉 쥐었는지 손에서 피가 났었다.

격랑에 휘몰아치는 자신의 감정이 버거워 숨을 쉴 수가 없었다. 냉정하게 뒤돌아서는 희수의 어깨를 잡아 마구 흔들고 싶었다.

"손 좀 보겠습니다."

재준의 옆으로 다가온 정훈의 말에 정훈을 힐끔 쳐다보았다.

"직업병 있어서 그래요. 피를 보면 꼭 지혈을 해야 될 것 같아서."

그는 어느새 편의점에서 밴드를 사 와서 손에 들고 있었다. 재준의 의사도 묻지 않고 손을 잡아당겨 밴드를 붙였다.

"얼마나 힘을 주면 손톱이 손바닥을 파고들어 피를 내지?"

혼잣말처럼 중얼거리는 정훈을 바라보았다. 한눈으로 봐도 따뜻한 가정에서 사랑 많이 받고 자랐을 것 같은 좋은 사람이었다. 희수를 '희수야'라고 부르고 약속 없이 편하게 만나서 같이 편의점에서 맥주를 마실 수 있는 사람. 난 약속 없이 희수를 만날 수도 없는데……. 재준이 다시 이를 꽉 깨물었다.

"농담이 아니고, 진짜 팬이었어요. '제재' 때부터."

정훈은 성격까지 좋았다. 정훈이 재준의 손바닥 큰 상처에만 밴드를 붙여서 지혈을 해주며 말했다.

"사실 희수가 저렇게 동요하는 걸 처음 봤어요. 희수는 무슨 일이든 덤덤한 편인데. 감정표현 잘 안 하고."

희수를 잘 아는 듯한 정훈의 말에 또다시 질투라는 감정에 사로잡혀 그를 노려보았다.

"무슨 사이인지 묻고 싶지만, 안 물어볼게요."

"물어볼 권리도 없죠."

재준의 대답에 정훈이 고개를 끄덕였다.

"맞아요. 물어볼 권리도 없죠. 그리고 둘이 무슨 사이든 희수 마음이 중요하니까."

"그렇죠. 희수의 마음이 중요하죠."

재준이 오만한 표정으로 정훈을 노려보았다. 희수의 마음은 내 것이라는 듯한 인상을 주고 싶었다. 정훈이 다시 부드럽게 웃으며 '손 덧나지 않게 조심해요'라는 인사를 하고 편의점에서 벗어났다.

정훈이 떠나고 재준은 오만했던 표정과 다르게 불안해하기 시작했다. 희수의 마음이 가장 중요한데, 희수의 마음을 모르겠다. 난 아직도 동맹을 맺은 남자 이상이 아닌 것인가? 희수가 캐나다로 간다는 결정을 했다는 것 자체가 희수에게 자신은 아무런 의미가 없는 사람이라는 뜻이었다.

누군가가 재준의 심장을 꽉 쥐고 흔드는 느낌이 들었다. 자신이 희수에게 아무런 의미가 없는 사람이라는 것이 아프다 못해 서글프기까지 했다. 재준의 공간에 아무렇지도 않게 들어와서 재준을 혼란스럽게 하는 사람은 희수가 유일한데⋯⋯. 희수에게 나는⋯⋯. 갑자기 재준이 뭔가를 깨닫고 낮게 '아' 소리를 냈다. 희수가 제게 그어놓은 선을 너무 자연스럽게 넘어서 인지하지 못했는데, 내 공간에 들어올 수 있는 여자는 희수가 유일했다.

숨기고 싶었던 개인적인 이야기를 아무렇지도 않게 할 수 있는 유일한 사람도 희수였다. 내 빈 공간에 자연스럽게 들어와 그곳을 채워준 유일한 사람이 희수이다. 여태껏 여자들과 관계가 끝나면 뒤도 돌아보지 않고 나오거나 바로 그들을 내보냈는데, 희수는 내 침대에서 재우지 못해 안달이 나 있었다.

거기까지 생각한 재준이 미친 것처럼 웃었다. 희수를 놓치면, 나는 다른 누군가를 내 공간에 들일 수 있을까?

아니라는 답이 나오자 재준이 벌떡 일어났다. 피가 흥건히 배어 있는 밴드를 뜯어서 쓰레기통에 던져 버렸다. 성큼성큼 세워둔 차로 가서 차에 탔다.

희수가 나에게 유일한 사람이면 잡으면 된다. 캐나다에 가면 따라가면 된다. 크게 고민할 일도 아니었다. 지금부터 난 희수에게 의미 있는 사람이 되면 된다. 내 공간을 자연스럽게 들어와 내 공간을 채운 희수처럼 나도 희수의 공간에 자연스럽게 들어가 그녀의 공간을 채우면 된다.

"난 시간도 많고, 돈도 많거든……."

혼잣말을 중얼거리며 차에 시동을 걸었다.

며칠 뒤, 희수가 떨리는 마음으로 재준의 집 벨을 눌렀다. 현관문 열리는 소리가 나고 재준이 나타났다.

재준이 희수를 침실에 들였다. 그의 손에 위스키 잔이 들려 있었다. 잔을 내려놓고 머리를 쓸어 올리며 희수를 쳐다보았다. 순간 그의 상처 받은 눈빛에 가슴이 철렁했다.

이 복잡한 감정을 뭐라 불러야 될까? 자신이 재준을 화나게 했다는 것은 이해했다. 화를 낼 수도 있는 상황일 거라 짐작도 했다. 하지만, 재준이 상처 받을 이유가 없었는데……. 머릿속이 너무 복잡해져버려 생각을 할 수 없을 정도가 되었다.

"술…… 마셨어요?"

"조금."

이라고 대답하고 재준이 물었다.

"희수 씨, 부산에서 6개월 동안은 동맹을 깰 수 없다고 했던 거

기억나요?"

"……네."

"내가 무슨 짓을 해도 약속이니까, 지키겠지?"

"……네."

"그럼 옷 벗어요."

재준의 말에 희수가 놀란 얼굴로 재준을 쳐다보았다. 재준은 자신의 셔츠 단추를 풀기 시작했다. 셔츠를 벗고 시계를 딱 소리 나게 풀며 희수를 쳐다보았다.

"왜, 안 벗어요?"

희수가 머뭇거리다가 재킷을 벗었다. 그래도 재준과 감정이 엉키는 것보다 이렇게 몸을 섞는 것이 훨씬 낫다고 생각하며 블라우스의 단추를 풀었다.

재준이 어느새 탈의를 다 하고 희수 앞에 서 있었다. 고요하게 가라앉은 재준의 분위기에 희수가 바지를 벗다가 뒷걸음을 치며 휘청거렸다. 재준이 다가와 희수가 옷을 벗는 것을 도왔다.

재준의 알몸을 처음 보는 것도 아니고 자신의 알몸을 처음 보여 주는 것도 아닌데 괜스레 부끄러워 손으로 주요 부위를 가렸다. 재준이 희수의 손을 잡고 침대로 끌었다. 재준은 지금 희수를 욕정의 대상으로 보고 있지 않았다. 희수가 이상한 기분에 사로잡혀 재준이 이끄는 대로 침대 위로 올라가 누웠다.

재준이 희수를 가로눕게 해서 희수를 품에 안았다.

희수는 재준의 탄탄한 가슴에 얼굴을 묻은 채로 그렇게 가만히 있어야 했다. 그 어색함을 견디지 못하고 희수가 말했다.

"빨리…… 해요."

재준이 희수를 조금 떼어놓고 희수와 얼굴을 맞댔다. 재준의 눈과 희수의 눈이 마주치고 재준의 숨결이 희수의 코끝에 와 닿았다.

"오늘은 아무것도 안 해요. 희수 씨는 나랑 오늘 이렇게 맨살 맞대고 이야기만 할 거야."

재준의 말에 대답하지 않았다. 어차피 재준과 할 수 있는 이야기는 정해져 있었다고 생각했다.

재준은 분명 희수가 캐나다에 가는지 물을 것이다. 그리고 화를 내겠지. 왜 말을 안 했냐고…….

재준의 손이 천천히 다가와 희수의 머리카락을 쓰다듬었다.

"생각해보니 우리는 서로 감추는 것이 너무 많더라고요. 그래서 나 오늘 희수 씨한테 내 비밀 이야기하려고."

"……."

"전에 내가 희수 씨보다 나이 많으면 말 놔도 되는지 물어봤죠? 기억나요?"

"네."

부드럽게 머리카락을 쓰다듬던 재준의 손이 희수의 어깨를 어루만지고 있었다.

"사실 내 나이, 알려진 것보다 한 살 더 많아요."

연예인이 나이를 속이는 것은 흔한 일이라고 들어 별로 크게 반응하지 않았다. 어차피 크게 반응할 수가 없었다. 재준의 다리가 올라와 희수의 몸을 옭아매고 있었다.

"어머니가 할아버지, 할머니 몰래 도망가서 나를 낳았거든. 열아홉에. 과외 해주던 선생이랑."

그 말에는 놀라서 몸을 움찔거렸다.

"할아버지가 반대하니까 집 나와서 춘천으로 내려갔대요. 행복했었대. 그런데 운 나쁘게도 그 과외 선생이 교통사고로 죽어버린 거야. 내가 태어나기 바로 전에."

희수가 잠시 숨을 멈추고 아픈 눈으로 재준을 올려다보았다.

"전에 이야기했죠? 우리 할아버지 컨트롤 프릭이라고. 할아버지가 열아홉에 미혼모 된 딸을 가만히 두고 보지 않았겠죠? 가난한 고학생 한 명과 거래를 했어요. 내 아버지가 되어주는 조건을 걸고. 그 가난한 고학생이 희수 씨가 아는 함 교수님."

"……."

"나를 낳고, 아버지랑 결혼해서 아이를 가진 것으로 호적을 정리해버렸어요. 그래서 내 나이가 희수 씨랑 같아졌고. 그런데, 사실은 내가 오빠야."

오빠라고 말하면서 재준이 희수의 이마에 키스를 했다. 희수는 무슨 말을 어떻게 해야 될지 몰라 재준에게 몸을 기대며 말했다.

"미안해요. 난…… 위로를 잘…… 못해요."

재준이 낮게 웃었다.

"내가 희수 씨한테 위로 받으려고 이런 말을 하는 줄 알아요? 그냥 희수 씨한테는 비밀이 없었으면 해서…… 그렇게 위로를 받을 정도로 상처가 많은 것도 아니고."

"어떻게 상처가 없어요……."

"두 분 그렇게 사이좋은 것은 아니었는데, 괜찮았어요. 외할머니가 많은 사랑을 줬거든. 그래서 그렇게 외롭지는 않았던 것 같아요."

재준은 생각보다 강한 사람이었다. 상처를 내보이는 것조차 싫어하는 자신과는 다르게.

"아버지나, 어머니, 할아버지가 밉지는 않았어요?"

"밉지는 않은데, 짜증 날 때가 있죠. 어머니는 단둘이 있으며 내 생부 이야기를 해요. 그게 좀 듣기 싫어. 아버지랑은 부딪칠 일이 없어 어렸을 때는 괜찮았는데 내가 연기하면서 좀 틀어졌어요. 내가 회사를 경영했으면 하셨거든. 할아버지랑은 애증의 관계예요. 사랑과 미움이 동시에 존재하는……."

"……."

"흠……. 기본적으로 나는 희수 씨 말고 다른 사람한테 감정을 잘 보이지 않아요. 그래서 그냥 데면데면 넘어가는 거죠."

말을 하며 재준이 희수의 머리카락을 다정히 쓰다듬었다. 내가 위로해줘야 되는데 그가 나를 위로하는 것처럼 느껴졌다. 희수는 아픈데 아프다고 말을 할 수가 없었다.

"나이 속이느라 한 세 살 정도까지는 집 밖에 못 나오고 컸어요. 그런데 그 이후로는 영재 소리 들으며 컸어요. 생각해봐요. 발육도 인지 능력도 다른 아이들보다 한 살이나 빨랐을 거 아니에요?"

말을 하면서 재준이 웃었다. 그 웃음에 괜스레 눈물이 나올 것 같아 희수가 재준의 가슴에 얼굴을 묻고 말했다.

"나도…… 생모는 어렸을 때 돌아가셨어요. 내가 세 살 때였어요."

재준도 이미 알고 있는 사실이었지만 희수가 자신의 입으로 말한 적은 없었다. 재준의 손이 희수의 등으로 와서 부드럽게 쓰다듬었다. 맨살에 따뜻한 손이 닿는 느낌이 좋았다.

"어머니에 대해 기억나는 이미지 있어요? 난 아버지가 내가 태어나기 전에 돌아가셔서 기억나는 것이 하나도 없어요."

"······따뜻한 손. 추운 겨울이었던 것 같은데, 밖에 있다가 집에 들어온 것 같아요. 어머니가 뭐라고 말을 하면서 손과 얼굴을 만져줬는데 그 손이 굉장히 따뜻했던 기억이 나요. 그게 나의 가장 오래된 기억일 거예요. 그런데 그 기억들이 다 너무 흐릿해요."

추운 겨울날 밖에 있다가 들어왔을 때 어머니가 애정 어린 손으로 희수의 손과 볼을 만져주었던 기억, 그 따뜻했던 손에 대해 누구에게 말한 적은 처음이었다. 말할 일도 없을 거라 생각했는데, 이렇게 재준과 맨살을 맞대고 재준의 이야기를 들으니 무겁지 않게 이야기가 흘러나왔다.

재준의 커다란 손이 계속해서 희수의 등을 쓰다듬었다. 그 느낌이 편안하고 아늑했다. 살면서 처음 느끼는 편안함이었다. 재준과 몸을 섞지 않고 이렇게 침대에 누워있을 수 있을 거라 생각해 본 적은 없었는데······. 추웠던 밖에서 따뜻한 집으로 돌아와 엄마의 애정 어린 손길을 느꼈던 세 살 때의 희수처럼 몸을 웅크리고 재준의 가슴팍에 머리를 묻었다.

재준이 계속해서 어린 시절 이야기를 했다. 키웠던 개와 고양이 이름을 알려주었다. 할아버지와 할머니와의 추억에 대해 말해주고 소소한 일상들을 말해주었다. 납치당할 뻔한 이야기는 손에 땀을 쥐고 듣다가 무서워져 재준의 손을 꽉 잡았다. 나이 차이 많이 나는 어린 사촌들을 속인 이야기를 할 때는 희수도 모르게 소리 내서 웃고 있었다.

이야기만 했는데도 시간은 생각보다 빨리 지나갔다. 어느덧 자정이 지나고 새벽녘이 되어 재준의 이야기가 초등학교 고학년으로 올라갈 때쯤 희수의 눈이 조금씩 감겼다.

희수의 머리에 점점 힘이 빠지는 것이 느껴지더니 어느 순간 그녀는 완전히 재준의 팔에 기대고 잠이 들었다.

희수가 잠에서 깨어났을 때, 재준이 웃으며 다가와 '좋은 아침!'이라고 말했다. 소스라치게 놀라 몸을 일으켰다. 재준이 건네주는 커피를 얼떨결에 받고 시간을 확인했다. 아침이라고 말하기 민망한 시간이었다.

재준이 먼저 일어났다. 희수가 잠에서 깨어났을 때 따뜻한 커피를 건네주기 위해 커피를 내리고 다시 내렸다. 생각보다 희수가 늦게 일어나서 한참을 기다렸다. 그래도 내 침대, 내 옆에서 잠든 희수를 보니 감격스러워 희수를 계속해서 바라보았다. 움직임도 없이 곱게 잠든 희수인데 질리지도 않았다. 소스라치며 일어나는 희수에게 인사하고 커피를 건넸다. 알몸이라는 것을 깨달았는지 이불을 당겨 올리는 희수의 얼굴이 붉게 물들어 있었다.

"아침으로 토스트 괜찮아요?"

희수가 얼떨결에 고개를 끄덕였다. 재준이 다가와 희수의 볼에 입을 맞추고 말했다.

"커피 마시고, 옷 입고, 천천히 나와요."

재준이 나가고 희수가 벌떡 일어나서 옷을 입었다. 속으로 '어떡하지? 미쳤어'를 계속해서 외치고 있었다. 기억하는 한, 누군가와 같이 자본 적이 없었다.

희수는 자신이 누군가와 같이 잘 수 있을 거라 생각해본 적이 없다. 희수와 침실을 공유한 것은 여태껏 츄바카와 캡틴 파스마가 다였다. 그런데, 재준의 집에서 재준과 같이 잠이 들다니……. 게

다가 늦잠까지…… 알몸으로?

무슨 정신으로 옷을 입었는지 모르게 재빨리 옷을 입었다. 하지만, 옷을 다 입고도 밖으로 나갈 수가 없어 멍하니 침대 위에 앉아 있었다. 문이 열리고 재준이 들어와서 희수를 끌고 부엌으로 가서 식탁에 앉혔다. 토스트와 다시 내린 커피가 희수의 앞에 놓였다. 희수가 손을 떨며 커피를 마셨다.

"희수 씨, 일부러 나 유혹하려고 그렇게 입었어요?"

갑자기 들려오는 재준의 말이 무슨 말인지 몰라 재준을 쳐다보았다. 재준이 희수의 의자를 끼익 소리 나게 돌리더니 블라우스 단추를 다시 채워주었다. 얼마나 정신이 없었으면 단추도 제대로 끼우지 못했다. 블라우스 사이로 가슴이 보였다.

재준의 손이 블라우스 단추를 채우는 듯하더니 다시 벗겼다.

"희수 씨가 먼저 유혹한 걸로 하죠. 브래지어도 안 했네."

희수가 재준의 말에 자신의 가슴을 더듬었다. 정말로 속옷도 입지 않았다. 머릿속으로 미쳤다는 말이 계속해서 재생되고 있었다. 하지만 그 말은 입 밖으로 나오지 않아서 입만 뻐끔거렸다.

전혀 희수 같지 않은 행동들의 연속이었다. 한 번 당황하기 시작하니 모든 것이 실수였다. 이제는 어떻게 행동해야 될지도 모르겠다.

재준이 피식 웃으며 몸을 숙이고 희수의 입에 입을 맞췄다.

재준이 의자에 앉아 희수를 무릎에 앉히고 희수의 가슴에 입술을 가져갈 때쯤, 희수의 정지되었던 사고 회로가 다시 작동하기 시작했다.

"재, 재준 씨……. 잠시만."

재준이 희수의 허리를 강하게 끌어당기며 말했다.

"희수 씨가 먼저 유혹한 거예요. 난 참으려고 했다고."

말을 하는 재준의 입꼬리가 기분 좋다는 듯이 올라가 있었다. 그런 재준을 내려다보는 희수의 마음이 복잡해졌다. 재준이 먼저 희수에게 모든 것을 내보여 희수도 생모 이야기까지 재준에게 했다. 거침없이 다가오는 재준의 감정 때문에 여태껏 꽁꽁 싸놓은 희수의 마음이 무너질 것 같아서 두려웠다.

희수가 괴롭다는 듯이 재준에게 몸을 기댔다. 참았던 말을 겨우 뱉어내듯이 희수가 말했다.

"제발, 나한테 잘해주지 마세요."

재준이 멈칫했다.

"제발…… 나한테 다정하지 마세요."

냉정을 유지하기가 힘들어 희수의 목소리가 떨렸다. 재준의 손이 올라와 희수의 볼을 살며시 쥐었다. 그 따뜻함에 겨우 이어 놓은 실이 아슬아슬 끊어질 것 같았다.

"아뇨. 나 희수 씨한테 한없이 잘해줄 거야. 한없이 다정할 거야."

희수가 재준에게 벗어나려 했다. 희수의 허리를 감싼 재준의 손에 힘이 들어갔다.

"내 마음 숨기지 않고 다 보여줄 거야. 희수 씨는 내 마음 받기만 해요."

"우, 우리 이런 사이 아니잖아요."

희수가 떨리는 손으로 자신의 허리를 감싼 재준의 손을 잡아 떼어내려고 했다.

"희수 씨, 잊었어요? 내가 무슨 짓을 해도 희수 씨는 남은 동맹 기간 동안 나한테 벗어날 수 없어."

물러나려는 희수의 엉덩이를 강하게 끌어당겨 자신의 몸에 바짝 붙이며 하는 재준의 말에 희수의 입에 벌어졌다. 재준이 동맹 기간을 이런 식으로 사용할 줄은 몰랐다.

"그러니까 도망갈 생각하지 말고. 내 마음 잘 봐요. 난 이제 거짓 없이 희수 씨 좋아하는 마음 다 보여줄 테니까."

그 말에 희수의 심장이 두근거렸다. 바로 코앞에 있는 재준의 눈빛이 진지하고 강렬했다. 희수의 눈 밑이 파르르 떨리는 것이 느껴졌다. 가까스로 희수가 마음을 진정하고 말했다.

"난 3월이면 캐나다에 갈 거예요. 그러니까…… 제발."

"가고 싶으면 가요. 내가 따라가면 되니까. 난 희수 씨가 어딜 가더라도 따라갈 수 있어."

희수의 말문이 막혀버렸다. 심장이 제멋대로 뛰어서 밖으로 튀어나올 것 같았다.

"농담 아니니까. 진지하게 들어요. 난 당신 아니면 안 된다는 걸 알았으니까 끝까지 쫓아갈 거야."

희수가 동작을 멈췄다. 가만히 재준의 품에 안긴 희수의 얼굴로 다가온 그의 손은 무척 따뜻했다. 그 다정함에 왈칵 눈물이 나올 것 같아서 희수가 눈시울을 붉힌 채 시선을 다른 곳으로 돌렸다. 재준의 두 손이 희수의 얼굴을 감싸고 시선을 재준에게 맞췄다.

"나 희수 씨 좋아해. 내 공간에 자연스럽게 들어와 내 마음을 흔든 사람은 희수 씨뿐이야."

그의 진지한 눈빛이 희수의 심장을 톡톡 건드렸다.

"희수 씨 아픔도 같이하고 싶어. 희수 씨가 내 이야기 들어주는 것처럼 나도 희수 씨 이야기 들어줄 거야."

그의 따뜻한 말이 희수의 눈에 눈물이 맺히게 했다.

"재촉 안 할 거니까…… 천천히 와요."

부드럽게 다가온 재준의 입술이 희수의 입술을 열었다. 희수가 재준의 목에 팔을 걸고 그와 이마를 맞댔다. 맺힌 눈물이 떨어질 것 같아 계속해서 눈을 깜빡거렸다.

재준의 희수를 꽉 안아주었다. 그의 큰 손이 다가와 희수의 등을 쓰다듬어주었다. 결국 눈물이 두둑 하고 떨어졌다. 아슬아슬 붙어 있던 실이 뚝 하고 끊기는 느낌이었다. 희수의 감정이 그 무너진 실을 넘어 흘러 내려왔다.

희수는 재준의 무릎에 앉아서 그와 몸을 밀착한 민망하고 우스운 자세로 한참을 눈물만 흘리고 있었다.

희수의 집, 주전부리로 과자를 먹으려고 과자 봉지를 뜯던 미정이 벌어진 입을 다물지 못하고 희수를 쳐다보고 있었다.

"그러니까…… 그 동맹남이 함재준, 그 함재준?"

"응."

대답을 하는 희수의 볼이 붉게 물들었다. 미정의 눈이 껌뻑거리고 있었다.

"와아……. 상상도 못한 일이라 무슨 말을 해야 될지 모르겠다."

미정은 사실 정훈에게 '함재준이 희수를 찾아왔었다'는 말을 듣고 희수를 찾아왔다. 혹시나 하는 생각은 들었지만, 자신의 상상이 너무 비현실적이라고 생각했었다. 희수 입으로 그 동맹남이 함재준이라는 말을 듣고 미정은 얼이 빠진 것처럼 멍하니 희수만 쳐다보고 있었다.

　마침, 희수의 휴대폰이 울렸다. 미정이 발신자 이름을 확인하고 입이 벌어졌다.

　"네."

　-뭐 해요?

　"친구 와서 같이 있어요."

　-미정이라는 친구?

　"네."

　-난 감독이 좀 보자고 해서 사무실 가고 있어요.

　"잘 다녀오세요."

　잘 다녀오라는 소리가 좋았는지, 재준의 웃음소리가 수화기를 통해 들렸다. 미정이 희수 옆으로 와서 궁금하다는 듯이 귀를 기울였다.

　-희수 씨, 친구한테 내 이야기했어요?

　"……방금."

　-친구가 놀랐겠네. 희수 씨 친구 너무 궁금해요. 다음에 한번 보자고 해요.

　"……네."

　미정이 수화기에서 흘러나오는 재준의 목소리를 들었는지 갑자기 바닥에 벌러덩 누워서 몸을 이리저리 굴렸다.

　-보고 싶어요.

　재준의 말에 희수가 대답을 못하고 몸을 꼬았다. 이런 적은 처음이라 뭐라고 말해야 될지 몰라 얼굴만 붉히고 있었다. 나도 보고 싶기는 한 것 같은데, 부담스럽기도 하고……. 아직은 이런 말을 듣는 것이 어색했다.

-나중에 또 전화할게요.

다행히 재준은 희수의 대답을 기다리지 않은 것 같았다.

'네'라고 대답하고 전화를 끊었다. 전화기가 끊기자 미정이 소리를 질러서 귀를 잠시 막았다.

"미쳤어, 미쳤어. 진짜 함재준이야. 꺄악!"

미정이 팔딱팔딱 뛰다가 희수 앞에 앉았다.

"함재준이 옆에 있는데, 다른 남자가 눈에 들어올 리가 있나. 난 그런 줄도 모르고 헛물켰네. 미안해서 어쩌나……."

쓸쓸한 표정의 정훈을 생각하며 미정은 정훈에게 너무 미안해졌다. 하지만 철옹성같이 열리지 않을 것 같은 희수의 마음을 함재준이 조금이나마 열었다고 생각하니 그에게 너무 고마워졌다.

"함재준이랑 이희수? 이게 웬 조합이라니. 일단 함재준이 네가 좋다고 했단 말이지. 너는? 너는 뭐라고 했는데?"

"아직 대답은 안 했어. 재준 씨가 그냥 기다린다고 해서."

미정이 방방 다시 뛰기 시작했다.

"미쳤어. 내가 드라마를 너무 많이 봤나 봐. 그냥 이건 드라마라는 생각밖에 안 들어. 남주 함재준. 여주 이희수."

"……."

"함재준이 너 캐나다 가는 건 알아?"

"응."

"뭐래?"

희수의 얼굴이 붉어졌다.

"따라온대……."

"따라간대……. 엄마야! 내가 왜 가슴이 뛰지?"

계속해서 방방 뛰고 있는 미정을 보며 희수가 말했다.

"미정아……. 정신 사나워. 잠시만 앉아 있자."

"너는 어쩜 그렇게 덤덤해. 미쳤어. 함재준인데……. 기다려준대. 따라간대. 드라마야. 꺄악~"

완전히 흥분한 미정에게서 아이돌을 향해 외치는 10대 소녀 같은 비명 소리가 나왔다. 희수가 미정의 호들갑에 그냥 웃고만 있었다.

갑자기 미정이 들고 있던 과자를 천장으로 던지며 말했다.

"야호~ 폭죽을 터트려라!"

완전히 흥분한 미정을 보며 희수는 머리가 아프다는 듯이 이마를 짚었다.

"사람들이 나더러 사차원이라고 하는데, 사실 진정한 사차원은 미정이 너라고 생각해."

미정은 희수의 말에도 아랑곳하지 않고 진짜 폭죽을 터트리듯이 과자를 던져놓고 그 밑에서 팔을 벌리고 한 바퀴 돌며 과자를 온몸으로 받았다. 춤을 추는 것처럼 보이기도 했다. 미정의 코믹한 모습에 희수가 피식 웃고 말았다.

"에헤라디야~ 이건 바로 연애의 시작이다."

연애라니……. 희수에게 너무 사치스러운 것이라고 생각하며 고개를 절레절레 흔들었다.

그러나 희수의 생각과는 다르게, 미정의 말처럼 희수와 재준의 연애가 시작되었다.

희수는 재준을 따라 이태원의 굽이굽이 휘어진 작은 골목길을 걸어 올라갔다. 차가 들어오지도 않는 이런 작은 골목에 식당이 있다는 것이 신기했다. '비스트로'라고 적힌 작은 간판이 눈에 들어왔다. 재준이 문을 열고 들어가자 한 외국인이 나와 재준을 반겼다.

「Qui est-elle?」

불어로 그녀가 누구냐고 묻는 것 같았다. 재준이 유창한 불어로 대답하며 웃었다. 짧은 금발의 남자가 다가와 희수의 손을 마주 잡았다. 당연히 악수를 하는 줄 알았는데, 그 남자는 희수의 손을 들어 손등에 입을 맞췄다. 재준이 다시 불어로 그 남자에게 뭐라고 말을 하며 희수의 손을 뺐다.

'불어도 할 줄 아는구나……'라고 생각하며 재준이 안내하는 자리로 가서 앉았다.

"재준 씨, 불어도 하는군요."

재준이 희수의 말에는 대답 않고 엉뚱한 말을 했다.

"여기 음식 맛있어요. 근데, 절대 혼자 오지 말아요. 다음에도 나랑 같이 와. 알겠죠?"

희수가 고개를 끄덕이며 '네'라고 대답했다. 어차피 오는 길이 복잡해서 혼자는 다시 찾아오라고 해도 못 올 것 같았다.

희수의 대답이 마음에 든다는 듯이 그가 싱긋 웃었다. 재준이 쓰고 있던 모자도 벗고 얼굴을 감싸고 있던 목도리도 벗고, 외투도 벗었다. 항상 집에서만 봐서, 외출할 때는 저렇게 가리고 다녀야 되는 사람이라는 것을 잊고 있었다.

"그렇게 다 감싸도 사람들이 함재준인 걸 알지 않을까요?"

"사람들은 걸을 때 생각만큼 주위를 잘 둘러보지 않아요. 그래서 이동할 때는 나를 알아보는 사람이 없어요. 어딘가에 앉아 있거나 머무를 때, 사람들이 알아보죠."

"그럼 곧 재준 씨 알아보는 사람 있겠네요……."

희수가 말꼬리를 흐렸다. 사람들의 시선이 있다면 불편할 것 같다는 말은 하지 못했다.

"오늘 테이블은 내가 다 예약했어요. 나는 상관없는데 희수 씨가 곤란해질까 봐."

"네?"

희수가 당황한 표정으로 주위를 둘러보았다. 프랑스 비스트로를 연상시키는 작은 규모의 식당이기는 했지만 테이블 수가 꽤 되는데도 정말로 손님이 없었다.

"요리도 서빙도 다 루이가 할 거고. 근사한 호텔 레스토랑을 비울까 하다가 희수 씨가 너무 부담스러울까 봐 못했어요."

지금도 충분히 부담스러웠다. 차라리 집에서 만날 걸 그랬다는 생각을 하며 희수가 작게 한숨을 쉬었다.

"후회는 안 할 거예요. 루이가 요리는 잘하거든."

루이가 나와서 식전에 마시는 아페리티프 와인을 희수의 잔에 따라주었다. 산뜻하고 달지 않아 희수가 괜찮다는 듯이 고개를 끄덕거리자 루이가 희수에게 눈웃음 지었다. 재준이 불어로 또 뭔가를 말하자 루이가 시무룩한 표정으로 사라졌다.

"뭐라고 한 거예요?"

"희수 씨가 알 필요 없는 말."

재준이 앞에 놓인 희수의 손에 자신의 손을 포개며 눈웃음 지었다. 그 눈빛에 애정이 가득해서 희수는 저도 모르게 눈을 아래로 깔았다. 아직은 여과 없이 드러내는 재준의 감정들을 소화하기가 힘들었다.

연어 샐러드가 애피타이저로 나왔다. 이번에는 루이가 희수와 눈도 맞추지 않고 서빙을 했다. 희수가 연어만 골라 먹자 재준이 장난스럽게 말했다.

"샐러드도 좀 먹어요."

희수가 멈칫하더니 덤덤하게 말했다.

"먹으려면 먹을 수 있지만, 별로 먹고 싶지 않아요. 어렸을 때, 야채 안 먹으면 많이 혼났어요."

"어머니가 혼냈어요?"

"……아뇨. 고모한테."

"고모?"

희수가 머뭇거리며 답을 못하자 재준이 부드럽게 말했다.

"말하기 싫으면 억지로 하지 마요. 편하게 말하고 싶을 때 해요."

재준의 다정한 음성에 희수가 띄엄띄엄 말을 시작했다.

"미국에서 고모랑 같이 살았는데……. 어렸을 때요. 고모가 좀 엄해서……. 음식을 남기면 많이 혼났어요. 고모는 화를 내면 많이 무서웠어요. 혼나기 싫어서…… 야채가 별로 먹고 싶지 않아도 억지로…… 다 먹었어요. 그 기억이 싫어서…… 야채는 별로……."

어느새 재준이 옆자리로 옮겨와 희수의 머리를 쓰다듬었다. 재준이 안쓰럽다는 듯이 희수를 바라보고 있었다.

동정을 받을 만큼 자신이 불쌍하지는 않다고 생각한 희수가 재준의 손을 뿌리치며 조용히 말했다.

"동정은 싫습니다."

재준의 손이 희수의 뺨을 감쌌다. 그의 손은 강하고 따뜻했다.

"동정이 아니에요."

"……."

"좋아하는 사람의 아픔을 공유하고 공감하는 거예요."

그 말에 희수가 재준을 멍하니 쳐다보았다. 동정이 아니라 공유와 공감!

그동안 속에 있는 아픈 상처들을 보이기 싫어했다. 보이면 약점이 되고 약점이 안 된다면 동정이라 생각했다. 그런데 그게 아니라면? 혹시 난 사람들이 공감해주려던 슬픔을 나 혼자 간직하려고한 것은 아닐까? 내 주위에 다가오는 사람들의 진심을 알려고 하지 않고 다 내쳐버린 것은 아닐까?

"하기 힘든 말인데, 말해줘서 고맙다고 생각해요."

말을 하는 재준의 손이 희수의 볼을 다정하게 스쳐 지나가 희수의 머리카락을 귀 뒤로 넘겨주었다.

"어린 희수가 많이 아팠겠네."

그 말에 눈시울이 붉어지고 코끝이 찡해져서 고개를 숙였다. 고개를 숙이자 샐러드가 보였다. 별로 먹고 싶지 않던 샐러드 한 조각을 입에 넣었다. 어렸을 때처럼 그렇게 쓰지 않은 맛이었다.

재준이 잘했다는 듯이 머리를 쓰다듬어주었다. 기분이 나쁘지않았다.

"하아……."

재준의 혀가 희수의 입 속을 휘젓고 물러났을 때, 희수의 입에서 가느다란 신음 소리가 나왔다.

재준이 희수의 허리와 목덜미를 받쳐주며 희수를 침대에 눕혔다. 재준의 혀가 쇄골을 지나 가슴에 와서 바짝 선 유두를 빨았다.

희수의 몸이 움찔거리는 것이 느껴졌다. 재준의 숨소리가 가빠지고, 희수를 가랑이 사이에 끼운 채로 윗옷을 벗었다. 그의 탄탄한 몸이 드러나자 부끄러워져 고개를 다른 쪽으로 돌렸다.

재준이 희수의 입구를 혀로 자극하자 더 부끄러워졌다. 하지만 곧 그가 주는 자극에 희수도 모르게 신음 소리를 내며 허리를 비틀었다.

"흐응……."

침대 시트를 꽉 잡은 채로 떨며 신음을 흘리는 희수의 모습이 색정적이었다. 재준이 몸을 일으켜 희수와 눈을 마주치며 자신의 분신을 희수에게 보여주며 말했다.

"희수가 너무 예뻐서 커져버렸어."

장난스런 그의 말을 못 들은 척하며 고개를 돌리고 시선을 피하자, 재준이 피식 웃으며 콘돔을 씌우고 희수와 몸을 포갰다.

"하아! 좋아."

재준의 페니스가 희수의 속살을 침범하며 내뱉는 낮은 신음 소리가 희수의 귀에 너무 외설적으로 들렸다. 자신도 모르게 몸을 움찔거리며 재준의 목에 팔을 걸었다. 재준이 움직이기 시작하자, 그 자극에 아랫배에 힘이 들어가고 온몸이 흥분으로 떨려왔다.

희수가 재준의 크기에 익숙해진 듯하자 몸을 일으켜 희수의 다리를 더 벌리고 빠르게 움직였다.

"앙, 으흥……."

콧소리와 섞여서 나는 신음 소리가 멈추지 않았다. 재준이 움직이며 내는 퍽퍽 소리와 젖은 살들이 부딪치는 소리가 침실을 메웠다.

재준이 희수의 한쪽 다리를 어깨에 올리고 다른 쪽 다리를 그의 허벅지에 두르게 했다. 한 손으로 계속 희수의 가슴을 주무르며 격하게 움직이기 시작했다.

"아으응…… 하앙, 좋, 아요, 하아, 너무."

희수의 입에서 숨김없는 쾌감의 소리가 나왔다. 희수의 속살이 너무 뜨겁고 좁아 금방이라도 사정할 것 같아, 재준이 몸을 구부려 희수의 두 손을 잡고 입을 맞추며 사정을 늦췄다.

희수는 눈동자가 풀린 채 재준을 쳐다보고 있었다. 가쁘게 몰아쉬는 숨결에 희수가 느끼는 향락의 열기가 전해졌다. 그 열기가 사랑스러워 재준이 희수의 두 손을 잡고 몸을 완전히 밀착한 채 엉덩이와 허리만 천천히 움직였다.

"하아……. 으응……."

재준이 희수와 시선을 맞췄다. 재준의 마음이 그대로 전해지는 것 같은 기분이 들어 희수의 얼굴이 붉어졌다. 정말 마음을 나누는 기분이었다. 나를 아껴주는 사람과 몸과 마음을 나누는 기분.

가슴속 깊이 느껴지는 충족감에 손을 올려 재준의 목에 매달려 희수가 먼저 그의 입 속에 혀를 넣었다. 재준이 희수의 혀에 적극적으로 반응했다. 재준이 웃고 있는 것처럼 느껴졌다.

"하아……. 마음에 들어."

희수가 입을 떼자 들리는 재준의 목소리에 희수가 부끄러운 듯이 웃었다. 붉어진 얼굴로 미소 짓는 희수의 모습에 자극을 받았는지 재준이 희수의 두 다리를 들어 올려 어깨에 걸쳤다. 희수의 허리를 꽉 잡은 채로 강하게 피스톤질을 하기 시작했다. 질척거리는 소리가 다시 침실을 메웠다.

"하으응. 아아앙……."

희수의 온몸이 격렬하게 반응하며 정신이 아득해졌다. 쾌락의 시간으로 빠져들어 아무 생각도 나지 않았다. 내 앞에 있는 재준만이 중요할 뿐이었다. 세상에 오직 재준과 희수만이 존재하는 것 같았다. 정말 재준과 희수만이 세상에 존재했으면 좋겠다고 잠시 생각했다.

상헌의 사무실, 재준이 기분 좋은 미소를 지으며 상헌에게 물었다.

"연말에 스케줄 어떻게 돼?"

"영화가 크리스마스 때 개봉하는데 홍보 좀 해야지."

"시사회 말고는 크게 갈 데 없잖아."

"팬사인회 하나 잡혀 있어."

"나 새해는 제주도에서 보낼 거야. 2박 3일 정도."

상헌이 재준의 스케줄표를 보면서 말했다.

"그때 별일 없기는 하네. 그 차도녀 데리고 제주도 가게?"

재준이 피식 웃으며 대답했다.

"응."

"우리 함 배우 이러는 거 처음 봐서 당황스럽다. 얼굴에 '나 연애해요', '내가 푹 빠졌어요'라고 적혀 있는데, 곧 다른 사람도 눈치챈다. 조심해라."

상헌이 놀리면서 하는 경고에도 화를 내지 않고 웃기만 했다.

"크리스마스 때는 뭐 하지?"

상헌이 버럭 화를 내며 말했다.

"크리스마스 때는 일해야지. VIP 시사회 가고. 연애만 하지 말고, 어떻게 홍보할지 고민도 좀 하고."

"영화는 잘될 거야. 내가 선택했는데."

자신만만하게 말하며 재준이 웃었다.

"이 자식이 약 먹고 체했나? 왜 이렇게 혼자만 꽃밭에 있어?"

꽃밭에 있기는 하지……. 재준도 이런 적은 처음이라 자신에게 적응이 안 되기는 했다.

상헌이 몸에 두드러기가 난다는 듯이 몸을 긁는 것을 보며 피식 웃고, 희수에게 톡을 보냈다.

[우리 크리스마스 때는 뭐 할까요?]

한참 동안 답이 없어서 전화기를 내려놓고 일어나려는데 톡이 왔다는 알림이 들렸다.

[이번에 개봉하는 재준 씨 영화 보고 싶어요.]

희수의 답을 보고 입가에 미소를 띠었다. 그리고 상헌을 보며 물었다.

"형, 내가 희수 데리고 영화관 가면 눈에 많이 띌까?"

"당연히 눈에 띄지, 안 띄냐? 함재준 때문에 영화 보는 사람이 얼마나 많은데. 그 많은 사람들 눈을 어떻게 피해?"

"그렇겠지?"

재준이 생각에 잠겼다가 턱을 한번 문지르며 말했다.

"무슨 수를 내야겠다. 우리 희수가 보고 싶다는데, 보여줘야지."

"미친 새끼!"

상헌이 고개를 절레절레 흔들며 하는 말에도 재준이 빙긋 웃었다.

재준의 한남동 집, 일어나려는 희수를 재준이 다시 잡아 눕히고 말했다.

"자고 가요."

"내일 아침 일찍 일이 있어요."

"내가 일찍 깨워줄게요. 몇 시에 일어나야 돼요?"

재준이 휴대폰을 들어 알람을 맞추려는 것을 보고 희수가 머뭇거리다 말했다.

"여섯 시에 깨워주세요."

재준이 빙긋 웃으며 알람을 맞추고 희수의 어깨를 잡고 다시 침대에 눕혔다.

"샤워라도 하고 올게요."

"나중에…… 나중에 해요."

재준의 다리가 올라와 희수의 다리를 옭아매서 일어날 수도 없었다. 희수가 가볍게 한숨을 쉬며 재준 쪽으로 몸을 돌렸다. 재준이 희수의 머리를 쓰다듬었다. 어느덧 이 손길에 굉장히 익숙해진 느낌이었다.

한번 흘러내린 마음은 다시 주워 담아지지 않았다. '이래도 되는 것일까?'라는 의문이 항상 떠올랐지만, 재준과 같이 있으면 가슴에 있던 통증이 사라졌다. 명치끝이 더 이상 아프지 않았다. 재준에게 다가가는 자신의 마음이 두려우면서도 설렜다.

미정의 말처럼 희수는 지금 재준과 연애를 하고 있는 것 같았다. 서로의 아픔을 같이 슬퍼해주고 어루만져주는 그런 연애.

"희수 씨는 나한테 궁금한 거 없어요?"

"있어요."

즉각 나오는 희수의 대답에 재준이 궁금하다는 듯이 희수를 쳐다보았다.

"왜 영화배우가 됐는지 궁금했는데……. 인터뷰 기사를 찾아봐도 없어서."

"희수 씨, 내 기사도 읽어요?"

희수가 고개를 끄덕였다.

요즘 시간 나면 재준의 기사를 읽고 댓글도 읽고, 영화도 보고, 카메오로 출연한 드라마도 보고 있었다. 필름 메이킹 영상을 유튜브에서 찾아 보고, 해외 팬미팅 영상들도 유튜브에서 보고 있었다.

하지만 재준은 예능이나 인터뷰를 잘 하지 않아서 그의 속마음에 대해선 찾기가 힘들었다. 영화배우가 된 이유가 궁금했는데 아무리 찾아도 없었다.

"사실 나도 내가 영화배우가 될 줄은 몰랐어요. 그냥 반항심에 끄적거리던 시나리오가 공모전에 당선되고 그 시나리오로 독립영화를 만들자는 감독이 나온 거예요. 감독이 나를 보더니 영화의 주연을 하라네. 싫다고 했죠. 그럼 조연이라도 하래요. 해봤더니 재밌고 신나더라고요. 그 길로 쭉 영화판에 있어요."

"영화는 언제부터 좋아했어요? 그리고, 시나리오는 언제부터 썼어요?"

정말로 궁금하다는 듯이 눈을 빛내며 희수가 물었다.

"이 이야기를 하려면 좀 거슬러 올라가요. 내가 중학교 때, 교환 교수로 간 아버지를 따라 캘리포니아에 갔죠. 어머니도 같이. 처음 이었어요. 할머니 품에서 벗어나 부모님이랑 같이 산 것은."

"……."

"그런데 이 사람들이 내가 모른다고 생각했는지 각자 바람을 피 웠어요. 외롭고, 팽개쳐진 기분이 들었어요. 한국이 정말 그리워서 책도 많이 읽고 영화를 많이 봤어요. 외로울 때 보는 영화가 좋더 라고요. 영화는 그때부터 좋아했어요. 시나리오를 쓴 것은 한국어 과외 선생님 때문이었고."

"한국어 과외 선생님요?"

"네. 고등학교 방학 때, 한국 나와서 한국말을 조금 더듬거렸더 니 할아버지가 한국어 과외 선생을 따로 보냈어요. 말은 영어만 쓰 니까 조금 더듬거린 것뿐인데, 할아버지는 그걸 못 참으셨죠. 어쨌 든 내 과외 선생이 유명한 소설가 박영은이었어요. 선생님이 시나 리오 쓰는 걸 가르쳐줬어요."

박영은이라고 말하며 재준이 그립다는 표정을 짓자 기분이 이 상했다. 희수가 자신도 모르게 혼잣말처럼 중얼거렸다.

"영은…… 예쁜 이름이군요."

재준이 하하 소리 내서 웃었다.

"박영은 몰라요? '오늘도 우리는 운다'의 저자."

희수가 얼굴을 붉히며 고개를 저었다.

"난 소설은 잘 안 읽어요. 무슨 말인지 잘 몰라서. 전문 서적만 읽어요."

진지한 희수의 말에 재준이 뭐가 그렇게 웃긴지 한참을 웃었다.

희수가 재준을 멍하게 쳐다보았다. 역시 재준은 나와 다른 유머 코드를 가지고 있었다.

"소설보다는 전문 서적이 희수 씨랑 훨씬 잘 어울려요."

"……."

"박영은 선생님은 남자예요. 우리 어머니 사건 이후로 우리 집안의 과외 선생은 모두 같은 성별이에요."

"아……."

재준이 귀엽다는 듯이 희수를 쳐다보더니 희수의 이마에 입을 맞추고 물었다.

"궁금한 거 풀렸어요?"

"네."

결국 재준도 외로울 때 보던 영화가 좋아 영화배우가 되었다는 소리인 것일까? 내가 위로를 해줘야 되는 것일까? 재준은 신기하게도 가슴 아픈 이야기를 아무렇지도 않게 했다. 가슴 아픈 이야기 자체를 꺼내기 싫어하고 꽁꽁 싸매고 있는 자신과는 달리 강한 사람이었다.

희수가 손을 들어 재준의 얼굴을 쓰다듬었다. 재준이 갑자기 희수를 숨 막히도록 꽉 껴안았다.

'당신이 너무 좋아'라고 말하는 재준이 좋아 희수도 재준의 가슴에 얼굴을 묻었다.

희수는 재준이 그녀의 등을 부드럽게 애무하자 '으음' 소리를 내며 깼다.

"일어나야죠."

재준의 낮은 음성이 희수의 귓가에 들리고 희수는 비몽사몽간에 눈을 비볐다. 이제는 익숙해진 재준의 침실이 눈에 들어왔다. 몸을 일으키려 할 때, 재준이 희수의 어깨를 잡아 눌러서 일어날 수가 없었다. 재준이 등 뒤로 바짝 다가와 희수의 은밀한 곳에 손을 넣고 지분거렸다.

"재준 씨!"

그만하라는 듯이 희수가 재준을 불렀다. 재준이 희수의 목덜미에 키스하며 말했다.

"한 번쯤 희수 씨 깨워주고 싶었어. 섹스로."

"하!"

어이가 없다는 짧은 감탄사가 희수의 입에서 나가도 재준은 움직임을 멈추지 않았다. 어깨와 등을 입으로 애무하고 손은 계속해서 희수의 클리토리스를 자극했다.

"아흐……. 그만, 나 늦는 거, 싫어요."

"걱정 마요. 일부러 일찍 깨웠으니까."

말을 하면서 재준은 희수의 뒤에서 한 손으로 희수의 어깨를 잡아 눌러 희수가 일어나지 못하게 했다. 그러면서 다른 손으로 단단해진 자신의 페니스를 희수의 질 입구에 비비고 있었다.

언제 저렇게 단단해졌을까? 단단해진 정도로 보아 금방 사그라지지 않겠다는 생각이 들어 희수가 체념한 듯 일어나려던 움직임을 멈췄다.

희수가 일어나려 하지 않자, 재준이 그녀의 어깨를 잡아 누르던 손으로 희수의 가슴을 움켜쥐었다. 엄지와 약지로 그녀의 유두를 가볍게 꼬집자 희수가 바로 '으응' 소리를 냈다. 재준이 희수의 귀를 한번 핥고 나서 말했다.

"젖었는데…… 많이."

재준의 말에 희수의 얼굴이 붉어졌다. 재준을 말릴 수 없다고 생각했지만, 그에 만만치 않게 자신도 말릴 수 없다고 생각했다. 재준이 준비를 마쳤는지 콘돔을 끼고 희수를 엎드리게 한 후, 희수의 둔부를 잡고 천천히 들어왔다.

"아응."

재준의 페니스가 완전히 희수의 몸에 들어오자 희수가 입술을 꽉 물며 신음 소리를 냈다. 전신을 휘감는 이 아찔한 감각은 오직 재준만이 줄 수 있는 쾌감이라고 생각했다. 재준의 움직임이 강하고 빨라서 희수는 침대에 팔을 대고 쓰러지려는 자신의 몸을 지탱했다.

"아앙, 하아……."

희수의 자궁 깊숙이 재준의 페니스가 와서 닿는 느낌이었다. 미칠 듯이 좋아서 크게 소리를 지르고 싶은 심정이 되었지만, 한 가닥 남아 있는 희수의 이성이 말했다.

"으응. 흑……. 아아앙. 그만……."

희수의 속살에서 나오는 많은 양의 애액 때문에 철퍽거리는 소리가 침실을 울렸다. 재준의 페니스를 꽉 물고 놔주지 않는 것은 희수인데 '그만'이라니……. 피식 웃는 재준의 눈이 쾌감으로 풀리고 온몸이 흥분으로 떨렸다. 입으로 가쁜 숨을 내쉬며 재준이 말했다.

"아직, 멀었어요."

재준의 피스톤질이 더 빨라졌다. 희수가 그 힘을 이기지 못하고 앞으로 쓰러졌다. 재준이 희수의 두 팔을 들어 그녀의 몸을 일으키고 재준 쪽으로 잡아당기며 강한 허릿짓을 계속했다. 희수의 몸이 속절없이 흔들렸다.

"아홋……. 아, 아으응……. 하아. 그만……."

희수의 몸이 자신의 의지와 상관없이 움직였다. 입에서 나오는 소리는 자신이 들어도 음탕했다. 머리는 그만해야 된다고 말하지만, 희수의 속살에서 울컥거리며 애액이 나오는 것을 보니 몸은 정직했다. 재준의 강한 팔에 잡힌 자신의 몸은 재준의 의지대로 움직이고 있었다.

강한 자극이 계속되자 희수가 허리를 비틀며 절정을 맞았다. 그녀의 속살이 크게 수축하면서 재준의 페니스를 꽉 조였다.

"크흑!"

재준도 단발의 신음 소리와 함께 희수의 안에다 자신의 정액을 쏟아냈다. 황홀한 쾌감을 느끼며 희수의 등에 몸을 붙였다. 기운이 빠진 듯이 엎드려 가쁜 숨을 몰아쉬는 희수의 등에 천천히 키스를 했다. 숨을 고른 재준이 콘돔을 빼고 희수의 옆에 누워 그녀의 허리와 엉덩이를 이어주는 곡선을 어루만지며 말했다.

"Good Morning!"

이것보다 더 좋은 아침이 있었을까? 자신의 몸을 부드럽게 애무하는 재준의 손길이 좋았다. 사랑받는 그 느낌이 좋아 희수는 몸을 움직이지 않았다. 그러다 그 손길을 즐기는 자신이 부끄러워져서 침대에 고개를 묻었다.

희수가 옷을 입고 거실로 나오자 재준이 희수의 입에 토스트를 물려주었다. 희수가 토스트를 입에서 빼고 말했다.

"시간 없어요. 이빨도 닦았고."

급하게 나가던 희수가 다시 돌아와 재준의 입술에 입을 맞췄다.

저가 먼저 입을 맞추고도 자신도 놀란 듯이 눈을 크게 뜨고 얼어서 재준을 몇 초간 쳐다보다 후다닥 뛰어나갔다.

희수가 나가고, 한동안 얼굴 붉히고 서 있던 재준이 느긋하게 욕실로 들어가 물을 틀었다. 물이 따뜻해지길 기다리며 욕실을 둘러보았다. 욕조 옆에 희수가 쓰는 샴푸와 세정액 등이 놓여 있었고, 거울 앞 선반에는 희수가 쓰는 화장품이 가지런히 놓여 있었다.

자신의 칫솔 옆에 놓인 희수의 칫솔을 보고 흐뭇하게 웃으며 따뜻한 물줄기 아래에 들어가 느긋하게 샤워를 즐겼다. 정말로 기분 좋은 아침이었다.

희수에게 빠져 계절이 어떻게 흘러갔는지 몰랐다. 정신을 차려 보니 어느덧 캐럴송이 울려 퍼지는 연말이었다. 재준은 방송국 대기실에서 인터뷰 질문을 훑어보고 있었다. 형철이 대기실 문을 열고 들어와 재준에게 두툼한 봉투를 건넸다.

"여기. 형 말대로 프리미엄 영화관 다 예매했어요."

형철이 재준에게 두툼한 표를 건네주었다.

"개인적인 부탁까지 시켜서 미안. 그리고 고맙다."

"아뇨. 형이 조심하느라 그러신 거 알아요."

형철의 말에 재준이 형철의 등을 두드리며 고마움을 표시했다.

"형!"

"왜?"

"요즘…… 형, 보기 좋아요. 활기차 보이고. 잘 웃고."

말이 별로 없는 형철이 이런 말을 할 정도면 재준이 정말로 보기가 좋았나 보다. 피식 웃으며 자리에 앉아 다시 인터뷰 질문을 읽었다.

개인적인 질문 없이 영화에 관한 질문만 받기로 했는데, 가족에 대한 질문이 섞여 있어 빨간색으로 표시를 해놓았다. 마지막에 결혼은 언제 할 거냐는 질문이 있어서 빨간색으로 줄을 그으려다 멈칫했다.

오늘 인터뷰에서는 예외적으로 결혼에 대한 질문을 받기로 마음먹었다. 대답은 '나이가 있어서 빨리하고 싶다' 정도로 하면 될 것 같다고 생각했다.

요즘 희수가 내 인터뷰 기사나 영상도 보는 것 같으니, 만약 이걸 본다면 뭔가 느끼는 것이 있지 않을까? 결혼할 거면 캐나다 가기 전에 하는 것이 좋은데, 희수는 아무 생각이 없겠지?

희수에게는 천천히 오라고 해놓고 재준의 머릿속에선 이미 희수와 결혼해서 아이도 낳았다. 희수와의 사이에서 난 아이는 정말 똑똑하고 예쁠 거라는 상상을 하면서 재준은 혼자 피식거리며 웃었다.

인터뷰 내용을 다 훑어보고 리포터를 불러 질문 내용과 수위를 정했다. 큐 사인이 들어가고 녹화가 진행되었다. 영화에 관한 내용이 대부분인 인터뷰는 녹화 시간 내내 화기애애했다. 전에는 리포터들이 냉정하고 차가운 재준을 어려워하고 힘들어했는데, 오늘은 조금 달라진 재준의 분위기에 녹화가 한결 수월하게 진행되었다.

형철의 말이 맞았다. 재준도 요즘 자신이 활기차고 잘 웃는 것이 느껴졌다. 재준이 희수의 닫힌 마음을 열고 있다고 생각했는데, 희수가 먼저 재준의 닫힌 마음을 열어버렸다. 그것도 활짝.

조금 억울하기도 하다. 재준은 희수 마음을 얻으려고 갖은 노력을 다하는데, 희수는 아무 노력도 없이 존재 자체로 내 마음을 열고 내 공간에 깊숙이 들어왔다.

재준이 희수를 생각하면서 혼자 피식거리며 웃었다. 인터뷰를 하는 지금도 희수 생각을 하다니, 정말 중증이다.

재준의 차가 고즈넉한 골목길을 올라가 한옥으로 지어진 집 앞에 섰다. 자갈이 깔린 주차장에 차를 세우고 계단을 올라가니 황실장이 이미 나와서 재준을 반겼다.

"재준 군, 영화 개봉했다고 들었습니다."

"네. 잘 지내시나요?"

"저는 항상 똑같습니다."

"할아버지가 왜 부르셨는지 아시나요?"

재준의 물음에 황 실장의 얼굴이 굳어졌다가 다시 미간을 펴고 대답했다.

"일단 들어가서 회장님과 말씀 나누시지요."

식탁에는 이미 저녁상이 차려지는 중이었다. 정 회장이 재준을 보고 빨리 와서 앉으라는 손짓을 했다. 별장지기가 주는 물수건을 받아 손을 닦는 재준을 정 회장이 가만히 노려보았다.

"왜요? 또 뭐가 불만이십니까?"

재준의 말에 정 회장이 물었다.

"너, 이 교수 캐나다 가는 건 알고 있냐?"

다짜고짜 묻는 질문에 어이가 없어져 코웃음 치며 말했다.

"그걸 할아버지가 어떻게 아시죠? 아니, 당연히 아시겠네."

"이 교수 캐나다 대사관에 몇 번 들락거려서 알아봤다. 너도 알고 있구나."

"네."

"어쩌려고?"

"어쩌긴요. 따라가야지. 희수더러 좋은 기회를 놓치라고 할 수 없잖아요. 난 비교적 움직이기 쉬운 직업을 가지고 있고."

정 회장이 끙끙 앓는 소리를 냈다. 못마땅하다는 표정이 정 회장의 얼굴에 가득했다.

"이 교수가 따라오라던?"

"희수는 그런 말 안 해요."

"그럼 왜 쫓아가겠다는 거냐?"

재준이 물컵을 들어 물을 마시며 대꾸했다.

"도망가겠다는 희수 겨우 붙잡아 내 옆에 뒀어요. 이제 시작인데, 그렇게 보내버리면 안 되잖아요. 따라가야지."

정 회장이 재준의 말에 얼굴을 잔뜩 찌푸렸다. 희수가 재준을 떠나기를 바라면서도 재준이 희수를 생각하는 마음이 희수가 재준을 생각하는 마음보다 훨씬 깊은 것 같아 꼴 보기 싫었다.

"네가 뭐가 부족해서. 어쨌든 이 교수가 쫓아오라는 소리는 안 했단 말이지?"

"네."

요즘 희수는 먼저 입을 맞춰오기도 하는 등, 재준에게 마음을 여는 중이었다. 재준은 그 모습이 너무 좋아서 희수를 매일매일 옆에 두고 심정이었다. 희수를 생각하며 입꼬리를 올리는 재준을 보며 정 회장이 혀를 끌끌 찼다.

"밥이나 먹어라."

퉁명스러운 정 회장의 말에도 빙긋 웃으며 재준이 숟가락을 들었다. 식사가 끝나고, 정 회장이 별장지기가 내온 차를 마시며 재준을 불렀다.

"준아!"

어렸을 때처럼 자신을 부르는 정 회장의 목소리에 고개를 들어 정 회장을 바라보았다.

"마지막으로 물어본다. 회사에 들어올 생각은 없는 거냐?"

"아직도 포기 안 하신 할아버지가 대단하십니다."

재준이 머리가 아프다는 듯이 이마를 한번 쓸어내리고 계속해서 말했다.

"희수가 그러더라고요. 난 내가 좋아하는 걸 하는 게 맞고, 회사 경영은 전문 경영인이 하는 것이 맞다고."

정 회장이 재준을 말없이 쳐다보다 말했다.

"알겠다. 아마 내가 죽으면 전문 경영인한테 맡길 수밖에 없을 것 같다. 다들 하나같이 왜 그 모양인지……."

재준은 완벽주의자인 할아버지 마음에 드는 자식이나 손주는 아무도 없을 거라는 대답을 하려다가 말았다.

"할아버지도 이제 좀 쉬엄쉬엄하시죠."

"돌아가는 상황이 내가 쉴 수 없게 만든다."

말을 하는 할아버지가 피곤해 보였다.

"올해 설은 2월이더라. 설날에 성북동 오라고 하면 안 오겠지?"

"네."

"그럼, 설날 지나고 같이 제주도 별장이나 놀러 가자. 좀 쉬어야겠다."

정 회장이 눈을 감고 미간을 만졌다. 그런 할아버지를 보니 복잡한 감정이 들었다. 철이 들고는 할아버지 말에 반항만 하고 살아온 재준이었다. 평소처럼 퉁명하고, 차가운 말투가 아닌 다정한 말투로 정 회장에게 말했다.

"그러죠. 저도 연말만 지나면 한가합니다. 이제 할아버지 자주 찾아뵙죠."

정 회장이 재준을 의아한 눈으로 쳐다보며 말했다.

"평소 하던 대로 해라. 적응 안 된다."

재준이 피식 웃었다. 그 웃음에 평소처럼 냉소가 담겨 있지 않아 정 회장이 의아함에 재준의 얼굴을 쳐다보았다. 찬찬히 훑어보니 재준의 얼굴이 한결 편해 보였다. 재준이 행복하다는 듯이 미소 지으며 정 회장과 이런저런 이야기를 했다. 오랜만에 재준과 따뜻하고 편안한 대화를 하는 것 같았다.

정 회장이 재준을 먼저 집으로 보내고, 황 실장이 정 회장을 수행하려 서재에 들어오자 말했다.

"조만간 이 교수만 따로 볼 수 있게 자리를 한번 만들어야겠어."

'네. 알겠습니다'라는 황 실장의 대답을 들으며 정 회장이 자리에서 일어나 별장을 나왔다.

희수는 모자를 푹 눌러쓴 재준이 안내해주는 영화관 안으로 들어갔다. 보통 상영관과 다르게 의자가 소파처럼 널찍하고 편안했다. 대신 상영관이 별로 크지 않고 좌석수가 많지 않았다.

"이런 영화관이 있었군요."

아무도 없었지만 상영관 안이라 목소리를 작게 줄이며 하는 희수의 말에 재준이 대답했다.

"프리미엄 영화관이래요. 나도 처음 왔어요. 사실 시사회 말고 영화관에 온 게 몇 년 만이지 모르겠어요."

재준이 희수를 앞쪽 자리 가운데로 데리고 가서 앉히고 커피를 건네주었다.

"고마워요."

주위에 사람이 없는데도 희수가 계속해서 작은 목소리로 말했다.

"오늘 좌석은 내가 다 예약했어요. 편하게 말해요."

그 말에 희수가 얼굴이 굳어져서 재준을 바라보았다. 재준이 편하게 모자를 벗고 외투를 벗어 옆 좌석에 걸쳐두고 앉았다.

"재준 씨……."

"왜요?"

"……아니에요."

말을 하려다 그만두는 희수였다.

"말해요."

재준이 커피를 꼭 쥔 희수의 손 위로 자신의 손을 포개며 말했다.

"나는…… 이런 건 부담스러워요. 정말 고맙지만…… 나는 이런 게 불편하고 어색하고……. 그래요, 미안해요."

말을 하는 희수의 손이 가늘게 떨리고 있었다. 재준의 호의를 잘 받아들이지 못하는 자신을 그가 싫어할지도 모르겠다고 생각했다.

"왜 미안해요? 불편하고 싫으면 이야기해요. 참지 말고."

희수가 재준을 쳐다보았다. 정말 다 이야기해도 되는 것일까?

"희수 씨는 이런 이벤트 싫어하는구나. 하나 배웠네."

"너무 거한 건…… 싫어요."

재준이 희수의 머리를 쓰다듬었다.

"그럼 오늘만 봐줘요. 오늘은 사람들 시선을 피하고 싶었어요.

특별한 날이잖아. 연인들을 위한 크리스마스."

"……미안해요. 내가 먼저 영화 보자고 했는데. 이런 건 상상을 못해서."

재준이 몸을 구부려 희수의 이마에 입을 맞추고 희수를 안았다.

"또 싫거나 불편한 거 있으면 말해요. 서로 솔직하게 말하면서 다가가는 거예요."

서로 솔직하게 말하면서 다가가는 것! 희수가 그 말을 머릿속에서 한 번 더 되뇌었다. 정말 그래도 되는 것일까? 내가 솔직하게 다 말하면 재준이 나를 싫어하게 되지는 않을까?

희수는 유독 감정이 얽힌 관계에서는 싫어도 싫다고 말하지 못하고 불편해도 불편하다고 말하지 못했다. 감정이 얽히지 않는다면 이성적으로 판단해 조리 있게 말할 수 있는데, 조금의 감정만 얽혀도 그게 잘 되지 않았다.

재준에게도 조심스러워 말하지 못하는 부분들이 있었는데, 재준은 솔직하게 말하며 서로에게 다가가는 것이라 말해준다. 다른 사람들은 그런 희수가 어둡다고, 희수가 느리다고 재수 없다고 말하는데 자신의 모든 것을 포용해주는 재준에게 미안하고 고마웠다.

"미안해요……. 너무 느려서."

"충분히 빠르니까 걱정 말고."

재준이 괜찮다고 말해주었다. 갑자기 희수는 눈시울이 붉어져서 눈을 깜빡거렸다. 한동안 희수가 재준의 품에 안겨 아무런 말도 하지 못했다.

영화가 끝나고 재준과 함께 조심스레 영화관을 나와 희수의 차를 탔다. 재준이 말없이 얼굴만 붉히다가 희수에게 말했다.

"생각보다 부끄럽네. 희수 씨랑 같이 내 영화 보는 건."

희수가 재준의 말에 작게 미소 지으며 말했다.

"재밌었어요. 눈을 뗄 수 없게 영화를 만들었네요. 재준 씨 액션 신이 굉장히 멋있어요."

재준의 얼굴이 더 붉어졌다. 다른 사람이 멋있다고 말해주는 것보다 희수가 멋있다고 말해주는 것이 재준에게 훨씬 의미 있었다.

재준이 입가의 미소를 어쩌지 못하고 희수에게 말했다.

"한남동으로 갈래요?"

"아뇨."

일부러 더 시무룩한 표정을 짓는 재준을 보고 희수가 눈매를 곱게 접으며 웃었다.

"오늘은 우리 집에 가요."

재준의 표정이 놀람으로 가득했다. 정말이냐고 되묻는 것 같았다.

"재준 씨한테 보여줄 것들이 있어요."

희수의 얼굴이 상기되어 있었다. 재준에게는 희수의 공간을 보여줘도 될 것 같았다. 아니, 보여주고 싶었다. 희수 속에 숨어 있는 상처받고 웅크린 어린아이를 보여줘도, 재준이라면 괜찮다고 말해줄 것 같았다.

희수가 재준에게 허락한 공간은 항상 현관문 앞까지였다. 사실 현관문 앞도 희수의 허락을 받고 온 적은 없으니 재준에게 허락된 희수의 공간은 없었을지도 모르겠다.

현관문을 여는 희수의 뒷모습을 보는 재준은 감동스럽기까지

해서 희수를 뒤에서 꼭 안았다. 희수가 잠시 재준의 품에 안겨 있다 말했다.

"우리 집이…… 상상한 것과 다를 수도 있어요."

희수의 말에 재준이 농담처럼 말했다.

"집 안에 남자만 없으면 돼요."

"일단 들어와요."

희수가 현관문을 완전히 열었다. 신발을 벗은 재준의 눈에 들어온 거실, 일단 거실 벽면을 차지한 스타워즈 포스터들이 눈에 띄었다. 거실 바닥을 돌아다니는 드로이드, R2D2와 BB8이 마스터 요다와 함께 가지런히 놓여 있었다. 거실 장식장에는 다양한 스타워즈 피규어들이 줄을 맞춰 놓여 있었다. 거실 한가운데를 차지한 탁자에는 뭔가를 조립하다 만 듯이 레고 피스들이 놓여 있었다. 자세히 보니 램프나 소파 옆에 놓인 무릎 담요도 다 스타워즈 캐릭터들이었다.

"남자는 없지만, 스타워즈 캐릭터들이 있어요."

재준이 턱을 만지며 희수를 한번 쳐다보고 거실을 다시 쳐다보았다. 그러다가 혼자 이것저것 만져보며 한참을 웃었다.

사실 재준은 희수의 본가에 갔을 때, 희연이 희수를 깎아내리기 위해 했던 말들을 기억하고 있었다. 그래서 희수가 스타워즈를 좋아하는 것은 알고 있었지만, 이 정도로 덕후라고는 상상하지 못했다.

아무렇지도 않은 척하고 있지만 희수는 귀가 빨개져 있었다. 그 모습이 사랑스러워 재준이 계속해서 웃었다. 웃음을 그치지 못하는 재준에게 희수가 말했다.

"더 보여줄 게 있어요."

희수가 마스터 베드룸을 열었다. 재준이 헉 소리를 내며 장식장들을 훑어보았다. 레고 스타워즈 조립 완성품들이 벽면을 둘러싼 장식장들을 가득 채우고 있었다. 그리고 방 안 한가운데를 위풍당당하게 차지하고 있는 큰 함대 모형까지.

"이걸 희수 씨가 다 조립한 거야?"

재준의 눈이 임페리얼 스타 디스트로이어로 향하자 희수가 조금 들떠서 말했다.

"네. 이건 임페리얼 스타 디스트로이어라고 불러요. 제국군의 주요 함선이죠. 다양한 크기가 있어요. 장식장을 잘 살펴보면 각기 다른 크기의 스타 디스트로이어를 찾을 수 있어요."

희수의 말을 듣고 장식장 안을 천천히 들여다보았다. 똑같은 모양의 비행선들이 여러 개가 있기도 했다.

"똑…… 같은 걸 여러 번 맞추기도 했네요."

"네."

장식장 안에 스톰 트루퍼, 보바 펫, 오비완 캐노비, 그리버스 장군 등등 재준이 이름을 말하기 힘든 각종 캐릭터들이 가지런히 놓여 있었다.

"난 레고로 이런 캐릭터들이 나오는지도 몰랐네요."

라고 말하며 장식장을 지나 책장으로 가서 가지런히 꽂힌 책들을 보았다. 그리고 재준이 혼자 어깨를 들썩이며 웃었다.

"진짜 상상이랑 다르네. 희수 씨 책장은 전문 서적으로 가득할 거라 생각했는데……. 하하."

"스타워즈 책들도 전문 서적입니다."

전문 서적이라고 말하는 희수의 눈이 한없이 진지해 재준은 입술을 깨물며 웃음을 삼켰다.

희수가 책장으로 다가가 스타워즈 책들을 꺼내 재준에게 보여주었다.

"이건 시스의 역사를 보여주는 책이에요. 어린이용이지만 내용이 너무 알차서 샀어요. 이건 스타워즈 백과사전이라고 부를 수 있는 책이죠. 이거 볼래요? 제다이 배틀이라는 책이에요."

어린아이처럼 흥분해서 여러 책을 꺼내 보여줬다. 영어로 된 책은 제다이의 역사를 타임라인으로 그려서 설명해놓았다. 희수가 진지하게 책을 펼쳤다.

"어린 제다이는 영글링이라고 불려요."

제다이에 대해 설명하기 시작하는 희수의 표정이 너무 진지해서 재준도 진지하게 이야기를 들었다.

재준이 터져 나오는 웃음을 삼키다가 희수가 보여준 책 표지에 '어린이 독자를 위한 책'이라고 적혀 있는 것을 보고 더 이상 참지 못하고 배를 잡고 한참을 웃었다.

희수가 얼굴이 붉어져 재준을 쳐다보았다. 재준이 진지하게 이야기를 들어주는 것 같아 자신도 모르게 흥분해서 너무 다 보여줬다는 생각에 부끄러워졌다.

얼굴을 붉히고 서 있는 희수를 품에 안고 재준이 말했다.

"희수 씨, 진짜 귀엽네."

그 말에 희수의 얼굴이 더 붉어졌다.

"희수 씨, 침실은 어디예요?"

"반대쪽 작은방……."

"이렇게 큰 마스터룸은 스타워즈만을 위한 공간인 거예요?"

재준이 천장을 올려다보았다. 어디서 구했는지 스포트라이트들을 마치 은하계 행성들이 우주 공간 속에 있는 것처럼 보이게 설치해놓았다.

"난 거실만 보고 희수 씨 덕후라고 생각했는데……. 하하. 이 방은 완전 스타워즈 세계로 들어온 것 같네요. 희수 씨 진짜 의외예요."

"침실에도 뭐가 있긴 한데……."

조금 부끄럽다는 듯이 말하는 희수를 보며 재준이 빙긋 웃으며 말했다.

"아까도 말했지만, 남자만 아니면 돼요."

희수가 재준의 대답을 듣고 말없이 재준을 끌고 침실로 향했다. 거실을 가로지르며 재준은 각종 드로이드들을 잘 피해야 했다.

침실 문을 연 희수가 긴장한 것처럼 재준 옆에 서 있었다. 사람 크기의 츄바카와 캡틴 파스마 피규어를 보고 예상처럼 재준이 배를 잡고 웃기 시작했다.

"하하. 츄바카는 알아보겠는데, 얘는 누구예요?"

"캡틴 파스마라고……. 좋아하는 악역 캐릭터요."

재준의 웃음소리가 커졌다.

"희수 씨 취향이 마스크 쓴 남자예요?"

희수가 입술을 잘근 깨물더니 말했다.

"캡틴 파스마는 여잔데……. 사람들이 다 남자라고 생각해서 속상해요."

"하하."

재준이 뭐가 그리 웃긴지 계속해서 웃었다. 그러다가 희수를 잡아서 침대에 눕혔다.

"너무 귀엽잖아……."

재준의 입술이 희수의 입술 위로 내려앉았다. 재준이 희수의 입술을 열고 그녀의 혀를 부드럽게 말아 올리고 희롱하더니 그녀의 입 안 깊숙이 들어와서 희수의 타액을 달콤하다는 듯이 음미하며 빨았다. 재준이 입을 떼고 희수의 타액을 꿀꺽 소리 내며 삼키고 말했다.

"당신이 더 좋아졌어."

희수의 심장이 두근거렸다. 재준이 희수를 있는 그대로 받아주었다. 희수를 이상하다 말하지 않고 더 좋아졌다고 말해주었다. 재준의 입술이 희수의 이마와 콧잔등에 와서 닿았다. 입술을 가볍게 지나 목덜미에 혀를 댔다. 그의 눈이 욕망으로 물드는 것을 보며 급하게 희수가 말했다.

"여기서는 안 돼요."

"난 하고 싶은데."

재준의 손이 희수의 옷 속으로 들어왔다.

"츄이(츄바카 애칭)랑 파스마가 보고 있어서 안 돼요."

재준이 희수의 허리를 쓰다듬으며 물었다.

"그럼, 거실에서?"

"안 돼요. 거기도 보는 눈이 많아서. 특히 마스터 요다한테는 혼날 것 같아요."

"그럼, 스타워즈 방에서?"

"안 돼요. 하다가 비행선이 조금이라도 부서지면 재준 씨 미워할 것 같아요."

재준이 그 말에 큰 소리로 웃기 시작했다. 희수가 귀여워 못 견디겠다는 듯이 희수의 온몸에 쪽쪽 소리를 내며 버드 키스를 했다.

"그럼 그냥 여기서 해요. 츄바카랑 캡틴 파스마한테 남친 소개하는 자리로 하죠. 강한 인상을 남겨줄게."

재준이 희수를 다리 사이에 끼우고 윗옷을 벗었다. 재준이 머리를 한번 쓸어 올리고 희수를 보며 씩 웃었다. 그가 너무 섹시하게 보여서 희수가 얼굴을 붉힌 채 고개를 돌려 츄바카에게 조용히 말했다.

"미안해, 츄이. 그냥 눈 감아."

재준이 희수의 말을 들었는지 희수와 이마를 맞대고 하하 소리를 내며 웃었다. 한참을 웃던 재준의 움직임 시작되고 두 사람이 만들어내는 열기에 방 전체가 후끈해졌다.

재준의 품에 안긴 희수는 온갖 감정이 솟아오르는 것 같아 잠시 눈을 감았다. 이 공간에 누가 들어올 수 있을 거라는 생각은 해보지 않았다. 그런데 지금 재준이 이렇게 희수의 침대에 누워 희수의 머리카락을 쓰다듬고 있었다.

재준은 자신의 마음을 먼저 활짝 열어 보이더니 이젠 희수의 마음까지 열어버렸다. 희수와 같은 아픔을 가지고 있지만 재준은 희수만큼 어둡지 않았고 상처를 상처로 받아들이고 인정하는 성숙한 사람이었다. 눈앞의 재준을 쳐다보았다. 희수도 그런 재준을 닮고 싶었다.

재준이 침대 옆에 있던 다스 베이더 램프를 바라보며 물었다.

"이건 절대 1, 2년 모아서 가질 수 없는 컬렉션이네. 언제부터 이렇게 스타워즈에 빠졌어요?"

"중학교 때부터."

"중학교는 한국에서 나왔다고 하지 않았어요?"

"네⋯⋯."

어린 시절 상처만 남긴 미국 생활을 끝내고 한국에 왔을 때는 기뻐서 울기까지 했었다. 하지만 한국 생활도 미국 생활만큼 외롭다는 것을 깨닫기까지 몇 달도 채 걸리지 않았다.

여전히 희수가 무엇을 좋아하고 무엇을 원하는지 관심 없는 아버지와 희수에게 의무감으로 말을 거는 어머니 사이에서 희수는 외로웠다. 그리고 아버지만 없으면 느껴지는 어머니의 견제와 희연의 시기가 있었다. 처음에는 모든 것이 아팠는데 계속되니 무뎌지기까지 했었다.

생각해보니 희수는 그때 겨우 열네 살이었는데⋯⋯. 중학생 희수는 맺힌 게 많아서 하고 싶은 말이 많았는데, 어른이 된 희수는 그 상처에 잠식당해 재준이 물어봐도 쉽게 말을 꺼낼 수 없었다.

"우주라는 공간이 무서웠어요. 어둡고, 까맣고, 한번 빨려 들어가면 헤어 나올 수 없을 것 같아서⋯⋯."

재준의 손이 희수의 얼굴을 부드럽게 쥐었다.

"어두운 것은 싫었어요. 우주는 어둠을 대표하는 것 같아 더 싫었고⋯⋯."

희수는 거기서 말을 멈췄다. 아직 재준에게 다 이야기할 수는 없을 것 같았다.

미국에 있던 어린 희수에게 어둠은 무서움과 외로움이었다. 고모의 말을 조금만 거슬러도 어두운 방에 갇혀 나오지 못했던 희수에게 깜깜한 우주는 어둠을 상징했고, 그래서 우주라는 공간이 무서웠다.

한국에 온 희수에게도 어둠은 무서운 것이었다. 가족이 같이 살아도 존재감 없는 희수는 우주라는 공간에 홀로 뚝 떨어진 것 같았다. 혼자가 되어 한없이 우주 속을 유영할 것 같은 그런 무한의 공포. 그 공포는 희수를 한없이 가라앉게 했고 절망에 빠뜨렸다.

그래서 우주라는 공간은 무한의 외로움과 절망이었는데 우연히 스타워즈 영화를 보고 그 외로움이 무한이 아니라 유한이 되었고, 절망이 아니라 희망이 되었다고…….

왜 아직까지 재준에게 속 시원히 이야기할 수 없는 것일까? 재준처럼 아픔과 상처를 인정하자고 이성적으로 생각해도 아직 희수의 감정은 이성을 따라올 수가 없었다.

"재준 씨……. 미안해요. 다음에 이야기해요."

"그래요. 하고 싶을 때 해요. 기다릴게."

기다린다는 그 말이 좋아 재준의 가슴에 얼굴을 깊게 묻고 팔로 그의 등을 꽉 안았다. 재준도 팔에 힘을 주고 희수를 꽉 안아주었다.

재준의 살 내음이 좋았고, 그의 심장 소리가 좋았다. 이렇게 재준에게 빠져도 되는 것일까? 아직 재준에게 모든 것을 보이지 못하는 나 같은 아이가 정말로 재준을 좋아해도 되는 것일까?

재준이 희수의 얼굴을 들어 부드럽게 키스했다. 재준의 눈을 바라보는 희수의 눈이 파르르 떨렸다. 가슴이 아플 정도로 재준이 좋아진 것 같았다.

새해가 되기 전, 본가에 오라는 아버지의 명령에 희수가 잠시 본가에 들렀다. 어머니는 희연을 데리고 친정에 갔는지 집에 보이지 않았다. 소파에 마주 앉자마자 들리는 아버지의 목소리.

"함 배우랑은 잘 만나고 있냐?"

오랜만에 본 아버지가 한 첫 마디였다.

"네."

"새해는 어디서 보내려고?"

"재준 씨가 시간 비워놓으라고 해서 비워놨어요. 저도 어디서 보낼지는 잘 몰라요."

"정 회장님은 아무 말이 없었고?"

"무슨 말씀요?"

"결혼 이야기라든지. 병원 이야기라든지."

결혼이라……. 안 그래도 희수는 재준의 영상 인터뷰를 보고 결혼에 대해 한번 생각해보았다. 하지만, 희수에게 결혼은 멀고 먼 이야기일 뿐이었다.

"그 후로 정 회장님을 뵌 적이 없습니다."

"이제 새해만 지나면 봄도 금방인데, 천천히 준비를 해야 되지 않겠니?"

아버지 말씀이 맞았다. 봄도 금방인데 천천히 캐나다에 갈 준비를 시작해야 될 것 같았다. 정말 재준이 희수를 따라올까? 재준은 따라온다는 말만 했었지, 희수가 캐나다 어디로 가는지도 아직 묻지 않았다. 우리는 앞으로 어떻게 되는 것일까?

희수의 입에서 가벼운 한숨이 나왔다. 희수가 갑갑하다고 생각했는지 아버지가 호통을 치듯이 말했다.

"그렇게 가만히 있지만 말고 적극적으로 결혼 이야기도 해야지. 벌써 너희가 만난 지 1년이 지났다. 그러다 함 배우 마음이라도 변하면 어쩌려고 그래?"

아버지의 말을 들으며 희수는 '벌써 재준과 동맹을 맺은 지 1년이 넘었구나……'라는 생각을 했다. 많은 일들이 있어서 1년이 훨씬 넘은 것 같은 기분이 들었다. 동맹을 맺고 깨고, 다시 동맹을 맺고, 그리고 연애하는 기분이 드는 현재.

딴생각을 하고 있는 듯한 희수가 못마땅했는지 아버지가 혀를 차며 말했다.

"넌 어려서부터, 단 한 번에 내 마음에 들게 대답하는 일이 없지."

아버지 말을 한 귀로 듣고 한 귀로 흘렸다. 하지만, 그 뒤에 들리는 아버지 말에 희수가 눈을 크게 떴다.

"내가 직접 함 배우를 만나든지 해야겠다. 저번처럼 병원으로 찾아오면 좋겠는데……."

"재준 씨는 왜 만나시게요? 결혼 이야기라면 제가 하겠습니다."

"두고만 볼 수 없어서 그렇다."

갑자기 아버지가 자세를 바로 하더니 계속해서 말했다.

"RNC 생활 건강에서 병원을 만들고 있는 것은 알고 있냐?"

"네?"

설마 재준의 어머니가 부사장으로 있다는 RNC 생활 건강을 말하는 것일까? 갑자기 희수는 아버지의 입에서 나올 다음 말이 겁이 났다.

"1년 전부터 떠돌던 소문이 공식적으로 발표되었지. 내가 몇 년 전, 함 교수님 수술을 집도해서 정 부사장을 알고 있어서 정말 다행이었다.”

“아…… 버지.”

“지하 5층, 지상 20층 규모의 병원을 서울 시내 한복판에 짓는다.”

희수가 떨리는 목소리로 물었다.

“그게…… 아버지랑 무슨 상관이죠?”

“새로 만든 병원에 병원장이 필요하겠지.”

희수의 손이 떨리기 시작했다. 머릿속에 ‘설마, 설마’라는 생각만 계속해서 맴돌았다.

“저번에 정 회장님 만났을 때, 슬며시 언질을 했다.”

아버지의 말에 눈앞이 캄캄해지고 희수의 숨이 막혀왔다.

생각해보니, 아버지가 희연을 재준에게 소개해주려고 했을 때가 희연이 대학생이던 5, 6년 전이었다. 그리고 연락이 끊겼다고 들었었다. 혹시 아버지는 새로 짓는다는 병원 때문에 함 교수님께 다시 연락한 것이었을까?

“RNC 미래 병원의 초대 원장이라니……. 듣기 좋지 않니?”

보기 드물게 아버지가 웃고 있었다. 그 모습에 갑자기 구역질이 일어났다.

“새로 짓는 병원 소문을 듣고 오랜만에 함 교수님한테 전화해서 병원에 와달라 부탁했지. 함 교수가 가족사진을 보더니 너를 알아보더구나. 미국에서 희수 너랑 같이 일한 적이 있다며? 네가 한국에 들어와서 교수 임용된 것도 알고 계셨지.”

“…….”

“그리고 함 교수님이 먼저 선을 보자고 했었다. 희연이 아니라 잠시 망설였어. 너는 그때 선을 볼 때마다 퇴짜만 맞았으니 믿을 수가 있어야지. 정말 중요한 선이었는데…… 다행히 네가 함 배우 마음에 들었다. 네가 처음으로 쓸모 있었어."

아버지의 한 마디 한 마디가 뾰족한 가시가 되어 희수를 찌르는 것 같았다. 아버지의 얼굴을 보기가 싫어, 희수가 얼굴을 두 손으로 가리고 심호흡을 했다.

갑자기 전화기가 울렸다. 모르는 번호였다. 이상한 예감에 휩싸여 통화 버튼을 눌렀다.

-이 교수님, 저는 정 회장님 비서실장 황규태입니다.

"네."

-전에 얼굴은 한번 뵈었죠.

"네."

-정 회장님이 이 교수님을 만나고 싶어 하십니다. 재준 군 모르게.

아버지가 재준과 자신을 결혼시키려는 진짜 이유를 안 이 순간, 절묘하게 걸려온 정 회장의 전화가 정말 거짓말 같다고 생각했다.

희수가 벌벌 떨리는 손을 진정시키며 대답했다.

"네, 알겠습니다."

휴대폰을 힘없이 내려놓았다. 탐욕에 가득 찬 아버지의 눈을 노려보며 다리에 힘을 주고 일어났다.

"어디 가냐?"

대답을 하지 않았다. 문을 꽝 닫고 나오는 희수의 귀에 '저, 버르장머리'라고 중얼거리는 아버지의 목소리가 들렸다. 심장이 아파 죽을지도 모르겠다고 생각했다. 이렇게 아프니 재준이 떠올랐다. 그게 희수의 심장을 더 아프게 했다.

8. 공간의 정리

상헌은 실실 웃으며 사무실로 들어오는 재준을 보면서 말했다.

"너도 알고 있구나? 이번 영화 벌써 백만 넘은 거?"

재준이 상헌의 말을 듣고 오히려 놀란 표정이었다.

"그래?"

"몰랐어? 그럼 넌 뭐 때문에 그리 실실 웃었냐?"

희수를 생각하면서 웃었다고 하면 분명 상헌이 또 '팔불출!' 하며 놀릴 것이 뻔했다. 상헌의 물음에 대답은 하지 않고 재준이 소파에 앉으며 물었다.

"왜 오라고 했어?"

"괜찮은 시나리오 들어왔어. 한번 읽어봐."

상헌이 책상에서 두툼한 봉투를 꺼내주며 계속해서 말했다.

"시나리오 보면 알겠지만, 주인공이 굉장히 입체적인 인물이야. 감독이 시나리오도 직접 썼는데, 재준이 너를 생각하면서 썼다고 꼭 전해달래."

아무 생각 없이 시나리오를 펴서 훑어보았다. 국정원 직원인 주인공은 신분을 숨기는 현장요원이다. 그의 고등학교 다니는 여동생이 같은 학교 남학생들에게 강간을 당하면서 영화가 시작된다. 동생을 강간한 학생들이 소위 말하는 재력가의 자식들이라 동생이 오히려 꽃뱀으로 몰린다.

주인공은 동생의 복수를 위해 말단 경찰부터 정계 유력인사들의 부패와 부정을 파헤치다 더 큰 음모를 알게 되고, 그 음모를 파헤치려는 내용의 시나리오였다. 그리고 마지막, 아무도 생각지 못한 큰 반전까지 있었다.

재준은 이야기에 빨려 들어가 그 자리에서 시나리오를 다 읽고 상헌에게 말했다.

"강렬하네. 조금만 더 다듬으면 대작이다."

"제작사도 네가 한다면 바로 투자한다고 했고, 너만 오케이하면 바로 영화 찍을 수 있을걸?"

상헌도 시나리오가 어지간히 마음에 들었는지 열띤 표정으로 재준에게 제작사와 감독에 대해 설명했다.

재준도 마음에 든다는 듯이 시나리오를 탁자 위에 올려놓고 손으로 쓰다듬었다. 그리고 재준의 품에 안겨 열심히 스타워즈에 대해 설명하던 희수를 떠올렸다. 재준에게 다가오려고 노력하는 희수를 생각하니 더 이상 고민할 필요가 없었다. 그런 희수를 놓칠수가 없었다. 올해는 희수와 함께 캐나다에 가야 했다.

시나리오에서 손을 떼고 상헌에게 말했다.

"아쉽지만 다음에. 올해는 좀 쉬고 싶어. 시나리오는 정말 좋다고 감독한테 전해줘."

아쉽다는 표정의 상헌을 뒤로하고 재준은 사무실을 나왔다. 희수를 생각하자 상헌처럼 시나리오가 아깝거나 아쉽지 않았다.

정 회장이 자주 온다는 한식당에서 희수는 정 회장 맞은편에 앉아 그의 말을 기다리고 있었다.

"이 교수, 우리 재준이 많이 좋아하나?"

빙빙 둘러서 물어보지 않고 직설적으로 물어오는 정 회장의 질문에 희수가 잠시 멈칫했다가 대답했다.

"많이…… 좋아합니다."

정말 많이 좋아하고 있었다. 그에게 가는 마음을 막으려 노력해도 어느 순간 막아지지 않았다. 아무도 발을 들여놓지 않았던 내 공간을 보여준 남자는 재준이 유일했다.

"재준이를 위해서 이 교수가 가진 걸 포기할 만큼 재준이를 좋아하나?"

희수는 자신이 가진 것이 많다고 생각해본 적이 없었다. 그래서 크게 망설임 없이 대답했다.

"네."

"그 마음이 변할 것 같지는 않고?"

"저는 한번 좋아한 것은 끝까지 좋아합니다."

거짓이 아니었다. 희수는 한번 마음을 준 것에는 끝까지 마음을 주었다. 좋아하는 마음을 숨길 수는 있어도 거둘 수는 없었다. 그래서 항상 사람을 좋아하는 것에는 시간이 걸리고 힘이 들었다. 하지만, 재준에게 마음의 문을 열게 되었고, 희수는 그 마음이 변하지 않을 거라는 걸 알고 있었다.

정 회장이 희수를 찬찬히 훑어보다 앞에 놓인 차를 한 모금 마시고 희수에게 봉투를 건네주었다.

"이 교수, 이거 한번 보도록 해."

희수가 봉투를 열자, 재준과 희수가 차 안에서 키스를 나누는 사진이 툭 하고 아래로 떨어졌다. 놀란 희수가 사진을 탁자 위로 엎어놓았다.

"그런다고 그 사진이 없어지나? 얼마나 많이 찍혔는지, 막느라고 힘들었네."

정 회장의 말에 희수가 손을 떨며 봉투 안을 들여다보았다. 그냥 봐도 많은 양의 사진이 있었다. 설마 이것이 모두 희수와 재준의 사진인 것일까? 도저히 엄두가 나지 않아 내용물을 꺼내지 못했다.

"요즘 재준이는 차라리 이 교수랑 스캔들이라도 났으면 하는 것 같아. 평소에 정말 조심하는 녀석인데. 여기저기 다 사진 찍히고……."

"……죄송합니다. 부주의했습니다."

정 회장이 희수의 잔에도 차를 따라주었다. 찻잔에서 김이 모락모락 올라왔다.

"근데, 이 교수는 한 번도 궁금하지 않았나? 재준이 내 손자라는 것을 기자들이 몰랐을까? 그 녀석이 예명을 쓰는 것도 아닌데 말이지."

생각해보니 희연의 말대로라면 재준이 가진 주식도 많다고 했으니 재준과 R사와의 관계는 마음만 먹으면 언제든지 밝힐 수 있는 사실이었다.

"내가 철저하게 막아왔네. 자칫 잘못하면 재준의 이미지가 회사의 이미지가 되고, 회사의 이미지가 재준의 이미지가 되기 때문이지. 녀석이 이렇게까지 성공할 줄도 몰랐기에 적당히 막으면 될 줄 알았는데…… 이제는 더 이상 막을 수 있는 정도가 아니네."

정 회장의 입에서 무거운 한숨이 나왔다. 사실 희수가 동창들을 만났을 때도 재준과 정 회장과의 말이 나왔으니 이미 알 만한 사람은 다 안다고 해도 될 정도라고 희수도 생각하고 있었다.

정 회장이 찻잔을 들어 천천히 한 모금 마셨다. 정 회장은 여유로웠지만 희수는 긴장되어 정 회장이 따라준 차에 손이 가지 않았다.

"조만간 공식적으로 발표할 거야. 재준에게도 득이 되고 회사에도 득이 되는 방식으로."

"……네."

"그래서 한동안 회사나 재준이 주위에 잡음이 없었으면 좋겠어."

희수가 가만히 고개를 숙이고 있었다. 정 회장이 희수를 쳐다보다 희수에게 건네준 봉투를 다시 들었다. 그 안에서 뭔가를 찾아 희수에게 건네주었다.

"이번에 조그만 인터넷 신문사가 이 교수를 쫓아다니면서 밝혀낸 사실이야. 읽어봐."

희수가 떨리는 손으로 서류를 받아서 읽었다.

'함재준의 연인?'이라는 제목의 기사였다. 희수가 나온 대학교, 일했던 미국의 대학, 지금 일하는 학교, 희수의 부친의 병원 등이 이니

셜뿐이긴 했지만 정확하게 적혀 있었다.

"어떻게……."

"그 기사를 쓴 기자가 재준을 몇 개월이나 쫓아다녔다네. 그러다 이 교수와 재준이 만나는 것을 알았고, 그다음부터는 이 교수를 쫓아다녔지."

아득해지는 느낌과 함께 어지러워져 희수는 머리에 손을 올렸다.

"재준이 옆에 있으면 이런 일은 다반사이지. 이 교수 이렇게 사생활 밝혀지는 걸 싫어하는 거 아니었나? 감당할 수 있을지……."

정 회장의 말이 꼭 희수는 감당을 못할 테니 재준 옆에 있을 자격이 없다는 말로 들려서 희수가 머리를 짚었던 손을 내리고, 두 손을 꼭 쥐고 말했다.

"감당할 수 있습니다."

"그래? 그럼 다음 장을 넘겨보도록 해."

다른 기사가 있었다. 재준이 정 부사장과 함 교수의 아들이라는 것이 나와 있었다. 물론 이니셜이기는 했지만 아는 사람이 보면 누군지 금방 유추할 수 있는 내용이었다. 이번에 정보희 부사장이 가장 많은 지분을 가지고 있는 계열사에서 국민의 생활건강과 보건 향상에 기여하기 위해 병원을 개원한다는 내용이 있었다. 그리고 병원의 초대 병원장 자리에 재준과 집안 소개로 만난 여자의 아버지인 L 박사가 유력하다는 것까지.

기사를 읽는 희수의 어깨가 부르르 떨렸다. 희수의 귀에 정 회장의 차갑게 가라앉은 목소리가 들렸다.

"자네 아버지가 전에 만났을 때, 나한테 부탁을 했거든. 그걸 기자들이 어떻게 알았을까? 알아보니, 자네 아버지가 말을 흘리고 다닌다더군."

숨이 막히고 눈물이 나올 것 같았다. 눈물 맺힌 눈을 보이기 싫어 희수는 고개를 숙였다.

"다시 한 번 말하지만, 당분간 재준이 주위엔 잡음이 없어야 돼. 재준의 앞날을 위해서. 그러려면 이 교수가 재준의 옆에 있으면 안 될 것 같아. 이 교수의 존재만으로도 잡음이 생길 것 같은데, 자네 아버지까지. 난 자네 아버지 같은 부류의 사람들을 너무 많이 봐서 앞으로 어떻게 될지 눈에 훤히 보이네."

정 회장의 말이 틀린 말은 아니었다. 희수도 이기적이고 탐욕에 가득 찬 아버지가 앞으로 어떻게 나올지 눈에 보였기에 고개를 들지 못했다.

"난 이 교수가 재준의 옆에 있는 것이 그리 마음에 들지 않아."

그 말이 날카롭게 희수의 명치를 긁었다.

"재준이한테서 자네를 떼어놓고 싶어."

정 회장의 말을 들으며 차갑게 식은 찻잔을 들여다보았다. 희수의 피도 차갑게 식었다.

"재준이 옆에는 재준이를 지켜줄 사람이 필요해. 자네는 모르겠지만, 재준이 할머니가 재준이를 엄청 감싸고돌았거든. 자식보다 더 애정을 주었다네. 재준이도 제 어미보다 할미를 따랐고. 한 명만 감싸고돌면 다른 자식들의 반발이 있게 마련이지. 재벌이라고 크게 다르지 않아. 아니 재벌이라 더 그렇지. 다 돈과 주식, 회사 경영권과 연관되어 있으니까."

"……."

"재준이 할미가 죽으면서 많은 것을 물려주었지. 그때도 많은 말들이 오고 갔어. 난 죽은 집사람 마음을 이해해서 다른 자식들의 반발을 막았어. 한데, 내가 죽으면 어떻게 될 것 같나? 어쩌면 큰 싸움이 일어날지도 몰라. 다들 재준이를 물어뜯으려고 하겠지. 재준이 녀석은 내가 녀석을 구속한다고 생각하지만, 난 내 방식대로 녀석을 지키고 있는 거야. 녀석은 죽은 집사람한테도 특별했지만 나한테도 특별하니까. 그래서 난 재준이 곁에 내가 죽어도 힘이 되어줄 수 있는 여자가 있어야 한다고 생각해."

정 회장과 아버지의 차이가 느껴졌다. 아버지는 희수를 희생시켜서라도 더 높은 자리에 오르려 하는데, 정 회장은 진심으로 재준의 안위를 걱정했다. 당신이 죽었을 때 혹시라도 재준이 다칠까 봐 걱정하는 정 회장의 애정이 느껴져서 울컥했다. 재준은 알게 모르게 사랑을 받고 있었다.

희수는 가슴이 꽉 막혀서 말이 나오지 않았다.

"이 교수, 캐나다 갈 계획이라는 것을 들었어."

"……네."

"가지 마."

정 회장의 말에 희수가 고개를 들었다.

"인터넷에 이 교수 이름만 치면 어느 대학에서 무슨 연구를 하는지 다 알 수 있는 세상이야. 자네가 재준이를 떼어놓고 가도 재준이가 찾아갈 수 있지."

희수가 주먹을 꽉 쥐었다. 주먹을 쥔 희수에게 정 회장이 다른 봉투를 건네주었다.

"꺼내서 읽어봐. 난 자네가 재준이를 위해서 얼마큼 포기할 수 있는지 알아야겠네."

희수가 떨리는 손으로 봉투를 열어서 서류를 보았다. 정 회장은 희수가 서류를 읽을 시간을 주며 손수 차를 다시 우려서 희수의 찻잔에 식은 차를 버리고 따뜻한 차를 채워주었다.

"짧게는 6개월, 길게는 1년이야."

희수가 따뜻한 찻잔을 손에 쥐었다.

"······하겠습니다."

희수의 대답을 듣고 정 회장이 희수의 진심을 보려는 듯이 한참을 희수의 눈만 노려보았다. 희수에게 바로 하겠다는 대답을 들을 거라 예상하지 못했던 탓이었다. 희수가 캐나다의 좋은 대학교에 좋은 조건으로 채용되었다고 들었었다. 재준이를 위해서 그 정도는 포기할 수 있다는 것일까?

정 회장이 희수를 쳐다보던 시선을 거두고 천천히 말했다.

"그럼, 지금부터 주변 정리부터 하고."

"네."

"재준이는 모르는 것이 좋겠어. 알면 또 난리를 칠 테니까."

"네."

"나머지는 다음에 만나서 의논하도록 하지."

"네."

정 회장이 방을 나가면서 희수의 어깨를 두드렸다. 희수는 인사를 하고 다시 자리에 앉아 따뜻한 차를 한 모금 마셨다. 지금, 재준이 못 견디게 보고 싶었다.

차 문을 열고 보조석에 타는 희수의 벨트를 매주며 재준이 말했다.

"마음이 통했나 봐요. 나도 희수 씨 너무 보고 싶었거든."

재준의 입꼬리가 귀에 걸려 있었다. 희수가 먼저 보고 싶다고 말한 적은 없었는데, 희수에게서 갑자기 보고 싶다는 연락이 왔다.

"어디 갈까요?"

"우리 집으로 가요. 재준 씨한테 저녁 해주고 싶어요."

"저녁요?"

"네. 내가 요리해준 적은 없잖아요."

"희수 씨가 요리하는 걸 상상해본 적이 없어서……. 엄청 맛없을 것 같은데."

농담처럼 하는 재준의 말에 희수가 말했다.

"나, 요리 잘해요. 혼자 산 세월이 길어서. 뭐 먹고 싶은 거 있어요? 양식, 중식, 일식도 다 해요."

희수의 기분이 좋아 보였다. 재준도 덩달아 기분이 좋아져 말했다.

"일식도요?"

"네."

"스시도 만들고 롤도 만들고? 하하."

"네. 캘리포니아 롤은 전문가 수준이에요."

재준이 농담처럼 웃으며 한 말이었는데, 희수의 대답이 진지했다. 희수가 정말로 요리를 잘한다고? 요리하는 희수가 상상이 되지 않아 재준은 운전하다가 그녀를 쳐다보았다.

"재준 씨, 앞을 보고 운전해요."

재준이 다시 앞을 보고, 희수가 말했다.

"잠시 슈퍼 앞에 세워주세요. 금방 장 봐서 올게요."

희수는 말 그대로 금방 장을 봐서 차로 돌아왔다. 그리고 거침없이 재준을 집으로 데려가 바로 재료 준비를 했다. 도움이 필요 없다는 희수 때문에 재준은 거실을 돌아다니다 스타워즈 깨어난 포스 편을 꺼내서 보기 시작했다.

요리를 하는 희수가 굉장히 활기차 보였다. 영화를 보다 말고 바쁘게 움직이는 희수를 넋 놓고 쳐다보았다. 희수의 또 다른 면을 본 것 같아서 시선을 떼지 못하고 거실 소파에 앉아 부엌만 쳐다보았다.

"희수 씨, 오늘 기분 좋은 일이 있나 봐요?"

희수의 얼굴이 잠시 굳어졌다가 대답했다.

"솔직히 그리 기분 좋은 일은 아니었어요. 그런데, 이상하게 내가 재준 씨를 위해 뭔가를 한다고 생각하니까 기분이 좋아졌어요."

재준은 희수가 자신을 위해 요리를 해서 그런다고 생각하고 기분 좋은 웃음을 터트리며 희수에게 다가왔다.

"난 당신을 보는 것만으로 기분이 너무 좋아."

재준이 어느덧 희수의 뒤로 와서 희수를 꽉 안았다. 재준이 안아 주는 것이 너무 좋아서 잠시 손을 멈추고 재준의 체온을 느꼈다.

희수는 원래 사랑받지 못하는 아이였는데, 재준에게 분에 넘치는 애정을 받는다는 생각이 들었다.

"재준 씨가…… 너무 좋아요."

희수의 말에 재준이 그녀의 몸을 재준 쪽으로 돌렸다. 희수가 희수의 입으로 재준이 좋다고 말한 것은 이번이 처음이었다. 재준이 희수를 숨 막히도록 꽉 안았다. 너무 좋아서 무슨 말을 해야 될지 잘 모르겠다.

"재준 씨를 위해 변하고 싶어요."

이어서 들리는 희수의 진심 어린 목소리에 재준의 가슴이 뭉클했다. 열리지 않을 것 같았던 희수의 마음이 열리고 이제는 나를 위해 변하겠다는 희수가 너무 좋아서 무슨 말을 해야 될지 몰랐다. 좋아한다든가, 사랑한다든가 하는 흔한 말을 지금 하고 싶지 않았다.

재준은 품에 안긴 희수의 턱을 들어 희수가 자신을 쳐다보게 만들었다. 말이 없어도 얼마나 자신이 그녀를 아끼고 사랑하는지 느끼게 하고 싶었다. 재준이 희수의 얼굴을 쓰다듬다가 몸을 구부려 희수에게 깊고 깊은 입맞춤을 했다. 재준의 마음이 전해지는 따뜻하고 감미로운 입맞춤이었다.

"와아……. 예뻐요."

제주도 별장 거실에서 떠오르는 해를 보며 희수가 감탄한 듯이 말했다. 희수를 완전히 뒤에서 감싸 안은 재준은 몸을 조금 구부려 희수의 감탄하는 옆모습을 바라보았다. 희수의 두 눈이 반짝반짝 빛나고 있었다.

"진짜 예쁘네."

재준이 희수를 더 바짝 끌어당겨 자신의 가슴과 희수의 등이 완전히 닿게 하고 이불로 희수를 감싸 안았다. 희수의 등 뒤에 와 닿는 재준의 탄탄한 가슴의 느낌이 좋았다.

희수는 재준의 품에 안겨 있는 것을 좋아했다. 특히 맨살을 대고 재준의 품에 안겨 있는 것은 언제나 좋았다. 어린 시절부터 누군가와 맨살을 맞대고 있었던 적은 없었다. 그 결핍을 메워주기라도 하듯이 재준은 항상 넉넉한 품으로 희수를 안아주었다.

"희수 씨, 새해 복 많이 받아요."

재준이 귓가를 간질거리며 하는 말에 희수가 몸을 움츠렸다 펴며 말했다.

"재준 씨도요."

"우리 이제 천천히 캐나다 갈 준비 해야죠. 내가 알아야 할 것이 있으면 말해요. 도움이 필요해도 말하고."

그 말에 희수가 몸을 돌렸고 재준이 자연스럽게 희수를 무릎에 앉혔다. 희수의 손이 재준의 목에 걸렸다. 재준은 희수가 추울까 봐 이불을 끌어올려 희수의 팔이 나오지 않도록 여며주었다.

"나 어제 재준 씨 기획사 사장님한테 전화 받았어요."

재준이 놀란 눈으로 희수를 쳐다보았다.

"상헌이 형이 어떻게 희수 씨 전화번호를 알았죠?"

"전에 재준 씨 기획사 찾아갔던 거 기억나요? 그날 전화번호 물어보셔서."

"희수 씨 아무 남자한테 전화번호 주고 그래요?"

재준의 눈썹이 화가 난 듯 올라가 있었다. 희수가 '아뇨'라고 대답하고 작게 웃으며 재준의 품으로 파고들었다.

"그래서 상헌이 형이 뭐라고 했는데?"

"재준 씨가 이번에 시나리오 거절했는데, 저더러 한번 설득해달라고 하셨어요."

"상헌이 형은 왜 희수 씨한테까지 연락을 한 건지 모르겠네요."

"정말 안타까워서 그랬나 보죠. 저한테 시나리오까지 보내주셨어요."

"그래서 읽었어요?"

"네. 픽션이라는 것을 알지만 첫 장면부터 내가 보기 힘든 것이 나와서 너무 가슴 아프게 읽었어요. 주인공 마음에 빙의해서 한숨에 다 읽었어요. 원래 픽션은 끝까지 읽지를 못하는데……."

재준이 낮게 웃다가 말했다.

"왜요? 스타워즈는 픽션 아닌가? 스타워즈 책은 하루에도 몇 번씩 읽는 거 아니에요?"

희수의 눈이 진지해져서 대답했다.

"스타워즈는…… 허구가 아니에요. 머나먼 우주에서 실제로 일어나는 일이에요."

재준이 희수의 몸을 끌어당기며 한참을 웃었다. 희수가 사랑스러워 그녀의 얼굴에 계속해서 버드키스를 했다. 예전에는 재준이 이마나 코에 키스를 하면 손등으로 쓱 닦아내더니, 이제 희수는 재준의 애정표현을 익숙하게 받아들이고 있었다.

"시나리오 너무 재밌었다고 말해주고 싶어요. 이번 작품 하고 싶으면 해요. 나 상관하지 말고. 나 캐나다 안 가기로 했어요."

희수의 말을 들으면서 계속 쪽쪽 소리를 내며 가볍게 키스를 하던 재준이 동작을 멈추고 희수를 쳐다보았다.

"왜요?"

"우리 둘의 미래를 위해서요."

"난 희수 씨가 캐나다 가도 따라갈 수 있어요. 난 비교적 자유로운 직업을 가지고 있잖아. 나를 위해 희수 씨 꿈을 포기하는 것은 싫어."

"재준 씨를 위해서가 아니에요. 말했지만 우리의 미래를 위해서

예요."

"희수 씨, 오랫동안 준비해온 일을 그렇게 쉽게 포기할 수 있어? 난 내가 꿈을 위해 모든 걸 다 포기했던 사람이라 희수 씨를 이해하기 힘들어요."

"내가…… 캐나다로 가려고 했던 이유는……. 가족들 때문이었어요."

희수가 시선을 아래로 떨구며 힘겹게 말했다.

"물론…… 좋은 대학에서 내가 좋아하는 일을 하는 것도 좋지만……. 그런 건 굳이 캐나다가 아니어도 할 수 있었어요. 한국에서 살면서 그들을 보는 게 너무 힘들었어요. 사실…… 한국에 있는 동안 아버지를 만나기 싫어서 재준 씨랑 동맹을 맺은 거니까……."

재준이 말없이 희수를 꽉 안아주었다.

"재준 씨는 내가 뭔가를 포기하는 것이 싫다고 했죠? 나도 그래요. 재준 씨가 나 때문에 한국에서 이뤄놓은 일을 포기한다면 싫을 것 같아요."

"난 희수 씨가 캐나다 가도 일은 계속할 생각이었어요. 내가 영화 촬영하는 몇 달은 희수 씨 못 보겠지만, 그 정도는 충분히 감내할 수 있다고 생각했어요. 그리고 캐나다에 가면 본격적으로 시나리오를 써보고 싶었어요."

희수가 재준에게서 몸을 떼고 재준을 놀란 눈으로 쳐다보았다.

"그게 진짜 내 꿈이었어요. 너무 잘생겨서 배우가 되기는 했지만."

희수가 재준의 말에 웃었다. 반달 모양으로 휘어진 희수의 눈매가 귀여워 희수의 눈에 쪽 소리를 내며 입을 맞추고 말했다.

"그러니까 나 상관하지 말고 캐나다로 가요."

희수가 재준의 품으로 파고들며 그의 등을 꽉 안았다.

정말 사랑받는 느낌이었다. 나 같은 아이를 이렇게 배려해주는 재준이 고마워서 말을 잇지 못했다. 이런 재준을 위해 희수도 뭔가를 해주고 싶었다.

"재준 씨……. 고마워요."

"뭐가?"

"나한테 한국은 피하고 싶은 곳이었어요. 미국에서 처음 한국으로 왔을 때, 그저 한국은 잠시 머무는 곳이라 생각하고 왔었어요. 한국에 있으면 어쩔 수 없이 마주하게 되는 가족들이 싫었거든요. 근데 이제 재준 씨 때문에 용기가 나요. 나도 이제 아버지한테 하고 싶은 말을 할 수 있을 것 같아요."

재준의 큰 손이 희수의 머리에 내려앉아 부드럽게 쓰다듬어주었다.

"하고 싶은 말 있으면 다 해요. 참지 말고."

희수가 머리를 끄덕였다.

"나 하고 싶은 말 다 하고, 하고 싶은 거 다 하고 나면 재준 씨랑 한국에 있고 싶어요."

"……희수 씨 하고 싶은 대로 해요."

"재준 씨……."

"말해요."

"재준 씨……."

"……응."

"재준 씨……."

희수가 계속해서 재준의 이름을 불렀다. 재준이 희수에 대한 감정을 감당하지 못했을 때 희수를 계속해서 불렀던 것처럼 희수가 재준의 이름을 불렀다. 희수의 감정이 넘쳐 흘렀다. 재준은 그 감정을 다 받아줄 수 있는 사람이라 희수는 행복하다고 생각했다.

H 호텔 라운지, 희수가 검은 정장을 입고 앉아서 아버지를 기다리고 있었다. 남의 눈을 중요하게 생각하는 아버지가 적어도 이곳에서는 큰 소리를 내지 않을 거라는 생각이었다.

"함 배우는 안 오고?"

자리를 안내받자마자 아버지가 하는 말에 희수가 대답했다.

"네."

"그럼 왜 불렀냐?"

"마지막으로 밥 한번 사드리고 싶었어요."

"무슨 소리냐?"

아버지의 미간이 구겨져 있었다. 쓸데없이 자신을 불렀다고 생각하는 것 같았다.

"아버지. 저 한국에 왔을 때, 아버지 머리카락을 가지고 가서 친자확인 검사를 해봤어요."

"그게 무슨 말이야?"

"제가 아버지 친딸…… 이더군요."

그래서 더 절망했었다. 차라리 친딸이 아니라는 결과가 나왔다면 친딸이 아니라서 사랑받지 못한 거라 합리화했을지도 몰랐다.

주문을 받으러 직원이 와서 말이 끊겼다. 아버지가 희수를 못마땅한 눈으로 쳐다보더니 말했다.

"시간 없으니까 밥은 됐고, 보드카나 한잔 마시마."

희수가 주문을 끝내고 직원이 사라지자 아버지가 혀를 차며 희수에게 말했다.

"별 시답잖은 말을 하려고 여기까지 불렀냐?"

희수가 아버지를 차가운 눈으로 쳐다보았다. 감정을 떼어내고 나니, 냉정한 눈으로 아버지를 바라볼 수 있었다. 관심과 애정을 구걸하던 어린 희수는 더 이상 없었다. 더 이상 아버지 앞에서 겁먹을 필요도 없었고, 주눅들 필요도 없었다.

"하고 싶은 말이 있어서 불렀습니다."

"혹시 함 배우한테 병원 이야기 했니?"

병원이라는 말을 하는 아버지의 말투가 다정하게 꺾여서 희수의 입에서 자신도 모르게 비웃음이 나왔다.

"안 했습니다."

"그럼 왜 불렀냐?"

"대신 얼마 전에 회장님 만났는데, 회장님이 하신 말씀 전해드리려고요."

"뭐라고 하셨냐?"

다시 반색을 하며 묻는 아버지의 말에 희수가 얼굴을 굳히며 말했다.

"아버지가 원하시는 일은 일어나지 않을 거라 전하시랍니다."

"그게 무슨 뜻이야?"

"말씀드린 그대로입니다. 아버지의 욕심이 눈에 다 보이신답니다. 아버지가 원하는 걸 줄 수 없다고 전하라고 하셨습니다."

아버지가 희수를 노려보았다.

"네가 어떻게 했길래 회장님이 그런 말을 해?"

"아무것도 하지 않았습니다."

"못난 것! 여자가 애교 있게 살살 달래면서 부탁해야지!"

아버지의 언성이 높아졌다.

"처음부터 그런 청탁을 회장님께 하신 아버지 잘못입니다."

희수는 최대한 냉정하고 딱딱하게 말을 했다.

"쯧쯧……. 네가 뭔가 도움이 될 리가 없지. 내가 직접 만나서 다시 말해야겠다."

"……아버지, 저 재준 씨 안 만날 겁니다."

그 말에 아버지가 짜증과 분노를 담아 희수를 쳐다보았다.

"혹시 함 배우가 너랑 헤어진다고 했냐?"

"……."

주문한 보드카가 나오자 목이 탄다는 듯이 들이켠 아버지가 말했다.

"어휴……. 그 자리를……."

한숨을 크게 쉬는 아버지가 말하는 그 자리는 병원장 자리였다.

"가서 빌어라. 네가 뭘 잘못했는진 모르지만 가서 빌고 마음 돌려놔. 간이든 쓸개든 다 내준다 생각하고. 그다음에 말하자."

"아버지, 지금 가진 것만으로 충분하시잖아요. 더 이상 욕심내지 마세요."

희수의 말에 아버지가 버럭 소리를 질렀다.

"네가 함 배우 마음 돌려놓지 않으면 다시는 너를 보지 않을 생각이다."

아버지의 말에 실소가 나왔다.

"아버지, 감사해요. 끝까지 이기적이셔서. 정리하는 데 도움이 많이 됐어요. 앞으로 제가 먼저 아버지에게 연락하는 일은 없을 겁니다."

"쯧쯧, 돈 들여 미국 유학 보내줬더니 하는 소리 하고는……."

희수가 말문이 막혀 잠시 숨을 골랐다. 감정에 얽매이지 말고 할 말을 해야 했는데, 목소리가 떨려서 말이 제대로 나오지 않았다.

"돌아가신…… 어머니가…… 남긴 유산으로 절 유학 보내셨죠. 제가…… 모르는 줄 아셨나 봅니다."

희수의 말에 아버지가 못마땅하다는 듯이 희수를 노려보았다.

"그만해라! 그래도 내 덕분에 잘난 함 배우 만난 거 아니냐? 네가 바보 같지만 않았어도 놓치지 않았을 자리다. 가서 빌어. 마음을 돌려놓고 다시 말하자."

이런 아버지인데, 희수는 항상 혹시나 하는 기대를 했었다. 애정에 목마른 어린 희수는 자라나지 않고 몸만 성인이 된 희수 안에서 아버지의 애정을 갈구하고 있었다.

"아버지는 딸이 이런 말을 하는 지금도 어떻게 하면 재준 씨 마음을 돌릴까만 생각하시는군요."

"아무래도 내가 직접 함 배우한테 연락해야겠다. 전화번호 여기다 찍어놔라."

아버지가 휴대폰을 희수 앞으로 던졌다. 지금 아버지의 머릿속은 병원장 자리로만 가득 차 있고 희수가 재준과 헤어질까 봐 걱정돼서 희수가 하려는 말을 전혀 듣지 않았다. 아버지라는 사람이 어쩌면 이렇게 이기적일 수 있을까를 한참을 생각했다.

"뭐 하냐? 번호 안 찍고."

"아버지, 이제 저한테 연락하지 마세요. 이제 저도 연락 안 할게요. 제가 그냥 미국에 있다고 생각하세요."

재준의 전화번호를 찍지 않는 희수에게 화가 났는지 아버지가 소리쳤다.

"네가 다 못나서 벌어진 일이다. 알아? 빨리 번호 찍어라."

'싫습니다'라고 말하고 일어나려는 희수보다 아버지가 먼저 일어나서 짜증 난다는 듯이 희수를 노려보았다. 그러다 아버지가 희수를 짐짝처럼 밀쳤다. 희수가 밀려서 의자와 부딪치며 쿵 소리가 났다.

"못난 것!"

아버지는 그 말을 남기고 휴대폰을 챙겨 나갔다. 만약 아버지를 쳐다보는 시선이 없었다면 뺨이라도 한 대 맞았을 것 같다고 생각했다. 차라리 한 대 맞았으면 좀 더 시원하지 않았을까? 그런 생각을 하는 자신이 우스워 웃음이 나왔다. 이상한 웃음이 그치니 눈물이 나왔다.

정말로 이걸로 끝이었으면 좋겠다. 아버지의 관심을 조금이라도 받으려고 열심히 살던 희수, 그래도 아버지가 자신을 무시한다는 것을 알고 상처받았던 희수, 원하는 것을 말해도 들어주지 않아 체념했던 희수, 그래도 언젠가 자신을 봐줄지도 모른다고 어리석은 기대를 하던 희수, 처절하게 외롭다고 생각했던 희수가 사라진 순간이었다.

멍하니 앉아 이제는 나를 아껴주는 사람이 있으니까 괜찮다고 스스로를 위로했다. 재준이 보고 싶어서 눈물이 나왔다. 전화기를 들고 재준에게 전화를 했다.

-희수 씨?

다정히 희수를 불러주는 목소리가 좋았는지 조금씩 나오던 눈물이 굵게 두두둑 떨어졌다.

-희수 씨, 왜 그래?

"……."

-어디예요? 내가 데리러 갈게.

와준다는 그의 목소리가 좋아서 눈물이 더 나왔다.

"내가…… 갈게요……. 어디예요?"

-희수 씨 울어?

"아뇨."

코가 막힌 목소리로 아니라고 대답했다.

-……집에 있어요. 집으로 와. 내가 안아줄게.

안아준다는 그의 말이 좋아서 한참 수화기만 들고 있다 겨우 말했다.

"지금…… 재준 씨한테 갈게요."

그날 재준은 상처 많은 어린 희수를 꼭 안아주었다. 10여 년 전에 희수의 안에 상처받은 어린아이가 있다는 것을 알았을 때, 그 아이를 어루만져주고 보냈어야 했다. 그 아이를 보내지 못해 마음을 닫고 살았는데 재준이 오늘, 정말로 그 상처 많은 아이를 한없이 어루만져 상처를 치료해 보내주었다.

희수 안에 어둡게 웅크리고 있던 그 아이를 보내며 희수는 정말로 많이 울었다. 재준이 옆에 있어서 보내줄 수 있었다. 성숙해진 희수의 내일은 달라질 거라 믿기로 했다. 이제 희수는 자신을 꼭 안아주는 재준을 위해 변하고 싶었다.

희수는 방학에도 사무실에 나와 컴퓨터를 열어서 UBC에서 보낸 장황한 이메일을 읽었다. 길고 긴 이메일은 예의 바르게 썼지만, 희수의 결정에 굉장히 실망했으며 받기로 한 펀드는 취소될 것이고, 비자 발급도 취소될 것이라는 내용의 메일이었다.

그 메일에 이어서 온 동료의 이메일을 읽었다. 미국에서부터 같이 일했고, 이번 UBC 임용에 도움을 주었던 동료는 희수에게 무슨 일이 생긴 것은 아닌지 걱정하고 있었다. 간단하게 한국에서 더 좋은 조건을 제시해서 한국에 남아 있기로 했다는 답장을 보냈다. 시차에도 불구하고 바로 답이 왔다.

[Are you sure you won't regret it?]

후회하지 않겠냐는 그의 질문에 잠시 스스로에게 정말 후회를 하지 않을 것인지 물었다. 대답은 '후회하지 않는다'였다. 자신의 결정에 이렇게 설레고 가슴 떨린 적이 없었던 것 같아 살포시 웃었다. 입가에 미소를 달고 동료에게 일이 이렇게 되어 미안하다는 내용의 메일을 썼다. 동료는 학계에서 이런 일은 비일비재하니 너무 걱정 말라고 오히려 희수를 위로하며, 'Good Luck!'이라는 메시지를 보냈다.

사람들이 행운을 빌어줘도 행운은 자신에게 찾아오지 않을 거라 믿었던 세월이 있었다. 이제는 큰 의미가 담긴 'Good Luck!'이라는 동료의 마지막 메시지를 한참을 들여다보았다.

더 이상 피해 다니지 않기로 했다. 갈등 상황이 오면 방어기제로 선택하는 회피는 더 이상 없을 거라 다짐했다. 눈에서 안 보인다고 해서 희수의 상처가 없어지는 것은 아니었다. 이제 희수는 그 상처를 치료하고 스스로 행운을 향해 다가가고 싶었다.

희수가 자리에서 일어나 학과 사무실로 갔다. 조교에게 1년 무급 휴직에 대한 설명을 듣고 있을 때, 희연이 뛰어왔는지 헐떡거리며 학과 사무실로 들어왔다.

"여기 있었네……. 학학, 힘들다. 집에도 없고 해서 한참 찾았어."

두서없이 말하는 희연을 보며 희수의 미간이 찌푸려졌다.

'나중에 설명 듣겠습니다'라고 조교에게 말하고 희연을 데리고 사무실로 들어갔다. 문이 닫히자마자 희연이 말했다.

"언니, 진짜 함재준이랑 헤어졌어?"

희연의 말에 저절로 찌푸려지는 미간을 어쩔 수가 없었다.

"아빠 말로는 재준 오빠가 언니 안 만나주는 것 같다고 하더라고. 헤어진 것 같다고."

말을 하는 희연의 입꼬리가 고소하다는 듯이 올라가 있었다.

희수가 그런 희연을 보며 피식 웃었다. 아버지에게 한 말은 '재준 씨를 안 만날 겁니다'뿐이었다. 왜, 언제부터, 얼마큼, 어떻게라는 내용이 다 빠진 그 한마디로 재준이 희수를 안 만나주고 그들은 헤어진 사이가 되어 있었다.

"그래서 이렇게 헐레벌떡 학교까지 찾아왔어?"

"궁금하잖아. 안 그래도 언니 너무 잘되는 것 같아서 배 아팠는데……."

예전에 이런 말을 들으면 그저 기분이 나쁘고 감정이 상했을 것 같은데 지금은 웃음이 나왔다.

"내가 그렇다고 하면 축배라도 들게?"

"축배까지는 아니더라도 배 아픈 건 좀 줄겠지."

"하하……. 희연아. 난 그래도 네가 겉과 속이 다르지 않은 면은 마음에 들었어."

희수가 정말 재밌다는 듯이 웃자 희연이 화가 나서 희수에게 쏘아붙이듯 말했다.

"왜 기분 나쁘게 웃어?"

"너랑 어머니는 내가 뭘 하든 기분 나쁠 거야. 웃으면 웃어서 기분 나쁘고, 울면 운다고 기분 나쁘고."

"무슨 소리야?"

"그걸 이제 깨달은 내가 너무 바보 같아."

"알아듣게 말을 해!"

"원하는 대로 조용히, 죽은 듯이, 빛 안 나게 살면 어머니도 언젠가 나를 조금은 좋아해주지 않을까 하고 생각한 내가 너무 바보 같다는 뜻이야."

"……."

"어머니, 아버지 말 듣고 속으로는 좋아하셨지? 겉으로는 '어떡하죠……'라고 말해도?"

희연은 희수의 말이 맞는 것 같아서 대꾸도 안 하고 희수를 노려보기만 했다.

"희연아. 이제 나 이렇게 찾아오지 마. 네 안의 열등감은 네가 알아서 해결해."

희연이 팔짱을 끼고 희수를 노려보며 말했다.

"진짜인가 보네. 언니가 아버지 다시 안 볼 것처럼 굴었다더니."

"그래. 다신 안 볼 거야. 아버지도, 어머니도, 희연이 너도."

"쳇! 우리가 아쉬워할 것 같아?"

"아니. 서로 아쉽지 않으니까 더 이상 안 보는 게 맞아. 잘 가. 다시는 찾아오지 말고."

희연이 미련 없다는 듯이 사무실을 나가려다 뒤를 한번 돌아보고 물었다.

"그래서, 재준 오빠랑 헤어진 거 맞지?"

"안 만날 거야."

희연은 희수의 말을 재준이 희수에게 싫증이 난 거라 멋대로 이해하고 여전히 도도한 희수를 비웃으며 사무실을 나갔다.

기획사 회의실에 블라인드가 쳐져 있고, 그 안에는 정보희 부사장과 그의 수행비서, 상헌이 앉아서 의견을 조율하고 있었다. 문이 열리고 재준이 들어와서 같이 앉아 있는 세 사람을 보고 물었다.

"무슨 작당을 하고 있는 겁니까?"

"왔구나. 앉아라."

정 부사장의 말에 재준이 그들 사이에 앉았다. 정 부사장이 재준에게 서류를 건네주며 말했다.

"적당한 때를 봐서 우리랑 너의 관계를 밝히기로 했다. 이미 너무 많이 퍼져서, 공식화하는 작업이라고 생각하면 되겠구나."

"그걸 왜 어머니가 하시는 거죠? 황 실장 아저씨는요?"

보통 재준과 관련된 일은 모두 황 실장을 거쳐서 처리되었기에 이 자리에 어머니가 나와 앉아있는 것이 생소했다.

"황 실장님이 감사팀 일로 바쁘셔서 나한테 넘어왔어. 아무래도 개인적인 일이니까 다른 사람 손에 맡길 수 없었다."

상헌이 재준 옆에서 뭔가를 짚어주면서 말했다.

"일단 언제 터트릴지 결정하고 있었어. 우리는 네가 새 영화 들어가기 전 3월쯤에 터트리는 것이 좋을 거라는 생각이야. 영화 노이즈 마케팅도 하고."

"회사 측에서도 별일이 없으면 기획사 입장을 배려하기로 했습니다."

김 비서의 말을 들으며 재준이 이마를 문질렀다. 이게 이렇게까지 해야 되는 일이었던가?

재준도 이제는 때가 되었다고 생각하고는 있었지만, 가끔 재준이 가진 것이 버거울 때가 있었다. 그냥 배우이기만 하면 좋겠다는 생각이 들었다. 하지만, 이건 희수와 다음 단계로 넘어가기 전에 해결해야 할 일이라고 생각하기로 하며 고개를 끄덕였다.

"회사 측에서는 함 배우님께서 집안과는 전혀 상관없이 배우 일을 선택했고 그걸 지지했다고 말할 것입니다. 앞으로도 배우님과 회사는 전혀 상관없고 함 배우님의 유명세를 이용해서 제품을 광고하는 일도 없을 거라고 말할 생각입니다. 그게 회사의 공식 입장입니다."

"어쩌다 이렇게 유명해졌니? 이렇게까지 할 만큼?"

정 부사장이 재준을 바라보며 한탄 아닌 한탄을 했다. 재준이 이렇게 유명하지 않다면 벌어지지 않을 일이었다.

"사실 발표하는 것은 큰 문제가 없습니다. 그 후속 기사들을 통제하고 도를 넘는 추측들을 억제하는 것이 더 중요합니다. 그래서 기획사에서 미리 발 빠르게 움직여주었으면 합니다. 기사가 나가기 전에 기획사를 한번 통하게 만드는 것도 좋겠습니다. 메이저 신문사는 어차피 이걸 크게 다루지는 않을 것이니 소규모 신문사들을 중점적으로 관리해주십시오."

상헌이 김 비서의 말에 대답했다.

"정말 큰일이 터지지 않는 이상, 적어도 한 달 정도는 연예부 기자들의 눈이 재준에게 향하지 않을까 예상하고 있습니다. 저희 쪽에서도 단단히 준비하고 있겠습니다."

"저희 쪽에서 알려지지 하지 않았으면 하는 것이 몇 가지 있습니다. 이 부분은 조심해주시겠습니까?"

김 비서가 상헌에게 뭔가를 보여주고 상헌이 고개를 끄덕이자 그 서류를 바로 파쇄기에 넣어 없애버렸다.

계속되는 그들의 대화를 들으며 재준이 낮은 한숨을 쉬었다. 정 부회장이 일어나며 말했다.

"개인적으로 재준에게 할 말이 있으니 저희는 잠시 차에 먼저 가 있겠습니다. 두 분 세부사항 의논하고 보고해주세요."

'네'라고 대답하는 그들의 목소리를 들으며 재준이 어머니를 따라 나갔다.

재준이 지하 주차장에 세워진 어머니 차에 올라탔다. 보희가 차 문이 닫히자 재준에게 말했다.

"발표되면 이 교수는 안 만나는 것이 좋겠지?"

어머니의 말에 재준도 고개를 끄덕였다. 몇 간간 기자들이 눈에 불을 켜고 재준을 지켜보리라는 것을 쉽게 추측할 수 있는데, 희수를 그 수많은 시선들 속에 들일 수는 없었다.

"회사에서 비공식적으로…… 해외에서 잘나가는 제품은 재고량을 좀 늘렸다. 아마 당분간 함 배우 효과 볼 것 같아서. 공식적인 입장과는 다르게 회사에서 이 기회를 놓칠 수는 없지 않겠니? 특히 화장품은 특수효과 누릴 것 같기는 해."

"알아서 하세요."

재준이 그런 건 귀찮다는 듯이 대답했다.

"그러니까 항상 이미지 관리해. 회사도 네 덕을 보고, 너도 후광 하나 더 얻는다고 생각하자. 서로 윈윈해야지."

"네."

보희가 관심 없다는 듯이 설렁설렁 대답하는 재준을 바라보았다.

"외모는 그 사람인데, 성격은 꼭 나구나."

"어머니……. 제 생부, 다정했다고 했나요?"

보희가 재준의 질문에 깜짝 놀라서 재준을 이상한 눈으로 쳐다보았다. 재준은 한 번도 생부에 대해 질문하지 않았었다. 보희가 추억을 이야기하면 차가운 표정을 보이는 것이 다였다.

"그래. 나한테는 정말 다정했어. 나를 위해…… 모든 걸 포기한 그 사람은……. 다정하고 따뜻한 사람이었어."

"뭐 하는 사람이었어요?"

"법대생이었어. 사법고시 1차까지 붙은. 할아버지가 그 사람을 잘라내고, 반항심에 몰래 혼자 도망쳤었지. 그 사람이 춘천까지 도망친 나를 찾아왔을 때 너무 행복했었어."

보희의 눈이 아련히 젖어들자 재준이 말했다.

"나 성격도 생부 닮았나 봐요. 희수한테는 다정해. 아마 내 생부도 어머니한테만 다정했을 거예요."

보희가 재준을 바라보다 피식하고 웃었다.

"네가 임자를 만나기는 했나 보다. 이렇게 변한 걸 보니……. 네 말이 맞아. 그 사람, 나한테만 다정했어. 그래서 내가 더 반했을지 도 모르지."

재준의 한결 부드러워진 표정과 말투에서 전에 느껴지던 냉정 함이 없어서 보희가 신기한 듯이 재준을 바라보고 있었다.

"저 오랜 세월 어머니가 이해가 되지 않았는데, 요즘은 조금 이 해되기도 해요. 어머니는 그때 그냥 사랑에 모든 걸 바친 여자가 아니었을까 하는 그런 생각이 들어요."

"……."

"앞으로 어머니한테 조금씩 노력할게요. 어머니도 노력해주세 요."

"그래, 노력하마."

"그리고 아버지도 이해해보려고 해요. 그래도 30여 년을 내 아 버지로 살아준 사람이니까. 잘 될지는 모르지만."

"……언제 이렇게 컸니?"

보희 목소리에 물기가 묻어 있었다.

"너랑 이렇게 대화다운 대화를 한 건 처음인 거 같다. 너한 테…… 항상 미안하게 생각하고 있었어. 내가 너무 어려서 너에게 사랑을 어떻게 주는지 몰랐어. 그때는 나만 아프고 나만 슬펐어. 네 아픔을 모르고 네 외로움을 몰랐어. 미안하다."

보희의 말에 재준이 빙긋 웃으며 말했다.

"어머니, 이런 건 어색하니까 그만둡시다."

재준의 목소리가 보통 때처럼 짜증이 섞이지 않고 장난스럽게 들려 보희도 같이 웃으며 대답했다.

"그래. 어색하네. 그만하자."

어색한 정적이 조금 흐르고 보희가 크게 웃으며 말했다.

"참……. 이 교수가 여러모로 큰일 하네."

그 말을 하는 보희의 의미심장한 미소에 재준이 뭔가를 물어보려는데, 김 비서가 도착하면서 그들의 대화가 거기서 끊겼다.

희수를 만나고 사람들의 감정을 헤아릴 수 있게 되었다. 전에 내가 싫어하던 것들을 조금 다른 시각으로 보게 되는 것 같았다.

예전에는 어머니가 이해되지 않아 볼 때마다 짜증이 났던 것 같은데, 조금 더 넓어진 아량으로 어머니를 보니 짜증이 나지 않았다. 희수를 만나기 전에는 타인의 감정 따위는 별로 중요하지 않던 나쁜 남자였는데, 지금은 희수한테 잘 보이고 싶어서 좋은 남자가 되려고 노력하고 있었다.

재준을 이렇게 변화시킨 희수를 잠시 못 본다고 생각하니 벌써부터 심장이 아팠다.

희수는 집에서 비행선을 조립하고 있었다. 연말부터 너무 바빠서 두 달 넘게 비행선 조립을 못했었다. 희수에겐 기록이라면 기록이라고 할 수 있는 일이었다.

"우리 두 달 동안 하루도 빠지지 않고 만난 거 알아요?"

희수가 스타 파이터를 조립하는 동안 소파에서 책을 읽던 재준이 갑자기 물어와서 희수가 '네'라고 대답했다. 같은 공간에서 재준과 다른 것을 하고 있어도 편해지기 시작했다.

"근데 왜 이렇게 계속 봐도 또 보고 싶지? 희수가 나를 쳐다보지도 않아서 그런가 봐."

재준이 열심히 조립하는 희수에게 다가와 그녀의 등을 살며시 안았다. 희수가 손놀림을 멈추지 않으면서 재준에게 말했다.

"안 돼요. 잠시만. 이 부분만 접착하고."

희수가 정성스럽게 날개 부분을 붙이는 것을 보며 재준이 말했다.

"이왕 덕질할 거면 스타워즈보다는 눈앞에 있는 함 스타를 덕질해."

재준의 농담에 희수가 웃다가 손이 어긋나 날개 부분이 어그러졌다. 급하게 다시 이음새 부분에 날개를 접착하고 일시 정지한 듯 움직이지 않았다. 날개가 제대로 접착된 것을 확인하고 희수가 안도의 한숨을 쉬며 말했다.

"하아. 어그러졌으면 재준 씨 원망할 뻔했어요."

재준이 큰 소리로 웃으며 희수의 이마에 입을 맞췄다.

"그러니까 나를 덕질하라고. 내가 어그러질 일은 없잖아."

희수가 재준을 바라보며 덕질은 이미 시작되었다고 말을 할까 말까 고민하고 있었다. 이미 팬카페에도 가입해서 재준의 스케줄을 다 알고 있으며, 구글 번역기를 사용해 중국 팬카페와 웨이보에도 가입했다. 이미 재준이 나온 영화는 두세 번 돌려보고 있으며 유튜브에서 메이킹필름도 다 찾아보았다. 재준의 화보 중에 좋아하는 것은 모아두고 있었다.

그런 걸 직접 말하기는 부끄러워 말없이 재준의 품에 안겨 있었다. 재준이 희수를 소파에 앉히고 그 옆에 앉아 희수의 얼굴을 만졌다.

"나 희수 씨한테 할 말 있어요."

"하세요."

"당분간 희수 씨를 안 만나는 것이 좋겠어요."

"……네."

재준의 눈이 애틋해져 희수의 볼을 감싸 쥐고 있었다.

"그동안 찌라시로 떠돌던 소문들을 공식 발표할 거예요. 사실 이만큼 숨겨온 게 기적 같은 일이라고 생각해요. 앞으로 몇 달은 기자들한테 시달릴 것 같아서…… 당분간 안 만나는 것이 좋을 것 같아요. 미안해요."

"저도…… 당분간 재준 씨 못 만날 것 같아요. 새로운 일을 하기로 했거든요."

"새로운 일?"

"네. 나와 재준 씨를 단단하게 만들어줄 일이요."

재준이 희수를 말없이 쳐다보며 희수에게 설명을 요구하고 있었다. 하지만 희수의 입에선 재준이 전혀 예상치 못한 말이 나왔다.

"그럼…… 우리 이제 그만 동맹을 깰까요?"

재준은 가슴이 철렁해서 희수의 눈을 들여다보았다. 눈에 드물게 장난기가 어려 있었고 입가에 엷은 미소를 띠고 있었다. 재준이 희수의 머리카락을 마구 헝클며 말했다.

"희수 씨, 농담하지 말아요. 나 방금 심장 철렁했어."

"진심인데……. 우리가 약속한 6개월 지났어요."

재준이 입술을 잘근 씹으며 머리를 쓸어 올렸다. 희수가 한 말의 의도를 파악하려 희수를 뚫어져라 쳐다보았다.

'이희수, 진짜 나를 들었다 놨다 하는 데는 선수다……'라고 생각하며 그녀를 무릎에 앉히고 꽉 껴안았다.

가끔 재준은 희수가 숨을 쉬지도 못할 정도로 꽉 껴안곤 했는데, 처음에는 어색하던 그 자세가 익숙해져 희수는 재준의 품에 폭 안겨 있었다.

"희수 씨! 정말 선수야!"

재준의 말에 희수가 재준의 품에 안긴 채로 웃었다. 재준이 희수의 웃음소리에 안도의 한숨을 쉬었다. 재준이 희수를 품에서 떼어놓고 흐트러진 희수의 머리카락을 정리해주며 말했다.

"그럼 동맹은 끝이고, 이제 우리 진짜 연애 시작할래요?"

"……네."

재준이 고개를 숙여 희수의 목덜미에 키스를 하다가 목덜미를 잘근거리며 깨물었다.

"아얏!"

"날 놀라게 한 벌이야."

희수가 재준의 말에 소리 내서 웃었다. 희수가 요즘 잘 웃는 것 같아서 보기 좋았다. 재준은 희수의 코를 툭툭 치고 물었다.

"그래서 희수 씨가 새로 시작하는 일이 뭐예요?"

"재준 씨……."

"말해요."

재준과 희수의 시선이 나란히 맞춰졌다.

"나 재준 씨 많이…… 아주 많이 좋아해요."

희수는 함부로 사랑이라는 단어를 사용하기가 겁이 날 정도로 재준을 좋아하고 있었다. 그 마음이 재준에게도 느껴지기 바라며 계속해서 말했다.

"앞으로…… 더 많이 좋아할 거예요."

희수의 말에 재준의 심장이 행복으로 충만해지는 기분이었다. 재준은 그 감정을 이기지 못하고 희수를 숨도 못 쉬게 꽉 안았다. 희수가 한참을 재준의 품에 안겨 있다가 천천히 말했다.

"그러니까…… 뭐 하는지 묻지 말고 그냥 믿어주세요."

재준이 희수의 눈을 바라보았다. 희수의 눈가가 촉촉하게 젖어 있었다. 재준이 그 눈에 한번 입을 맞추고 말했다.

"그렇게 말하면 더 이상 물어볼 수 없잖아요. 희수 씨는 정말 나를 잘 다루는 것 같아. 안 물어볼게요."

"고마워요. 어쩌면 한동안 못 볼지도 몰라요."

재준이 희수의 머리카락을 쓰다듬으면서 대답했다.

"……알았어요. 연락만 자주 해요."

"네."

"어차피 나도 한동안 희수 씨 못 볼 것 같아요. 발표 나면 몇 달은 시끄러울 거고, 영화 촬영은 곧 시작이고……."

"……."

"그런데, 너무 아쉽네."

재준의 말에 희수가 고개를 숙이고 작게 말했다.

"저도……. 아쉬워요."

재준이 희수의 입에 입을 맞추고 귓가에 속삭이듯 말했다.

"우리 오늘부터 3일간은 문란하게 보낼까요? 연애 시작한 기념으로."

"네? 우리 항상 문란하지 않았나요?"

희수의 대답이 재밌었는지 재준이 계속해서 웃었다. 웃으면서 희수가 귀엽다는 듯이 희수의 얼굴에 쪽쪽 소리를 내며 입을 맞췄다.

"3일 동안 다른 사람 연락 안 받고, 집에서 나가지도 말고, 우리 둘만의 시간을 보내는 걸로 하죠."

희수는 얼굴을 붉히고 대답했다.

"네."

"그럼 지금부터 시작할게요."

끈적한 재준의 목소리가 들렸다. 재준의 손이 이미 희수의 옷 속으로 들어와 희수의 가슴을 꽉 쥐었다. 재준에게 희수의 대답이 필요 없었지만, 희수는 작게 고개를 끄덕였다.

비몽사몽간에 희수가 눈을 떴다. 저녁인지 새벽인지 분간할 수가 없었다. 재준의 말처럼 정말로 문란한 3일이었다. 침대 위에 누워 있어야 할 재준이 없어 희수가 눈을 뜨고 몸을 일으켰다.

시간을 확인하니 새벽 세 시, 희수가 문을 열고 거실로 나갔다. 재준이 누군가와 통화를 하고 있었다. 혹시라도 희수가 깰까 봐 조용한 목소리로 말을 하는 재준의 표정이 꽤 심각해 보였다.

재준이 머리가 아프다는 듯이 이마를 문지르다가 희수를 발견하고 통화를 서둘러 끝냈다.

"일어났어요? 미안, 내가 깨웠어?"

"아뇨. 무슨 일 있어요?"

재준이 무거운 한숨을 쉬며 희수에게 다가와 희수를 안았다.

"흠……. 미안해요. 어제 아침에 기사가 나간 모양이에요. 희수 씨랑 같이 있느라 확인 못 했다가 희수 씨 잠들고 포털에 뜬 기사들을 확인하고 상헌이 형이랑 통화하고 있었어요."

희수도 놀란 듯 재준을 보며 말했다.

"다음 주에 일괄 발표한다고 하지 않았나요?"

"그랬는데, 그걸 못 참고 약속을 어긴 신문사가 나온 거죠."

"아……."

"어쩌죠? 이미 우리 집 앞에 기자들 다 깔렸다는데?"

희수가 걱정스러운 얼굴로 재준을 바라보다 말했다.

"그래도 조금은 다행이네요. 재준 씨가 우리 집에 있어서……. 안 그랬으면 나는 재준 씨 집에서 못 나갔을 거 아녜요?"

재준이 희수의 허리에 손을 두르고 희수를 끌어당기며 말했다.

"그러게. 차라리 우리 집에서 만날걸……. 희수 씨, 밖에도 못 나가게."

재준이 농담을 너무 진지하게 한다고 생각하며 희수가 작은 소리로 웃었다.

"내가 지금 농담하는 것 같죠?"

희수가 재준의 물음에 재준을 쳐다보았다. 재준의 눈빛이 짙어져서 희수를 바라보고 있었다.

"사실 희수 씨가 나한테 비밀 만드는 거 마음에 안 들어요."

재준의 입장에서는 충분히 화가 날 수도 있다고 생각했다. 재준은 비밀을 만들지 않겠다 말한 순간부터 희수에게 거짓을 보인 적이 없었다.

"미안해요."

"한동안 희수 씨 못 보는 거도 마음에 안 들고."

순간 재준의 눈빛이 강하게 희수를 옭아매는 듯한 착각이 들어 희수가 재준의 눈빛을 피했다.

"그런데, 희수 씨한테 좋은 남자이고 싶어서 괜찮은 척하며 참는 거야."

"아……."

희수의 허리를 감싸 안은 재준의 손에 힘이 들어갔다. 재준이 다른 손으로 희수의 턱을 들어 올리고 입을 맞출 듯이 다가와 그녀의 아랫입술을 잘근잘근 씹었다. 자극적으로 희수의 입술을 물고 빠는 재준의 감정이 격해져있는 것이 느껴졌다.

"재준 씨……."

희수가 겨우 입을 열어 재준을 불렀다. 재준은 희수를 안은 손에 힘을 주고 비치는 슬립을 입은 희수의 몸에 난 키스마크를 손으로 하나하나 만지기 시작했다.

"몸에 새겨두고 싶어."

재준이 이미 새겨진 자신의 흔적 위에 또 다른 흔적을 남기기 시작했다. 소유욕에 가득 찬 그의 눈빛이 부담스러워 희수가 재준의 시선을 피했다. 하지만 몸을 움직이지는 않았다. 아니 정확히는 몸을 움직일 수가 없어서 붉어진 얼굴로 가느다란 신음 소리만 내고 있었다.

"연락 자주 하고. 뭐 하는지 꼬박꼬박 나한테 알려주고."

말하면서도 희수의 봉긋한 가슴 언저리에 빨간 흔적을 새겼다.

"대답해요."

"……네."

희수의 대답에 재준의 강렬하던 눈빛이 조금 풀렸다.

"희수 씨는 약속한 건 잘 지키니까 믿을게요."

"네."

"아쉬워서 어떡하지?"

재준의 말에 희수도 정말 아쉽다고 생각했다. 하지만 희수는 자신의 선택을 후회하지 않는다는 것을 재준이 알아줬으면 했다.

"재준 씨, 나 조금 더 강한 사람이 될 거니까……. 믿어주세요."

재준이 희수의 눈을 한참을 바라보다 느릿하게 대답했다.

"그래요……."

재준은 희수를 다시 침실로 데리고 가서 희수를 품에 안고 희수가 잠이 들 때까지 기다려주었다.

늦은 아침을 맞은 희수가 일어났을 때, 재준은 희수의 옆자리에 없었다. 커피를 내리며 휴대폰을 켜보니 미정에게서 수십 통의 전화가 와 있었다.

포털 사이트의 상위 검색어는 모두 함재준에 관한 것이었다. 커피를 마시며 거실의 TV를 켰다. 케이블 방송에서 거의 실시간으로 재준을 보여주고 있었다.

화면에 나와 예의 바르게 손을 흔드는 재준의 모습을 보며 희수가 살포시 웃었다. 서로 못 보는 동안 마음껏 덕질을 할 수 있는 연예인 남자친구도 그리 나쁘지 않다고 생각했다.

오랜만에 카페에서 미정과 희수가 만나서 수다를 떨고 있었다. 특히 미정이 흥분해서 희수에게 기사를 읽어주고 있었다.

"당신이 알던 최고의 스타가 알고 보니 재벌 3세라면? 소설에

나 나올 법한 이야기라고 생각할 것이다. 하지만 소설 같은 이야기의 진짜 주인공은 최고의 영화배우 함재준이다. 대한민국 사람 중에 함재준의 영화를 안 본 사람은 없을 것이다. 그리고, 대한민국 사람 중에 R사의 화장품과 그 계열사인 RNC 생활건강의 제품을 써보지 않은 사람은 없을 것이다. 최근 함재준이 R사의 정석근 회장의 외손주이자 RNC 생활건강 최대주주인 정보희 부사장의 아들이라는 것이 밝혀졌다. 그동안 재계와 연예계에 떠돌던 이야기가 사실이라고 밝혀진 셈이다."

"그만. 나도 읽었어."

"어머, 어떻게 그만해. 여기 카페 안에 있는 사람 중에 지금 함재준 기사를 안 읽고 있는 사람이 있는 줄 아니?"

미정이 휴대폰으로 재준의 기사를 일일이 검색하며 희수에게 보여주었다.

"이거 들어봐. 함재준은 S대의 함민석 교수와 정보희 RNC 생활건강 부사장 사이의 독자인 것으로 알려졌다…… 측근의 말에 따르면 R사의 정석근 회장과 (故)이정희 여사의 외손주 사랑은 유별난 것으로 알려져 있다."

희수는 꿈을 꾸듯이 미정이 읽어주는 기사를 듣고 있었다. 미정의 말처럼 이 카페 안에 있는 사람들은 대부분이 재준과 관련된 기사들을 읽고 있을 것이다.

"넌 이걸 다 알고 있었어?"

미정의 물음에 희수가 대답했다.

"응."

미정이 계속해서 감탄사만 연발하며 기사를 읽다가 물었다.

"이게 사실이라면 함재준은 도대체 부족한 게 뭐야?"

"지금은 없지."

"그럼 전에 부족했던 건 있었고?"

"있었지. 괜찮은 여자친구."

희수의 진담 같은 농담에 미정이 하하 소리 내서 웃으며 말했다.

"하하……. 우리 희수 많이 변했어."

미정이 엄지를 추켜 세워주자, 희수도 웃었다.

"어쨌든 왕 부럽다. 함재준만으로도 걸어 다니는 기업인데, 정석근 회장이 알뜰히 챙기는 손주라니. 게다가 RNC 생활건강 지분이 가장 많다는 정보희 부사장 아들."

재준이 가진 것에는 크게 관심이 없어서 희수는 여상하게 대꾸했다.

"그런가?"

"정 회장님도 만난 적 있어?"

"응."

"실제로 보면 어때?"

"풍채 좋고…… 카리스마 있고……. 사실 만나면 떨기만 해서 잘 모르겠어."

"기사처럼 함재준 배우 한다고 했을 때 안 말렸대?"

"재준 씨 말로는 별로 안 좋아하셨대. 근데 워낙 재준 씨가 고집이 세서……. 못 말린 거 아닐까?"

"그렇구나……. 그런데 어떻게 여태까지 이런 사실이 안 알려졌지? 함재준이 영화배우 되기 전에 재벌집 자제로 알고 있는 사람이 어디 한둘이겠냐고?"

"그, 그러게."

정 회장이 철저하게 막았다는 말은 미정에게 차마 하지 못했다. 희수가 재준이 철저히 통제된 그를 둘러싼 환경을 싫어했을 거라는 생각을 하고 있을 때, 희수의 휴대폰이 문자가 왔다고 울렸다.

[나 지금 할아버지랑 제주도 가요. 희수 씨 뭐 해?]

[미정이랑 카페에서 커피 마셔요.]

[재밌게 놀고, 장소 옮길 때마다 바로바로 보고해요.]

그의 문자를 보고 희수를 짚어진 눈으로 쳐다보며 약속을 꼭 지키라던 재준이 생각나 희수의 몸이 움츠려졌다.

재빨리 '네'라고 문자를 보내자마자 미정이 물었다.

"함재준이야?"

"응."

"뭐래?"

"지금 제주도 간다고."

미정이 고개를 끄덕이고 휴대폰에서 다른 기사를 찾아 희수에게 보여주려고 했다. 갑자기 미정의 목소리가 커졌다.

"와……. 소름! 트위터에 함재준이 정 회장이랑 같이 제주도 가는 비행기 타는 거 올라왔다. 이런 걸 어떻게 금방 찍어서 올리지?"

희수도 궁금해져 미정의 휴대폰을 들여다보았다. 정 회장과 재준의 뒷모습이 찍힌 사진이 올라와 있었다. 재준이 제주도에 간다고 문자를 보낸 후 바로 올라온 사진에 신기한 기분이 들어 그 사진을 뚫어져라 쳐다보았다.

"어쨌든 이희수, 대빵 부러워……. 내가 이런데 희연인 아마 난리, 난리 났겠네."

"……그래서 안 보기로 했어."

"그래, 잘 생각했다. 희연이 만나면 정신건강에만 나빠."

"희연이뿐만 아니라 아버지도 어머니도 안 볼 거야."

"……."

어떻게 대꾸해야 될지를 모르는 듯한 미정을 바라보며 희수가 서글프게 웃었다. 가족을 생각하면 여전히 기분이 가라앉고 슬퍼지기는 했다. 하지만 곪았던 상처를 어느 정도 치료한 희수는 청승 맞지 않게 미정에게 아버지가 병원장 자리를 청탁했다는 이야기를 할 수 있었다. 정 회장이 그것 때문에 희수를 재준에게서 떼어 놓고 싶어 했다는 것도 말했다.

미정이 가슴 아프다는 듯이 아무런 말도 못하고 있는 것을 보고 희수가 웃었다. 예전에는 분명 이런 일이 있었으면 혼자 속으로 삭이면서 울고 있었을 텐데, 이제는 서글퍼져도 누군가에게 말할 수 있게 되었다. 나를 위해 가슴 아파해줄 재준이 있었고, 미정이 있었다.

미정의 눈시울이 붉어지는 것을 보면서 희수는 자신이 정말로 행운아라고 생각했다. 희수의 눈시울도 붉어졌는데 이건 너무 행복해서 울컥한 거라고 생각하며 천장을 쳐다보았다. 흘러내리려는 눈물을 가까스로 막을 수 있었다.

제주도 별장, 수행비서들은 다 물러나고 백 여사가 저녁을 준비하는 동안 정 회장이 느긋하게 거실 소파에 앉았다. 재준이 그 옆에 털썩 앉더니 말했다.

"할아버지, 희수한테 뭘 시켰는지 말씀하세요."

정 회장은 속으로 놀랐지만 처음 듣는 소리라는 듯이 재준을 바라보았다.

"무슨 말이냐?"

"모르는 척하지 마세요. 내가 할아버지를 얼마나 잘 아는데, 희수가 나한테 말 못하는 일은 할아버지랑 연관 있겠죠."

"이 교수가 말 안 했으면, 안 한 이유가 있겠지."

"할아버지가 말하지 말라고 했겠죠."

"허허……."

"희수가 말 안 해줘서 만만한 할아버지한테 물어보려고 기다렸습니다."

정 회장이 기가 차다는 듯이 재준을 쳐다보다 말했다.

"내가 만만하다는 사람은 너밖에 없을 거다."

"그래서 희수한테 뭘 시켰습니까? 희수가 원하지 않는 일을 시켰으면 나 진짜 할아버지 안 볼 겁니다."

"녀석, 여자 때문에 할아버지한테 대드는 것 보라지. 네 할머니가 살아 있었으면 서운해했을 거다."

"할아버지! 할머니는 할아버지처럼 뒷공작을 하는 분이 아니시거든요. 살아 계셨으면 희수를 있는 그대로 예뻐하셨겠지요."

"허…… 참……. 네가 군소리 없이 제주도 따라올 때부터 알아봤어야 되는데……."

늦게 깨달았다는 듯이 정 회장이 한숨을 쉬자 재준이 착 가라앉은 목소리로 물었다.

"그래서, 희수한테 뭐라고 했습니까?"

재준의 낮은 목소리가 아무리 할아버지라도 희수에게 원치 않는 일을 시켰으면 가만 있지 않겠다고 들렸다. 정 회장이 피할 수 없다는 것을 알고 대답했다.

"본사 감사팀 외부인사 채용공고 보여주기만 했어."

정 회장의 말에 재준이 무섭게 정 회장을 쏘아보았다. 정 회장이 여유롭게 앞에 놓인 차를 한 모금 마시고 재준에게 호기로운 미소를 보여주었다.

재준이 한층 더 낮아진 목소리로 위협적으로 말했다.

"바로 취소해요. 안 그럼 나 진짜 화낼 테니까."

"이 교수가 한다고 했다."

정 회장도 더 이상의 타협은 없다는 듯이 딱 잘라 말했다. 재준의 입에서 낮은 한숨 소리가 나왔다.

"할아버지가 시켰으니까 어쩔 수 없었겠지. 내가 알았으니 더 이상은 안 돼요. 희수 그만 괴롭혀요. 할아버지 아니라도 희수 힘들어요."

희수가 힘들다는 말을 하며 애틋한 표정을 짓는 재준의 모습에서 팔불출 기질을 발견한 정 회장이 혀를 끌끌 차다가 말했다.

"이 교수, 이미 일 시작했어."

정 회장의 말에 재준이 잠시 말을 잇지 못하고 정 회장을 바라보았다.

"이미 캐나다에는 못 간다고 말해서 비자 취소됐다고 들었다. 일하던 학교에도 휴직 신청했고, 일 시작한 지 이 주 정도 됐다. 지금 되돌린다고 해도 늦었어."

미간을 팍 찌푸리는 재준을 바라보며 정 회장이 이겼다는 듯이 만면에 미소를 띠었다.

"다행히 이 교수 성격이랑 맞나 보더라."

"할아버지!"

재준이 정말로 짜증 난다는 듯이 정 회장을 불렀다. 정 회장이 옆에 있는 재준의 뒤통수를 괘씸하다는 듯이 치며 말했다.

"나 아직 이 교수가 마음에 드는 것은 아니야. 그냥 네가 좋아한다니까 두고 보는 거지. 아마 내 마음은 네가 자식을 봐야 이해할 거다. 그리고…… 너무 걱정 마라. 길어야 1년이라고 이 교수한테 말했으니까."

재준이 정 회장을 바라보았다. 꼬장꼬장한 할아버지가 이 정도로 말하는 거라면 재준에게 많은 양보를 한 셈이었다.

한결 부드러워진 목소리로 재준이 말했다.

"희수 이용해서 나 회사에 불러들일 생각이면 여기서 그만두세요. 난 내가 하고 싶은 거 하면서 살 겁니다."

"네 고집을 내가 꺾을 수 있었으면 오래전에 꺾었겠지. 내 뜻대로는 절대 안 살 놈이라서 진즉에 포기했다. 이 교수 감사팀에 넣은 것은 다 너희를 위해서였어."

할아버지 말이 진실되게 들려서 재준은 가만히 앉아서 할아버지의 주름진 얼굴을 바라보았다. 할아버지가 많이 늙었다는 생각을 했다.

그때, 백 여사가 식사 준비가 끝났음을 알려왔다. 재준이 먼저 소파에서 일어나 정 회장이 일어나는 것을 도와주었다.

"왜 그러냐? 평소처럼 해라."

"당분간 할아버지가 희수 고용주라 잘 보이려고."

재준의 말에 정 회장이 '못난 놈!'이라고 말하며 괘씸해 죽겠다는 듯이 재준의 뒤통수를 한 대 더 갈겼다.

할아버지가 희수를 힘들게 했을까 봐 벼르며 제주도에 왔는데, 할아버지의 태도를 보니 희수를 괴롭힌 건 아닌 것 같았다. 한결 부드러워진 표정으로 재준이 물었다.

"그런데 왜 희수한테 나는 보지 말라고 했어요?"

정 회장이 피식거리며 대답했다.

"길러준 할아버지는 나 몰라라 하고 여자한테 미친 손주에게 하는 아주 작은 복수지."

"하⋯⋯. 말은 바로 합시다. 나를 길러준 사람은 할머니죠."

"나도 일조했다."

"할아버지가 막아도 나 회사로 희수 보러 갈 거예요."

"기자들 달고 오려고? 안 그래도 지금 네가 뭘 하든 화제가 될 텐데. 이 교수 이야기까지 나가면 안 될 것 같아서 이 교수한테 너 만나지 말라고 한 거야. 잠잠해지면 와도 좋다."

"⋯⋯."

"그리고, 그동안 수절 좀 해! 너 기사 나기 전까지는 이 교수 매일 만났다고 보고받았다."

"아직도 그런 보고까지 받아요? 이제 그만 좀 하세요."

재준의 목소리가 높아졌다.

"내 취미 생활을 하지 말라 말할 권리는 너한테 없다."

"진짜 악취미야. 악취미."

재준이 고개를 절레절레 흔들며 하는 말에 정 회장이 바로 대꾸했다.

"그 악취미 덕을 제일 많이 본 놈이 말은 많다."

옆에서 그들의 대화를 들으며 백 여사가 식사 시중을 들고 있었다. 식사를 하면서 끊임없이 티격태격하는 정 회장과 재준의 사이가 정말 좋아 보인다고, 백 여사는 생각했다.

R사의 경영진단팀은 회장 직속 감사실이었다. 감사 1팀은 그룹 계열사들의 일반 감사업무를 담당하고, 2팀은 그룹 임직원들의 부정이나 비리를 적발하는 감사팀이었다.

업무의 양이 월등히 많아 약 30명이 근무하는 감사 1팀과 달리 감사 2팀은 한 명의 팀장 아래 과장, 그리고 세 명의 대리로만 구성되어 있었다. 감사 2팀에 근무하는 최나영 대리는 최근 감사 2팀에 합류한 이희수 과장을 보필하는 일을 맡았다. 팀에 새로운 사람이 오면 궁금해하는 것은 당연하지만 최나영 대리에게 이희수 과장은 궁금하다 못해 신기한 인물이었다.

첫째, 정규직이 아니라 계약직이었다. 감사팀 과장이 계약직으로 온 것은 처음이었다. 둘째, 팀장이 이 과장을 굉장히 어려워하는 것이 느껴졌다. 셋째, 회장님의 손과 발이라는 황규태 비서실장이 이 과장을 직접 찾아왔다. 회장님보다 얼굴 보기가 더 힘들다는 황 실장님이 직접 와서 웃는 얼굴로 이 과장과 이야기를 주고받고 돌아갔다.

다년간의 사회생활로 다져진 최 대리는 이 과장을 성심성의껏 보좌하기로 마음을 먹고 이 과장이 필요하다는 서류는 즉각 갖다 주고, 정리하라는 것은 그날 정리해서 주었다.

최 대리는 습관처럼 이희수 과장을 관찰하기 시작했다. 그녀는 일을 할 때는 무표정한 표정으로 일을 했다. 그 표정이 굉장히 차가워 보이면서 쉽게 말을 붙이기가 어려웠다. 하지만, 가끔 미소를 지어주는데, 그 미소가 너무 예뻐서 같은 여자라도 심장이 떨리기도 했다.

옷은 항상 흰 블라우스에 검은 바지 정장을 입었다. 사무실에 들어와 재킷을 벗으면 가느다란 허리가 드러나는데. 온몸을 다 가리고 있어도 묘하게 섹시해서 눈을 뗄 수 없을 때가 있었다.

두 달간 이 과장을 관찰하면서 최 대리는 이 과장을 워커홀릭으로 규정지었다. 그리고 가장 최근에 알아낸 이희수 과장의 비밀 하나! 이 과장은 함재준의 열렬한 팬이다. 팬심이 대단해서 일을 안 하는 쉬는 시간에는 함재준 기사를 검색하는 것 같았다. 이 과장이 조그맣게라도 미소 짓고 있다면 그때는 분명 함재준을 덕질하고 있을 때였다.

두 달 동안 같이 일하며 개인적인 이야기를 할 기회는 없어서 아쉬웠는데, 어느 날은 좋은 기회라고 생각하고 탕비실에서 이 과장이 커피를 마실 때 재준의 화보를 옆에 끼고 가서 읽는 척을 했다. 최 대리의 예상처럼 이 과장이 화보에 관심을 보였다.

"화보군요."

"아……. 이번에 함재준이 잡지 화보 찍었거든요. 멋있죠?"

최 대리의 말에 희수가 빙긋 웃으며 말했다.

"그러네요."

"세상에 어느 누가 함재준이 우리 회장님 손자라고 생각했겠어요? 진짜 대한민국이 떠들썩했지 뭐예요."

"그랬죠."

"과장님 혹시 알고 계세요? 찌라시에 따르면 함재준 활동 초기에 회장님이 좋은 배역 들어오는 거 다 막았대요."

'저도 읽었어요'라고 대답하며 희수가 최 대리에게 커피를 건네주었다.

"감사합니다. 근데 사실일 것 같지 않아요? 회장님, 정말 그랬을 것 같아요."

그 말에 희수가 소리 내서 웃었다. 최 대리가 희수의 웃는 모습을 멍하게 쳐다보았다. 참 예쁘게도 웃는다고 생각했다.

"최 대리도 재준 씨 팬인가 봐요."

"네. 제재 때부터 팬이죠. 팬카페 활동도 하고, 조공도 가끔 바치고……."

"조공요? 재준 씨는 조공 안 받는 줄 알았는데?"

"팬들끼리 돈 모아서 함재준 이름으로 기부하고 그래요. 지금 생각해보니 함재준은 조공 따위는 필요 없어서 안 받았던 거야. 재벌 3세께서 뭔들……."

한탄하듯이 내뱉는 최 대리의 말에 희수가 미소 지으며 말했다.

"재준 씨는 분명 팬들의 마음을 알고 고마워했을 거예요."

"팬미팅 가면 기부해줘서 고맙다고 말을 하기는 하죠. 과장님은 팬미팅 가보셨어요?"

"팬…… 미팅이요? 사실 팬이 된 지 얼마 안 돼서……. 팬미팅은 아직."

"저는 대학 때까지만 해도 팬미팅마다 쫓아다녔는데 회사 다니면서는 힘들더라고요. 요즘은 그냥 영화 보고, 화보 나오면 화보 보는 걸로 대신해요. 근데 실물 보면 정말 좋아요. 후광이 막 비치는 느낌?"

"그, 그렇군요."

"회장실이 17층인데 회장님 보러 온 함재준이 층을 헷갈려서 우리 층으로 오는 상상을 가끔 해요. 영화처럼 엘리베이터가 열리고 후광이 마구 비치는 함재준의 실물을 보는 상상요……."

최 대리가 대학생처럼 들떠서 하는 말에 희수도 재준이 회사로 찾아오는 상상을 하며 얼굴이 붉어졌다.

재준의 팬인 최 대리와 커피를 마시며 이런저런 이야기를 했다. 이렇게 수다를 떠는 것도 나쁘지 않다고 생각하며 커피를 다 마시고도 한참을 재준에 대해 이야기를 했다. 아니 정확히는 이미 아는 이야기를 또 들었다. 그래도 재밌었다.

그때까지만 해도 최 대리는 며칠 뒤 상상만 했던 일이 실제로 일어날 거라고는 생각지 못하고 있었다. 게다가 함재준이 감사팀 이희수 과장과 그렇고 그런 사이라는 것을 알았을 때, 최 대리는 정말 까무러치게 놀라고 말았다.

희수의 회사 근처 카페에서 희수가 정훈을 기다리며 휴대폰을 들여다보고 있었다. 아침에 재준이 오늘 뭘 할 거냐고 물어서 정훈을 만날 거라고 문자를 보냈다. 그 문자를 확인한 지 한참이 지나도 재준에게서 답이 없었다.

영화 촬영 시작 전에는 즉각 답이 왔었고 영화 촬영이 시작되고는 적어도 세 시간 안에는 답이 왔었는데……. 퇴근 시간이 다 되도록 연락이 없어 이상하다고 생각하고 있을 때, 정훈이 들어와 살갑게 인사했다.

"사희수! 오랜만이다."

"정훈아. 진짜 오랜만이야."

"왜 이렇게 보기 힘들어?"

정훈에게 몇 번이나 연락이 왔지만 시간이 없어서 정훈을 만나지 못했었다. 조금 미안한 마음에 희수가 커피를 사 정훈에게 건네주며 말했다.

"연말부터 정신없이 바빴어."

"미정이한테 너 새로운 일 시작했다는 건 들었어. 이직했니?"

"이직까지는 아니고, 학교에 휴가 내고 잠시 계약직으로 일해."

정훈은 대학교수들이 가끔 안식년을 맞이하면 회사에서 일하는 것도 봐왔기에 이상하게 생각하지 않고 고개를 끄덕였다.

"일은 재밌어?"

"아직 얼떨떨해. 매일 새로운 걸 배우는 기분이야."

"사희수니까……. 잘 하겠지."

"고마워."

정훈은 미소 짓는 희수를 한참을 쳐다보았다.

"안 본 사이 많이 변했다. 좀 편안해 보여."

희수의 얼굴 표정이 한결 부드러워지고, 편하게 말을 하고 있었다. 대화도 어색하지 않게 이어가고 있는 희수를 보며 정훈의 심장이 싸해졌다.

희수가 정말로 좋아 보여 기쁘기도 했지만, 질투도 났고, 아쉽기도 했다.

"요즘도 스타워즈 게임 해?"

희수의 질문에 정훈이 대답했다.

"레벨 76에서 멈췄어. 이제는 게임을 할 필요가 없어졌어."

"그래? 아쉽네. 조금만 있으면 만렙인데……."

만렙이라고 말하는 희수의 표정에 아쉬움이 묻어나 정훈이 피식 웃고 말았다.

"게임 할 시간이 없었어. 일만으로도 바쁜데 권미정이 소개팅을 수시로 주선하거든."

"미정이가? 그래서 소개팅은 잘됐어?"

"아니……. 다 별로. 아무래도 과거와의 이별이 필요한 것 같아서 너 보자고 한 거야."

"과거와의 이별?"

정훈이 희수를 똑바로 쳐다보며 말했다.

"나 고등학교 때, 사희수를 너무 좋아했었어."

희수의 눈이 놀라서 커지는 것을 보고 정훈이 말했다.

"너무 좋아해서 열병이 생겼었지."

정훈의 말이 농담일까를 잠시 생각했다. 하지만 진담이라는 것을 그의 진지한 눈이 말해주고 있었다.

"왜? 나를?"

농담이 아니라 진담이라면 희수에게 가장 먼저 떠오른 물음이었다. 왜 나 같은 아이를 좋아했다는 것일까?

"사람이 좋은 데 이유는 별로 없는 것 같아. 그냥 좋은 거지."

"……."

"대학 들어가면 고백하려고 했는데, 넌 미국으로 가버렸더라? 그때도 끝을 못 낸 감정이 남았었나 봐. 가끔 네 생각이 났어. 그리고 동창회에서 너를 다시 봤을 때……. 좋았어."

가슴을 울리며 말하는 정훈 때문에 희수가 어떻게 행동해야 될지 몰라 고개를 숙이고 커피 잔만 바라보고 있었다.

"친구로라도 옆에만 있으면 좋겠다고 생각했는데……. 네 옆에 그렇게 어마어마한 경쟁자가 있을 줄은 꿈에도 몰랐지 뭐야."

정훈은 가늘게 떨리는 희수의 손을 바라보고 있었다. 희수는 분명 당황하고 어찌할 줄을 몰라 머릿속으로 어떤 말을 할까 고민하고 있을 것이다.

말을 고르고 골라도 지금 할 수 있는 말이 없다고 생각한 희수가 겨우 입을 열었다.

"미안……. 정말…… 몰랐어."

정훈이 사람 좋은 미소를 보이며 말했다.

"네가 미안할 건 아니지. 너에게 친구라고 말하고 다가간 것도 나니까. 하지만 이번에도 끝을 못 내면 다른 시작을 못 할 것 같아서 말하는 거야. 희수 네가 지금 나한테 할 일은 시원하게 나를 차 주는 거야."

예전의 희수였다면 내가 책임질 필요 없는 감정이라고 냉정하게 생각했을 것이다. 하지만 사람을 좋아한다는 것이 어떤 것인지 아는 지금은 정훈에게 미안했다. 가장 행복한 사람은 사랑하고 사랑받는 사람이니까…….

"정훈아, 미안. 난 지금 좋아하는 사람이 있어. 그 사람과 함께 있고 싶어."

"……진짜 차였네. 차였는데 시원해."

정훈이 쓸쓸하게 웃었다. 정훈을 바라보는 희수의 눈에 물기가 고였다.

"정훈아……. 고마워. 그리고 미안해."

희수의 말에 정훈이 고개를 끄덕였다. 희수는 정훈을 카페에 남겨두고 밖으로 나왔다. 일이 남아 있어 회사로 돌아가다가, 오늘같이 머리가 복잡한 날은 조립을 해야겠다 마음먹고 집으로 방향을 틀었다.

희수는 집으로 돌아오면서 많은 생각을 했다. 사랑받지 못한다고 생각했던 고등학교 시절, 정훈은 희수를 좋아하고 있었다. 희수는 상처를 숨기기에만 급급해 주위를 둘러보지 못했었다. 희수를 스쳐 지나간 인연 중에 희수에게 따뜻했던 사람들에게도 희수는 차가웠던 것이 아니었을까를 반성했다.

희수는 그동안 얽혀 있던 사람들과의 관계를 돌아보았다. 사람들과의 관계는 나무에서 나온 가지 같다고 생각했다. 예전에 그 수많은 가지들은 뿌리가 없어서 여기저기 흩어졌는데 지금은 단단하게 자신을 받쳐주는 뿌리가 생겨 그 관계들이 희수와 연결되기 시작했다.

희수를 받쳐주는 그 뿌리인 재준, 그가 정말로 보고 싶었다. 아직도 답장이 없는 휴대폰을 들여다보며 작게 한숨을 쉬고 집 현관문을 열었다.

현관에서 구두를 벗고 있을 때 누군가가 희수의 앞에 섰다. 집 안에 사람이 있을 거라고는 생각지 못해 소스라치게 놀라며 뒷걸음질 쳤다.

재준이 뒷걸음질 치는 희수의 팔을 잡아당기며 말했다.

"정확히 세 시간 15분 걸렸네."

"재, 재준 씨……."

놀란 눈으로 희수가 재준을 바라보았다. 너무 보고 싶었는데, 희수의 마음을 읽기라도 한 듯 재준이 희수를 기다리고 있었다.

"무슨 이야기를 그렇게 오래 해요?"

오랜만에 보는 재준은 화가 나 있었다. 희수의 어깨를 아프게 누르다가 희수를 품에 안았다.

"기다리다가 미치는 줄 알았잖아……."

재준의 품에 안겨서야 희수는 그동안 자신이 얼마나 재준을 보고 싶어 했는지 알 수 있었다. 화면으로, 기사로 재준을 보는 것으로는 채워지지 않는 그의 따뜻한 체온이 느껴졌다. 재준이 이렇게 앞에 있다는 것만으로도 너무 행복하고 설레서 심장이 콩닥콩닥 뛰었다.

9. 채워진 공간

'컷!' 소리와 함께 촬영이 끝났다. 이번 작품은 유난히 야간 촬영이 많아서 밤을 새는 날이 많았다. 이번에 찍은 씬은 며칠 밤을 꼬박 새우고 오후에 겨우 끝이 났다. 재준이 체력의 한계를 느끼며 다크서클이 짙어진 얼굴로 의자에 앉아 물을 마시고 있을 때, 감독이 다가와 말했다.

"수고했어요. 내일 저녁에 다시 숲 들어가니까 그동안 좀 쉬어요."

"네. 감독님도 좀 쉬십시오."

재준은 자리에서 일어나 밴에 올라탔다. 형철이 기다렸다는 듯이 휴대폰을 건네주었다.

희수에게 문자가 와 있었다. 뭐 하는지 꼬박꼬박 보고하라고 했더니 희수는 간단하게 이동할 때마다 톡을 보냈다. 희수의 얼굴을 보지 못한 지 벌써 두 달째라는 생각을 하면서 깊은 한숨을 내쉬었다.

확실히 영화 촬영을 시작하고는 재준에 대한 화제가 새로운 영화와 화보, 광고 촬영 등으로 옮겨졌다. 찾아오는 기자들의 수도 줄어서 숨통이 좀 트이긴 했다. 하지만 아직 희수를 보기에는 이르다는 생각을 하며 보고 싶은 마음을 꾹 누르고 희수에게 온 문자를 읽었다.

[오늘은 일찍 퇴근합니다. 퇴근하고 정훈이 만나서 차 한잔하기로 했습니다.]

재준이 희수에게 온 문자를 보고 용수철이 튀듯이 벌떡 일어났다가 차 안이라는 것을 깨닫고 다시 앉았다. 형철이 밴을 천천히 출발시키며 재준에게 말했다.

"오늘 사장님이 형 데리고 잠시 회사에 들어오랍니다."

재준이 희수의 문자에 초조해져 입술을 깨물며 물었다.

"왜?"

"형네 회사 사람이랑 중간 점검인가 뭔가 한다던데요?"

'그래?'라고 건성으로 대답하고 등받이에 등을 깊숙이 대고 생각에 빠졌다. 희수에게만큼은 좋은 남자가 되고 싶은데, 가끔 진짜 그러고 싶지 않을 때가 있다. 지금 희수에게 전화를 걸어서 '그 남자 만나지 말아요'라고 말하고 싶은 것을 꾹 눌러 참으며 입술을 꽉 깨물었다.

재준은 희수가 보고 싶어도 만날 수가 없는데 정훈은 항상 참 쉽게 희수를 만났다. 가슴속에서 질투라는 감정이 솟구쳐 올랐다. 정훈이 희수를 바라보던 눈빛을 생각하자 초조하고 불안해졌다. 그 감정들을 더 이상 참을 수 없을 정도가 되자 희수를 만나야겠다는 생각이 들었다.

"형철아!"

"네?"

"나 저기 사거리에서 내려줘. 택시 타게."

"네에?"

"요즘 기자들 잘 안 따라다니니까 걱정 말고. 저기서 내려줘."

"어디 가시는지 말씀하시면 제가 데려다드릴게요."

"밴으로 가면 더 눈에 띄니까 택시 타고 갈게."

"네."

형철이 마지못해 대답하고 재준을 사거리에 내려주었다. 재준이 옆에 있던 모자를 눌러쓰고 택시를 잡아탔다.

희수의 집에 도착한 그는 현관문 비밀번호를 눌렀다. 희수답게 현관 비밀번호는 스타워즈 시리즈 개봉 연도의 조합이었다.

희수 집에 발을 들여놓자마자 그리운 향이 났다. 소파에 털썩 주저앉아 거실에 가지런히 놓인 드로이드들을 노려보았다. 항상 희수 옆에 있어서 부러운 놈들이라고 생각하며 머리를 소파 등받이에 대고 천장을 쳐다보았다.

며칠 밤을 쪽잠으로 보내 피곤이 몰려왔다. 희수의 향기가 은은하게 퍼져 있는 이 공간. 이제는 재준이 희수의 허락 없이 들어올 수 있는 그녀의 공간에서 편안함을 느꼈다. 빨리 희수가 돌아오기를 기다리며 재준은 눈을 스르르 감았다.

한참을 자고 일어나도 희수가 돌아오지 않았다. 머리를 쓸어 올리며 시간을 확인하고 어금니를 꽉 물었다. 무슨 이야기를 이렇게 오래 하는 걸까? 정말 차만 마시는 것일까? 혹시라도 희수가 정훈의 마음을 알게 되는 것은 아닐까? 그렇다고 해서 바뀌는 것은 없다고 속으로 되뇌었다. 젠장! 굉장히 신경 쓰였다.

재준은 차라리 피곤에 지쳐 잠이 들어버린 것이 다행이다 싶었다. 깨어 있었다면 재준은 세 시간 넘게 가만히 앉아서 희수를 기다리지는 않았을 것이다.

드디어 현관문 비밀번호를 누르는 소리가 들렸다. 현관에 자동 등이 켜지고, 긴 속눈썹을 깜빡거리며 희수가 다리를 신발장 위에 비스듬히 올려놓고 구두끈을 풀었다. 바로 덮치고 싶을 정도로 섹시하다 생각하며 잠시 숨을 멈췄다. 저런 모습으로 다른 남자를 만났다고 생각하니 속이 부글부글 끓어올랐다.

"정확히 세 시간 15분 걸렸네."

놀라서 뒷걸음질 치다가 넘어질 뻔한 희수의 팔을 끌어당겼다. 희수의 놀란 눈이 재준을 향했다.

정훈과 무슨 이야기를 그렇게 오래 한 것일까? 둘이 같이 앉아 있는 상상만으로도 재준은 미칠 것 같아 손에 힘을 주고 희수의 어깨를 눌렀다. 그러다 희수를 품에 안았다.

"기다리다가 미치는 줄 알았잖아……."

'피곤에 젖어 잠이라도 들지 않았으면 무슨 짓을 했을지 모르겠다'라는 말은 하지 않다. 질투와 화를 삭이며 희수를 안고 있는 손에 힘을 주었다.

한동안 가만히 안겨 있던 희수가 강아지처럼 재준의 가슴에 얼굴을 비비며 말했다.

"나, 재준 씨가 너무 보고 싶었나 봐요. 눈물이 나올 것 같아요."

그 말이 너무 달콤하게 들려서 화가 스르르 가라앉고 얼굴이 붉어졌다. 보고 싶었다는 한마디에 풀릴 화를 냈다는 것이 바보 같아서 재준의 입에서 깊은 탄식이 나왔다.

"하……. 이희수 정말……. 선수야."

희수의 영문을 모르겠다는 말간 눈이 재준을 응시했다. 아무런 설명 없이 희수에게 바로 입을 맞췄다. 진했던 그리움을 담아 희수를 바짝 끌어안고 뜨겁게 희수의 입을 열고 헤집었다.

희수의 옷을 벗기던 재준이 갑자기 끙끙거리는 소리를 내며 희수에게서 손을 뗐다. 갑자기 와서 콘돔을 챙기지 않았다. 희수 집에 있던 콘돔은 지난번 문란한 날 동안 다 써버렸던 기억이 났다.

"오늘…… 갑자기 와서 콘돔 안 들고 왔어요. 하아……."

안타까운 깊은 탄식이 재준의 입에서 나왔다.

"지금 나가서 사 올게. 기다려요."

희수가 급하게 몸을 돌리는 재준의 손을 잡았다. 재준의 품에 안기며 작은 목소리로 말했다.

"그냥…… 해요. 오늘은 안전한 날이니까. 대신…… 밖에다……."

볼을 붉게 물들이고 재준을 바라보는 희수가 사랑스러워 희수의 이마에, 코에, 입에 순서대로 입을 맞추고 말했다.

"나 오늘 폭주하면 희수 씨 탓이야."

재준의 눈이 짓궂게 빛이 났다. 그러더니 재준이 갑자기 샤워를 해야 된다고 말했다.

욕실에 들어가 있던 재준이 타월이 필요하다고 말해서 욕실 문이 한번 열렸을 뿐이었다. 타월을 건네는 희수의 손이 욕실 안으로 당겨지고 욕실 벽에 밀쳐졌다. 재준이 물기를 닦지 않고 희수를 품에 안자 희수의 옷이 젖었다.

"이런, 희수 씨 다 젖었네요."

재준이 천연덕스럽게 웃으면서 말하고는 당연한 듯 희수의 블라우스의 단추를 풀었다.

"아, 안 돼……. 으읍."

안 된다고 말하려고 하는 희수의 입술이 재준의 입술에 덮여 삼켜졌다. 재준이 블라우스를 벗기고 브래지어의 후크를 능숙하게 풀었다. 희수가 힘겹게 재준을 밀어내며 말했다.

"하아……. 우리 집 욕실은 소리가 크게…… 울려서 안 돼요."

그 말에 재준이 피식 웃었다.

"어쩌죠? 난 그게 더 좋은데?"

재준이 결국 윗옷을 다 벗기고 희수의 탐스런 가슴을 손에 쥐며 희수와 눈을 마주쳤다. 그 욕망 가득한 눈이 부끄럽고, 재준의 젖은 알몸이 부끄러워 희수가 재준의 시선을 피했다.

희수가 고개를 돌리자 재준이 드러난 목덜미를 끈적하게 빨았다. 그리고 혀로 가슴을 부드럽게 핥고 빨더니 희롱하듯이 유륜을 혀로 간질였다. 희수의 발끝이 오므라드는 느낌이 들고 입에서 신음 소리가 나오기 시작했다.

"하……. 읏……. 재, 준 씨……. 하아……."

재준의 손이 희수의 바지의 버클을 풀고 속옷을 비집고 들어와 클리토리스를 살살 눌렀다. 자극적인 느낌에 희수가 허리를 틀며 등을 더 벽 쪽으로 붙였다. 계속해서 희수가 피하는 것 같자 재준이 희수를 뒤돌게 해서 희수의 바지와 속옷을 완전히 벗겨버렸다.

희수의 등 뒤로 몸을 붙이고 한 손으로 희수의 허리를 잡아 누르고, 다른 손으로 자신의 분신을 잡고 그걸 희수의 입구에 비볐다.

샤워를 마쳤을 때는 재준의 피부가 분명 서늘했는데, 어느새 온몸이 뜨거워져 그와 살이 닿는 곳마다 뜨겁게 타는 것 같았다. 열기 가득한 재준의 페니스가 희수를 자극하자 어느덧 희수의 입구가 젖어들고 희수도 재준을 원하기 시작했다.

"하아…… 아응……."

재준이 들어올 듯 안 들어와 희수의 애를 태웠다.

"제발……."

재준이 짓궂게 웃으며 딱딱해진 분신으로 희수가 예민하게 반응하는 부분을 문지르며 되물었다.

"제발 뭐요?"

"아응……. 하아. 제발……."

이번에는 야속하게 귀두 끝만 넣었다가 바로 뺐다. 희수가 애원하듯이 신음 소리를 흘렸다.

"제발 다음은?"

'넣어주세요'라고 말한 희수는 부끄러워 귀까지 빨개졌다. 재준이 희수의 질척해진 속살에 힘차게 재준의 분신을 박았다.

"아윽! 하아……."

콘돔이 없어서인지, 재준의 분신의 힘줄까지 생생하게 느껴지는 것 같았다. 넣은 것만으로 갈 것 같아 희수는 입술을 꽉 깨물었다. 재준이 몇 번 드나들지도 않았는데 희수는 격렬한 쾌감에 정신을 차리지 못했다.

재준도 자신의 분신을 꽉 잡고 조이는 희수의 속살이 주는 쾌감에 동공이 풀렸다. 희열에 몸이 떨며 홀린 듯이 말했다.

"으……. 하아. 좋네."

퍽퍽 소리를 내며 강하게 밀어치는 재준의 힘에 밀려나지 않으려 희수가 벽에 팔을 대고 균형을 유지했다.

"흐…… 으……. 읍……."

보통 때보다 더 조이는 것이 분명 희수도 재준 못지않게 느끼고 있었다. 억지로 신음 소리를 참는 희수의 엉덩이를 찰싹 소리 나게 때리며 말했다.

"소리는, 클수록, 좋아."

"아흐응……. 하악! 하응……."

재준의 말에 희수가 참았던 신음 소리를 터트렸다. 희수의 교성이 살들이 부딪치며 나는 질척거리는 소리와 함께 어우러져 욕실에 음란하게 울려 퍼졌다.

희수에게 유일한 남자는 재준이라는 것을 가르쳐주고 싶다는 듯 재준이 움직임은 강했고 자극적이었다.

"하아……. 응, 하읏!"

신음을 흘리는 희수의 고개가 재준의 손에 의해 돌려졌다. 재준이 몸을 숙여 희수와 입을 맞췄다. 혀를 나누고 서로의 타액을 나누는 그들의 숨소리가 가빴다.

재준이 다시 희수의 둔부를 잡고 허릿짓을 해댔다.

"하응……. 서 있기가, 하윽! 힘들어……. 요."

지금 희수는 벽에 팔을 짚고 쾌감으로 부들거리는 다리에 겨우 힘을 주고 서 있었다. 희수의 다리에 힘이 빠지는 것이 느껴졌는지 재준이 희수의 둔부를 꽉 쥐고 올려서 마지막이라는 듯이 강하고 빠르게 피스톤질을 했다.

"하응……. 하앙……. 아!"

한층 더 높아진 신음 소리가 희수의 입에서 나오고 재준의 입에서도 쾌락에 충만한 신음 소리가 나왔다. 재준은 사정하기 전에 재빨리 자신의 분신을 빼고 희수의 엉덩이에 정액을 쏟아냈다. 오랜만에 해서인지 꽤 많은 양의 정액이 나와 희수의 엉덩이, 허리, 머리카락을 지나 벽까지 튀었다.

쾌락에 잠식당해 정신없는 와중에도 희수는 왜 재준이 욕실에서 하기를 원했는지 그제야 깨달았다.

재준과 희수는 식탁에 앉아 간단히 저녁을 차려서 아주 늦은 저녁을 먹었다.

"너무 늦게 물어보는데……. 재준 씨 이렇게 나 보러 와도 돼요? 사실 나도 재준 씨 보면 안 되는데……."

재준이 씩 웃더니 말했다.

"기자들 때문이라면 괜찮아요. 희수 씨 고용주인 할아버지 때문이라면 더 괜찮고."

희수가 놀라서 재준을 쳐다보았다. 재준은 다 알고 있었던 것일까? 희수가 뭘 하고 있었는지? 희수는 이럴 때는 어떻게 반응해야 정상적인 것일까를 한참을 생각하고 말했다.

"재준 씨……. 알고 있었어요? 미안해요. 말 못해서."

"괜찮아요. 그보다, 나도 너무 늦게 물어보는데……. 오늘 그 동창 만나서 무슨 말 했어?"

희수가 재준의 질문에 눈에 띄게 당황하는 것이 마음에 들지 않았다.

"괜찮으니까 말해요."

고개를 푹 숙이고 말을 못하는 희수를 보니 정훈이 고백을 했다는 확신이 들었다.

"희수 씨, 이리 와봐요."

희수가 일어나서 재준 앞으로 오자 재준이 희수를 무릎에 앉혔다.

"무슨 말 했는지는 상관없어. 희수 씨가 선택한 사람이 나라는 것이 중요하지. 그렇죠?"

재준이 손으로 희수의 턱을 들어 희수가 재준을 쳐다보게 만들었다. 희수는 그녀가 완전히 재준의 것이라고 말하는 듯한 그 눈에 지배당하는 느낌이었다. 희수도 모르게 고개를 끄덕이고 대답했다.

"나는…… 좋아하는 사람이 있다고 말했어요……. 정훈이도 과거와 이별을 하기 위해 내가 자신을 차주기를 바란다고 했고……."

희수의 말에 재준의 미간이 구겨졌다. 정훈이 생각보다도 더 괜찮은 놈인 것 같아 마음에 들지 않았다. 재준이 희수의 옷을 다시 벗기려고 했다. 재준이 뭘 원하는지 깨닫고 희수가 다급히 말했다.

"밥이라도 먹고 해요."

"당신을 먹는 게 훨씬 맛있어."

이런 외설적인 대답이라니……. 재준의 말에 희수의 입이 벌어졌다. 재준이 희수를 바짝 끌어당겨 서로의 주요 부위가 맞닿게 하고 벌어진 희수의 입 속에 혀를 밀어 넣었다. 말캉한 혀를 휘감고 희롱했다. 그러면서 희수의 엉덩이를 움직이며 서로를 자극했다. 옷을 입고 있어도 재준의 것이 금방 단단해지는 것이 느껴졌다. 희수는 어쩔 수 없다는 듯이 한숨을 쉬고 재준에게 그녀의 몸을 맡겨버렸다.

다음 날, 겨우 출근을 한 희수가 탕비실에서 커피를 마셨다. 몇 번이나 달려드는 재준 때문에 잠을 거의 못 잤는데, 재준은 촬영이 저녁에 시작한다고 희수가 출근할 무렵 푹 잠들어 있었다. 좀 얄미운 기분이 들어 나올 때 재준의 옆구리를 꼬집었는데, 재준이 깨어나 또 달려들려는 것을 떼어놓고 겨우 출근을 했다.

최 대리가 탕비실로 들어와서 걱정스러운 듯이 말했다.

"과장님. 오늘 굉장히 피곤해 보이세요."

"네. 좀 피곤하네요."

눈가를 문지르며 희수가 대답했다. 갑자기 최 대리가 놀라서 소리쳤다.

"과장님……. 코피, 코피 나요."

희수가 그 말에 코를 만졌다. 붉은색 피가 손에 묻어 나왔다. 휴지로 코를 닦고 막았다.

"과장님. 어제 무리하셨나 봐요."

희수의 얼굴이 붉어졌다. 최 대리가 희수의 머리를 뒤로 젖혀주며 그대로 있으라고 말했다.

탕비실 문이 열리고 누군가 들어오자 최 대리가 '히익!' 소리를 내며 희수 뒤로 왔다. 희수가 젖혔던 고개를 내리고 앞을 바라보았다.

정 회장이 희수를 바라보고 있었다. 희수도 벌떡 일어나 허리를 굽혔다.

"코피가 났구먼."

"……."

"그 녀석……. 수절하라고 했더니 그새를 못 참고."

희수의 고개가 푹 숙여지고 얼굴은 더 붉어질 수가 없다고 생각될 만큼 붉어졌다.

"따라와라."

"네."

따라나서는 희수의 손이 긴장으로 가늘게 떨렸다.

희수는 회사를 다니기 시작하면서 구두를 신기 시작했다. 높은 굽의 구두를 신고는 일단 빨리 걸을 수가 없는 데다가 격렬했던 지난밤의 정사 때문에 걷는 것이 불편해서 성큼성큼 앞서 나가는 정 회장을 쫓아갈 수가 없었다.

정 회장이 먼저 엘리베이터 앞에 서서 희수가 올 때까지 열림 버튼을 누르며 기다려주었다. 희수가 천천히 걸어 엘리베이터 안으로 들어오자 정 회장이 혀를 차는 소리가 들렸다.

"내가 누구 탓을 하겠냐? 못난 놈을 탓해야지……. 쯧쯧."

정 회장의 말에 고개가 푹 숙여졌다. 이보다 더 부끄러워질 수 있을까? 그나마 정 회장이 수행비서도 없이 혼자라는 것이 조금의 위안이 되었다.

17층 회장실에 엘리베이터가 서고, 정 회장이 내리자 비서들이 일어나서 허리를 굽혔다. 정 회장이 희수를 위해 천천히 걸었다. 비서가 문을 열어주고 안쪽에 있는 회장실로 들어가자 정 회장이 희수에게 소파에 앉으라 손짓을 하며 말했다.

"오늘 내가 직접 이 교수, 아니 이 과장 데리러 갔다는 것은 곧 주요 임원들의 귀에 쫙 들어갈 거야."

정 회장이 일부러 직접 희수를 데리러 온 것이었다는 생각에 희수는 고개를 끄덕이며 대답했다.

"네."

"자네가 누구를 조사하고 있는지 다들 궁금해하겠지."

"네."

"각오는 되어 있어?"

"회장님의 제안을 수락했을 때부터 각오하고 있습니다."

정 회장이 희수를 찬찬히 쳐다보았다. 각오를 하고 있다고 말할 때 강한 의지가 느껴졌다.

"이제부터 중요 자료는 오직 회장실에서만 볼 수 있어. 다른 곳에 가지고 나갈 수도 없어. 내가 회장실에 없는 날도 자네는 들어올 수 있도록 말해놓지."

"네. 알겠습니다."

"사실 오늘부터 여기서 자료를 보라고 말하려고 했더니……. 쯧쯧……. 몸 상태를 보니 내일부터 해야겠어."

"오늘부터 할 수 있습니다."

"오늘은 가서 쉬어. 잘 걷지도 못하던데. 재준이 녀석, 작작 좀 하지."

그 말에 희수의 얼굴이 다시 푹 숙여지고 더 이상 말을 할 수가 없었다. 회장님은 어떻게 재준 때문에 그렇다는 것을 알고 있을까? 재준이 회장님께 말씀드린 줄 알고, 희수는 부끄러워서 고개를 들지 못하고 있었다.

정 회장이 피식 웃었다. '재준이 녀석은 얼마나 피곤하면 아직도 이 과장 집에 있다는데……'라고 말하며 더 놀릴까 하다가 희수가 너무 민망해하는 것 같아서 그만두기로 했다.

정 회장이 단정해 보이는 희수의 정수리를 바라보며 부드럽게 말했다.

"여기서 차나 한잔 마시고 쉬다 가."

"네."

비서가 들어왔다 나가고, 향긋한 향이 나는 국화차가 희수 앞에 놓였다. 정 회장은 희수를 말없이 쳐다보며 그녀를 관찰했다. 심지가 굳어 보이고, 일에 있어서는 주위 사람들에 의해 흔들리지 않는 냉철함이 마음에 들었다.

정 회장의 제안을 받고 바로 자신의 친아버지와의 연을 끊었다고 보고를 받았다. 희수와 아버지 사이를 모르는 정 회장은 한편으로 희수가 너무 냉정한 것이 아닌가 하는 생각도 했었다.

하지만 다른 여자한테 정을 준 적이 없는 재준이 선택한 여자였다. 심지어 푹 빠져서 헤어 나오지를 못하고 있었다. 이 교수를 선택한 것이 그리 탐탁지 않지만, 재준의 성격상 한번 정을 주면 그걸로 끝이었다. 재준은 이미 결혼도 생각하고 있는데 오히려 이 교수가 재준의 감정을 따라가지 못해 재준이 기다리는 눈치였다.

"자네는 재준의 어떤 면이 그리 마음에 들어?"

정 회장의 물음에 희수가 놀라서 정 회장을 쳐다보았다. 정 회장은 빙빙 돌리지 않고 항상 이렇게 직접적으로 개인적인 감정을 물어보았다.

"재준이 가진 재력인가? 자네는 만났을 때부터 재준이 보희 아들이라는 것도 내 손자라는 것도 알고 있었으니."

"그런 건 저에게 별로 중요하지 않았습니다."

희수가 재준의 배경 때문에 재준을 선택한 것이 아니라는 것은 정 회장의 눈에 더 잘 보였다. 그래서 더 희수의 진심이 궁금해진 정 회장이 희수에게 물었다.

"그럼 녀석이 잘생겨서?"

씩 웃으며 묻는 정 회장의 질문에 희수가 자신도 모르게 고개를 끄덕일 뻔했다.

"괜찮으니 이유를 말해봐. 정말 궁금해서 그러니까."

희수가 단정하게 무릎에 손을 모으고 대답했다.

"재준 씨가 제 마음을 열어주었습니다. 재준 씨를 만나기 전, 저는 다른 사람에게 마음을 잘 열지 못했습니다. 그런데 재준 씨가 먼저 마음을 열고 재준 씨의 공간에 저를 당연하다는 듯이 받아주었습니다. 저를 있는 그대로 받아주고 마음을 제대로 표현하지 못해도 괜찮다고 말해줍니다. 진심으로 상대방을 대하는 법을 알지 못했는데…… 재준 씨가 저에게 그걸 가르쳐주었습니다."

"……."

"마음을 한번 열고 나니 막을 수가 없었습니다. 저는…… 재준 씨가 있어야 완전해지는 사람이라는 생각이 듭니다. 그래서…… 재준 씨 옆에 있고 싶습니다. 재준 씨에게 도움이 되는 사람이 되고 싶습니다."

흠, 소리를 내며 정 회장이 희수를 쳐다보았다. 다른 여자들처럼 애교가 담긴 말도 아니고, 풍부한 감정을 담아서 하는 말도 아니었다. 오히려 딱딱하고 사무적인 말투였다. 하지만 미사여구 없이 사실만 말하는 희수의 말이 더 진실되게 들렸다.

재준과 희수, 둘이 닮았다고 생각했다. 정을 잘 주지 않지만 한번 마음을 열면 그 마음은 진심이고 영원하다. 희수도 재준에게 준 마음을 끝까지 가지고 갈 것 같아서 한편으로 안도하며 정 회장이 앞에 놓인 차를 달게 마셨다.

감사 2팀 최 대리는 박 대리가 옆에서 말을 걸어도 멍하니 생각에 잠겼다.

"팀장님 말씀으로는 이 과장님이 요즘 오전 근무는 17층에서 하고 있다는데……. 최 대리는 뭐 들은 거 없어?"

"없는데……."

"17층이면 회장실인데……. 거기서 무슨 일을 하시는 걸까?"

"모르지."

박 대리가 궁금하다는 듯이 최 대리에게 물어도 모른다는 대답밖에 할 수가 없었다. 하지만, 최 대리는 며칠 전 회장님이 직접 이 과장을 데리러 탕비실까지 왔을 때, 이 과장과 같이 있었다. 회장님이 이 과장을 잘 알고 있는 듯이 서로만 아는 이야기를 했었다. 정말 이 과장은 알면 알수록 미스테리하다고 생각하며 탕비실을 나왔다.

탕비실에서 나와 이 과장이 있는 창가를 보았다. 이 과장은 햇살이 비치는 창가에 앉아 긴 머리를 다시 올려 묶고 있었다. 그 옆선이 너무 고와 눈이 부셨다. 뭐라고 형용할 수 없는 신비한 분위기가 나서 멍하니 쳐다보았다.

"이 과장님, 알고 보면 로열패밀리 아닐까? 회장님이 직접 찾아온 것도 그렇고……. 이 과장님, 좀 신비롭고 고급스러운 분위기가 있는 것이……."

박 대리가 최 대리를 뒤따라 나오며 하는 말에 최 대리가 고개를 끄덕였다. 입 밖으로 내지는 않았지만 요즘 최 대리도 같은 생각 중이었다.

감사 2팀은 임원들의 비리 의혹이 있으면 움직이는 팀인데, 요즘 최 대리가 이 과장에게 정리해서 갖다 주는 서류는 전에 조사했던 주요 임원들에 대한 자료였다. 이 정도 고위 임원들의 잘잘못을 따질 수 있는 파워는 일개 계약직 과장이 가질 수 있는 것이 아니었다. 모르긴 몰라도 지금 암암리에 정 회장이 직접 이 과장을 찾아온 것이나 이 과장이 뭔가를 조사하고 있다는 것이 임원들 사이에는 퍼져 있을 것이다.

그리고 그 임원들은 갑자기 툭 튀어나온 이희수 과장이 누군지에 대해 궁금해하고 있을 것이다.

"최 대리님!"

이희수 과장이 부르는 소리에 재빨리 일어나 이 과장 앞으로 갔다.

"2014년도에 감사팀에서 이상엽 전무님 조사했던데, 그 자료 아직도 가지고 있나요?"

"네. 찾아보면 있을 겁니다."

"찾아서 정리해서 저한테 주시겠어요?"

"네."

이상엽 전무는 회장님의 가까운 인척으로 알고 있었다. 최 대리는 재빨리 자료를 찾아 날짜별로 정리하면서 과연 이 과장의 정체가 무엇일까를 고민했다.

영화 촬영이 막바지에 이를 때쯤, 재준은 희수를 보러 가기 전에 17층에 들러 정 회장을 먼저 만났다.

"웬일이냐? 회사에 다 오고."

소파에 앉아 퉁명스럽게 말하는 정 회장의 옆에 앉으며 재준이 대답했다.

"님이 있으니까요."

"님을 보러 가면 되지, 쓸데없이 여기까지 올라왔냐?"

"그전에 할아버지께 부탁드릴 일이 있어서 왔습니다."

"부탁? 통보가 아니고?"

재준이 정 회장의 말에 눈매를 휘며 말했다.

"뭐…… 통보에 가깝기는 하지만, 할아버지의 도움이 필요하기도 합니다."

"말해봐라."

정 회장의 말에 재준이 자신의 계획을 말했다. 정 회장이 재준의 말을 듣더니 몇 가지 사항을 지적했고 둘은 한참을 의견을 주고받았다.

"네 마음대로 되겠냐?"

"안 되면 될 때까지 하려고요. 지금까지 그랬던 것처럼."

"나도 네가 올해 안에는 모든 일을 마무리했으면 한다."

할아버지와 이렇게 죽이 잘 맞았던 적은 없었다고 생각하며 재준이 정 회장을 바라보았다.

"희수가 할아버지 마음에 들었나 봐요."

"……나쁘지 않다."

완벽주의자 정 회장의 '나쁘지 않다'는 굉장히 마음에 든다는 뜻이었다. 재준이 미소 지으며 정 회장에게 말했다.

"제 부탁은 잊지 말아주세요."

'성공 못하면 돌아올 생각도 하지 마라'라고 으름장을 놓는 정 회장의 말이 재밌어서 혼자 웃으며 회장실을 나와 희수가 있는 12층으로 갔다.

최 대리는 영화처럼 엘리베이터 문이 열리고 빛을 단 재준이 내리는 것을 보았다.

"와아……. 함재준이다……."

현실이 아니라 영화관 스크린에서 함재준을 볼 때처럼 혼잣말을 중얼거렸다. 재준이 예의 바른 미소를 지으며 최 대리에게 물었다.

"감사 2팀은 어디에 있습니까?"

최 대리는 대답은 못하고 얼굴을 붉힌 채, 손가락으로 감사 2팀 사무실을 가리켰다.

"감사합니다."

재준은 편하게 청바지에 니트를 입었다. 긴 다리와 넓은 어깨가 먼저 눈에 들어왔다. 비율이 좋아 조각상에 옷을 입혀 놓은 것 같다고 생각하며 함재준의 뒤를 따라갔다.

재준이 감사 2팀 사무실 문을 열고 들어갔을 때, 최 대리는 모든 것이 정지하는 듯한 신기한 마법을 보았다. 감사 2팀 사람들이 모두 재준을 쳐다보고 순간 정지 상태였다. 특히 재준의 덕후인 이 과장은 너무 놀라서 눈을 동그랗게 뜬 채로 얼어버렸다.

재준이 성큼성큼 창가로 다가가 이 과장의 어깨에 손을 올리자 그제야 어색하게 웃으며 재준을 불렀다.

"재준 씨……. 어떻게 왔어요?"

"희수 씨 보러 왔어요."

재준의 웃는 얼굴을 보고 최 대리는 한 가지를 깨달았다. 재준이 평소에 보이던 예의 바른 미소는 그냥 예의 바른 미소일 뿐이라는 것을…….

이 과장을 보고 짓는 재준의 미소는 정말로 마음에서 우러나는 것이었다. 사랑하는 사람을 보고 짓는 달콤하고 부드러운 미소.

이 과장이 당황해서 함재준의 손을 잡아끌고 어색하게 사무실 밖을 나가고 나서야 감사 2팀 사람들은 숨을 쉴 수가 있었다.

감사 2팀 팀장이 들어와서 경악에 가까운 표정을 짓고 있는 대리들을 보고 말했다.

"다들 왜 그래? 아예 예상 못한 건 아니잖아?"

박 대리가 팀장의 말에 톤이 높아져서 대꾸했다.

"전혀, 네버, 진짜 예상 못했습니다!"

팀장이 박 대리의 말에 허허거리며 웃었다.

"하긴 나도 처음 황 실장님한테 이 과장하고 함재준 사이를 들었을 때는 너무 놀랐었지. 어쨌든 알았어도 바뀌는 것은 없습니다. 다들 입조심하시고, 이제 일들 해요. 앞으로 더 바빠질 겁니다."

충격의 도가니 속에서 최 대리는 다시 일을 시작하는 척했지만, 속으로는 희수와 재준을 생각하고 있었다.

'이 과장님은 성공한 덕후다', '대박!', '진짜 부럽다', '이 과장님 정도 돼야 함재준 옆에 서도 안 꿀리는구나', '앞으로 회사 생활 잘하려면 이 과장님한테 잘 보여야겠다' 등등을 머릿속에 떠올렸다. 물론 최 대리뿐만 아니라 감사 2팀 대리들 모두가 같은 생각을 하고 있었다.

"왜 왔어요?"

재준을 비상구 계단으로 끌고 와서 묻는 희수의 질문에 재준이 희수를 빤히 쳐다보았다. 당연히 희수를 보러 왔다고 말하는 것 같아서 희수가 말했다.

"회사로 찾아오면 사람들이 알게 되지 않을까요?"

"희수 씨랑 같이 일하는 사람들이라면 우리 사이 알아야죠. 이제 자주 올 거라서 얼굴도 익히고."

"자주…… 요?"

"왜, 싫어?"

짓궂게 물으며 재준이 희수를 벽으로 밀치고 품 안에 가두었다.

"싫은 건 아니지만, 재준 씨가…… 걱정돼서 그렇죠."

희수가 걱정스럽다는 듯이 재준을 쳐다보자, 재준이 피식 웃었다. 소문이라도 나서 재준을 곤란하게 하지 않을까 염려하는 것이었다. 동맹 초기엔 자신이 알려지는 것만 걱정하던 희수가 아니라 지금은 진심으로 재준을 걱정하는 희수였다. 그 마음이 사랑스러워 자신을 올려다보는 희수에게 입을 맞췄다. 희수가 재준을 밀어내며 고개를 숙였다.

"회사에서 이러면 어떡해요. 누구한테 들키기라도 하면……."

재준이 한 손으로 희수의 허리를 감싸고 다른 손으로 희수의 턱을 잡아 올려 시선을 맞췄다.

"걱정 말아요. 지금쯤 희수 씨 팀장님이 팀원들에게 입조심을 시키고 있을 거예요. 그리고 내가 12층에 내린 순간부터 찍힌 CCTV는 따로 관리되고 있을 거예요."

재준의 말이 이해가 되지 않아 희수가 재준을 빤히 쳐다보았다. 재준이 피식 웃더니 희수의 뒷덜미를 잡고 끌어당겨 입을 맞췄다. 재준의 혀가 감미롭게 희수의 입 안을 휘젓기 시작했다. 재준이 너무 부드러워 까치발을 한 희수의 다리에 힘이 풀렸다. 재준의 팔이 단단하게 희수를 받쳐주는 느낌이 들었다. 한참 뒤에 희수가 가쁜 숨을 쉬기 시작하자, 재준이 천천히 입을 떼고 말했다.

"그러니까 내 말은, 우리가 여기서 더한 짓을 해도 들키지 않는다고."

희수가 뭐라고 대꾸해야 될지 몰라 그저 가빠진 숨만 고르고 있었다.

"말을 하고 나니 더한 짓을 하고 싶어졌어."

재준의 손이 희수의 옷 속으로 들어왔다. 희수가 깜짝 놀라 재준의 손을 떼어내며 말했다.

"집에서! 제발 나머지는 집에서 해요."

재준이 다시 희수를 꽉 껴안고 귓가에 속삭이듯 말했다.

"오늘 정시 퇴근해요. 안 그러면 다시 올라와 더한 짓을 할 테니까."

희수가 고개를 격하게 끄덕이자 재준이 만족스럽다는 듯이 웃으며 희수의 머리를 쓰다듬고 돌아갔다.

그날 희수는 드물게 정시 퇴근을 해서 대리들을 기쁘게 했다.

인천 공항, 갑작스럽게 가게 된 로마 출장이었다. 희수는 어제 출장을 통보를 받고 부랴부랴 짐을 싸서 공항에 와서 짐을 부치고 게이트를 확인하고 비행기에 올랐다.

희수가 하는 일은 출장이 필요 없는 일이었기에 어제 팀장이 따로 불러 출장을 가라고 했을 때는 이해가 되지 않아 정말인지를 여러 번 물었었다. 현지 직원이 나와서 다 설명해줄 거라는 팀장의 말을 떠올리며, 너무 조급하게 생각하지 않기로 했다. 곧 비행기가 출발할 것 같아 재준에게 문자를 보냈다.

[좀 있으며 비행기 출발합니다. 로마에 도착하면 연락하겠습니다.]

재준의 영화 촬영이 끝나 이제야 자주 볼 수 있게 되니 이렇게 출장을 가게 되었다. 며칠 동안인지, 무엇을 하는지 알려주지 않는

이 로마 출장이 어이가 없었고 불안했다. 희수는 한 번도 숙소를 정하지 않은 채 학회나 세미나를 해외로 가본 적도 없었다. 어디를 가든 시간별로 스케줄이 나와 있었다.

마음에 썩 들지는 않았지만, 일단 결정 난 것은 따르기로 하고 비행기 좌석에 등을 기대고 눈을 감았다. 옆 좌석에 누군가가 앉아서 움직이는 것이 느껴졌지만 일등석은 넓어 그리 방해가 되지 않았다.

'불안해하지 말고 밀린 잠이나 자야겠다.'

그때, 누군가 희수의 손을 잡았다. 놀란 희수가 눈을 뜨고 옆을 바라보았다. 재준이 미소 지으며 희수를 바라보고 있었다.

"희수 씨, 도착하면 연락할 필요 없어요. 우린 같이 로마에 도착할 거거든."

"어, 어떻게 재준 씨가……."

너무 놀라 말이 제대로 이어지지가 않았다. 재준이 놀라는 희수의 손을 들어 입을 맞추며 말했다.

"우리 비행기에서 처음 만났는데 말이죠. 기억나요? 딱 내 스타일의 여자가 내 옆에 앉았는데, 나한테 관심이 너무 없었어."

재준의 눈이 장난스럽게 빛나고 있었다. 놀라서 말을 못하고 있는 희수가 재밌다는 표정이었다. 희수가 당황했던 표정을 지우고 냉정을 찾으며 말했다.

"재준 씨가 어떻게 여기에 있죠?"

"내가 희수 씨 안내할 현지 직원."

"네?"

그 말에 더 어이가 없어져 재준을 쳐다보았다.

"그러니 즐겨요."

재준이 몸을 구부려 희수에게 입을 맞췄다. 재준이 미친 것이 틀림없다고 생각하며 희수가 재준을 노려보았다.

"무슨 일인지 설명해주세요. 어떻게 재준 씨가 현지 직원이 될 수가 있어요?"

따지듯이 묻는 희수의 말에 대답은 안 하고 재준은 희수 쪽으로 완전히 몸을 돌리고 턱을 괴고 희수만 바라보며 물었다.

"전부터 궁금했는데……. 희수 씨는 나 비행기에서 처음 봤을 때, 무슨 생각 했어요?"

희수의 눈꼬리가 올라갔다가 재준이 정말 궁금한 듯 반짝거리는 눈으로 물어봐서 한숨을 쉬며 천천히 말했다.

"……'아, 함재준이구나'라고 생각했어요."

"그게 다야?"

"그다음은…… '왜 하필 지금 함재준이 제주도에 가지? 어쩌면 선 볼 수도 있겠다. 귀찮아지겠네'라고 생각했어요."

"너무 정직한 대답이라 가슴이 아프네요."

재준이 한참을 웃었다. 한참을 웃던 재준이 눈매를 휘며 희수의 손에 깍지를 끼웠다.

"지금은 어때요? 내가 예상치 않게 옆에 있는데?"

"……공과 사는 구분하고 싶은데, 재준 씨가 현지 직원이라니 말이 안 된다고 생각하고 있어요."

희수의 반응을 예상했다는 듯이 재준이 낮게 웃으며 말했다.

"난 지금 너무 설레고 좋아. 우리 사실 짧게 제주도 간 거 말고는 제대로 여행 한번 못 가봤잖아요."

"……."

"할아버지랑 이야기가 다 된 거예요. 오늘을 위해서 많이 애썼어요. 그러니 나랑 같이 가는 여행이라고 생각해도 좋아요."

"출장이라고 들었는데 말이죠."

조금 토라져서 희수가 대답하자 재준이 짓궂게 웃었다.

"하하. 유럽 총괄은 런던에 있죠. 일하러 갈 거며 런던을 가야죠. 우리는 놀러 가는 거예요."

희수의 입에서 깊은 한숨이 나왔다. 너무 급하게 통보받았을 때부터 의심했어야 했다. 그리고 로마라니……. 재준의 말처럼 출장을 갈 거면 런던이어야 했다. 순진하게 로마에 가도 출장이라 생각했다.

"차라리 휴가라고 말했으면 좋았을걸요."

재준이 몸을 구부려 희수의 입에 입을 맞추고 귓가에 속삭였다.

"그랬으면 희수 씨, 안 왔을 거잖아."

귀를 살짝 핥는 재준 때문에 희수가 몸을 움츠렸다. 그런 희수를 부드러운 입매를 하고 쳐다보다 다시 희수의 손을 들어 입을 맞췄다.

"우리 첫 여행이니까…… 즐겨봐요."

정말 즐길 수 있을까? 희수는 한국에 놔두고 온 일들을 생각했다. 머릿속에 떠오르는 임원들의 이름들, 그 이름 밑에 관련된 정보들과 숫자들이 빼곡하게 들어서기 시작했다.

"그만 생각해요. 희수 씨 머릿속 복잡한 거 다 들려요. 그런데 어쩌지? 비행기는 이미 떴어."

재준의 말에 희수가 작게 한숨을 쉬었다. 재준의 말이 맞았다. 일단 비행기는 떴다. 지금 비행기에서 내릴 수는 없다.

머릿속에 엉켜 있던 복잡한 생각들을 하나씩 지우기 시작했다.

희수의 뇌주름에 저장된 이름들과 숫자들을 지웠다. 그리고 26살 포닥을 시작한 이래 한 번도 쉰 적이 없는 자신에게 주는 첫 휴가라고 생각해보기로 했다. 그렇게 마음을 정하고, 옆에 앉은 재준을 보니 갑자기 행복해졌다. 희수의 자리로 당연한 듯이 넘어온 그의 손을 꽉 쥐었다.

R사의 회장실, 정 회장이 황 실장의 보고를 들으며 물었다.

"이 교수, 일 시켜보니 어때?"

"경제학을 전공해서 그런지 기본은 다 알고 있었습니다. 일반 업무 익히는 데 두 달 정도면 충분했습니다. 일반 업무 적응 후에는 회장님 지시대로 제가 가지고 있던 자잘한 임원들 비리와 부정에 연관된 자료들을 보여주었습니다. 이미, 주요 임원들의 사생활까지도 이 교수가 알고 있다고 생각하시면 됩니다."

"잘했어."

"이 교수한테 정말 모든 패를 다 보이셔도 괜찮겠습니까?"

"일부러 보여주는데, 뭐. 황 실장은 소문이나 잘 나게 해줘."

"이미 임원들은 다 알고 있습니다."

"그럼 됐어."

"회장님이 임원들의 약점을 쥐고 있는 것과 이 교수가 약점을 쥐고 있는 것은 다릅니다. 이미 몇몇 임원들은 이 교수를 만나려고 했었습니다."

"그랬어?"

정 회장의 입꼬리가 올라갔다.

"이 교수가 단칼에 거절했다고 들었습니다. 정보혁 사장, 이상

엽 전무, 정재근 상무, 그리고 심지어 최근 정보희 부사장과의 만남도 거절했다고 들었습니다."

"보통이 아니구먼."

정 회장이 호탕하게 웃자 황 실장이 물었다.

"앞으로 어떻게 하실 건지 여쭤봐도 되겠습니까?"

"이 교수가 학교로 돌아가도 감사팀 고문 자리에 앉혀놓을 생각이야. 이제는 옛날 방식으로 경영할 수가 없어. 하지만, 옛날 방식이 몸에 밴 임원들이 많지. 그걸 못하게 할 사람이 바로 이 교수야. 그리고 이 교수가 항상 지켜보고 있다고 알려주면, 적정한 균형과 긴장감을 유지할 수 있겠지."

"와치 독(watchdog, 회사가 부정이나 불법을 저지르지 않게 감시하는 단체)으로 쓰시는군요. 어떻게 보면 이 교수가 가장 적임자입니다."

"그렇게 이야기하면 내가 마치 이 교수를 이용하는 것처럼 들리는군. 하지만 난 정말 재준이를 위해서 선택한 일이야."

"저는 회장님의 진심을 알고 있습니다."

"그나저나 재준이 녀석, 잘 하고 있는지 모르겠네."

황 실장이 웃으며 대답했다.

"잘 하실 겁니다. 어려서부터 원하는 것은 항상 얻어냈으니까요. 설사 그게 사람 마음이라도 말이죠."

정 회장이 황 실장의 말에 빙그레 웃으며 고개를 끄덕였다.

한국 시간으로 늦은 시간에 로마의 호텔에 도착했다. 희수는 오랜만의 장거리 비행에 지쳐서 그냥 잠이 들어버렸다. 재준이 조금 아쉬운 표정으로 잠든 희수를 바라보다 희수 옆에서 잠이 들었다. 시차 때문에 새벽에 눈을 뜨자 희수는 이미 일어나서 뭔가를 열심히 적고 있었다.

"희수 씨, 지금 뭐 해요?"

"미안해요. 깨웠어요?"

"아니. 그보다 희수 씨 뭘 그렇게 열심히 적고 있어요?"

"너무 준비 없이 와서, 인터넷으로 정보를 모아서 갈 곳들을 정하고 오늘 일정을 계획하고 있었어요."

재준이 일어나 희수의 곁으로 다가가 희수가 적어놓은 계획표를 보았다. 시간별로 어디를 갈 것인지 계획하고 있었다. 그 옆에 이동편이나 유명한 음식점을 표시해놓은 것을 보고 재준이 배를 잡고 웃었다.

"희수 씨 정말……. 이런 데서도 성격이 나오네요."

재준이 희수의 손에서 펜을 빼서 들고는 말했다.

"이런 거 하지 않아도 돼요. 로마는 가는 곳이 다 유적지니까. 아무것도 계획하지 말고 그냥 발길 닿는 대로 걷다가 마음에 드는 곳에서 시간 보내면 돼요. 그게 진정한 휴가야."

"그래도…… 계획이 없으면."

재준이 희수의 이마를 손가락으로 한번 퉁 튀기고 말했다.

"계획 따위는 없어도 돼요. 오늘은 오빠만 따라와."

재준의 말에도 약간 불안해 보이는 희수를 침대로 다시 끌어당겼다. 언제 샤워를 했는지 희수의 몸에서 좋은 향이 났다. 재준은 목덜미에 이를 박고 잘근거리다 어깨를 물고, 드러난 하얀 팔뚝을 물고 손가락을 깨물었다.

"왜, 왜 그래요?"

"희수 씨, 너무 맛있어서 먹고 있어."

그 말에 희수가 수줍게 웃었다. 그 모습이 사랑스러워 재준이 희수를 침대로 밀어 눕히고는 그녀의 위에 올라탔다.

"아직 이른 시간이니까……. 우리 좀 더 침대에서 시간을 보내죠."

그렇게 많은 시간을 침대에서 보내도 여전히 부끄러운지 희수가 고개를 돌리고 작게 고개를 끄덕였다. 붉어진 희수의 입술에 재준의 입술이 내려앉고, 침대가 삐걱거리는 소리로 그들의 아침을 알렸다.

아침부터 재준은 희수를 데리고 유명한 유적지가 아닌 골목길을 다니다 현지인들이 많은 카페에 들어가 라테 한 잔과 갓 구운 빵을 주문했다. 주문한 커피는 희수의 눈을 동그랗게 만들 만큼 부드럽고 맛있었다.

"미리 알고 찾아왔어요?"

"아뇨."

"빵도 너무 맛있고, 커피도 맛있어서 재준 씨가 미리 알아보고 온 곳인 줄 알았어요."

재준이 희수의 입술에 묻은 크림을 손가락으로 닦아주며 말했다.

"그냥 걷다 보면 답이 나와요. 관광객이 아닌 현지인들이 많은 곳을 선택하면 실패할 확률이 적죠."

희수가 아쉽다는 듯이 잔에 남은 마지막 방울까지 마시자 재준이

라테를 한 잔 더 주문했다. 커피를 더 마시고 재준의 손을 잡고 골목 길을 걷기 시작했다. 도로가 아닌 울퉁불퉁한 돌길이었는데, 굉장히 오래된 길처럼 보였다. 재준의 말처럼 로마는 가는 곳이 유적지라는 생각이 들었다.

2천 년 전의 사람과 희수가 같은 길을 걷는다고 생각하니 신기 한 기분이 들어 발걸음이 느려지고 일반 사람들이 사는 집들을 눈 여겨보게 되었다. 과거와 현재가 공존하는 곳! 굳이 유명 관광지가 아니더라도 작은 골목길에서도 느껴졌다.

잘 가꾸어진 정원에 있던 할머니가 지나가던 희수와 재준을 보 더니 손을 흔들어주었다. 희수도 얼떨결에 손을 흔들었다. 손을 흔 들고 어색해하는 희수를 보고 재준이 웃었다.

이렇게 느긋하게 아침을 맞이하는 것도 나쁘지 않다고 생각했 다. 재준이 말한 것처럼 계획이 없어서 느긋하고 평화로웠다. 5월 로마의 날씨는 한국보다 조금 쌀쌀한 정도라 걷기에 더할 나위 없 이 좋았다.

걷다 보니 카피톨리노 언덕과 포로 로마노가 나왔다. 관광지라 재준을 알아보는 사람이 있을까 희수는 주위를 두리번거렸지만 재준은 오히려 다른 사람의 눈을 의식하지 않고 편안하게 희수의 허리에 손을 얹고 걷고 있었다.

어느새 점심시간이 되고, 재준이 희수를 데리고 다시 골목길들 을 찾아 들어갔다. 작은 골목길에 노천카페처럼 보이는 곳에 들어 가 희수에게 의자를 빼주며 말했다.

"그냥 여기서 점심 먹을까요? 여기서 식사하는 사람들 다 현지 인처럼 보여."

희수가 고개를 끄덕이고 그가 빼준 의자에 앉았다. 그리고 주위를 둘러보니 대부분이 현지인들이고 그들이 먹고 있는 해물파스타는 해물이 듬뿍 담긴 것이 먹음직스러웠다.

재준이 해물파스타와 화이트 와인을 주문했다. 희수가 재준을 말리며 말했다.

"대낮부터 무슨 와인이에요."

"휴가라니까……."

주문을 마저 한 재준이 희수의 머리를 쓰다듬었다. 그의 시선이 조금 뜨거워서 잠시 눈을 다른 곳으로 돌렸다.

사람이 별로 다니지 않는 작은 골목길에 작은 테이블, 햇살을 반만 가려주는 파라솔 밑에서 차가운 와인을 마셨다. 메인이 나오기 전에 나온 빵은 따끈했고 갖다 준 버터는 고소하고 달달해 희수는 빵만으로 배를 채울 수도 있겠다고 생각했다.

살면서 이렇게 여유롭고 행복했던 적이 없었던 것 같았다. 앞에 앉아서 재준이 미국에 있을 때 만났던 이탈리아 친구에 대한 이야기를 해줬다. 그의 말에 귀를 기울이다 와인 한 잔을 홀짝 다 마셔버렸다.

재준이 잔에 다시 와인을 따라주며 말했다.

"우리 신혼여행도 로마로 올까요?"

"네?"

"흠……. 사실 베네치아도 좋기는 해요. 어쨌든 신혼여행은 이탈리아로 오는 걸로 하죠."

희수가 재준의 말에 대답을 못했다. 결혼하자는 말인 것일까? 아니 더 정확히는 결혼은 기정사실이고 신혼여행을 여기로 오자는 말인 것 같은데……. 재준이 테이블 위에 놓인 희수의 손 위로 자신의 손을 포개며 말했다.

"우리 결혼할까요?"

"네에?"

희수가 이번에는 정말 놀라서 재준을 바라보았다.

"대답은?"

"……."

희수가 대답을 못하자 재준이 씩 웃으며 희수의 손을 들어 깍지를 끼며 마주 잡았다.

"천천히 생각해요."

그다음부터 재준은 결혼 이야기를 꺼내지 않았다. 한편으로 다행이라 생각하며 희수는 재준과 평화롭고 여유로운 하루를 보냈다.

그들이 묵는 호텔은 콜로세움이 보이는 오성급 호텔이었다. 오래됐지만 고풍스러운 외관과 세련된 내부가 돋보였다. 호텔에 다시 돌아왔을 때는 콜로세움에 조명이 들어와 있었다. 호텔에서 내려다보이는 로마 시내의 야경이 아름다워 희수는 테라스 창가에 기대 말없이 창밖을 내다보았다.

재준이 다가와 희수의 어깨에 팔을 둘렀다. 희수가 어깨에 걸쳐진 그의 손을 잡으며 말했다.

"어제는 그냥 잠들어서 몰랐는데, 야경이 너무 예뻐요. 호텔 잘 고른 것 같아요. 위치도 좋고."

"안 피곤해요?"

"괜찮아요."

희수의 대답에 재준이 씩 웃으며 말했다.

"그럼 우리 바로 할까?"

재준이 손이 희수의 허리부터 골반을 따라 야릇하게 훑고 지나갔다. 희수가 간지럽다는 듯이 작게 웃다가 말했다.

"먼저 씻기라도 해요."

희수의 말은 들리지 않는다는 듯이 재준이 희수의 스키니진의 버클을 풀었다.

"야경 보면서 하고 싶었어. 이 방이 야경이 멋있다고 했거든."

엉덩이에 올려진 손이 뜨거웠고 귓불을 간질이는 혀가 야릇했다.

"그래서…… 지금 하게요?"

희수의 말에는 대답 없이 재준이 희수의 딱 달라붙은 티셔츠를 말아 올렸다. 가슴이 그대로 드러나자 재준이 한 손으로 희수의 가슴을 주무르고 다른 손으로 희수의 민감한 부위를 지분거렸다.

"으……. 잠, 잠깐만. 씻고, 오늘 하루 종일 걸어서."

"나중에 같이 씻어요."

재준이 바지와 속옷을 동시에 잡고 끌어내렸다. 그리고 말려 올라간 티셔츠를 벗기고 브래지어도 벗기며 벽으로 희수를 밀쳤다. 순식간에 알몸이 된 희수가 부끄러워 가슴과 주요 부위를 손으로 가리자, 재준이 희수의 손을 치우고 양쪽 가슴을 잡고 주무르며 유두를 입에 물고 빨아대기 시작했다. 유독 약한 부분이라 희수의 입에서 가늘게 신음 소리가 나왔다. 재준이 가랑이에 손을 가져가 손가락으로 희수의 클리토리스를 자극했다.

희수의 속살에 물이 비치자 바로 그의 손가락이 들어와 희수를 자극했다. 순식간에 젖어 미끈거리기 시작했다.

"흐으……. 아……."

희수의 신음 소리를 들으며 재준이 씩 웃었다.

"희수 씨, 금방 젖었어."

손가락을 빼내고 말하며 희수 눈앞에서 그는 젖은 손가락을 혀로 핥았다. 외설스러운 그의 말과 욕망 가득한 그의 시선이 싫은 것이 아니라, 오히려 희수의 아래쪽을 찌릿하게 만들었다.

재준이 입고 있던 티셔츠를 벗고 바지 버클을 풀고 브리프만 남겨놓았다. 그의 탄탄한 가슴팍에 가득 찬 잔근육들이 눈앞에 놓이자 희수가 부끄러워져 창가로 고개를 돌려 콜로세움을 바라보았다.

"어딜 봐요. 나를 봐야지."

"야, 야경요."

재준이 낮게 웃으며 희수의 턱을 들어 입을 맞췄다. 재준이 속옷을 금방이라도 비집고 나올 것 같은 그의 페니스를 꺼내 들고 희수의 속살에 지분거리기 시작했다. 재준은 항상 그렇듯 들어올 듯 안 들어와 희수의 애를 태웠다. 재준이 희수의 몸을 돌려 탁자에 엎드리게 했다. 고개를 드니 콜로세움이 보였다.

"야경 보면서 해요."

재준의 단단하고 큰 기둥이 희수의 안쪽 깊은 곳까지 단번에 들어왔다. 정신이 아찔할 정도로 강렬한 쾌감이 한순간 희수의 몸을 휩쓸었다.

"아흑! 하아……. 너무, 좋아요."

재준이 희수의 다리 한쪽을 들어 탁자 위에 올리고 더 깊숙이 들어왔다. 희수가 허리를 활처럼 휘며 몸을 떨었다. 재준의 허리가 계속해서 움직이자 희수의 눈이 풀리면서 재준이 주는 쾌감에 완전히 압도당해 신음 소리만 흘렸다.

재준이 허리를 움직이며 손을 뻗어 클리토리스를 비벼대자 쾌감이 극렬해져 희수의 신음 소리가 한층 높아졌다.

"아아아앗……. 으아항!"

야경 따위는 눈에 들어오지 않았다. 크고 작은 절정들이 몇 번이고 희수의 몸을 휩쓸어서 정신을 차릴 수가 없었다. 그것은 재준도 마찬가지였다. 재준의 두 손에 쏙 들어오는 그녀의 허리가 야했고, 희수의 허리부터 엉덩이까지 이어지는 곡선이 야경보다 더 아름답다 생각했다.

재준이 주는 자극에 민감하게 반응하며 조여주는 희수의 속살은 황홀했다. 재준도 희수 못지않게 몸을 떨며 자신의 분신을 희수의 속살에 계속해서 박았다. 희수가 완전히 재준의 것인 것 같아 만족스러웠다. 희수의 속살에서 쉴 새 없이 나오는 애액이 재준의 페니스를 번들거리게 했다. 마치 중독된 것처럼 움직임을 멈출 수가 없었다.

"아흣! 하으응……. 으으응!"

희수의 야해진 교성을 들으며 평소보다 격렬하게 희수를 탐했다. 재준이 절정을 맞아 부르르 떨며 희수 안에 사정했다. 정신을 잃은 것 같은 희수의 몸을 돌렸다. 희수의 허리를 감싸고 희수의 입 안을 사탕을 빨듯이 달게 빨았다. 한참을 희수의 입을 탐하던 재준이 가쁜 숨을 쉬며 입을 떼고 침대에 걸터앉아 희수를 무릎 위에 앉혔다.

"우리 결혼할까요?"

"네에?"

너무 뜬금없는 질문에 희수가 되물었다. 희수의 볼을 재준의 큰
손이 와서 감쌌다.

"대답은?"

아직 흥분이 가라앉지 않은 희수가 재준을 불렀다.

"하……. 재준 씨."

재준이 희수를 바짝 끌어안으며 말했다.

"천천히 생각해요. 우리 로마에 있는 동안, 계속 청혼할 거니
까."

"네에?"

희수가 기가 막힌다는 표정으로 다시 물었다.

"우리 리턴 티켓 없잖아. 희수 씨가 '네'라고 할 때까지 로마에
있을 거야. 난 시간 많으니까 천천히 대답해요."

설마 이러려고 로마에 온 것은 아니겠지? 희수의 입에서 어이
가 없다는 헛웃음이 나왔다. 그런 희수를 보는 재준의 눈이 벗어날
수 없다고 말하는 듯이 희수를 옭아매고 있었다.

로마에 온 지 사흘째 되는 날이었다. 날이 화창하다는 이유로
재준이 희수를 데리고 피렌체로 가는 기차에 올랐다.

"우리 결혼할까?"

기차에 올라 자리에 앉자마자 묻는 재준의 말에 희수가 웃음을
터트렸다.

며칠 전, 재준의 청혼은 희수의 말문을 막히게 하고 복잡한 생

각만 떠오르게 했었다. 만약 재준이 희수에게 반지를 내밀며 거창하게 청혼을 했다면 희수는 순간 얼어버려 그 상황을 피하려고 했을지도 몰랐다. 하지만 사흘 동안 시도 때도 없이 반복되는 재준의 청혼이 이제는 아무렇지도 않고, 복잡하게 느껴지지도 않았다. 그의 말에 기분 좋은 웃음만 나왔다.

기차 안에서 빠르게 스쳐 지나가는 낯선 풍경들을 보며 옆에 앉은 재준의 손을 꽉 잡았다. 재준이 가진 신비한 힘이라고 생각했다. 희수에게 복잡하다고 생각했던 문제들이 재준과 같이 있으면 단순해지고, 희수에게 어렵다고 생각되던 일들도 재준과 같이 있으면 쉬워진다.

한 시간 반의 이동 시간 동안 재준과 수많은 이야기를 했다. 자신의 이야기에 귀를 기울여주는 사람이 있다는 것은 행복한 일이라고 생각했다.

피렌체에서 두오모 성당을 보고 우피치 미술관을 구경했다. 미술관에서 재준이 설명해주는 메디치 가문과 르네상스 예술은 흥미로웠다. 메디치가에서 후원을 받았다던 보티첼리에 대해 설명하는 재준의 듣기 좋은 목소리는 꼭 영화 속에서 듣는 내레이션 같았다. 관심이 없던 화가와 그림이 특별한 명작이 되는 순간이었다.

베키오 다리 근처의 카페에서 재준과 희수는 로제 와인을 마셨다. 핑크빛이 도는 와인을 손에 들고 유유히 흐르는 아르노 강을 바라보았다. 희수는 눈에 들어오는 푸른 하늘과 강이 아름답다 생각했다. 그 낭만적인 풍경에 넋을 놓고 있을 때, 재준이 물었다.

"우리 결혼할까요?"

희수가 눈웃음을 지으며 대답했다.

"결혼해도 전 스타워즈 방이 필요해요."

"지금 스타워즈 방보다 더 크게 만들어줄게요."

희수의 손에 입을 맞추며 하는 그 말에 희수가 작게 웃음을 터트렸다.

"기대할게요."

옆에 앉은 재준이 희수의 허리를 끌어당기고 입을 맞췄다.

"무르기 없기야. 방금 희수 씨는 내 청혼에 'Yes'라고 대답한 거거든."

"재준 씨 청혼을 거절할 생각은 없었어요."

말을 하고 나니 부끄러워져서 희수의 볼이 빨개졌다.

재준이 희수의 손을 마주 잡아 손가락을 끼워 넣으며 물었다.

"그럼 왜 처음에 대답 안 해줬어요?"

"그냥…… 갑작스러워서, 당황스럽고……. 그리고 나 같은 아이가 재준 씨의 사랑을 받을 자격이 있는지 확실하지 않아서……."

희수는 정말 자신이 재준에게 사랑받을 자격이 있는지 아직도 헷갈렸다. 재준같이 좋은 사람의 사랑을 받아 행복했지만, 그만큼 두렵고 미안했다.

재준의 손이 희수의 머리카락을 쓰다듬고 뺨을 쓰다듬었다.

"난 희수 씨 아니면 안 돼. 어느 누구도 희수 씨처럼 당연하고 자연스럽게 내 공간에 들어오지를 못했어. 내 텅 빈 공간을 채워주는 건…… 희수 씨뿐이야."

진심을 담은 재준의 말에 희수의 가슴에서 울컥하고 무언가가 올라왔다. 살면서 누군가가 자신을 이토록 원했던 적은 없었다. 희수의 공간을 채워준 건 사실 재준이었는데, 오히려 희수가 재준의 공간을 채워줬다고 말했다. 그런 재준이 너무 좋아서 눈물이 날 것 같았다.

"우리 앞으로 서로의 공간을 채워가요. 서로 외롭지 않게 옆에 있어주기로 해요."

"재준 씨……."

재준에 대한 감정이 벅차서 희수가 재준을 불렀다.

"응."

"재준 씨……."

그의 이름을 부르니 눈시울이 붉어져서 고개를 숙이고 재준의 가슴에 얼굴을 묻었다. 재준이 희수를 다정히 안아주었다.

재준을 부르는 희수의 목소리가 달콤하다고 생각했다. 그녀의 감정이 전해져 재준의 심장이 떨려왔다. 지금 이 순간 자신이 가장 행복한 남자일 거라는 생각을 하며 재준은 희수를 안은 손에 힘을 줬다.

희수의 집에 미정이 한 손에는 양념치킨을, 다른 손에는 프라이드치킨을 들고 들어왔다. 이제는 미정의 임신한 배도 표시가 나기 시작했다.

"와아……. 이제 배 나온 게 표가 나네."

"몸이 무거워지는 것도 느껴진다 말이지."

"오늘은 치킨이네."

희수가 웃었다. 임신한 미정이 먹고 싶다는 것을 준혁이 만들어주는데, 너무 건강한 맛이어서 입맛이 당기지 않는다고 했다. 그래서 가끔 이렇게 먹고 싶은 것을 사 와서 희수의 집에서 먹고 갔다.

미정이 양념치킨을 한입 먹고 황홀한 표정을 지으며 말했다.

"바로 이 맛이야. 이 불량한 맛!"

불량한 맛이라니……. 희수가 미정이 하는 말에 소리 내서 웃고 말았다.

"짭조름하고 매콤한 이 맛 때문에 양념치킨을 먹는데, 오빠가 해주는 양념치킨은 너무 착하고 건강한 맛이 나."

"그래도 준혁 씨 나름 너 생각해서 만들어주는 건데……."

"그래, 나도 알아. 나도 오빠한테 너무 고마운데……. 난 불량한 맛이 당겨. 피자, 햄버거, 막 이런 거……. 어쩜 좋지? 내 속에 있는 아이가 커서 불량한 아이가 되려나?"

미정의 말에 희수가 또 웃었다. 미정이 희수의 웃는 모습을 보기 좋다는 듯이 바라보다 놀리듯 말했다.

"우리 희수, 이제 잘 웃기도 하고. 로마에서 어지간히 좋았나 보네."

미정의 말에 희수가 얼굴을 붉히며 고개를 끄덕였다.

"네가 로마 가 있는 동안 내가 궁금해서 계속해서 함재준 검색하면서 함재준 목격담 찾아봤다."

"그랬어?"

"응. 사진 몇 개 올라왔어. 함재준 옆모습이랑 네 뒷모습 찍힌 게 제일 많이 돌아다녀. 함재준 눈에서 하트 발사된다고 다들 난리야."

이미 희수도 본 사진들인 것 같아서 희수가 간단하게 '응'이라고 대답했다.

"영화 끝나고 휴양하러 로마 갔다고 나온 기사에 댓글 달고 싶어서 내 손이 근질근질했지. 함재준은 내 친구한테 청혼하러 로마까지 간 거라고 쓰고 싶어서."

희수의 얼굴이 부끄러운 듯 붉어지자, 미정이 놀리듯 계속해서 말했다.

"아니 함재준은 왜 로마까지 가서 청혼을 했대? 그냥 여기서 하지. 청혼 못 받고 결혼해서 임신한 나는 준혁 오빠가 갑자기 너무 미워져서 등짝 한 대 때렸다."

미정의 말에 희수가 가만히 있다가 한 대 맞았을 준혁을 상상하고 웃으며 대답했다.

"내가 도망갈까 봐 무서워서 로마까지 데리고 갔다고 하기는 했어."

"무슨 말이야?"

"옛날에…… 재준 씨가 나한테 처음 좋아한다고 고백했을 때…… 내가 도망쳤거든."

"대박! 네가 갑이네, 갑!"

엄지를 추켜세우며 키킥대고 웃는 미정과 같이 치킨을 먹기 시작했다. 미정은 분명 양념치킨을 먹고 싶다고 했는데 희수가 좋아하는 프라이드도 같이 사 왔다. 미정이에게는 항상 고마웠지만 앞으로도 계속 고마울 것 같다는 생각을 하며 수다를 떨기 시작했다.

"결혼식은 언제 하려고?"

"식은 안 하고 그냥 우리 둘이 혼인 신고만 할까 생각 중이야. 난 너 말고는 올 사람이 없잖아."

희수가 말하는 올 사람이란 희수의 가족들을 말한다는 것을 미정은 알고 있었다. 미정이 희수의 등을 툭툭 두드리며 말했다.

"요즘 연예인들, 다 소박하게 결혼식 하더라. 이참에 개념 연예인 되는 거지."

미정의 말에 희수가 피식 웃었다. 어떤 연예인은 둘이서만 결혼식 했다더라, 다른 연예인은 결혼식을 안 하고 결혼식 비용을 기부했다더라 하는 말들이 오고 갔다.

갑자기 미정이 한숨을 쉬며 말했다.

"그나저나 네가 함재준이랑 결혼하는 거 알면 어떻게 나올까? 연락 올 것 같은데……."

희수가 재준과 헤어졌다고 생각한 희수의 가족들은 희수에게 연락을 하지 않았다. 희수가 가족들과 연을 끊기 위해 굳이 이사를 가지 않아도, 전화번호를 바꾸지 않아도 희수를 찾지 않았다. 희수의 가치가 없어지면 이렇게 쉽게 떼어낼 수 있었던, 아니 정확히는 내쳐질 관계였다는 것을 모르고 조금이라도 사랑받을 수 있을까 애쓰던 과거의 희수가 떠올랐다. 그 기억들을 지우며 희수가 대답했다.

"내가 아니라고 하려고."

"네가 그런다고 모를까? 이름이나 네 직업 정도는 기사에 날 거고."

"재준 씨가 기사 낼 때, 조심한다고 했어. 이름은 당연히 숨기고. 게다가 지금 내 직업은 교수가 아니니까 모르실 거야."

"얼굴은 가려져도 네 사진이 나올 건데? 로마에서 찍힌 사진 말이야. 난 네 뒷모습이든 얼굴이 가려지든 희수 너라고 바로 알아보겠던데……."

"……아마 얼굴이 가려지면 알아보지 못하실 거야. 나한테 그 정도의 관심도 없는 사람들이니까."

"……."

미정이 말문이 막혔는지 말이 없어졌다. 희수가 억지로 미소를 지으며 말했다.

"난 괜찮아……."

정말로 아무렇지 않아서 괜찮다고 말하며 웃었는데, 미정이 조용히 희수에게 휴지를 건네주었다. 몰랐는데 희수의 눈에서 눈물이 한 줄기 흐르고 있었다.

"난 잘 모르지만…… 그게 그렇게 쉽게 괜찮아지는 게 아닐 것 같아……."

미정이 희수의 등을 토닥거리며 말했다. 흘러내린 눈물을 휴지로 닦고 희수가 대답했다.

"진짜 괜찮아……. 그냥 잠시 우울할 뿐이야. 금방 괜찮아져."

"그래."

희수는 예전처럼 힘들지 않았다. 전처럼 오랫동안 우울해하지도 않고 절망에 빠져 있지도 않았다. 사랑받지 못하는 것이 혹시 내 탓이 아닐까 자책하지도 않았다. 그저 잠시 우울했다가 금방 떨쳐낼 수 있었다.

희수는 스스로 많이 강해졌다 생각했다. 재준이 옆에 있었다면 분명 잘하고 있다고 머리를 쓰다듬어줄 것 같았다.

재준과 희수의 보금자리는 단독주택으로 구했다. 나중에 태어날 아이를 위해 정원이 있어야 한다는 재준의 말에 희수는 볼을 빨갛게 물들이고 동의했다. 재준이 약속한 것처럼 스타워즈 방은 2층에 있던 두 개의 방을 터서 크게 만들어주었다. 다른 짐들은 이삿짐센터에 맡겼지만 스타워즈 컬렉션만은 희수가 천천히 조금씩 옮기기로 했다. 다른 것은 상자에 넣어 부서지지 않게 조심하며 옮겼지만, 임페리얼 디스트로이어는 워낙 커서 옮길 수가 없다는 판단하에 이사 가서 다시 조립하기로 하고 조립된 함선을 다 부수기 시작했다.

"걱정 마. 내가 너를 조립하면서 많은 일들이 있어서 너한테 정이 아주 많이 들었거든. 다시 더 멋지게 조립해줄게. 우리 다시 태어난다고 생각하자."

한국에 와서 처음으로 이 임페리얼 디스트로이어를 샀다. 이걸 조립하는 동안 많은 일들이 있었다. 특히 재준과 원치 않는 선을 보고 동맹을 맺고는 희수의 감정이 롤러코스터를 탄 것처럼 위로 갔다 아찔하게 밑으로 내려가곤 했던 기억이 떠올랐다. 재준의 고백을 받고도 그의 마음을 받아들이지 못했던 희수는 이제는 없었다. 그의 마음을 행복한 마음으로 받고 기쁜 마음으로 되돌려주는 희수가 있을 뿐이었다.

웃음소리가 들려 뒤를 돌아보니 재준이 희수가 하는 말을 들었는지 어깨를 들썩이며 웃고 있었다. 갑자기 부끄러워져 입술을 깨물었다.

"언제 왔어요?"

"방금, 희수 씨가 디스트로이어한테 '우리 다시 태어나자……'라고 말할 때?"

말을 하면서 재준이 또 웃었다. 희수의 볼과 귀가 빨갛게 익어버렸다. 재준이 희수에게 다가와 그녀를 안았다. 희수의 얼굴에 몇 번 버드키스를 하더니 재준이 말했다.

"잠시 나랑 이야기해요."

거실로 나가도 가구들을 다 옮겨서 앉을 자리가 없었다. 재준과 희수는 벽에 등을 기대고 바닥에 나란히 앉아 발을 뻗었다.

"오늘 어머니 만났는데, 희수 씨 만나고 싶다고 하더라고요."

희수도 어머니를 봬야 한다고 생각했지만, 정 부사장이 연락했을 때는 하필 정 부사장에 대한 자료를 보고 있을 때였기에 만남을 거절했었다.

"회사 일에 대해서는 아무것도 묻지 않을 거라 하셨어요. 결혼 문제 때문에 만나고 싶다는 거라고 전해달래요."

"네. 알겠습니다."

"희수 씨……. 감사팀에 들어간 거 후회 안 해? 희수 씨가 나 때문에 한 선택인 것 같아서 희수 씨한테 미안해요."

"후회하지 않아요."

희수가 대답하며 재준의 어깨에 기댔다.

"하아……. 할아버지가 희수 씨한테 너무 많은 짐을 지운 것이 아닐까? 희수 씨가 원치 않으면 다 내려놔도 돼요."

오히려 희수는 재준을 위해 뭔가를 할 수 있어서 행복하다고 말하고 싶었다. 그녀의 마음이 전달되기를 바라며 재준의 손을 잡았다.

"내려놓고 싶지 않아요. 생각보다 재준 씨와 재준 씨 친인척들에 대해 많은 것을 알게 되었어요."

재준이 피식 웃으며 물었다.

"그중에 한 가지만 말해봐요. 제일 센 거로."

희수의 미간이 조금 찌푸려졌다.

"아무리 재준 씨라도 말해줄 수는 없어요. 제가 알고 있는 정보는 필요할 때, 적절하게 쓰여야 합니다."

딱 잘라 거절하는 희수를 보고 재준의 입꼬리가 올라갔다. 일에 있어서는 칼같이 냉정한 희수의 성격을 할아버지는 어떻게 알고 있었을까? 할아버지가 사람을 보는 눈썰미는 대단하다고 생각하며 혼자 웃었다.

재준에게는 희수의 그 어떤 면이라도 사랑스럽다 생각하며 희수를 바닥에 눕혔다. 희수의 위로 재준이 올라타자 희수가 두 손으로 재준을 밀치며 말했다.

"설마…… 여기서요?"

"오늘이 이 집에서 마지막이잖아."

"바닥인데……. 아프지 않을까요?"

"안 아프게 잘 할게."

재준이 씩 웃었다. 재준의 미소에 너무 약하다는 생각을 하며 희수는 재준을 밀쳐내던 손을 내렸다.

재준의 약혼 기사가 나가고, 대한민국 연예계가 다시 떠들썩했다. 재준과 희수가 같이 있었다는 목격담이 올라오고 여러 추측성 기사들이 나왔지만, 재준의 소속사는 재준의 약혼자가 평범한 회사원이고 알려지기 원하지 않으니 추측성 기사들을 자제해달라는 공식 발표를 했다.

최 대리는 창가에 앉아 서류를 넘기고 있는 이 과장을 보고 소속사의 공식 발표를 다시 읽었다.

피부가 도자기같이 깨끗해서 화장을 따로 안 해도 화장을 한 것 같이 보이고, 매일 비슷한 스타일의 옷을 입어도 항상 스타일리쉬해 보이고, 같이 서 있으면 비교될까 한 발짝 물러나게 되는 몸매를 가진 이 과장이었다. 게다가 예상컨대, 이 과장이 지금 읽고 있는 서류는 회사 기밀에 준하는 서류일 것이다.

'어떻게 저게 평범한 회사원의 모습이란 말인가?' 하고 생각하며 고개를 절레절레 흔들고 있을 때, 함재준이 사무실 문을 열고 들어왔다. 이제는 자주 봐서 처음에 봤던 빛이 약해진 게 다행이라 생각하며 최 대리가 가볍게 묵례를 하자 재준도 묵례를 했다.

재준이 희수에게 다가가 어깨에 손을 올리며 말했다.

"지금 가야 돼요. 안 그럼 늦어요."

희수가 재준을 놀란 눈으로 바라본 뒤, 시계를 확인했다.

"시간이 이렇게 된 지 몰랐어요."

그들의 대화를 엿들으며 최 대리는 속으로 '빨리 퇴근하세요!'를 외치고 있었다. 사무실 대리들은 모두 이 과장이 책상에 앉아 있어 퇴근을 하지 못하고 있었다.

"먼저 17층에 갔다 와야 해요."

희수의 말에 재준이 부드럽게 웃으며 고개를 끄덕였다. 그들이 인사를 하고 사무실을 나가자, 박 대리가 의자에서 일어나서 기지개를 펴며 말했다.

"갑자기 옆구리가 너무 허전하네. 우리 소맥이나 한잔 하고 들어가죠."

최 대리는 손가락으로 동그라미를 그리며, 김 대리는 고개를 격하게 끄덕이며 공감했다. 곧 그들은 쓸쓸함을 소주로 달래기 위해 사무실을 나갔다.

오늘 미정 부부를 만나 같이 저녁을 먹기로 했는데, 시간이 이렇게 된 지 모르고 있었다. 재준이 제때 오지 않았다면 몸이 무거운 미정을 기다리게 했을 수도 있었다. 희수는 실시간 도로 상황을 휴대폰으로 확인하고, 다행히 제시간에 도착할 거라 예상하며 의자에 등을 기대고 앉았다.

"이런 커플 데이트는 처음이라 조금 떨려요."

희수의 말에 운전하던 재준이 피식 웃으며 대답했다.

"걱정 말아요. 편하고 즐거운 시간이 될 테니까."

재준은 화제가 풍부하고 어떤 대화든 마음만 먹으면 잘 이끌어갈 수 있는 사람이었다. 그런 재준이 그렇게 말하니 안심이 되었다. 이동하는 동안 고등학생 때 미정과 함께 만든 추억들을 이야기해주었다. 재준이 희수의 이야기를 들으며 간간이 웃었다.

문득 고개를 돌려 창밖을 바라보았다. 밤이라 창문에 희수의 모습이 거울처럼 반사되고 있었다. 무표정하다고 생각했던 희수의 얼굴에 표정이 있었다. 부드럽게 웃고 있었고, 들떠 보였다. 변한 스스로를 대견해하며, 창문 속에 비친 자신을 향해 웃어주었다.

미정이 적극 추천한, 수제 피자로 유명한 이탈리아 레스토랑에 희수와 재준이 발을 들여놓았다. 기다렸다는 듯 직원이 희수와 재준을 룸으로 안내했다. 재준을 마주한 미정의 눈이 하트로 변하며 악수를 나누자 준혁이 재준의 손을 냉큼 낚아채며 악수를 했다.

"이준혁입니다."

"함재준입니다."

"팬입니다. 개인적으로 작년에 개봉한 '부정(不正)'을 제일 재밌게 봤어요."

"감사합니다. 유명한 셰프라고 들었습니다. 기회 되면 셰프님 요리 맛보고 싶습니다."

이런 예의 바른 대화가 오고 가고 음료가 먼저 나왔다. 대화 중에 준혁이 다녔다던 프랑스 파리의 요리학교 이야기가 나왔다. 그러자 재준이 혹시 루이를 아냐고 물어보고, 준혁이 루이를 안다고 하자 그 둘은 뭔가 통했다는 듯이 서로 쳐다보고 웃었다.

갑자기 준혁이 불어로 뭐라고 중얼거리자 재준이 불어로 맞장구를 쳤다. 그 둘이 불어로 대화를 주고받자 미정이 눈을 동그랗게 뜨고 물었다.

"재준 씨, 불어도 해?"

"응. 그런 것 같아."

"둘이 불어 하는 거 보니까 신기하네……."

미정과 희수는 그 둘을 신기한 듯이 바라보고 있었다. 갑자기 재준과 준혁에게서 큰 웃음소리가 났다. 미정이 희수 쪽으로 몸을 기울이며 속삭였다.

"둘이 잘 통하는 것 같아 좋은데, 무슨 말 하는지 진짜 알고 싶다. 너 뭐 알아듣는 거 없어?"

"전혀. 나도 무슨 말 하는지 너무 궁금해."

미정과 희수가 속삭이고 있을 때, 재준의 목소리가 들렸다.

"미안해요. 우리끼리 이야기해서. 음식 주문하죠."

음식을 주문하고 준혁의 파리 유학 생활에 대한 이야기가 나오고 재준이 처음 영화 촬영을 했을 때 실수했던 경험담들이 나왔다. 식사를 마치고 임신한 미정은 탄산수를, 나머지는 맥주를 마시며 소소한 이야기들을 나눴다. 재준의 말처럼 편하고 즐거운 시간이었다.

각자 집으로 돌아가기 위해 준혁과 재준이 주차장에 차를 가지러 가고, 미정이 희수와 둘만 있게 되자 희수의 손을 꽉 잡으며 말했다.

"희수야! 네가 한국에 남아 있어서 너무 좋아. 게다가 이렇게 너랑 네 남편이랑 나랑 내 남편이랑 같이 저녁 먹고 유쾌하게 이야기하고⋯⋯. 이런 소소한 기쁨을 너랑 나눌 수 있는 게 꿈만 같아⋯⋯."

"아직 남편은 아니야. 혼인 신고는 다음 달에 해."

희수의 말에 미정이 희수의 등을 퍽 소리 나게 쳤다.

"어휴⋯⋯. 누가 정확한 사희수 아니랄까 봐. 진짜⋯⋯. 감동 먹어서 나오려던 눈물이 쏙 들어갔다."

희수가 눈웃음 지으며 미정을 쳐다보았다. 미정은 자신에게 정말 보물 같은 친구라고 생각하며 미정을 먼저 보내고 재준의 차를 탔다.

"아까 준혁 씨랑 무슨 이야기를 그렇게 즐겁게 했어요?"

"루이 이야기 했어요. 전에 내가 데리고 갔던 '비스트로'에서 요리하던 친구 기억나죠?

"네."

"준혁 씨랑 같은 요리 학교를 나와서 물어봤는데, 루이를 알고 있더라고요."

"그래서요?"

"루이가 바람둥이라는 말을 주고받았어요. 그리고 여자들도 루이를 좀 좋아해요. 그래서 내가 희수 씨 데리고 갔을 때, 루이한테 내 여자한테는 눈도 마주치지 말라고 했었다는 이야기를 했어요."

희수도 손을 은근하게 잡고 눈을 마주치던 루이가 재준의 한마디에 시무룩해져서 희수의 시선을 피하며 서빙을 했던 것이 기억이 났다. 그때 재준이 뭐라고 했는지 궁금했는데, 그런 이야기를 했었구나 생각하며 고개를 끄덕였다.

"루이가 이태원에 '비스트로' 만들 때, 준혁 씨가 이것저것 많이 도와줬는데 미정 씨는 한 번도 소개 안 시켜줬다고 하더라고요."

"정말요?"

"미정 씨랑 첫째도 아니고, 둘째 아이까지 낳고 루이가 하는 '비스트로'에 갈 거라고 해서 웃었어요."

준혁이 미정을 사랑하는 마음이 느껴져 희수를 미소 짓게 했다.

"나쁜 생각 아닌 것 같아. 나도 희수 씨랑 아이 낳고, 다시 가려고. 말 나온 김에 우리 아이 만들러 갈래요?"

아무렇지도 않게 아이를 만들자는 재준 때문에 희수는 부끄러워져 창밖으로 고개를 돌렸다. 미정이 임신 몇 달 전부터 술을 안 마셨던 것이 기억이 났다. 희수도 이제부터 알코올은 마시지 말아야겠다고 혼자 다짐했다. 그리고 그런 다짐을 하는 자신이 좋기도 하고 부끄럽기도 해서 볼이 빨개졌다.

주말 오후, 재준은 기획사 사무실에 갑자기 미팅이 있다며 나가고 희수 혼자 집에 있다가 인티넷에 올라온 자신의 사진을 발견하고 머리가 아파져서 이마를 짚었다. 어딘지 기억도 안 나는 장소에서 재준과 희수가 마주 보고 웃고 있는 사진이었다.

비록 멀리서 찍힌 옆모습이기는 했지만 희수의 얼굴이 처음으로 공개된 것이다. 희수를 아는 사람들은 희수임을 금방 알 수 있는 사진이었다. 그리고 '함재준 약혼자 사진'이라는 검색어가 포털 사이트 검색어 1위를 달리고 있었다.

혹시 이것 때문에 재준이 오늘 사무실을 나간 것일까? 희수도 어느 정도 각오하고 있는 일이라고 재준에게 말해줘야겠다고 생각하며 사진을 쳐다보았다. 지금 이런 생각을 하는 것이 웃기지만, 사진 속의 희수는 멀리서 봐도 행복해 보였다.

미정에게 문자가 와 있었다. 몇몇 눈썰미 좋은 동창들이 그 사진을 보고, 혹시 희수 아니냐고 물어봤다는 내용이었다. 숨길 수 있을 때까지 숨기고 싶었지만 이제는 어쩔 수 없겠다는 생각을 하고 있을 때, 전화가 울렸다.

휴대폰 액정에 뜨는 이름은 아버지였다. 아버지도 희수의 사진을 봤을 거라 추측하고 심호흡을 하며 전화를 받았다.

-나다.

"네."

-이번 주 토요일 두 시, 시간 비워라.

오랜만이라는 형식적인 말도 없는 아버지였다.

"……아버지를 만나고 싶지 않습니다."

-내가 언제 너를 만난다고 하더냐? 토요일 두 시에 대학교수랑 네 선 자리가 있다.

희수가 말문이 막혀서 바로 대답을 하지 못했다. 희수와 재준의 사진을 보고 연락한 줄 알았더니, 난데없이 선이라니……. 희수는 너무 어이가 없어서 아버지를 불렀다.

"아버지……."

-내가 노처녀 딸이 있다는 것을 다른 사람들이 알까 무섭다. 이번에 선 보면 잘하도록 해. 무조건 결혼한다고 생각하고.

재준을 만나기 전부터, 아버지는 희수를 선 자리에 내보내고 희수가 결혼하기를 원했었다. 그건 희수의 행복을 위해서가 아니라 아버지의 체면과 위신을 위해서였다는 생각에 희수의 얼굴이 굳어졌다.

희수가 대답이 없자 수화기 건너편에서 건조한 목소리가 들렸다.

-결혼만 해라. 네가 원하는 대로 안 보고 살 수 있다. 시댁 귀신이 돼서 친정에 안 와도 좋고.

결혼하면 친정에 오지 말라는 소리로 들렸다. 무슨 말을 해야 할까 고민하다 사실대로 말하기로 했다.

"아버지, 저 결혼합니다."

-……진짜냐?

"네."

-누구랑?

"재준 씨랑 결혼합니다."

놀란 목소리가 수화기를 통해 들렸다.

-함 배우랑 헤어졌다고 하지 않았어?

"저는 제 입으로 헤어졌다고 한 적은 없었습니다. 안 만날 거라고만 말씀드렸습니다. 재준 씨가 정 회장님 손자라는 것을 공식적으로 밝혀야 해서 잠시 안 만났습니다."

당황해서 더듬는 목소리가 대답했다.

-그, 그랬구나. 그러면 말을 하지.

"말을 하려 해도 제 말을 듣지 않으셨습니다. 아버지는 항상 하고 싶은 말만 하시고 믿고 싶은 것만 믿으시니까요."

-함 배우 약혼자는 회사원이라던데?

"잠시 휴직하고 회장님 밑에서 일하고 있었습니다."

-그래? 잘했다.

갑자기 반색을 하고 웃는 목소리가 수화기 건너편에서 들려 소름이 끼쳤다.

-그럼 일단…… 내가 그쪽 어른들을 뵙고 의논드릴 것이 있다.

"아버지가 왜요? 결혼만 하면 안 보고 살 수 있다고 방금 말씀하셨잖아요. 이제 결혼하니 안 보고 살겠습니다. 아버지 말씀처럼, 전 시댁 귀신이 돼서 친정이 없다 생각하고 살겠습니다."

-그건 네가 대학교수랑 결혼했을 때 이야기고, 함 배우 집안이면 이야기가 다르지.

"그게 왜 달라야 합니까? 저에게는 같은 겁니다. 그러니, 이제는 다시 연락하지 마세요."

-어떻게 가족끼리 연락을 안 할 수가 있어?

화가 난 아버지의 목소리가 들리자 희수가 입술을 바르르 떨다가 냉정을 되찾고 말했다.

"아버지는 제 가족인 적이 한 번도 없어요. 제가 재준 씨랑 헤어졌다고 생각했을 때는 쓸모없다고 연락 안 하셨잖아요. 제가 미국에 있을 때는 신경 쓰기 싫으니까 연락 한 번 없던 분이 무슨 가족인가요? 이제 저에게 가족은 재준 씨 하나입니다. 앞으로 연락하지 마세요. 수신 거부하겠습니다."

희수는 아버지의 말을 듣지 않고 전화기를 껐다. 아버지에게서 다시 전화가 왔다. 그걸 바로 끊고, 아버지의 번호를 차단했다. 내 친김에 어머니와 희연의 전화번호도 차단했다.

희수의 입에서 깊은 한숨이 나왔지만 그리 슬프거나 절망적이지 않았다. 스타워즈 방으로 올라가 세 시간 정도 비행선을 조립을 했다. 정말 딱 세 시간이면 되었다. 기분 전환을 위해 희수에게 필요한 시간은 고작 세 시간이라는 것이 믿기지가 않아, 완성된 비행선을 신기한 기분으로 내려다보았다.

그날 재준이 늦게 도착했지만, 희수는 재준을 기다리고 있었다. 사진에 대해 너무 신경 쓰지 말라는 이야기를 해주고 싶었다. 재준이 현관문을 열고 들어오자 희수가 말했다.

"재준 씨……. 그 사진, 저는 괜찮아요."

"봤어요? 안 볼 수가 없긴 하죠."

재준이 이마를 한번 문지르고 희수를 안았다.

"미안해요. 나 때문에. 내일이면 사진 다 내려갈 거예요. 개인적으로 이렇게 트위터로 올라오는 것을 다 막을 수가 없어요. 게다가 내리는 데도 시간이 좀 걸려요."

"난 진짜 괜찮아요. 우리가 함께할 시간이 얼마나 많은데, 이런 거 하나하나에 신경 쓰고 싶지 않아요."

희수가 정말 괜찮다는 듯이 편한 미소를 지으며 하는 말에 재준이 희수의 부드러운 머리카락을 손으로 들어 올려 입을 맞췄다.

"내가 안 괜찮아. 신경 쓰여. 내 예쁜 사람을 다른 사람 눈에 보이는 거."

점점 능글맞아지는 재준 때문에 희수가 작게 소리 내서 웃었다.

재준이 희수를 소파에 앉히고 옆에 앉아 말했다.

"나 희수 씨한테 할 말 있어요."

"무슨 말이요?"

"나 오늘 사진 건 마무리하고 나오려는데, 갑자기 희연이 찾아와서 늦었어요."

"네에?"

"희수 씨가 연락도 안 되고, 학교 사무실에 가도 없고, 집도 이사했다며 우리 기획사까지 막무가내로 찾아왔어요. 내가 오늘 사무실에 있어서 다행이었다 생각해요."

희연은 행동도 참 빠르다고 생각하며 말했다.

"미안해요. 희연이가 사무실까지 찾아간 건 몰랐어요."

"괜찮아. 앞으로 절대 못 찾아오게 잘 타일러서 보냈어요."

정확히 말해서 협박에 가까웠지만, 희수에게는 잘 타일렀다고 말했다. 그리고 적당히 배 아플 이야기를 해주었기에 아마 오늘 희연과 희연의 어머니는 배가 아파서 잠을 못 이룰 수도 있었다.

희수가 손가락을 꼼지락거리다 재준에게 말했다.

"오늘 아버지랑 통화했어요. 그래서 희연이 재준 씨 회사까지 찾아갔나 봐요. 아버지께 재준 씨랑 결혼한다는 걸 말했고, 앞으로 연락하지 말라고 했어요."

"……괜찮아요?"

재준의 다정한 손이 희수의 뺨을 어루만졌다.

"정말 너무 아무렇지도 않아서 신기했어요. 아버지가 가족이라고 말하길래, 내 가족은 이제 재준 씨뿐이라고 말해줬어요."

재준이 희수의 표정을 살폈다. 상처받을 때 보이던 우울한 그늘이 희수의 얼굴에 없었다. 재준이 빙긋 웃으며 말했다.

"나도 오늘 희연이한테 그렇게 말했어요. 희수 씨 가족은 이 세상에서 단 한 명, 나뿐이라고. 우리 서로 통했나 봐요."

다정한 재준의 목소리가 가슴 떨리도록 좋았다.

"또 연락 오면 나한테 말해요. 그때부터는 내가 막아줄게. 난 희수 씨 가족이자 보호자이기도 하니까. 난 남편으로서 희수 씨를 보호해줄 의무가 있어요."

희수는 재준과 한번 눈을 맞추고 재준의 가슴에 푹 안겼다.

그의 말이 너무 감동스러워서 무슨 말을 어떻게 해야 될지를 모르겠다. 나의 가족이자 보호자. 한 번도 내가 아닌 다른 사람이 나를 지켜줄 수 있다고 생각해본 적이 없었다. 세상 천지에 나 혼자만 뚝 떨어져 있는 줄 알았다. 나를 지키기 위해 온몸에 가시를 두르고 살았는데…… 이제 나에게 든든한 내 편이 있다는 것이 너무 행복해서 눈물이 나올 것 같았다.

"재준 씨……."

희수가 재준을 불렀다.

"왜? 희수야……."

다정한 그의 목소리가 들렸다. 그리고 그가 희수를 부드럽게 안아주었다. 심장이 떨리도록 좋았다. 이제는 정말 혼자가 아니라는 생각에 심장에서 뜨거운 감정이 울컥하고 쏟아져 내렸다.

"재준 씨……. 고마워요. 내 외로운 공간을 다 채워줘서……."

"희수 씨가 먼저 채워줬잖아. 내 텅 빈 공간을……."

재준의 입술이 다정하게 희수의 이마에 와서 닿았다.

"우리 이제 새로운 공간을 만들어요. 둘이 함께."

재준의 말에 희수가 고개를 끄덕였다. 너무 행복해서 눈물이 나왔다. 행복해서 흘리는 눈물인데, 재준이 그 눈물을 다정한 손길로 닦아주었다. 재준과 함께라면 사랑 가득한 공간을 만들 수 있을 것 같았다.

에필로그 1. 그들이 축하하는 방법

　재준이 회사 앞에 잠시 차를 대고 희수를 기다렸다. 초여름이라 희수가 딱 붙는 정장 치마에 하이힐을 신고 계단을 내려오고 있었다. 희수가 입은 얇은 블라우스는 타이트해서 가슴 굴곡과 허리 선이 그대로 드러났다. 희수가 지나가자, 남자들의 시선이 따라와 그녀의 몸매를 훑는 것이 재준의 눈에 보였다.

　희수가 재준의 차에 타자 재준이 안전벨트를 매주며 말했다.

　"치마 정장은 자제하는 게 좋겠네요. 몸매가 너무 드러나."

　재준의 말에 희수가 자신의 옷매무새를 다졌다. 드러난 곳이라고는 무릎과 종아리 정도여서 고른 옷이었는데 재준의 눈에는 그렇게 보이지 않는구나 생각하며 치마를 조금 내렸다.

　재준이 차를 출발하기 전에 갑자기 전화를 걸더니, 가기로 한 레스토랑의 예약을 취소했다. 통화를 끝낸 재준에게 희수가 물었다.

"왜요? 오늘 꼭 같이 저녁 먹어야 된다고 우기던 사람은 재준 씨 아니었어요?"

"사실 오늘 가족관계증명서 나왔거든요. 진짜 가족 된 기념으로 희수 씨랑 근사한 곳에서 축하하려고 했어요."

"그런데 왜 예약을 취소해요?"

"더 좋은 방법으로 축하하고 싶어서."

재준이 재밌다는 듯 입꼬리를 올리고 차에 시동을 켰다. 재준이 희수를 데려간 곳은 그들의 집이었다. 재준이 차고에 차를 세우고, 아무 생각 없이 문을 열려는 희수의 손을 잡았다.

"우리 지금부터 가족 된 걸 서로 축하해주도록 하죠."

재준이 보조석 좌석을 뒤로 밀어 끝까지 젖혔다. 희수도 덩달아 뒤로 젖혀져 재준을 놀란 눈으로 쳐다보았다. 재준이 눈을 빛내며 웃고 있었다.

"설마……."

"그 설마가 맞아요."

희수의 블라우스 단추를 하나씩 풀어 끌어내렸다. 희수의 봉긋한 가슴이 드러났다. 재준의 한 손이 희수의 가슴을 주무르고 다른 손은 희수의 치마 속으로 들어왔다.

"우리 카섹스는 한 번도 안 했잖아."

귓가에 속삭이는 재준의 숨결에 흥분에 가득했다.

"재준 씨……. 변태."

"서운하네. 그걸 지금 알다니……."

재준이 씩 웃더니 희수의 타이트한 치마를 엉덩이 위로 올렸다. 스타킹을 신고 있었지만 희수의 드러난 다리가 훵한 것 같아서 손으로 치마를 내리려고 했다. 희수의 두 손이 재준의 한 손에 잡혀 머리 위로 올려졌다. 재준이 다른 손으로 희수의 스타킹을 잡아 뜯었다.

"아악! 뭐 해요?"

"변태라며……. 변태들 스타킹 좋아해."

희수의 주요 부위 근처의 스타킹이 다 찢어지고 속옷이 드러났다. 속옷을 벗기지도 않고 옆으로 들추며 재준의 손가락이 들어왔다. 동시에 재준의 혀가 희수의 입 속으로 들어왔다.

두 손은 재준에게 잡혀 머리 위로 들어 올려지고, 입술은 점령 당해 재준의 타액을 받아들이고 있었다. 속옷 사이로 들어온 손가락의 움직임에 허리를 비틀며 신음 소리를 냈다. 굉장히 야한 기분이 들어 희수도 금방 젖어버리고 말았다. 재준의 혀가 쇄골을 지나 가슴으로 와서 희수의 가슴을 빨았다.

"으응……. 하아……."

희수의 신음 소리가 신호였는지 재준이 위치를 바꿔 재준이 보조석에 앉고 희수를 자신의 위로 올려놓았다. 재준은 바지의 버클만 풀어서 자신의 팽팽하게 부푼 페니스를 밖으로 꺼냈다. 재준이 희수의 속옷도 벗기지 않고 그대로 자신의 위에 앉혔다.

희수는 아랫배에 느껴지는 강렬한 쾌감에 희수가 몸을 떨며 신음 소리를 냈다.

"하앙……. 으응……."

재준이 느긋하게 즐기듯이 희수를 올려다보며 희수의 엉덩이를 잡고 위아래로 움직였다. 좁은 공간이라 희수가 위에 있어도 재준이 원하는 방향으로 허리를 흔들어야 했다.

희수는 속살을 꽉 채우는 재준이 주는 느낌이 정신이 나갈 정도로 좋아 희수도 모르게 신음 소리가 높아졌다.

"아흐응…… 하아아……. 너무, 좋아."

희수의 얼굴이 상기되어 뜨거운 숨을 몰아쉬고 있었다. 평소 때는 얼굴에 표정이 그리 많지 않은 희수지만 잠자리에서는 표정이 풍부했다. 상기된 볼과 흥분으로 풀린 눈동자가 야릇하게 재준을 자극해서 눈을 뗄 수가 없었다.

재준이 희수의 엉덩이를 꽉 잡고 밑에서부터 쳐올리기 시작하자, 질퍽거리는 소리가 났다. 재준이 주는 너무 큰 자극에 한차례 큰 절정이 희수의 몸을 휩쓸었다.

"아악! 하앙……. 아아앙."

교성을 내지르고, 몸을 부르르 떨며 재준에게 쓰러질 듯이 안겼다. 희수가 못 움직이겠다는 듯이 재준의 품에 안겨 있자, 재준이 희수를 그대로 안고 들어 올려 요령껏 뒷좌석으로 옮겨 탔다.

눈이 풀린 희수를 품에서 떼어내고 엎드리게 한 후에 희수의 엉덩이를 들어 올리고 스타킹을 더 찢고 희수의 엉덩이를 한번 물었다.

"아……. 응!"

"축하는 이제부터 시작인데 벌써 가버리면 어떻게 해요."

재준이 희수의 엉덩이를 찰싹 소리 나게 치며 자신의 분신을 찔러 넣고 움직이기 시작했다.

"아흣! 하앙……. 하흐으……."

입에서 격한 신음 소리가 나고 살들이 맞부딪치는 곳에서 질척거리는 소리가 났다. 희수의 속살을 휘젓는 재준의 열기가 너무 뜨거워 희수는 혼이 나갈 것만 같았다. 희수의 허리를 잡고 밀어치는 재준의 힘이 강해 희수가 겨우겨우 팔을 좌석에 대고 균형을 유지했다.

재준이 몸을 구부려 희수의 어깨를 깨물고, 등을 깨물었다. 또 다른 자극에 희수의 속살이 강하게 움찔거리고 허리가 휘었다.

"하흐······. 미, 칠, 것, 같아요."

정말 미칠 것 같은 기분에 허리를 재준 쪽으로 비틀며 손을 뻗어 재준의 셔츠를 꽉 움켜쥐었다. 흥분한 재준이 더 강한 허릿짓을 했다. 질퍽하게 울리는 퍽, 퍽, 거리는 소리가 차 밖을 새어 나와 차고를 울렸다. 끝이 날 것 같지 않은 움직임 끝에 재준의 입에서 '크흡'하는 단말마의 신음 소리가 들렸다.

희수가 부들거리며 앞으로 쓰러질 듯하자 재준이 희수의 어깨를 잡아 올려 희수의 입에 입을 맞췄다. 희수의 온몸이 쾌락으로 떨리고 있는 것이 느껴졌다. 뒷좌석은 이미 희수가 흘린 애액으로 흥건하게 젖어 있었다.

쉽게 가시지 않는 여운에 부들거리는 희수를 재준이 무릎에 앉혔다. 희수의 정신이 돌아오고, 빙긋 웃고 있는 재준과 눈이 마주쳤다. 뭔가 불공평하다는 생각이 들었다.

재준은 땀이 난 거 말고는 말끔한 그대로였다. 반면 희수의 블라우스는 단추만 풀리고 브래지어는 벗겨지다 말았고, 가슴을 다 드러내놓고 있었다. 정장치마는 다 구겨진 채로 엉덩이 위로 올라가 있고 스타킹은 다 뜯겨져 있었고 속옷은 축축하게 젖어 있었다.

희수가 치마를 내리려고 하자 재준이 희수의 손을 막았다.

"그냥 이대로 있어요. 나 희수 씨 이렇게 흐트러진 모습 보는 거 좋아해."

말을 하면서 구멍이 난 스타킹 사이사이로 손가락을 넣고 희수를 희롱하며 말했다.

  "축하해요. 이제 법적으로도 희수 씨는 완벽하게 내 거야."

  재준의 말에 희수의 얼굴이 다시 달아올랐다. 다른 사람이 했다면 기겁을 할 말이었지만 재준의 입에서 나온 그 말은 희수를 행복하게 했다.

  "엄청난 축하…… 고마워요."

  희수의 대답에 재준의 웃음소리가 차 안을 울렸다. 재준의 빠른 심장 박동 소리가 좋고, 그의 낮은 웃음소리가 좋아서 희수는 재준의 품에 안긴 채로 한참을 움직이지 않았다.

에필로그 2. 할머니

　보희는 살면서 백화점 매장을 돌며 쇼핑을 해본 기억이 없었다. 보희가 필요한 것이 있으면 퍼스널 쇼퍼가 대신 쇼핑을 해주었다. 보희는 쇼퍼가 들고 온 물건들 중 마음에 드는 것을 고르기만 하면 되었다. 그것이 보희가 알고 있는 쇼핑의 전부였다.

　하지만 요즘은 희수와 함께 직접 백화점에 가서 태어날 아이의 물품을 고르는 재미에 푹 빠지고 말았다. 처음 희수의 임신 사실을 알았을 때, 필요한 것을 리스트로 마련해 오라고 희수에게 말했다. 그 리스트에 있는 물품을 다 사서 재준과 희수에게 임신 축하 선물처럼 안길 작정이었다.

　하지만 희수의 리스트에는 아기용품들 중에 비교할 브랜드나 꼭 직접 보고 확인해야 할 품목들이 적혀 있어 일부러 시간을 내서 일반 사람들처럼 아기용품 매장을 둘러보았다. 작고 신기한 물건들이 많아서 반나절이 어떻게 갔는지도 모르게 아기용품들을 구경했다.

재준을 낳기만 했지, 기른 것은 보희의 어머니여서 아기가 태어나면 필요한 것이 이렇게 많은 줄 몰랐었다. 그날, 겨우 신생아 옷 한 벌을 사면서 보희는 큰 탄성을 질렀다. 이렇게 작고 앙증맞은 옷을 태어날 아기가 입는다고 생각하니 벌써부터 기대되고 가슴이 두근거렸다.

이것저것 구경만 하다 결국 옷 한 벌만 사고, 희수와 같이 저녁을 먹으며 진지하게 쇼핑 계획을 짰다. 그리고 서로의 시간이 맞을 때마다 조금씩 아기용품을 사기 시작했다.

어느 주말 아침, 희수와 아기용품을 사기로 했기에 수행원 없이 즐거운 마음으로 백화점에 발을 들여놓았다.

희수가 우연히 아는 사람을 만났는지, 누군가와 이야기 중이었다. 재준이 보희의 아들인 것이 밝혀진 이후, 가끔 보희를 알아보는 사람들이 있어서 희수가 곤란해질까 봐 아는 척을 하지 않았다. 하지만 아침이라 별로 손님이 없어서 그들의 말소리가 잘 들렸다.

"언니, 어쩜 그래? 시집 잘 갔다고 친정 무시하고. 언니는 어떻게 언니만 생각해? 아빠가 병원장 되면 언니가 더 좋은 거 아냐?"

"네 말이 억지라는 걸 네가 알고나 있는지 모르겠다."

따로 보희를 찾아온 희수의 아버지 때문에 희수 집 사정을 알게 된 보희는 도끼눈으로 희연과 그 어머니로 보이는 중년의 여자를 노려보았다.

중년의 여자가 희연을 말리며 희수에게 말했다.

"희수야, 우리는 함 서방 때문에 너를 찾아갈 수 없으니 네가 집에 한번 들러라. 네가 좋아하는 해물탕 끓여놓으마."

그 중년의 여자의 말에 보희가 고개를 갸우뚱했다. 희수는 해물탕을 싫어했다. 어떻게 보희도 아는 것을 저 여자는 모르는 것일까?

"언니, 집에 꼭 와. 우리는 언니 만나러 못 간단 말이야. 언니가 집에 와서 아빠 말만 들어주면 우리 가족 모두가 편하다고."

머리가 아프다는 듯이 관자놀이를 누르는 희수가 보였다. 보희가 더 참지 못하고 희수 앞에 서서 말했다.

"아가! 아는 사람들이니?"

희수가 보희의 물음에 천연덕스럽게 대답했다.

"아뇨. 모르는 사람들입니다."

순간 희연과 그녀의 어머니의 얼굴이 굳어졌다.

"그럼 그냥 가자. 왜 모르는 사람들 이야기를 들어주고 있니?"

희연의 어머니가 보희를 알아보고 인사를 하려고 했지만, 보희가 차가운 표정으로 등을 돌렸다. 그러면서 희수를 향했지만 그들에게 들으라는 듯이 말했다.

"네가 가진 것을 탐내며, 뭔가를 바라면서 다가오는 사람들을 가장 조심해야 된다. 알겠니?"

희수가 또 천연덕스럽게 대답했다.

"네. 평소에 연락 안 하다가 필요할 때만 연락하는 사람들도 조심하겠습니다."

가끔 희수는 예상치 못한 대답으로 보희를 웃게 만들었는데, 지금도 천연덕스럽게 말하는 희수 때문에 보희가 호호거리며 큰 소리로 웃고 말았다. 웃으며 뒤를 돌아보니 희연과 그녀의 어머니가 노랗게 질려 있었다. 보희가 쐐기를 박듯이 희수에게 말했다.

"역시 우리 며느리는 똑똑해서 바로 알아듣는구나."

그 후로 보희와 희수는 그 사람들을 머릿속에서 지워버리고, 매장을 돌며 아기용품들을 사기 시작했다. 귀여운 것이 많아서 계획보다 많은 물건을 샀다. 매장에 배달을 부탁하고 보희는 희수와 같이 점심을 먹으러 갔다.

소문난 맛집이라고 해서 희수와 줄을 서서 기다렸다 음식을 주문했다. 음식도 맛있었고 흥겹고 경쾌한 분위기가 좋아 보희의 입가에 미소가 없어지지 않았다. 즐거운 시간을 보내고, 집에 가기 위해 밖으로 나갔다. 보희가 이미 연락을 했는지 수행원이 보희와 희수를 기다리고 있었다. 수행원이 운전하는 뒷좌석에 나란히 앉았을 때, 보희가 말했다.

"아가!"

"네, 어머니!"

"아까 내가 한 말 농담이 아니었다. 네가 가진 것을 탐내고, 너에게 뭔가를 바라면서 다가오는 사람들을 항상 조심해야 된다."

"알고 있습니다."

"어려서부터 나에게 다가오는 사람들은 대부분 나에게 잘 보이려고 애쓰는 사람들이었단다. 처음에는 좋았어. 나를 다들 공주처럼 떠받들어줬으니까. 그런데 세월이 지나며 조금씩 깨달았다. 이 사람들은 나를 좋아해서 다가온 것이 아니구나. 그냥 내가 필요해서, 내게 원하는 것이 있어서 다가오는 사람들이었구나……. 하고 말이다."

유일하게 그렇지 않았던 사람이 재준의 생부였다. 그 말은 차마 하지 못하고 보희가 희수의 손을 잡았다.

"재준이도…… 주위에 항상 그런 사람들뿐이었어. 준이는 그걸 못 견뎌했었고, 외로워했는데……. 게다가 나는 준이 엄마이면서도 준이를 제대로 돌보지 않았었어. 그래서 준이가 더 외로웠을 거야."

희수가 보희의 말에 무슨 대답을 해야 될지 몰라 침묵을 지켰다.

"다행히 준이 할머니가 엄마인 나보다 더 큰 사랑을 주셨지."

희수의 손을 한 번 더 힘주어 잡으며 보희가 계속해서 말했다.

"내가 너에게 약속을 하마. 태어날 아이에게는 정말 좋은 할머니가 되겠다고. 준이 할머니처럼, 태어날 아이를 아끼고 사랑하마."

희수가 보희의 말을 들으며 다른 손으로 희수의 배를 한번 쓰다듬었다. 태어날 아이는 자신과 다르게 많은 사랑을 받을 것 같았다.

"어머니……. 감사합니다."

조금 울컥해서 말하는 희수의 목소리가 떨렸다. 재준을 만나고 행복하지 않았던 날들이 없었다. 재준의 말처럼 재준과 함께 만들어가는 공간은 따뜻하고 사랑이 가득한 공간이었다. 그리고 앞으로 태어날 아이 때문에 그 공간이 더 따뜻하고 사랑이 넘치는 공간이 될 것 같아서 희수는 행복했다.

에필로그 3. 행복한 공간

　김포 공항. 세미나 때문에 부산에 다녀오는 희수를 마중 나온 재준은 그녀가 나타나기를 기다렸다. 사람들의 눈을 조심하기 위해 차에서 내리지 않고 희수에게 재준의 차가 어디 있는지 문자로 알려주었다.

　두리번거리며 희수가 밖으로 나오자 재준은 그녀를 한눈에 찾았다. 얼마 전, 짧게 머리를 자른 희수는 예의 검은 정장 바지에 흰색 셔츠를 입고 있었다. 빈틈없이 단정하지만, 묘하게 색기가 흐르는 희수. 희수가 밖으로 나오자 사람들의 시선이 모였는데, 아마 희수는 그 사실을 모르고 있을 것이다.

　희수는 다른 사람들에게 조금도 시선을 주지 않고, 재준의 차를 찾고 있었다. 이기적인 마음이라는 것을 알고 있지만, 재준은 희수가 평생 남들한테는 저렇게 빈틈없는 모습만 보였으면 했다.

차갑고 도도한 표정을 짓고 있던 희수가 재준의 차를 찾았는지 굳었던 표정을 풀고 재준의 차로 다가왔다. 희수가 재준의 차에 타며 말했다.

"우리 빨리 주호 데리러 가요."

오늘은 성북동 어머니 집에 주호를 맡겨놓았다. 재준은 영화 제작 미팅으로, 희수는 세미나로 저녁 늦게나 도착할 것 같아 미리 보희에게 주호를 맡긴 것이다.

"오늘 주호는 어머니 집에서 잘 거예요."

재준이 운전을 하면서 여상하게 하는 말에 희수가 '네?' 하고 물었다.

"오늘 우리 만난 지 5년째 되는 날이에요. 알고 있어요?"

희수가 잠시 생각하더니 대답했다.

"맞네요. 오늘이 그날이네요."

"5년 전, 제주도에서 같이 점심 먹고 희수 씨가 나한테 동맹 맺자고 했죠."

희수의 얼굴이 조금 붉어져서 대답했다.

"그랬네요…… 어쩐지 진짜 오래전 일 같아요. 특히 주호 태어나고는 모든 게 주호 위주로 돌아가다 보니 옛날 일을 다 잊어버려요."

재준이 운전대를 잡지 않은 손으로 희수의 손을 꽉 잡았다 놓으며 말했다.

"잊어버리면 어떡해요? 그 설레던 순간들을."

희수가 재준의 말에 수줍게 웃었다. 희수의 모습을 곁눈질로 보며 재준이 말했다.

"그래서 오늘 주호는 어머니 집에서 자고 우리는 호텔에서 잘 거예요."

희수의 눈이 커졌다.

"주호는 어떻게 하고……."

"어머니랑 아버지가 주호 잘 돌봐줄 거예요. 주호가 어머니를 잘 따르고, 아버지도 은근히 주호 오기를 기다리고 있었어요. 할아버지까지 주호 보려고 와 있을 수도 있어요. 오늘은 우리만의 시간을 갖는 거야. 주호도 할머니집 가는 거 좋아하니까 걱정 말아요."

"그래도…… 엄마가 옆에 있어야 되지 않을까요?"

희수가 말끝을 흐리며 항변했지만, 재준은 들은 척도 하지 않았다. 재준이 운전을 해서 도착한 곳은 그들이 처음을 같이 보냈던 호텔이었다.

이미 체크인이 되어 있었는지 재준이 키를 들고 스위트룸의 문을 열어 희수를 들였다.

"오늘 우리 여기서 나가지 말아요. 식사도 술도, 전부 룸서비스로 할 거니까."

희수의 허리에 자연스레 손을 올리고 다정하게 말하는 재준이었다. 재준의 마음은 고맙지만, 주호가 걱정돼서 희수는 자꾸 휴대폰을 쳐다보았다.

재준이 희수의 손에서 휴대폰을 뺏어들고 들어오는 입구에 있던 탁자에 올려놓으며 말했다.

"그리고, 나한테만 집중하고."

재준이 말을 하며 희수를 침대로 끌어당겼다. 희수를 눕히며 그녀의 옷을 천천히 벗기고, 뜨거워진 손으로 희수의 가슴을 움켜쥐며 말했다.

"여전히…… 예쁘네. 우리 희수."

그 말에 부끄러워져서 희수가 얼굴을 붉혔다.

재준의 입술이 희수의 입에 내려앉았다. 천천히 희수의 옷을 다 벗기고 음미하듯이 희수의 목부터 허리까지 희수의 살들을 잘근 거리며 깨물었다. 희수의 온몸이 예민해져 재준의 혀가 지나갈 때마다 아랫배가 움찔거렸다.

"오늘은 희수 씨가 위에서 해봐요."

그 말을 하며 재준이 희수를 재준의 위에 올려놓았다. 확인해보니 이미 재준의 것이 커져 있었다. 재준의 위에서 그의 분신을 만지다가 자신의 속살에 맞추어 조심스레 넣었다. 자극이 너무 커서 한번에 넣지 못하고 조금씩 천천히 밀어 넣었다. 완전히 들어갔을 때, 희수와 재준의 입에서 동시에 '하흐……' 하는 신음 소리가 났다.

이 자세는 재준의 페니스가 희수의 자궁 안쪽까지 깊숙이 찌르는 자세였다. 들어온 것만으로도 희수는 갈 것 같아 움직이지 못하고 입술을 지그시 깨물며 몸을 부르르 떨었다.

재준이 희수의 엉덩이를 잡고 천천히 희수를 움직였다. 움직일 때마다 재준이 더 깊숙이 들어왔다. 격한 쾌감에 희수가 신음 소리를 흘리며 말했다.

"하응……. 재준, 씨……. 깊어요."

재준이 아랑곳하지 않고 희수의 허리를 잡고 밑에서부터 쳐올리기 시작했다. 희수의 발끝이 오므라들고 찌릿한 전기가 온몸으로 퍼져나갔다. 희수가 격렬한 쾌감에 어쩌지 못하고 뜨거운 숨을 내쉬며 앞으로 꼬꾸라졌다.

재준은 희수가 허리를 흔드는 것을 감상하듯 올려다보다 희수가 버거워하자, 자세를 바꿔 희수를 엎드리게 하고 뒤에서 재준의 분신을 찔러 넣었다.

"하윗! 하으응……. 아아……."

다른 각도로 깊숙이 들어오는 재준의 분신이 미칠 것처럼 좋아 희수가 교성을 내질렀다. 재준이 몸을 숙여 희수 등 뒤로 몸을 붙이고 희수의 귓불을 깨물었다.

"아앗!"

"나 뒤에서 하는 거 좋아해요. 근데, 희수 씨 야한 얼굴도 보고 싶어."

작은 절정들이 희수의 몸을 휩쓸고 지나가 희수의 온몸이 이미 떨리고 있는데, 재준은 숨소리가 거칠어진 것 말고는 말짱한 목소리였다.

뭔가 불공평하다는 생각이 들었지만 그게 그렇게 싫지 않았다.

"그러니까, 앞을 봐요."

재준의 말을 듣고 희수가 고개를 들자, 눈앞에 거울이 보였다. 재준이 다시 움직이기 시작하자 다시 격해진 자극에 희수가 고개를 숙였다.

"고개 들고. 착하지."

재준의 손이 희수의 목 밑으로 와서 목을 들어 올리자, 희수의 고개가 들려졌다. 한껏 고조된 희수의 얼굴이 거울 속에 비쳤다. 그리고 민망한 자세까지.

재준이 그제야 만족한 듯 다시 허리를 움직였다. 희수가 뜨거운 숨을 들이쉬며 열기 가득한 얼굴로 거울을 쳐다보았다. 희수의 고개가 숙여질 때마다 재준의 손이 희수의 엉덩이에 찰싹 소리를 내며 내려앉았다. 그때마다 희수의 입에서 야한 교성이 흘러나오고, 희수의 속살이 움찔거리며 쾌감을 고조시켰다.

항상 느끼는 거지만, 재준은 정말 야했다.

정열적인 재준의 움직임이 시작되고, 희수도 재준의 움직임에 박자를 맞추듯 움직였다.

"하으응, 미칠 것…… 같아……."

희수의 한껏 높아진 신음 소리가 마음에 들었는지 재준이 퍽퍽 소리를 내며 절정을 향해 내달렸다. 희수는 전신이 부르르 떨리는 절정을 맞고, 재준의 품에 안겨 여운을 즐겼다.

재준은 항상 최상의 쾌락으로 희수를 이끌어 낸다고 생각했다. 재준과 더 가까워진 것 같아 재준의 품에 고개를 묻었다. 재준의 커다란 손이 희수의 등을 쓰다듬었다.

"난 희수 씨랑 할 때마다 좋아."

"저도요."

대답을 하고, 희수의 얼굴이 붉어졌다. 희수는 재준과의 섹스가 싫었던 적이 한 번도 없었다. 정신이 나갈 만큼 격한 몸의 쾌락 말고도 재준은 항상 희수가 사랑받고 있다는 느낌을 주었다.

"주호가 없어서 편하게 할 수 있는 거야. 그러니까 우리 이렇게 호텔에 와서 우리 둘만의 시간을 가져요. 정. 기. 적. 으. 로."

재준이 '정기적으로'라는 말을 힘을 주고 발음해서 희수가 웃음을 터트리며 '네'라고 대답했다.

희수는 저녁 때 들어간 호텔 방에서 한낮이 되도록 나오지 못했다. 주호가 없어서 마음 편하게 할 수 있을 거라던 재준의 말이 맞았다. 마음껏 즐긴 다음 날, 오후도 한참 지난 뒤에 호텔방을 나오는 재준과 희수였다.

그리고 성북동 보희의 집 앞, 주호를 데리러 들어가기 전에 재준이 말했다.

"오랜만에 호텔에서 하니까 옛날 생각 나고 좋았어."

"저도요. 5주년 기념 제대로 한 것 같아요. 재준 씨, 5년 전에 내 앞에 나타나줘서 고마워요."

희수가 말을 하며 재준의 입술에 가볍게 키스를 했다. 그 키스를 받고 재준이 얼굴이 붉어지더니, 갑자기 희수의 허리를 강하게 휘어잡고 희수의 입술을 열고 혀를 깊숙이 밀어 넣었다. 어머니 집 앞에서 이러는 것은 아닌 것 같아 희수가 재준을 밀어내려고 할 때, 정 회장의 짱짱한 목소리가 들렸다.

"쯧쯧……. 아직도 그리 좋냐? 둘이 영화를 찍고 있구면."

주호를 보러 할아버지도 와있을 거라던 재준의 말이 맞았는지, 보희 집에서 나오는 정 회장과 딱 마주치고 말았다.

항상 정 회장한테는 숨기고 싶은 순간들을 들키는 것 같았다. 희수가 붉어진 얼굴로 재준을 떼어냈다. 재준은 그런 모습을 들키고도 부끄럽지도 않은지 정 회장에게 퉁명스럽게 말했다.

"할아버지가 거기서 왜 나와요?"

"주호 보러 왔다."

"모레 주호 데리고 할아버지 집으로 가기로 했는데, 그새를 못 참으시고……."

정 회장이 다가와 재준의 어깨를 탁 소리 나게 치며 말했다.

"그럼 옆집에 살면서 주호 왔다는데, 안 보러 오냐?"

"주호 오늘 봤으니까, 모레 할아버지 집에 가기로 한 거 취소해도 되나요?"

"안 오기만 해봐라. 내가 너희 집에 가서 드러누울 테니까."

정 회장과 재준의 티격태격이 끝나지 않을 것 같아서 희수가 재준의 옷을 잡아당기며 그만하라고 타이른 뒤 정 회장을 부르며 허리를 숙였다.

"회장님!"

정 회장이 희수 앞에 서서 물었다.

"너는 언제까지 나를 회장님이라 부를 거냐? '할아버지……'라고 해봐."

희수가 머뭇거리며 대답을 못하다가 대답했다.

"죄송합니다. 아직까지는…… 회장님이 편합니다. 천천히 고치겠습니다."

다른 아이들 같으면 정 회장의 마음에 들기 위해서라도 벌써 할아버지라고 부르며 아양을 떨 텐데, 희수는 솔직하게 회장님이라 부르는 것이 편하다고 말했다.

정 회장이 껄껄거리며 웃자, 옆에서 미소 지으며 그걸 지켜보던 재준이 정 회장에게 말했다.

"할아버지, 까이셨네요."

정 회장이 재준의 뒤통수를 한 대 치며 말했다.

"그래서 좋냐?"

"좋은 건 아니고, 재밌어요."

재준의 말이 괘씸하다는 듯이 정 회장이 재준을 노려보다 말했다.

"조용히 들어가. 주호 낮잠 잔다."

"희수 씨, 먼저 들어가요. 나 할아버지 모셔다드리고 올게요."

재준이 자연스레 정 회장의 팔을 잡으며 방향을 돌려 정 회장을 부축했다.

"겨우 10분 거리 데려다주고 생색내려고 하나?"

"어? 어떻게 아셨어요?"

또다시 티격태격하면서도 서로에게 익숙한 듯 재준과 정 회장은 나란히 서서 걷기 시작했다. 간간이 정 회장의 손이 재준의 등을 치는 것을 봐서는 재준이 정 회장을 놀리고 있는 것이 틀림없었다.

희수에게는 하늘같이 무섭고 어려운 정 회장을 재준은 정말 이리저리 잘 요리했다. 신기한 기분이 들어 멍하니 그들의 뒷모습을 쳐다보다 주호를 보려 들어갔다.

희수는 대문을 지나, 현관문을 지나, 보희 방 앞에서 작게 방문을 두드렸다. 조용히 들어오라는 보희의 목소리가 들렸다.

희수가 방 안에 들어가니, 함 교수와 보희가 주호를 둘러쌓고 잠든 주호를 보고 있었다. 자연스레 그들 옆에 앉아 희수도 잠든 주호를 하염없이 쳐다보기 시작했다.

"잠든 모습이 제일 이쁘다더니……."

작게 중얼거리는 함 교수의 말에 보희가 맞장구를 쳤다.

"그러네요. 그렇게 개구쟁이처럼 뛰어다니더니."

"모레 아버님 집에 간다고?"

함 교수의 질문에 희수가 '네'라고 대답하자 보희가 말했다.

"우리도 갈 거다."

희수가 미소 지으며 '네'라고 대답했다. 다들 밖에 나가서 대화를 하면 되는데, 잠든 주호 옆에 있고 싶어서 목소리를 줄여서 소곤소곤 말을 하고 있었다. 희수가 없는 동안 주호가 무엇을 했는지 함 교수와 보희가 만담을 하듯이 희수에게 말해주었다.

지금 이 순간이 눈물이 나올 만큼 행복했다. 희수의 외롭고 힘들었던 공간을 재준이 채워주고, 주호가 태어났다. 주호로 인해서 희수의 공간은 더 넓어지고, 그 넓어진 공간을 많은 사람들과 나눌 수 있어서 희수는 너무 행복했다.

에필로그 4. 그 방의 용도

　재준이 일을 마치고 집으로 돌아왔다. 희수와 같이 거실 소파에 앉아 레고 스타워즈 뮤비를 보던 주호가 문이 열리는 소리에 벌떡 일어나 함박웃음을 지으며 재준에게 달려왔다. 이제 네 살 된 주호를 번쩍 안아들고 재준이 세상에서 가장 행복한 미소를 지었다.

　희수가 다가오자 재준이 희수의 볼에 자연스레 뽀뽀를 했다. 주호도 그걸 보더니 재준의 품에 안긴 채, 재준의 볼에 뽀뽀를 하고 희수의 볼에도 뽀뽀를 하더니 말했다.

　"아빠, 스타워즈. 재밌쪄."

　어눌한 말로 주호가 스타워즈를 보고 있었다고 재준에게 말하고 있었다.

　"설마 주호한테 스타워즈 보여줬어요? 너무 이르지 않나?"

　"레고 스타워즈 뮤비예요. 어른이 보는 거 말고요."

주호가 자랑을 하고 싶다는 듯이 재준의 품에서 내려와 레고 스타워즈 뮤비 커버를 들고 왔다. 거기에 분명 7세 이상 관람이라고 적혀 있었다.

재준이 손가락으로 7세 이상이라고 적힌 표시를 가리키며 희수를 응시했다. 희수가 당황해서 얼버무리며 말했다.

"조, 조기 교육?"

희수의 엉뚱한 대답에 재준이 큰 소리로 웃으며 희수의 허리를 안았다.

"희수 씨, 이런 엉뚱한 모습은 평생 나만 알았으면 좋겠어."

"네."라고 대답하는 희수의 얼굴이 붉어졌다. 주호가 어느새 다가와 그들의 다리에 매달려서 같이 안아달라 두 팔을 벌리고 있었다. 재준이 다시 주호를 안아 들었고 세 식구가 단란하게 저녁을 먹었다. 재준이 주호에게 책을 읽어주는 동안 희수는 스타워즈 방으로 가서 주호가 망가뜨려놓은 밀레니엄 팔콘을 다시 조립하고 있었다.

주호를 재웠는지, 재준이 2층으로 올라와 스타워즈 방문을 두드리고 들어왔다. 책상 위에 망가진 비행선을 올려놓고 조립하고 있는 희수를 보고 재준이 물었다.

"주호가 이 방에 들어왔었어요?"

"아뇨. 아직 이 방은 주호에게 위험해서 주호가 들어오면 안 돼요."

"그런데 밀레니엄 팔콘이 왜 이렇게 됐어요?"

"오늘 레고 스타워즈 뮤비에서 밀레니엄 팔콘 나왔어요. 내가 자랑하려고 들고 내려갔었는데, 주호가 바닥에 떨어뜨려서 이렇게 됐어요."

재준이 희수의 어깨에 손을 올리며 말했다.

"흠……. 불공평하네. 내가 전에 스타 파이터 떨어뜨렸을 때, 등짝 스매싱 맞았는데……. 주호는 괜찮나 봐요."

재준의 불만인 듯한 목소리에 희수가 웃음을 터트렸다.

"그때는 재준 씨가 나 놀리려고 일부러 떨어뜨린 거고, 오늘 주호는 실수로 떨어뜨린 거니까요."

희수의 대답을 들으면서 재준이 책상 위에 올려진 비행선을 번쩍 들어 장식장 위에 올려놓았다. 희수가 의자에서 일어나 재준을 쳐다보며 물었다.

"뭐 해요?"

"내가 왜 이 생각을 못했죠?"

"뭐가요?"라고 묻는 희수를 안아서 책상 위에 올려놓고 재준이 말했다.

"이 방에서 하면 딱이었는데, 주호도 못 들어오고."

홈웨어로 입고 있는 원피스 지퍼를 내리는 재준의 손을 쳐내며 희수가 물었다.

"뭐, 뭘 해요?"

희수가 쳐냈어도 어느새 지퍼가 내려갔는지, 재준이 끈을 내리자 희수의 가슴이 드러났다.

"우리 안 한 지 오래됐잖아."

희수가 재준의 말에 기가 막혀서 대답했다.

"어제 했잖아요."

"주호 깰까 봐 급하게 하는 거 말고. 천천히 즐기면서 하는 섹스는 안 한 지 오래됐잖아."

말을 하면서 재준이 희수의 목덜미를 훑고 가슴을 베어 물었다.

"우리 이제 정기적으로 호텔도 다니잖아요."

"그건 그거고."

재준이 희수의 가슴을 빨다가 씨익 웃고 다시 희수의 가슴을 빨았다. 재준이 책상 위에 앉아 있는 희수의 다리를 벌렸다. 그녀의 다리를 벌리고 치마 속으로 들어와 희수의 속옷을 벗기고 희수의 민감한 부분을 혀로 자극하기 시작했다.

"하아……. 진짜……. 재준 씨, 아응……."

희수가 재준이 주는 자극에 몸을 떨었다. 재준이 일어나서 희수의 원피스를 다 벗기고 손으로 희수의 클리토리스를 살살 문지르며 짓궂게 물었다.

"그래서? 싫어요?"

이렇게 희수의 몸을 예열을 해놓고 이런 질문을 하는 것은 반칙이었다. 희수가 신음 섞인 목소리로 대답했다.

"아뇨……. 하아……."

어느 틈에 탈의를 한 재준이 희수의 은밀한 곳과 자신의 페니스의 위치를 맞췄다. 그리고 더 짓궂게 말했다.

"그럼 애원해봐요."

재준이 말을 하며 이미 질척해진 희수의 속살에 바로 들어오지 않고, 재준의 페니스를 갖다 대고 지분대기만 해서 희수의 애가 탔다. 희수는 놀리듯 조금만 들어왔다 나가는 재준을 야속하다는 듯이 쳐다보다 곧 재준이 원하는 대로 애원했다.

"하응……. 재준 씨, 제발……. 넣어주세요."

재준이 씨익 웃으며 퍽 소리를 내며 단숨에 깊숙이 들어왔다.

"아웃! 하아앙……."

재준이 주는 황홀한 감각에 희수가 책상 위에 누워 허리를 휘며 몸을 부르르 떨었다. 빠듯하게 채워진 희수의 속살이 움찔거렸다. 숨이 가빠지고, 입에서 신음 소리가 나왔다.

희수가 풀린 눈으로 재준을 올려다보았다. 짓궂었던 표정은 어느새 사라지고, 재준의 눈에 욕망만이 가득했다. 그 표정만으로도 희수의 아랫배가 자극을 받아 수축하는 기분이 들었다.

"아응……. 하앙……. 조, 좋아요."

희수의 신음 소리가 자극적이었는지, 재준이 퍽퍽 소리를 내며 희수의 은밀한 곳을 드나들었다. 점점 몸이 밀리는 것 같아서 희수는 손으로 책상 가장자리를 꽉 잡아 몸이 밀리지 않게 했다.

재준이 허리를 움직일 때마다 철퍽거리는 소리가 났다. 손으로 책상 가장자리를 꽉 쥐고 있어도 재준이 밀어치는 힘에 희수의 몸이 속절없이 흔들렸다. 희수의 입에서 열기 가득한 신음 소리가 나왔다.

"하으윽……. 하윽, 하아……."

계속되는 움직임에 희수가 절정을 맞았는지 허리를 휘며 몸을 떨었다. 재준이 희수의 허리를 꽉 잡고, 자신의 분신을 넣은 채로 움직이지 않았다. 재준이 자극을 주지 않아도 희수의 속살이 끊임없이 재준의 페니스를 잡아당겼다.

재준은 사정을 가까스로 참고 희수를 책상에서 내려 그대로 같이 의자에 앉았다. 희수를 위에 앉힌 채, 희수의 엉덩이를 잡고 재준의 위에서 허리를 흔들게 만들었다. 처음에는 부르르 떨며 움직이지 못하던 희수가 천천히 재준의 움직임에 맞춰 허리를 흔들었다.

"하아……. 희수야."

재준이 희수를 부르며 희수의 등을 한번 쓰다듬었다. 입술을 지그시 물고 쾌락에 빠져 허리를 흔드는 희수의 모습이 너무나도 관능적이라 재준이 새삼 반한 듯이 희수를 올려다보았다. 빈틈없이 재준의 것을 물고 있는 희수의 속살이 움직일 때마다 격한 쾌감이 몰려왔다. 그 느낌이 미칠 것 같이 좋았다. 입에서 낮은 신음 소리가 연신 터져 나왔다.

천천히 즐기면서 희수를 탐하고 싶었는데, 아래가 터질 듯이 저려오는 것이 금방이라도 사정할 것 같았다. 재준이 희수의 움직임을 잠시 멈추고 그녀의 목덜미를 끌어당겨 탐스럽게 벌어진 그녀의 입술을 탐했다. 서로의 타액을 나누다, 입을 떼고 서로를 바라보며 가빠진 숨을 나눴다.

재준이 다시 희수의 엉덩이를 잡고 움직였다. 희수가 허리를 흔들 때마다 끼익, 끼익 의자가 흔들리는 소리가 났다. 그 의자 소리가 격렬해질 때쯤 희수가 신음 섞인 목소리로 말했다.

"아흐……. 재준, 씨. 이제는, 정말……. 하으응……."

재준이 희수의 엉덩이를 꽉 잡고 앞뒤로 흔들었다. 희수의 입에서 야릇한 신음 소리가 터져 나왔다. 그 신음 소리를 들으며 재준도 함께 절정을 맞았다.

절정에 이르면서 허리를 뒤로 휘며 넘어가려는 희수의 등을 재준이 꽉 잡아주었다. 몸을 부르르 떨며 희수가 재준의 품에 안겨들었다. 재준이 숨을 고르며 희수의 등을 쓰다듬어주었다.

"잘했어. 우리 희수."

정말 잘했다는 듯이 등과 머리를 쓰다듬으며 하는 재준의 칭찬에 희수가 붉어진 얼굴로 재준의 품에 폭 하고 안겼다. 재준이 희수의 어깨를 잘근거리며 깨물다가 말했다

"이 방에 소파 들여놓을게요."

"소파요?"

"응. 앞으로 주호 잘 때, 이 방에서 편하게 하려고."

"그렇게까지……."

"그럼, 침대를 들일까?"

재준의 말에 희수의 입에서 웃음소리가 터져 나왔다.

"침대 아님 소파?"

자못 진지하게 묻는 질문에 희수가 대답했다.

"소파로……. 하세요."

"내일 당장 주문할게요."

그 말에 희수의 눈꼬리가 즐겁게 휘었다. 재준과 나누는 일상은 때로는 이처럼 열정적으로 사랑하고, 때로는 소소하게 작은 기쁨들로 인해 웃을 수 있었다. 행복하고 또 행복한데 그 마음을 표현할 길이 없어, 그저 재준의 품에 안겨서 조용히 미소 짓기만 했다.

-마침-